科幻 让世界变得不同

全球华语科幻星云奖精华 | NO.12
让想象力去旅行

编委会

主 编

董仁威　赵 锋

执行主编

阿 贤　光 雨　李 雷

顾问委员会

刘慈欣　韩 松　王晋康　吴 岩　姚海军
何 夕　陈楸帆　江 波　郝景芳　三 丰

时空订制

全球华语科幻星云奖组委会 编

中国画报出版社·北京

图书在版编目（CIP）数据

时空订制 / 全球华语科幻星云奖组委会编. -- 北京：中国画报出版社，2022.12
ISBN 978-7-5146-2130-3

Ⅰ.①时… Ⅱ.①全… Ⅲ.①中篇小说—小说集—中国—当代②短篇小说—小说集—中国—当代 Ⅳ.①I247.7

中国版本图书馆CIP数据核字(2022)第196268号

时空订制

全球华语科幻星云奖组委会 编

出 版 人：方允仲
责任编辑：程新蕾
责任印制：焦　洋

出版发行：中国画报出版社
地　　址：中国北京市海淀区车公庄西路33号　　邮　　编：100048
发 行 部：010-88417360　010-68414683（传真）
总编室兼传真：010-88417359　版权部：010-88417359

开	本：32开（880mm×1230mm）
印	张：13
字	数：350千字
版	次：2022年12月第1版　2022年12月第1次印刷
印	刷：天津市天玺印务有限公司
书	号：ISBN 978-7-5146-2130-3
定	价：52.00元

目录

/ 001
春晓行动
墨熊

一切文明的灭亡,都是从遗忘过去开始的。狗仰视人类,猫鄙视人类,唯有猪,对我们一视同仁。

/ 035
《2181 序曲》再版导言
顾适

生而为人,就有自由去选择生活在哪里,也有自由去选择活在哪个时代。

/ 061
一座尘埃
万象峰年

透过人群的缝隙,船主最后的声音念叨着飘来:"唉,有人往,无人回。瞧瞧我,变成了一个冥河摆渡人。"

/ 105
隐形时代
滕野

这是人类历史上最伟大的战略欺骗——让一整颗行星凭空消失。

目录

/ 183

重庆提喻法
段子期

> 电影，是灵魂的暂住证。

/ 213

爱因斯坦的诅咒
灰狐

> "你听说过爱因斯坦的透镜吗？"
> "你小时候用放大镜烧过蚂蚁吗？"

/ 279

去他的时间尽头
程婧波

> 我活了二十多年，你突然告诉我，昨天、今天、明天的我不是同一个人？

/ 363

没有颜色的绿
陆秋槎

> 我们在接触科技制品的时候，不会去追问背后的原理，只是使用它。

春晓行动 / 墨熊

一切文明的灭亡,都是从遗忘过去开始的。
狗仰视人类,猫鄙视人类,唯有猪,对我们一视同仁。

一

听说"大霜"初现的时候,他们正在打一场世界大战。

我不知道那是第几场世界大战,也不知是谁在打谁,对于二十年后才出生……或者说"出产"的我而言,那实在是过于遥远的故事,毫无意义。

"你听着,阿雪,不要留恋曾经发生的过往,而要在意即将出现的可能……"

那位被我们所有孩子称为"母亲"的机器人,总是用极温柔而舒缓的语调对我重复着这个小小的教诲:"你是钥匙,就去寻找打开明天的锁;你是火炬,就去消灭属于过往的寒。当有人问你'该怎么办'时,记住我的话,然后相信自己的判断,选择那个最好的未来。"

在我所生活的那个恒温穹顶之下,到处都能看到由钥匙与火炬组成的纹章,而在每一个象征着启迪与希望的纹章之下,又总能看到行色匆匆的工人与学者。穹顶并不大,站在中央的电梯塔上,一眼便能从一边的尽头看到另一边的尽头。在巨大的玻璃墙外面,是雄伟的楼宇与群山,以及与之并不相称的、围满穹顶四周的简易住宅和行尸走肉一般穿着破旧保温服、等待每天一次的粮食救济的难民。

在我有记忆的那几年里，穹顶之外的世界总是飘着白色的花瓣，时密时疏，样子有点像是生物实验室中的可爱小花，"母亲"告诉我，那就是"雪"。现在的人类憎恶它、惧怕它，觉得它带来了苦寒与灾厄，但当它完全停歇的那一刻，就意味着"大霜"已然君临天下，万物都将在漫长的终结中陷入长眠。

穹顶内永远都是二十二摄氏度，"母亲"说这是最适合人类生存的温度，但对我来说，实在是有些太热了。我和其他孩子们曾不止一次地提出想要到外面的世界去看看，但都被拒绝了。"母亲"说等我八岁、也就是成年之后，就能不借助保温服在零下二十摄氏度的环境中活动，但她说这话的时候，穹顶外的气温已经降到了零下二十五摄氏度……而且还在以一个缓慢而又令人绝望的速率不断下降。我无法想象生活在玻璃墙的另一边是怎样一种体验，但看着穹顶周围越聚越多的简易住宅和难民，不禁开始有些害怕起来：

"这些人，明知道不可能被放进穹顶，为什么还要聚在这里呢？"

"那是因为，""母亲"回道，"哪怕是能看到墙这边的希望，他们也就有了活下去的勇气。"

偶尔，会有阳光灿烂的日子，漫天白雪与氤氲云气都在一道炫目的闪光后被扫净，上百架飞行器在碧蓝的空中列队飞过，只留下普照大地的春光和难民们震天动地的欢呼。我记得最初几次，穹顶内的人们也会兴奋地驻足观赏，相拥而庆，但随着阳光降临的频率越来越低，出现的飞行器越来越少，就连他们的情绪也日渐消沉。

唯有负责照料和教育我们的"母亲"自始至终都不为所动，它就像是一个精密的氤氲机械钟，每个零件都按照规定好的节奏与速率运动，无论外界施以多大的压力，都有条不紊地执行，绝不提前一分也绝不迟到一秒。

时 空 订 制

终于，飞行器再也没有出现，阳光再也没有降临，在一场几乎把整个穹顶都覆盖的暴风雪之后，士兵与他们的领袖找到了"母亲"。当着所有孩子的面，他们泪流满面。

这些勇士失去了他们的家园。"大霜"肆虐的十天里，气温下降到了零下六十摄氏度，那超出了绝大多数地表设施的承受极限，也就意味着，至少百分之五十以上的人类在这十天中化为了冰尘——当然也包括围在穹顶外的那些。

"母亲"第一次，也是最后一次改变了自己的日程计划，它决定提前派出所有的孩子。

"记住你的使命，阿雪，"在我进入休眠之前，她不断地叮嘱着，就像是目送独子远行的老母，"化身钥匙，点燃火炬。"

"化身钥匙，"我默默地重复着，仿佛祈祷，"点燃火炬。"

那一天，公元2129年11月13日，离我的八岁生日还有二十七天，"春晓行动"正式启动。

这一切的一切，都已经是两万年前的事了……

而距离"大霜"结束，还有九万年。

二

休眠仓打开的那一刻，非自然的刺眼强光直扑于面，带着怪味的空气也一并涌入，我咳嗽着……也许是尖叫着，意识从无端的黑暗中苏醒，重又回到了这具沉睡许久的躯壳内。

出现在我眼前的，是几个身材娇小的年轻人，他们穿着我从未见过的白色连体服，背着感觉有些不成比例的巨大背包，用像是在检查重病患者似的神情上下打量着我：

"身体状况良好，肌肉萎缩在可恢复的程度之内，预计修补时间大概是……十五小时。"其中一个留着齐耳短发的女孩伸手将我的眼皮撑开——她并没有明显的性征，直到她开口说话时，才能确定她的性别。

"开始虹膜扫描——"

我没有看到她拿出任何可以扫描虹膜的设备，但听见她说："扫描完毕，身份确认，黄道面协约国第一科研兵团所属，基因改良项目'雪童'最终产品，'春晓行动'密钥人，编号12。"

"叫我阿雪就行了。"我试着笑脸相迎，他们中的大部分却仍是面无表情，只有两个留了马尾辫的家伙点了点头，"……你们是工程部的人吗？"

他们面面相觑，最后都看向了一个短发的女孩子，她的装束和其他人有些区别，但同样也背着巨大的、好像棺材一样的长方形背包。

"你好，密钥人，"她的鼻音很重，听起来有些嗲气，"我们是艾尔实验室出产的永动型拟人构造体，我是负责记录与信息支援的P05。"她转过身，指了指刚才点头的那两个留马尾辫的，"这两位是负责警戒与侦查的C09、C10，剩下的是负责保卫与具体执行的D系列，"她摊手示意周围，"从D39到D41，当然，还有我们的队长，D42。"

这和说好的……完全不一样，我既没听说过什么"艾尔实验室"，也没听说过"永动型拟人构造体"，但对方的数量优势以及手里端着的那虽然从未见过但应该是"枪"的东西，又让我不得不姑且信之……毕竟，我只是钥匙，只需要去寻找属于我自己的锁就行，希特勒复活也好，外星人入侵也好，都跟我毫无关系。因为按照原定的计划，我苏醒的时间应该是在"大霜"降临后的第八万年，之前所熟知的一切——国家、民族、历史、文化，都应该在沧海桑田的伟力之下变得物是人非。

时空订制

"无论如何，你们是来执行'春晓行动'的吧？"我问，"预定的时间已经到了？"

"不，没到，但我们就要来不及了……确切地说，是你就要来不及了。"P05慢条斯理地解释着，一点也不像是"来不及"的样子，"我们按照艾尔实验室的计划，于六个月前结束休眠并出发寻找你这样的密钥人，提前开始了'春晓行动'。"

"提前开始？"我隐隐有了种不好的预感，"提前……多久？"

"提前了一万年，兄弟……"说话的是另一个留着披肩长发的少女，她有些不耐烦地指示其他人一并动手，将我抬出了休眠仓，"在你进行机能恢复的时候，让P05给你慢慢解释吧。"

她的语速很快，连体服上印着一行小字——"D42"。

在穹顶生活的时候，我也曾见过自律型的机器人，它们虽然远不如"母亲"聪明灵活，但能够听懂简单的指令，甚至互相配合完成复杂的工作。但眼前这些"构造体"，完全是另一种东西，她们的身体并非粗砺的钢筋铁骨，反而柔韧且细腻，既可以像工程用的机械那样举起数倍于体重的岩石，又可以扭曲变形成人类不可想象的姿态……而最神奇之处在于，她们那小巧的身躯所容纳的处理器、所表现出来的智慧与情感反而比"母亲"更像是人类——她们会思考，会交流，会在等待的时间用我听不懂的、电流杂音般的语言闲聊，那两个C型甚至会互相逗乐，并且笑得前仰后合。

毫无疑问，生产她们的技术远远超过了我休眠时的那个年代，人类在经历了毁灭性的十天霜降之后，并没有把所有希望都寄托在我这样的改良人种之上——这也正是"春晓行动"的意义所在。

如果不出意外，休眠仓会在唤醒我之前对我的身体机能进行为期一周的修复，但这道工序被构造体们代劳了，很难相信她们用一根注射器就能完成原本需要一整套复杂医疗设备才能实现的工作。

"情况是这样的，阿雪——"在修复快要结束的时候，P05向我解释,"你是我们找到的第一个也是唯一一个存活的密钥人,因此我们很可能就是这个世界上仅存的一支救援队了。"

"救援队?"我从没想过自己会和这个词产生关系,"救援谁?"

"任何人,"她耸耸肩,"如果他们还在的话。"

三

我一直觉得,工程学不是一门科学,而是一种魔法。

它帮助人类在茹毛饮血的蛮荒时代架起了上百吨重的巨石阵,在衣难遮体、食仅果腹的漫长岁月中建造了数十座金字塔,直至其后的巴黎铁塔、胡佛水坝……工程学成为了人类挑战自然法则的利器,创造了一个又一个的神迹,直至自然打出了一记真正的反击——一段烈度远胜过往的超级冰河期。

"大霜"产生的根源远在太阳之上,当时还处于战乱之中的人类对此无能为力。一个又一个从论证到执行都看似完美无缺的计划,在实施后都被证明对维持地球的生态系统而言杯水车薪,对立的阵营联合起来,决定放弃拯救整个行星的奢望,转为选择逃避,让人类文明而不是人类整体能够苟活下来,等待"大霜"结束。

根据近日探测器发回的数据,科学家们经过精确计算,预测超级冰河期将会持续十一万年,并在差不多一万五千年时达到顶峰,之后开始缓慢衰退,到第十万年时,便会减弱到类似于历史上大冰河时期的水平。

对于历史上所有的工程学家而言,要建造一种能够屹立十万年的设施完全是天方夜谭。但在我所处的那个时代,人们竭尽全力,把这个数字延长到了极限"三万年"——我预定醒来的时间。

确定了这个极限之后,所有的救世计划都围绕它而展开:三万

星云志·NO.12
时空订制

年后的地球仍会被冰封，但环境正在好转之中，所谓的"春晓行动"，便是要以人工手段加速这种"好转"。它并不是某一个计划或者某一项工程，而是不设上限的所有计划与工程的总和。后世的每一次尝试、每一个设计，都无需经过任何人的批准，默认地加入进来，并在时机来临时同步启动。而考虑到时间跨度和环境变迁，要建立一个协调统筹全局的机构可能十分困难，相对而言，训练一批专门用来寻找和启动计划的人显得更加可行。这便是密钥人——也就是我这样的"雪童"诞生的原因。

"这些我都知道……"我听完P05的介绍后已经可以摇头了，"但这和你们提前唤醒我有什么关系呢？"

"因为……你们算错了呀！"P05无奈地笑道，"在你诞生的那个时代，22世纪，人类相信自己的造物可以在完全死寂的冰冷地球上正常运行三万年。但在我诞生的那个时代，36世纪末期，最后一小批科学家们经过更精确的计算，以之前技术和材料制作的设备，没有一件可以坚持那么久。"

所以，工程学真正的敌人不是包含了整个宇宙的"自然"……而是游离在宇宙之外的"时间"。

"我们奉命休眠的时候，艾尔实验室也已经濒临瓦解，"P05继续说道，"作为工业基础的生产和采集体系崩溃之后，修复变得不再现实，所有的伤害都变成不可挽回的损失，当维护维护设备的设备也停转之后，原本精心筹划的设计就变成了一张废纸——在这个经由数学论证而得出的末日到来之前，我们将会苏醒，并启程寻找密钥人。"

"我们立誓不惜一切代价保卫人类，至死方休，"D42接过P05的话，将一套看起来非常轻便的白色防护服送到我的面前，"密钥人，你愿意履行责任，帮助我们一起执行'春晓行动'吗？"

"我……试试吧。"

"那我们也在此立誓于你——"D42用左手按住自己的右肩，微微欠身……这兴许是她们那个时代的行礼方式吧，"将会不惜一切代价保卫你的生命，至死方休。"

我注意到，只有那些D字开头的长发构造体行了同样的礼，P05漠然地站着，而C09与C10甚至还相视一笑。

四

我原本以为自己是在穹顶……至少是穹顶的残骸之下，但离开休眠仓所在的山洞之后，我发现外面的世界竟然是如此陌生。

没有穹顶，没有难民营，也没有城市，连群山也不在它原本的位置上……甚至都不是一样的形状。仅仅是两万年的时间，人类于此地存在过的一切痕迹，都消失得无影无踪，剩下的只有一片白到晃眼的苍茫大地——而他们原本的计划竟然是还要再撑一万年。

万里无云，也不见一片飞雪，太阳挂在碧蓝的晴空之上，明丽耀眼，但我知道它只是一位有气无力的病人，无法靠自己的力量救活这个静默的世界。

气温是零下七十二摄氏度，就算是我这样为了适应严寒而调整过基因的"雪童"，也无法在这种环境中活过哪怕五分钟。即便穿着D42提供的、理应是"未来世界"的防护服，我还是能感觉到那股深入骨髓的恶寒……因为它无处不在。

小队有一大一小两台载具，全部都是看起来貌似原始的轮式驱动——在这完全被厚厚白雪与冰盖所覆盖的世界里倒也算是足够。载具的引擎对我而言简直像是外星科技，它轻便小巧到不可思议，却又提供着堪比远程轰炸机的强劲动力，让车子在地上以每小时数百公里的速度狂奔不歇。

载具似乎是完全自律的，在我告知了第一个地点的坐标之后，它便掉转了车头开始前进。并没有任何人去驾驶，车内的几个构造体甚至开始聊天了。

　　在我的记忆里，"聊天"这种行为通常伴随着吃吃喝喝，这让我突然又想起了另一个十分关键的问题：

　　"你们的补给从哪儿来？要找全'春晓行动'的密钥人得跑遍大半个地球，可能要好几年甚至更长的时间。"

　　"补给？"P05沉默了一秒，"你是说食物吗？我们有为你准备营养胶囊，一天一颗，足够你用五年的。"

　　"那你们呢？也吃那个？"我没有听说过什么营养胶囊，但从字面上来看，应该不会是什么好吃的东西，"车子呢？燃料要怎么办？"

　　"我们？我们是永动型的构造体啊——"她指了一下身后的巨大背包，"这是便携式的热核反应堆，每台雪地车上都有一个。"

　　"便携式……热核反应堆……"我虽然不是专业的科研人员，但出于对"春晓行动"必要的了解，我还是明白她轻描淡写说出的这个名词意味着什么的，"你们都有这样的技术了，应该根本就不怕什么'大霜'了吧？"

　　"它在启动之后，也只能工作几十年而已。"P05微笑着回道，"在'大霜'面前，它不值一提。"

五

　　在我看来，P05的话多少有些添油加醋了。作为"春晓行动"的存在前提，全球在地下与海底修建了数以百计的"避难城市"，除了利用地热与海底热泉之外，核能发电就是它们获取能源与热量的唯一途径。如果能将庞大的热核电厂做背包，那对人类在超级冰河期中的生存能力可以说是有颠覆性的提高。

但在抵达了第一个目标地点之后,我发现自己大错特错了。

这里被称为"黄道塔",是个依山而建、包含了地表穹顶、地下住所与山体要塞的复合型避难城市,也是"黄道面协约国"的新首都,在理论上讲,应该储存了整个东半球关于"春晓行动"的一切资料。

在离坐标大约五公里时,我们看到了第一座"人造之物":一排像是碉堡的建筑,中间以矮墙相联。虽然它们都已经完全被冰雪覆盖,没有一点生气,但还是让我信心大增——这里并不在"黄道塔"的边界内,也就是说,当"大霜"完全覆盖地球之后,这里的同胞们依然想办法进行了扩张。

但没过多久,我的信心便迅速消散——在通往黄道塔的一路上,不断能看到光怪陆离、明显不属于同一个时代的各种建筑,高高矮矮,参差不齐,全都没有正在被使用的迹象,更别说是在其中看到任何人影了。

坐在前边一辆开道小车里的 C09 和 C10 要求对这些外围建筑进行检查,她们甚至在 D42 的命令下达之前就停下了车,带着武器走出舱门。

"这些猫咪简直是无组织无纪律……"D42 略带愠色地示意其他人也跟上。

除了武器和背包,这些构造体没有携带任何额外设备,但都像我一样戴上了头盔——她们显然不用呼吸,也不应该害怕寒冷,所以这让我有些费解。

"道理就和我们也要穿防护服一样,这可以保护分散在表皮上的传感系统,"P05 一边解释,一边敲了敲自己头盔的玻璃罩,"尤其是在面部,我们的主要知觉设备都集中在这附近。"

"所以为什么非要把你们设计成人形呢?"我反而更迷糊了,"在我那个时代，机器人都被做成各种适合工作的模样，四条腿的、长轮子的……就是没有像人的，那样效率也太低了。"

"这你得去问艾尔博士了，"P05意味深长地说道，"他说这是神的模样。"

经过检测，分布在黄道塔外围的建筑确实来自于不同时代，最早的大约修建于公元2300年左右——它们全部变成了残垣断壁，最晚的则可以追溯到大约公元4300年左右。从其中一段仍算清晰的文字来看，居民们已经放弃了公元纪年，而使用一种似乎和人名有关的纪年法……并且每个"人名"的寿命都不是太长。

在大约五个小时的侦查中，我们步行逐渐向黄道塔接近，沿途的建筑使用的都是与我那个时代相似的材料，似乎工程学在这里并没有多少发展。这或许可以解释，为什么没有一栋建筑是公元5000年之后的产物——停滞的技术已经无法应付越发恶劣的环境，外围的居民应当是最终撤回了黄道塔。

山体上紧闭的大门，足有一百米宽，它的操作装置早已损坏——却明显不是因为"大霜"，而是毁于人手。由于无法从外部打开，也无法与其内部进行沟通，D42与我商议是否要使用武力。

"为什么要问我？"

"因为你是密钥人，"D42解释道，"如果我们的行动会影响'春晓行动'的安危，你有义务阻止我们。"

我起先没有理解她的意思，但在她用上怀里的武器之后就明白了——那看起来只是把"水枪"的东西，发射出了几股高压液流，在四五米厚的合金大门上融出了一个足够让两人并排通过的大洞，就像把浓硫酸滴到豆腐上那样简单。

黄道塔内同样是一片死寂，但也许是因为与外界环境隔离的关系，里面的建筑结构基本完好，绝大部分器物与设备在经过了漫长的岁月折磨后都已无法使用。不要说是寻找"春晓行动"的线索，就连一粒可以吃的粮食、一片能工作的零件都没有找到。

相比起我生活的穹顶，黄道塔实在是太大了。我们在黑暗中摸索了大约三天，起先还担心会不会遇到什么机关陷阱或者幸存者的伏击，但最后只有C09的鬼故事能让我打起精神。最终，根据残损的路标，我们找到了为"春晓行动"而准备的"锁"。那是个被层层包裹且没有入口的球形房间，当我念出"化身钥匙，点燃火炬"的时候，它抖了两下，从内部炸出了一个破口。在构造体们的注视之下，我不安地探身进去，发现里面就仅有一部只有记录功能的数据机而已。

它的结构异常简单而且耗能极低，并以文字的形式向我们展示了黄道塔的命运：

在"大霜"刚刚降临的那几年，黄道塔是地球上最大的避难城市，建设者认为要维系一个社会的正常运转，就得尽可能地容纳更多阶层进入，所以这里既有精于种植的农民，也有以一当百的特种兵。形形色色的两百万人口，结合周边数个规模较小的卫星避难城市，组成了一个在逻辑上能够"生产自救"的抗灾体系——对这些同胞而言，"春晓行动"的前置步骤就是行动的全部，他们选择在已经是寒冰地狱的家园生活，一如他们的祖先，无论历经怎样的苦难，都不愿背井离乡，抛弃自己脚下的土地。

但他们还是低估了"大霜"的威力，原本就已经是满负荷运转、几乎零容错的复杂社会体系，在不断降低的温度之下，经受着缓慢而痛苦的考验。无论是生育率的微小下降、排水系统的临时故障还是精神崩溃者偶尔的蓄意破坏，都会一点一滴地积累起来。虽然缓慢，但在一个封闭体系中、正面因素难以增加的情况下，这些负面因素终归会达到一个阈值，引发更加不可逆的恶果。更不要说那些根本无法预计的不可抗因素——工作人员小小的失误导致负责科研的设施发生爆炸，地壳异常运动引起地下城的整片区域都被废弃，核燃料的意外泄露污染了数十万人赖以生存的水培农场……哪怕是只有百万分之一的意外概率，在冷酷的时间面前也终会有一天变成百分之百。

　　当天不再是那个天时，人却还是那个人。越发艰难的生存环境引发了越多的不满与绝望。当面临"救哪些人"这种电车难题时，人群自然就会发生分化，分化导致分裂，分裂导致内乱。从外面被锁上的大门象征着某种决裂，而空空如也的设施则说明可能连"尸体"也变成一种值得争夺的资源……无论过程如何，也无论幸存者们进行了何种程度的尝试，在"大霜"甚至还没有达到极限之前，黄道塔就已经完全陷落。

　　"其实他们还挺走运，"C09开玩笑道，"没有经历过零下一百二十摄氏度的人间地狱。"

　　如果已经是人间地狱了……我想，零上二十摄氏度与零下一百二十摄氏度，又有什么区别呢？

六

　　回收了黄道塔中的资料之后，我们得到了几个"春晓行动"的坐标点，它们没有标记在最初的计划之中，显然是之后才加入进去的。我们由近及远地一个个找过去，发现其中的大部分都是类似黄道塔这样的复合型避难城市遗迹——在公元2300年左右的一段时间里，避难城市似乎是迎来了它的黄金岁月，黄道塔把自己的成功经验推广出去，并建立了某种意义上的"新帝国"。但是当罗马沦陷的时候，罗马帝国的命运也就不言而喻。还有两个坐标点压根儿就没有找到东西，也许是已经被淹没在了地质变化的洪流之中，而我们也没有时间和心情进行考古了。

在被唤醒之后的第三个月,我们来到了原定计划中的第二个主要地点——南京要塞。这里曾是"黄道协约国"的总指挥部,在至少两次的核打击之后依然屹立不倒……或者说是迅速重建,成为了整个东半球战斗精神的象征。

要塞在大体形状上依然保存完好,它像一座巨大的神殿,在数公里之外便能一窥其伟岸而圆润的躯壳。

与黄道塔的理念完全相反,要塞完全摈弃了建立完整社会的奢求,它从一开始便以军事行动的标准来推进计划,并且是几乎不留退路,赌徒般地付诸全力、孤注一掷。

这一点从它对待"春晓行动"数据机的态度,就可见一斑——整个要塞的防御体系都是为了这个目的而设计,负责建造的工兵在完成任务后就不见了踪影。防御系统完全依靠简单粗暴而易于维护的无人机来运作,仅有极少数军官留下来负责统筹与指挥——为了节约每一分资源,他们舍弃了身体,只剩下装在休眠箱中的大脑。

这些军人根本就没打算坚持到"大霜"结束,他们甚至都不准备坚持到"春晓行动"开始。所有的休眠箱都被设计成只有三百年的寿命,因为按照参谋部的计算,公元2500年之后,地球上的避难城市根本就无法再组织起足够的军事力量来进行远征,威慑只需要维持到那个时候便已经足够。

当我们抵达的时候,南京要塞的防御系统已经完全失效,在两万年的严寒与狂风的摧残之下,外露的炮台与导弹发射架都已扭曲变形,要塞内部的大多数结构也不知为何而倒塌,破损不堪,几乎成了溶洞。

得益于构造体们的工程机械般的力气,我们花了差不多五天时间,终于从废墟中找到了存放数据机的"锁"。军人们的严谨也同样在这个房间上有所体现,它不光比对了我的声纹和虹膜,而且还采集了我的DNA——可由于年代久远设备受损,它压根儿就没能检测出我的身份，到最后还是不得不利用构造体手上的"液融枪"来强行开出个洞。

　　储备在南京要塞的"春晓行动"非常狂野，它几乎集中了黄道协约国的所有军火，放置于数千万个被称为"关键点"的位置。这些"关键点"绝大部分都位于曾经的海面，经过气象学家测算，它们都是巨大冰盖的薄弱之处，当"春晓行动"开始之时，它们将会配合其他项目同步引爆，那足以炸开地表的力量能够撕碎上百米厚的冰层，解放被封印的汪洋大海，从而加速环境的复苏。

　　我拿到了引爆所有军火的中控装置，不敢确定它或者那些武器本身是否还有效，也没法通过测试来验证，但无论如何，这已经算是第一个有意义的成果。作为庆祝，那一晚我还多吃了一颗营养胶囊……味同嚼蜡。

　　也正是因为这小小的成功，我发现构造体们比想象中还要"有人情味"，尤其是C09和C10，她们喜形于色，甚至还畅想起大海的模样。连一向不苟言笑的D42，在与我讨论下一步的行动路线时，也显得比原来更加亢奋。

　　我注意到在她谑称C09和C10是猫咪的同时，对方也会回敬她是"狗儿"，起先我以为那只是单纯因为首字母相同而开的玩笑，从P05那里才知道，这原来和制造她们时的设计有关。

　　"C系的设计初衷就是独立行动和自由思考，"她解释道，"像警戒与侦查这种工作，更依赖于个体的判断，这一点和猫十分相似。"

　　"那么D系就真的是'狗'咯？"

　　"对，D系的特点是忠诚和严谨，是所有行动的主力，负责大部分的工作……它们的缺点是死板和缺乏变通，所以也需要其他个体来配合。"

　　我盯着P05微黄的短发："那你呢？你的特点又是什么呢？"

　　"你说什么动物的首字母是P？"她哈哈一笑，"特聪明但又不喜欢动手干活的那一种？"

七

虽然在公元 2129 年那会儿，大洋还没有上冻，但从未离开过穹顶的我，也并没有机会看到真正的海。

当我们抵达海岸线的时候，说实话还挺失望——因为在那想象中本应该有所不同的远方，只有海天一色的纯白，根本就分不出两者的界线何在……而这个景象，在陆地上也比比皆是，早已望而生厌。

海边的所有设施都被冰雪所掩埋，本应存在于此的一个"春晓行动"据点，也很难再找到确切的位置，它应该是一组"百万级休眠仓"的所在地，没有任何生活或者研发功能，能耗极低，完全依靠海底的洋流来运转。

据 P05 说，早在她的那个时代之前，人类已经不再奢望于恶劣环境中生存，而是利用仅存的资源，依靠更耐用的新材料建造了许多这样的"休眠城市"。现在看来，即便是这个手段也不一定管用——那些休眠仓是否还在正常运作，里面的人是否还像我一样幸运地活着，以及到"大霜"结束之后，他们是否还能及时被唤醒，都是个未知数。

C09 自告奋勇，提议入海侦查，在打空了整整三支"液融枪"的弹药之后，我们在深厚的冰层上钻出了一个小洞，简直像是通向深渊的魔窟，而她与 C10 却激动得像两个发现新玩具的孩子，争先恐后地跳了下去。

背着沉重的核反应堆潜水肯定不现实，所以两人只能利用体内的储备电力行动，这让她们的活动时间被限制在六个小时之内。她们并没能找到休眠仓所在的位置,更别说是"春晓行动"的线索,唯一的好消息是,海底的洋流发动机竟然还在工作……而且似乎一直在被小心地维护着,经年不息。

出水之后的 C09 显得忧心忡忡:

"我觉得水里有什么东西在盯着我们。"

"是海洋生物吧?"P05 不以为然地道,"深海的生态环境几乎不受洋面的影响,有动植物存活也不奇怪。"

"不,不一样……"C09 言之凿凿,"那东西很聪明,跟踪了我们一会儿,却没有暴露自己。"

"那就是头'会跟踪而又不暴露自己'的聪明动物而已,"D42 不屑地道,"走吧,还有一整个地球的人类等着我们呢,不要在低等生物身上浪费时间。"

八

一个月后的事实证明了 C09 的直觉,在我们离开"种子岛巨像"的那天清晨,我们遇到了这趟旅程中的转折点。

那时我们正围坐在冰封的海湾上,为大家的又一次成功而兴奋不已。"种子岛巨像"是一座比"黄道塔"小很多的避难城市,它原本就是围绕着种子岛的航天港而建,不光是黄道协约国,全球绝大部分的航天专家都集结于此。在气候条件与资源越来越不适合航天运输之前,他们仍竭尽全力进行了数百次发射,甚至还在公元 2270 年时建立了一个被称为"露娜"的巨型空间站,进行人类是否可以在太空中生存以躲避"大霜"的实验……我无法联系上"露娜",但看着已经只剩小半个残骸的"指挥大厅",便不难想象出它的命运。

比起终将会成为无本之木的空间站,"种子岛巨像"的另外一个工程就堪称是奇观了：从公元 2150 年开始，它动员了整个环太平洋地区的技术力量，制造并向太空中发射了一整套规模庞大的"回暖系统"，最后一批组件在公元 2435 年升空，在那之后，"种子岛巨像"便以惊人的速度衰落下去，就像是为孕育种子而耗尽了生命的花朵。

在终年肆虐的暴风雪面前，"回暖系统"并没有多大价值。但当"大霜"减弱到一定程度之后，这些折叠起来的聚光镜便会展开，将逐渐恢复活力的阳光集中起来投向地表，将至少一个地区加温到可以维持生态圈的程度，在茫茫冰原上，开辟出一片绿洲，然后一寸一寸地夺回这颗星球。

在这一切完成之后，地球上的航天资源已经消耗殆尽，积累下的宝贵经验与技术进步全都随着这里的荒废而不知去向，只把启动"回暖系统"的方法和设备留存在了"锁"里。设备本身已经老朽不堪，根本无法启动，但构造体们用一种类似油泥的东西将其修复，自检显示，在高轨道中休眠的卫星群竟然还有一半可以激活。

毫无疑问，这是目前为止最有价值的收获，比起那些异想天开的小敲小打，"回暖系统"简直可以说是"春晓行动"的王牌，而这还仅仅是人类在最初两三百年内的努力。在那之后到我醒来，还有整整两万一千八百年的岁月。

"别抱什么希望——"P05 还是一如既往的冷静与释然，"环境的持续恶化会中断人员与资源的交流，技术的发展会越来越困难，就算获得了突破，也没有办法将它变为现实。"

"但你们不就是技术进步上的明证吗？"我反驳道，"你们身上所使用的材料、智能计算机以及能源系统，比迄今为止所有遗迹里的科技都要先进太多了。"

"那是因为，在我们被制造出来的那个时代——公元 3589 年，艾尔实验室已经是地球上最后的科研机构了。"P05 耸耸肩，"那一年里，气候有个非常短暂、也许只有几个月的好转时期，对科学还抱有一线希望的人，包括那些已经丧失研发能力、仅仅是拼死保留着技术文本的人，把他们的成果汇聚起来，送到了那里。你可以这样理解——人类对抗'大霜'将近一千五百年的努力，最终也仅铸造了不到一百个我们这样的永动构造体。"

"一百个？那其他的构造体呢？"

"从没有见过其他人，"D42插话道，"极有可能，成功在预定时间里被唤醒的，就只有我们这一队……就像明明有那么多密钥人，我们也只唤醒了你。"

大概就是在我和别人讨论艾尔实验室的时候，C09发现了冰封之海上的一个疑点。

"你们看到那个了吗？"

不要说是我，就连其他的构造体，也没有她那样的敏锐，但D42还是命令队伍分散开来，在C09的指引下向那个尚不能确认的目标前进。也许是为了不打草惊蛇，也许是为了照顾我迟钝的身手，她们的行进速度很慢——我觉得应该是后者，因为在这一眼望穿、完全无遮无掩的白色冰原上，根本没有躲藏的可能与必要。

当然，那个"目标"也无处可藏……在大约一公里左右的距离上，它察觉到了我们的意图，开始以诡异的动作后撤，而构造体们也在同一时刻加速，甚至抛掉了身后的核反应堆。

我没有看清她们是怎样战斗的……那应该只是像狩猎一样的简单行动，转瞬就有了结果。起先我没有想通为什么这些构造体的戾气那么重，根本没想过先沟通就直接使用了武力，但D42的解释也不无道理——他们极有可能是这个世界上的最后一队救援队，而我极有可能是这个世界上的最后一个密钥人，无论如何也要保住这唯一的可能性，不惜一切代价。

倒下的猎物，是一团非常怪异、乍看起来就像是黑色肉块的奇怪东西，大概有半辆雪地车那么大，中央类似某种花卉的球根，后部则连有数十条柔韧的触手——虽然我从未接触过海洋，但仅仅是凭借本能，就认定这根本就不是什么"海洋动物"，浑身上下都充满了一种不属于自然界而是来自于"工程学"的力与美。

在所有人的注视下，P05不太情愿地将左手轻轻搭在那蛇皮一般长满了鳞片的外壳上：

"成分是百分之四十五的有机体和百分之五十的……"她停顿了好一会儿，"等等，这个部分是……是'赫萝黑泥'啊？和我们身上用的基本素材完全一致！"

"哪个部分？！"D42焦急地问道。

P05退了两步，脸上带着些惊奇地比画了一下："全部——这个东西，除了肉身之外，全都是用和我们一样的'赫萝黑泥'所铸造的。"

"不可能，从没在艾尔实验室里见过这种东西，而且把有机体混在里面，不是反而降低了性能吗？"

"我们是没见过，"P05分析道，"但不排除在我们出发之后，实验室做了改进，也许……这个东西也是'春晓行动'的一部分？"

此言一出，构造体们的注意力自然而然地转移到了我的身上——从理论上讲，只要纳入"春晓行动"之中的东西，作为密钥人的我都应该能够将其启动。

我硬着头皮上前，做临终祷言一般地念道："化身钥匙，点燃火炬。"

原本只是想要试一试的行动，竟然得到了这看上去已被击毙的怪物的回应，它微微歪过那球根状的脑袋，露出可能是视觉器官的一只巨眼。

我永远忘不了它用沉重的声音，所发出的匪夷所思的遗言：

"然后呢？神啊，然后呢？"

九

构造体们对死去的怪物进行了解剖，它确实拥有属于生物的基本结构，包括完整的进食与排泄系统，但负责行动的外壳和肢体，都使用了被 P05 称为"赫萝黑泥"的超级材料，这种材料与有机部分完美地结合在一起，显然不可能出自大自然的手笔。

这充满谜团的小插曲，并没能改变我们的行程——C09 很想趁这个机会再调查一下海底，但我们的队长觉得等启动了"春晓行动"之后再来处理它也不迟……毕竟构造体们拥有近乎不朽的体质与一个能运转数十年的核反应堆，总有足够的时间来处理任何事。

在简单地整备之后，我们动身前往珍珠城。它差不多位于太平洋的正中央，在我那个时代，这可能需要坐上一星期的船，即便是现在，雪地车依然在一望无际的平坦冰盖上不间断地行驶近三天才抵达。

珍珠城隶属另一个阵营，我并不了解它的技术细节，只听说是一个利用火山提供热量、依岛而建的复合型避难城市。

说实话我对人类在大洋中央存活两万年并不是很有信心，但它确实拥有一定的优势——海底的潮汐不仅会带来廉价而易取的能源，还能提供在冰河世纪中异常珍贵的食物资源，同时与世隔绝的特性也会大大降低建设初期的动乱风险。

在见到珍珠城……或者说它剩下的部分之后，我觉得这些优势与人性本身的不确定性相比根本就没有多少意义。这里显然发生过一场惨烈的内战，其规模和结果都远比黄道塔的内乱来得可怕，而最让人沮丧之处在于，如果 P05 的检测无错，珍珠城一直坚持到了差不多公元 9000 年左右，而这已经是目前为止，有活人居住的避难城市中，坚持最久的一座了。

由于整个设施都已经支离破碎，我们花了差不多五天才找到"锁"……它已经被破坏得十分严重，布满了弹痕和类似宗教符号的刻印。很难想象在这个小小的房间里到底发生了什么，但毫无疑问，一些来自敌对阵营的勇士拼尽了全力，在上百个世代交替之后，在"阵营"这个词本身都已经失去意义的时候，仍牢记着自己的使命，在饥荒、恶寒与破灭中，保护一件他们可能压根儿就理解不了的"上古遗物"。

最终，他们还是失败了，正如绝大多数我们找过的坐标一样，珍珠城努力过、挣扎过、不惜一切代价地试着前进，又不惜一切代价地试着苟活，最后却还是只剩下一片毫无价值的遗迹。

虽然无法从"锁"中获取任何情报，我们还是在一个类似墓穴、存满了干尸的地洞里，发现了一个类似于数据库的设施。无数早已失效的储存元件像书本一样排列在高大的架子上，规模之大远远超过任何我能想象出来的超级计算机。

每个储存元件的外侧都印着一个名字，看起来简直像是骨灰盒，但它与架子之间的接口让 P05 给认了出来。

"这是'意识投影'啊……全部都是，"她有些吃惊地指着庞大的墓穴，"是一种将思维数据化后上传到电子设备中的技术。我们的'父母'——艾尔实验室里的所有工作人员都是用这种方法放弃了血肉之躯，将补给消耗降到最低，才勉强维持了实验室的运转。"

"这里的'意识投影'太原始了，"D42 接过话道，"很可能是整个技术的起源地。"

"那为什么珍珠城要开发这种技术呢？"我抬起手里的储存元件，想到上面曾经寄居着灵魂的重量，不禁心生敬畏，"也是为了减少补给消耗吗？"

"他们应该只是单纯在逃避现世而已，"D42 不屑地摇摇头，"躲在自己的思维世界里，他们可以远离一切苦难，幸福愉悦地生活无数个世纪，直到维护中断或者停止供电为止。"

"但如果人人都选择进入这个小盒子里逃避现世，又要靠谁来维护那个虚构的天堂呢？"

"问他们好了——"D42有些轻蔑地踢了一下地上的干尸，这看似漫不经心的一脚，却将其上半身踢得粉碎，"背弃职责，是一切文明灭亡的开始。"

职责？看这些尸体身上仿佛萨满祭司一般的装饰，他们也许早已不明白什么"意识投影"的含义，只是在前世的残迹上，祭奠那些进入英灵殿的先祖而已。

与职责无关，一切文明的灭亡，都是从"遗忘过去"开始的。

十

在珍珠城的搜索完毕之后，我们对接下来的行动路线产生了小小的分歧——C09认为地球上已经不可能存在"有人类生活"的避难城市，不如把精力与时间节省下来，将重点放在那些类似休眠仓的据点里，而D42则坚持自己最初的任务。"一个也不能少！"她斩钉截铁地道，"就算我们无法救下每个人，也有责任记录下他们的结局。"

即便是我，都能感觉到C09流露出的不满，但她只是撩着头发微微一笑，并没有再争辩下去。

当晚出发的时候，夜空中弥散着一片暗绿色的明丽霞光，像一座横跨无尽星海的长桥，从天而降，一直落到遥远的地平线彼端。霞桥投下的光芒，在名为"太平洋"的巨大冰盖上映出了它自身的倒影，我从未见过如此壮观的奇景，更不要说是置身其间，纵车狂奔了。

构造体们并不需要睡眠，但她们也无心欣赏天象，而是在行进中仍保持着警戒，死盯着冰面上任何可能出现的疑点……只不过她们并没有料到，袭击并非来自冰面之上，而是来自冰面本身——裂开的缺口将开道的小车直接吞没，虽然C09和C10以不可思议的反应速度跳车而逃，但对直冲海底的载具却无能为力。冰面上出现的平整切口与之前构造体们打出的痕迹简直一模一样，只不过规模更大——我所搭乘的雪地车像遇上险情的野兔那样挣扎着急停转向，在冰原上划出了一道月牙型的悠长弧线，但即便如此，也没能逃过那以更快速度延长的切口。最终，在冰块倾覆的时候，D42试图将我及时地扔出了雪地车，我在冰面上滑行了将近二十米后，还没来得及起身就又落入了一个忽然在脚下成形的裂口。

"它们是冲着我来的吧"——在坠海的刹那间，脑海中闪现出了这样的疑问，而仅仅是在几秒之后，洋面下蜂拥而至的黑影给出了确凿的答案。

沉重的防护服侦测到了环境的改变，自动充起气来，但对于不会游泳的我而言，光靠这个可没法突破围困。构造体们拼尽全力向我靠近，却被数量占据绝对优势的袭击者挡在了外面。在无助的翻滚中，借着防护服上的强光灯，我勉强看清了来犯者的真面目——正是几天前出现在"种子岛巨像"之外的怪物，它们舞着漆黑的触手，眨着骇人的大眼，一边"神啊，是神啊"这样地低吼，一边向我簇拥而来。

远处的D系构造体们，像字面意义上的疯狗一样大开杀戒，试图将我夺回，而怪物群却丝毫没有要还手的意思，其中一头用触手将我裹挟住之后，便立即向东方撤离。它们鱿鱼般的身体明显更适合在海下游动，几秒之后便远远甩开了构造体，快得超乎想象。

"不要怕，神明……"也许是感觉到了我的惊惧，它一直用那像是撞钟似的低沉嗓音重复着一句似是安慰的话语，"再也没有什么好怕的了。"

十一

在"大霜"初降之时，筹备"春晓行动"的全球精英曾进行过一次激烈争论。其中一派认为用机器来执行计划比人要可靠，因为后者本身也需要机器来维持生命，与其制造一种"能够在冰河时代存活的改良人种"，不如把希望寄托在既不怕恶劣环境也不受情绪影响的机器人身上。反对者则坚持以人为本，觉得一切行动的目的是让文明复苏，让人类重新在地球上生活，时间与环境的变迁同样需要被考虑在内。以当时的技术水平，很难说能创造出拥有这种变通思维的机器人。

各方妥协的结果，便是把方案拆解为"钥匙"与"锁"的形式——
由像我一样受过训练的密钥人去寻找、解析和审核每一个"春晓行动"的项目，最终在恰当的时刻选择恰当的手段，以恰当的顺序逐一启动，而项目本身则储存在"锁"中，由独立而又简易的机械系统负责保管，以等待密钥人……或者别的什么有救世之责的东西来解锁。

……至少在我看到眼前这个不可名状的巨物之前，这套逻辑没有任何问题。

如果非要形容的话，这个巨物像是一只倒置在冰面上的黑灰色蘑菇，只不过占地面积比我出生的那个恒温穹顶还要大上许多，粗壮的根部更是直冲云霄，比我见过的任何山峰都还要高。

在跃出冰面之后，挟持我的怪物便非常温顺地跟在我的身后，用触手轻柔地指引着方向，而它的同类们则像是围观游街的犯人那样，既好奇又畏惧，随着我的脚步缓缓移动。

这时我才发现，它们的样貌与颜色有着细微不同，个头差异更是巨大——有几个特别肥硕的怪物看起来都难以用自己的触手站稳，背上却还驮着几个小家伙……就像是带着幼崽的母猴。

但它们显然比猴子要聪明太多，在我走向"倒置蘑菇"的一路上，它们不断地用怪异的口音发出呐喊——"看啊！是神！""是神的模样！"诸如此类。我不能确定这个"神"是不是我，但由于亲眼目睹了挟持我的怪物从体内发射"液融枪"破开冰盖，我也不敢违逆它的指引。

步行了差不多一个小时，我终于抵达"蘑菇"的边缘。更多的怪物从它那黑色的外壁上跳下，加入到"护送"我的行列。看来，这个没有在任何资料中出现过的奇怪设施，就是怪物们的巢穴……或者更准确地说，是属于它们的"城市"。

有那么一瞬间，我甚至怀疑它们是入侵地球的外星人……果真如此的话，对于双方来说，都真是太不巧也太不幸了。

这个滑稽的想法在我碰触到外壁的同时忽然烟消云散——墙上并没有出现"门"或者通道之类的东西，取而代之的，是像蜡油一样滴下的黑色物质，在我面前慢慢凝固成形，化作了一个人形……一个中年男人的形状。

与此同时，身后成千上万的怪物们同时趴伏在地，发出山呼海啸般的欢嚣……继而是沉默。

"你是密钥人吧？"相比怪物，眼前这个模糊人形的言语要好懂很多，"幸会，我是这世间最后的'锁'。"

它轻描淡写地说着一个听起来毫无逻辑的事——所有的"锁"都是依照完全相同的简单规则所建，这个理应传承万年的规则在之前不断得到验证，无论属于哪个阵营、哪个时代，所有"锁"都像无言的墓碑一样默默地静候着后人——确切地说，是"前人"的解读。

但它不一样——不止是所用的技术超乎想象,就连主动与我交流这一点,都违背了制造"锁"的初衷。

我原先以为它会邀请我进入设施或者至少换一个地方谈话,但是没有,它说这座被认为是"城市"的东西根本不能进入,其本身就是一台功能完整的"独立设备",或者按照它的说法,叫作"神殿"。

"神殿?"在此前找到的"春晓行动"资料中,我从没有听说过类似的项目代号,"什么的神殿?"

"不如等一下再解释吧,"人形抬手指了指我来时的方向,"你的女朋友们要到了。"

这时我才注意到,原本簇拥在身后、如潮水般的怪物群竟然闪开了一条通道,而在远处的冰原彼端,出现了构造体们徒步向这边奔来的身影——七个人,一个不多,一个不少。她们依旧荷枪实弹,背着看起来根本就没法在水中行动的大背包,很难想象她们这一路是怎么追过来的。

D42虽然没有气喘吁吁,但还是能从那近乎狂乱的动作上看出她的焦虑与愤怒。相比之下,P05看到这个黑色人形时的神情就显得更值得玩味了。

"你是……艾尔博士?实验室里的那个艾尔博士?"

"他是真的艾尔博士……或者说是他用意识投影制造出来的影像。"

"不,"人形指了指自己的脸,"我只是借用了他模样的'引导软件',负责向密钥人来介绍'春晓行动'而已。"

"原来如此,"P05环顾四周,"这些大鱿鱼果然是'春晓行动'的一部分?"

"不可能!"D42却仍保持着一脸警惕,"制造我们这些构造体已经花去了艾尔实验室的所有资源,怎么可能还能造出这么一大群鬼东西?"

"在送走了你们之后,艾尔实验室只剩下一堆寄居在意识投影中的亡灵,他们中的勇者不甘心在虚拟世界中消磨余生,便用最后一点资源,进行了一次原本已被废弃的危险实验,制造了第一只血肉与赫萝黑泥的混合体——也就是你们看到的这些怪物,并将艾尔博士本人的意识投影附于其上。"

"博士本人?!"D42猛地激动了起来,"他在这儿吗?"

"那已经是一万九千年前的事了,无论血肉还是合金,哪怕是赫萝黑泥都赢不了如此漫长的岁月……"一个体型娇小的怪物从墙上滴落,掉在人形的脚边,它打断自己的解说,半跪下来,用手轻轻爱抚,"实验室所有幸存的成员,全都选择追随艾尔博士的脚步,利用意识投影进入混合体的躯壳,成为了新世界的基石。混合体是艾尔实验室融汇了人类数千年文明精华……或者说残渣的技术结晶,它的血肉部分可以像任何动物那样繁衍生息,然后占据由赫萝黑泥制成的外壳并随着成长而融为一体。"

"就像寄居蟹,"P05恍然大悟似地点点头,"……海里的,寄居蟹。"

"第一批混合体们拆掉了两座经过计算已经无法挽回的避难城市,导致了数十万幸存者的死亡……"人形起身继续道,"这惨烈的牺牲换来了足够的资源,建设起一条用以缓慢制造赫萝黑泥的生产线,那里便成为了混合体们实现增殖的'孵化场'。研究员的总数非常有限,而且不断使用意识投影更换躯壳也会让记忆和人格渐渐涣散,为了让自己与'后代'们,谨记使命,他们建立了一个类似宗教的信仰体系,让混合体们牢记并崇拜人类——那个他们自己早已舍弃的形态,从而心甘情愿地成为神的奴仆,一代代地劳作不休。"

因此怪物才会视我为"神明"……这也解释了为什么在伏击车队的时候,它们明明有机会用液融枪灭杀构造体却始终没有下手,即便那些构造体仅仅是徒具人形的"泥偶",甚至比它们更不像人类。

"所以这里才叫作'神殿'?"我抬头望着高耸的巨塔,"带我过来,是要执行某种宗教仪式吗?"

"最初,混合体们只是用来维护环太平洋的海下休眠城市,确保休眠仓运转良好……但很快,艾尔博士意识到自己创造出了一套能够在'大霜'中实现自给自足的生态系统,也就因此意外获取了原先最为稀缺的资源——'时间'。"人形转身看了一眼背后的设施,沉默了好久才继续说道,"于是,他设计了'神殿',作为最后的'春晓行动'——事实上,它可以直接带来'春晓',比你之前找到的任何东西合在一起都要有用。"

不光是我,连构造体们也都面面相觑,茫然失语。

人形继续道:"'神殿'几乎完全由'赫萝黑泥'铸造,你们看到的地面部分,不足其总长度的千分之一,它像树根汲取养分一样从地幔深处提取热量,再经由顶部的散热筒挥发到大气中,借助这种人工强制升温的办法,即便光照不足,我们也能让地球恢复到适宜人类居住的程度。"

"就凭这一座塔?"C09不屑地笑道,"我承认它是挺壮观没错,但如果靠一座散热塔就能对抗'大霜',人类造的第一批核电站便足够救世了啊。"

"人类小看了时间的力量,所以绝大部分'春晓行动'都只会一败涂地,"人形用力指了指地面,"同样小看了时间的你们,知道现在具体是哪一年吗?"

他顿了顿,自问自答:"是公元22135年,混合体们有近乎无尽的时间来积累技术与资源,实现艾尔博士的计划——像这样的'神殿',在整个地球上还有三十二座,并且还将继续建造十倍于此的数量……即便如此,它们也需要极其漫长的岁月来让大气升温,而在这个过程中，神殿需要不断地进行维护，这是人类无论如何也不可能做到的事情……尤其是，在他们已经灭绝的现在。"

"你！你说什么？"D42猛地抬起了液融枪，"谁灭绝了？！什么时候？！"

"设计休眠仓的时候，人们只是凭借理论上的认知来计算数据，根本没有、也不可能进行实际测试，所以在混合体们开始维护的时候，休眠仓里实际上已经检测不到生命体征。毕竟绝大多数的人类和你可不一样……"人形看向我，"你的基因经过改良，能够适应长时间的休眠。更何况，除了你之外，也并没找到其他的同类吧？"

"只要找到一个活着的密钥人就可以开始'春晓行动'了，"D42反驳道，"这并不表示其他的密钥人都死掉了啊！"

"你们打开休眠仓看过了吗？"P05也跟着问道，"外部的检测有可能失真。"

"打开的前一千个都无一存活，这概率已经很说明问题了。出于对神明的敬畏和一丝侥幸，混合体们仍尽心尽力地维护着休眠城市，但客观来说，休眠仓中的生物，无论是成人还是胚胎，存活的机会已经非常渺茫。就算还有极少数的幸运儿，恐怕也不足以复兴'人类文明'了。"

"你说谎……"D42显然接受不了这个说辞，她咬牙切齿，面目狰狞，"这不可能！而且休眠仓数以千万计，你只打开了一千个怎么就能下结论呢！"

"我为什么要说谎呢？"人形用手比向我说道，"作为一个'锁'的我，为什么要在钥匙的面前，说谎呢？"

"所以'春晓行动'……"P05点点头，"还没开始，就已经失败了呀。"

"往逝的神明成为过去，但它们的神迹永垂不朽……不，'春晓行动'并没有失败，失败的只是人类自身而已。"人形摇摇头，"现在,密钥人,告诉我,是否启动'神殿'?是否要从此时此刻开始,花上数千年的时间,让春季重临这片大地?告诉我,告诉我们,该怎么办?"

当整个世界仿佛都看向我的这个瞬间,"母亲"一再重复过的话语,又一次回荡在了耳边:

"不要留恋曾经发生的过往,而要在意即将出现的可能……"

然后,相信自己的判断——直到此刻,我才终于明白,"母亲"这句教诲的意义……在它近乎绝对理性的思维中,一定已经计算出了,当我醒来时,面对的最大可能性,就是已经不需要再去考虑什么人类、什么世界,也不需要去寻找"春晓行动"。需要的,就只是找到那个"更好的未来"。

"智人能够统治世界,正是因为尼安德特人被自然淘汰,向前追溯,也许还有更多更强的生灵有可能建立文明,却都没有敌过地球本身的风霜雨雪……"思索了也许有一个世纪那么久之后,我有了决定,"现在,一个新的物种通过了筛选,它不需要'春晓'也能在如此恶劣的环境中生存,那么也必然能够应付自然提出的任何其他挑战。它更配得上这个世界。"

"那么'春晓行动'……"

"从一开始,'春晓行动'的目的就是传承文明。我认为艾尔博士的'混合体'们已经做到了。"我回望向人形,"我相信终有一天,它们能够走出地球,带着对人类的缅怀与崇拜步向星海……既然如此,为什么还要浪费时间在装点一个墓穴上呢?"

我长叹了一口气,笑得如此如释重负:

"逝去的就让它逝去吧,是时候让新的王者登基,在旧世界的废墟上开始建立他们自己的文明了——就在这'大霜'之中。"

"你疯了!"D42突然暴跳如雷地扳过我的肩膀,"你是密钥人!你的职责是启动'春晓行动'!是复兴人类!"

我不想和她争论我的职责到底是什么，即便是她端起了武器，开始了空洞的威胁，我也只是以冷漠的微笑回应——我知道她不会伤害我，她对职责的绝对忠诚，对人类的绝对忠诚，让她绝不会去冒失去一个密钥人的风险。

她的行动，也因此而变得非常容易预测……

"走吧，我们……"她退到自己的同伴中间，"我们去寻找另一个密钥人，一个愿意拯救全人类而不是背叛它的密钥人。"

那些在实验室出生，被当做钥匙而培养出来的"雪童"，那些在"母亲"的教诲下长大的孩子们，一定也会做出与我同样的选择……但我不打算对 D42 说这些，她相信着自己的正义，也理应拥有属于自己的希望。

"那不关我们的事了，狗老大——"C09 面无表情地甩了甩手，"密钥人都已经发话放弃'春晓行动'，我们的任务，结束了啊。"

她冲我莞尔一笑："也许以后都不会再遇见你的同类了，所以……谢谢你们的养育之恩，我们两清了。"

最终，只有 P05 选择留了下来，她名义上说是要保护我，实际可能只是顺应了自己"想要偷懒"的本性吧？

"其实要不要执行'春晓行动'，与混合体们会不会有更好的未来无关吧？"在目送了同伴们分道扬镳之后，她终于忍不住开口发问，"而且，即便从概率上说休眠仓已经全都失效，人类也不一定就真的灭绝了，'春晓行动'可能还会有别的什么存续文明的办法，只是我们还没有发现。"

"好的，假如真有这样的办法，也真的能让人类起死回生，这里会发生什么呢……"我指了指仍在不远处围观的怪群，"当人类苏醒后，这些混合体会怎么样呢？这些在千万年中为了一个相同目标而不懈努力、直到此刻仍团结如初的生命会怎么样呢？"

在那一个个已经毁灭的废墟中，面对天灾的人类竭尽全力，最终却没能逃过人类自身的桎梏——傲慢的扩张，疯狂的内斗，懦弱的逃避，为了这样的神明而制造出来的奴仆，却是如此谦卑、虔诚与勇敢……但也正因为此，当神明真正回归之时，它们必将为了那个并非"更好的未来"而殉葬。

"哦，我懂了……"P05一下就明白了我的言下之意，"所以，这压根儿就不是有没有灭绝的问题，而是谁'更值得活下去'的问题，对吧？"

"所谓'更好的未来'，"我点点头，"如果是你，你会选谁？"

"我？"P05一扫严肃的表情，憨笑着耸了耸肩，"我无所谓，真的。"

狗仰视人类，猫鄙视人类，唯有猪，对我们一视同仁——我想起了这句不知是哪个名人说过的话。虽然我并没有亲眼见过猫、狗和猪，但看到P05的态度，我觉得这句话真是太精辟了。

"那么，现在呢？"沉默多时的人形突然发话问道，"我只是一把'锁'，如果你让我停止'神殿'的兴建，我会说服混合体照做，但之后呢？失去了这唯一的目标，它们该怎么办？"

"它们可以、也应当学会为自己而活，开始兴建属于自己的文明，铸造属于自己的世界。"

"没那么简单，它们虔诚地崇拜了一个神明上万年，"人形苦笑道，"怎么可能那么容易就放弃信仰？"

"所以，它们只是需要一个神？"

每个文明都有一个神明作为一切的起始……耶稣、女娲、宙斯、奥丁……

"那它们现在有一个了。"

这一次，神的名字叫作"雪"……在大霜之中，带来春晓的雪。

我抬头看向天空，此时此刻，无数白色的花瓣正慢慢飘落。

《2181 序曲》再版导言 / 顾适

生而为人,就有自由去选择生活在哪里,也有自由去选择活在哪个时代。

星云志·NO.12
时空订制

一

　　2088年7月，我刚从冬眠中苏醒不久，就收到了这本《2181序曲》。我当时以为它是本科幻小说，便没有翻阅，只一门心思去适应这个新世界——它才渡过黄石火山喷发的大灾，全世界人口仅余十亿，而我所生活的城市，我的小家，也遭受了灭顶之灾。后来等城市恢复秩序，多数人都有了果腹的食物和遮阴的居所，我才知道：全世界三十九座冬眠城中，已有十五座毁于大灾引起的核反应堆故障；另有二十座则在灾后的大乱中，被暴徒拆毁、炸碎。我所在的长安地下城，是最后幸存的四个冬眠城之一。这些日子，我常常夜不能寐，总会想起早先同我一起签下"冬眠合约"的人，我们曾约定在未来相见，如今却永久地失散了。

　　大约会有人说：你们把自己冰冻，陷入无知无觉的冬眠，自然是要冒这样的风险的，然而醒着的人，也未必能想到会有火山爆发，灰霾遮天蔽日，多年不散。这看起来是诡辩，可我还是要多说两句：在那个时候，跨越时间的确是一件不同寻常的事，但算不上十分冒险。在这本《2181序曲》的前言中，就详细介绍了它的起源：起初，是科学家在实验室里，成功地冰冻和苏醒了小鼠和猴子；五年后，瑞士就允许绝症病人用冬眠的方式等待新药研发，许多人在苏醒后成功获救；由此，冬眠开始成为安乐死的替代方式，进而逐渐演变为富豪竞相追逐的时尚墓葬，吸引了投资人去建设第一座伯尔尼地下城，当城中批量建设的冬眠舱开始售卖时，又降低了售价，引发大众的购买热潮；最终，人们开始视冬眠为一种交通工具，认为时间和空间一样，只是一段可以跨越的距离——我们可以从北京飞到巴黎，自然也可以从现在冬眠到十年之后。彼时与彼方的差别，只是在于前者不可知，而后者可知，故而冬眠就比移民多了一点点"风险"，同时又多了一点点"机会"，用几乎同样的钱购买哪种服务，就要看个人的选择了。

这次改变人类生死观和时间观的革命，只用了三十多年就完成了，现在想来真是令人不可思议。其间当然会有种种议论的声音，反对者、甚至是以恐怖行径来威胁的人，亦为数不少。尤其是当冬眠技术不再是一个问题，其安全性也不再令人怀疑之后，反对的声浪却愈演愈烈，几乎上升到宗教和哲学层面。当然如今回头去看，这些争论不过是言人人殊罢了，To be or not to be，这是一个问题，却永远不会有统一的答案。本书最为可贵之处，就在于作者采用了中立、客观的立场，在对"冬眠"这一议题进行了长期追踪后，她找出了那些最关键的、足以改变历史走向的人物和最特殊的、让人深入思考的案例，再平和地向读者展示出来。

这些内容构成了本书的正文，并按照采访和写作的时间顺序展开。本书的第一章写于2033年，正是最早的绝症病人"夏娃"苏醒后不久，那时一些人开始想要突破法律的界限，让健康人去冬眠。这当然会引起质问——"健康人为什么要冬眠？"这篇《自由意志的边界》，便记录了第一位预约伯尔尼地下城舱位的健康人李子萱与《冬眠法》立法调研组成员郑一诺之间的数次对话。其中很多问答在今天看来，依然颇有趣味。

时空订制

在本文之前，所有采访李子萱的文章，都会提到她的祖母因癌症去世的事儿。李子萱的父母在国外工作，她由祖父母抚养长大，是一名留守儿童。2024年，她的祖母不幸罹患鼻咽癌，还在读中学的子萱听闻动物冬眠实验成功的消息，便想到为祖母申请冬眠试验。然而当时冬眠在国内尚不合法，李子萱便写了一封很长的公开信，发表在微博上向公众求助。这封信引起了一定的关注，但更多的还是讽刺和辱骂，终究没能挽留祖母的生命。九年后，她卖掉深圳的房子，去伯尔尼支付了地下城舱位的定金。很多人认为，她是在用自己的生命赌气。然而本书作者并没有给出这样的评判，她选择了李子萱的另一段话来阐释：

> 大家总想给我找一个冬眠的"理由"，就好像我还一直沉溺在奶奶去世的悲伤里，就好像我还是个情绪激动的孩子。我当然不会说我选择冬眠和奶奶没有关系，但我认为那最多只能算是一个"启发"。她的病让我意识到，原来世界上还有这样一种技术，原来人还有这样一种选择——原来我们可以冬眠。
>
> 为此，我选择了冬眠医学专业。在瑞士实习的时候，我亲眼见证了"夏娃"的苏醒和康复。如果那种程度的重病患者都可以安全醒来，那么我这样的健康人更不会有任何问题。
>
> 我去伯尔尼订地下城舱位时，他们要搞清楚的第一件事，就是我是理智的、冷静的，这是我自己的选择。而媒体和舆论最可笑的地方，就是他们不肯相信我是一个正常人。他们不相信科学，不相信心理医生的判断，他们只相信自己的"想法"，并且由此出发，一定要帮我找一个"理由"。

好吧,那就让他们觉得我有一个理由吧。不过你们等着瞧,再过三十年,甚至只要十年,这都不再会是一个问题。我只是比他们更早看清楚这条路而已。生而为人,就有自由去选择生活在哪里,也有自由去选择活在哪个时代。

李子萱的言行给郑一诺带来了很大的启发,当时她已经为《冬眠法》的立法工作奔波了数年——要知道,动物冬眠实验最早是在中国完成的,但由于法律的限制,人类冬眠在国内却迟迟没能进行。一些专家担忧,冬眠技术的落后会让国家错失未来,并提议立即开展《冬眠法》的立法工作。郑一诺从大学毕业起,就在立法小组从事调研工作。

此前我们一直试图在法律层面界定:冬眠究竟是一种医疗手段,还是某种意义上的安乐死——它的的确确,让人从"当下"消失了。冬眠的人没有意识,自然也失去了相应的政治权利。但李子萱事件让我们发现,一部适应这个时代的法律,需要界定的可能不是"疾病严重到什么程度"才可以冬眠,而是"谁"在签署了"什么条款"之后可以冬眠。而一旦把《冬眠法》的适用范围扩大到健康人,这部法律涉及的权利就太广了。我举几个例子:一个冬眠的人,是否还有经济权利?婚姻是否还能算作续存?是否还应该尽抚养义务?是否还能继承遗产?在什么样的情况下,国家、组织或是他人有权唤醒他?问题太多了!

带着这样的疑问,郑一诺找到了李子萱。后者正是她迫切需要的案例:李子萱的父母尚在,她自己是独生子女,已婚,有一个孩子,同时有一定资产。郑一诺参与了李子萱离开中国以及离开这个时代之前的一系列准备工作,包括离婚、放弃抚养权、将一部分财产交予保险机构、用收益支付孩子的抚养费、请父母签字认可她不再负担赡养义务……这是一项异常繁杂的工作,但涉及的一系列事务,确实为《冬眠法》提供了重要支撑。人们对这篇新闻的印象,更多来自于李子萱签完所有协议之后说的那句话:"我终于冲开了时间的枷锁。我自由了。"

然而本书作者却随着郑一诺的目光,将结尾的笔墨留给了李子萱的女儿。那个孩子当时还不到三岁。

> 在法庭上,那小女孩儿一直安静地看着她的母亲,我从她的眼神里读出来:她知道会发生什么。
>
> 我忽然明白了我帮助李子萱签下的那些协议意味着什么。自由是有代价的——一个成年人的自由,意味着她的家人替她负担了所有的责任。这其实是不公平的。他们肯签下协议的唯一理由,是他们爱她,无法拒绝她。她毫不客气地利用了这一点,耗尽别人的一生,去塑造她自己,去追寻她特立独行的自由。
>
> 这是一种情感绑架,我们不能鼓励这样的未来。

郑一诺将所有材料提交给立法小组,随后辞职,成为一名专门为健康人家属提供法律咨询的"反冬眠"律师。她在两年后死于一场交通事故。

二

《冬眠法》于 2035 年实施后,吸引了一批冬眠医疗相关专业的医生、学者回到中国。其中就有本书第二章的采访对象之一:文馨宜(Cindy Wen)。文馨宜选择加入的,正是最初在《自然》杂志上发表动物冬眠论文的那个实验室。因为他们没有随着冬眠产业的发展,把关注点转向人类冬眠医学的应用层面,而是一直专注动物冬眠的基础研究。文馨宜说:

> 我想去探索生命的边界,而不是去研究技术如何变成一个赚钱的产业。

2041 年,文馨宜作为第一作者,发表了一篇重要的论文——她通过对海量实验的数据总结,提出了冬眠技术的一个重要规律:冬眠不能够使人体完全停止衰老,它只是极大程度上延缓了衰老,冬眠能够让动物达到的寿命极限,大约是其正常寿命的两倍。本书的第二章标题为《$\sqrt{4}$》,在与本书作者的对话中,文馨宜不再受限于论文的规范表述,而是毫无保留地展现了自己的猜想。

> 冬眠技术给了我们这样一种图景:生命的边界从此不再用时间定义,我们可以到达任何想去的远方。然而在科学领域,所有的图景都是需要证明的。事实上,即便有了冬眠,生命能够跨越的时间仍然是有限的。这就好比有了冰箱,食物也终有腐坏的一天。
>
> 然而这个时间,究竟是多久?

这是一个非常有趣的命题。在冬眠技术诞生伊始，就有人从时空维度的视角，提出了这个猜想：当我们从一维世界出发，一个边长为1的正方形，想要沿着边线到达对角，这个距离会是2，而在二维世界里，"面"的诞生使得正方形对角线长度缩短为$\sqrt{2}$；三维世界也是类似的，一个正方体，连接对角线的最短距离，在一维世界是3，在三维世界，我们可以通过"体"，找到长度为$\sqrt{3}$的捷径。那么，当这个模型增加时间的维度，也就在四维世界里——我们有限的生命，可以通过冬眠到达哪里？

我们开展了一系列动物的冬眠实验，迄今为止，实验的结果竟然与"$\sqrt{4}$猜想"是吻合的。我们发现：一个生物并不会因为冬眠的次数而加速衰老，但一旦它生命的总长度达到正常寿命的两倍时，死亡仍然是无法避免的结局。我们当然可以把动物冬眠的时间，设计为自身寿命的三倍或者更多，然而令人惊异的是，一旦超过注定的终点，动物在被唤醒之后，会无一例外地发生各种癌变，并迅速死亡——我们目前还无法解释这种现象。在科学的世界里，往往是我们知道的越多，就会发现这世界上还有更多的东西我们不知道。

当然，这些结论也不足以让我们反过来推演出生命的时空四维模型。因为很可能是因为我们目前使用的冬眠技术还不够完善，才导致了这样的结果。或许下一代的冬眠技术，能够把"冷藏"升级为"冷冻"，甚至把我们带向真正的永生和无限的未来。

在人类生命的时间长度上，想要验证猜想，尚需百年之久。因此，这份动物实验的成果为人类冬眠提供了一个非常重要的限定条件,并深深影响到与冬眠相关的一切,包括法律条文、协议内容、保险合同,以及深空探索飞船的设计。《$\sqrt{4}$》一文中,作者采访的另一个对象,就是太空社会学家陆晴,她为第一艘深空探索飞船提供了社会学支持。

"女娲号"会是人类的第一艘深空探索飞船,其任务是让两千人去往遥远的三体星系。按照原本的方案,全体飞行员会在飞船上冬眠九百年,接近目的地时才逐一苏醒。但学者在这个时候发表了新的论文,按照他们的理论,人类即便通过冬眠,寿命也很难超过一百五十岁。这就使得所有的设计要推翻重来。

——这艘飞船不再是一座飞行的地下冬眠城,而是一座有人生活在其中的城市。一旦人要在这里繁衍、生活,就会带来很多问题。其中大部分问题是可以通过技术来解决的,比如食物、氧气和能源,而通过冷冻受精卵,我们也能保证基因的多样性。但我们怎么才能保证,在这九百年间,飞船上的人之间不会发生战争?

我们没有办法从任何一段有文字记载的历史里找到先例。相应的,也无法无中生有提出任何有说服力的措施,来为太空飞船上的人构建一种新的社会秩序。我没能完成这个课题。在结题会上,一位专家说,或许只有科幻作家才能回答这个问题。

有趣的是,他们最终真的采纳了科幻作家的建议。在本书正式出版之前,作者对《$\sqrt{4}$》一文进行了补充,采访了这位名为顾适的作家:

如果我们把飞船上的"战争",定义为人与人之间的大规模械斗,或是有人动用飞船上的武器,来破坏生存系统——那么消灭这种战争最简单的办法,就是只允许女性登船。

从生殖技术上来说,这个方案也完全没有难度:把精子冻起来,在女性生育的时候,用基因技术筛选受精卵的性别,等到人类即将到达新的星球之时,再让男孩诞生。

"女娲号"在2049年起航,迄今恰好是四十年,第三代"深空婴儿"亦已出生。昨日的新闻上,他们传回来的最新消息,依然是"一切顺利"。

三

在本书收录的五篇文稿之中,最著名的一篇,无疑是第三章《2048,黎明前的最后抉择》。在这一年,伯尔尼地下城已成功运行了十四年,舱位早被抢购一空,第一批在此冬眠的人也苏醒了三成。其中那些患病的人,都因新药研制成功而被唤醒且大多都痊愈了。而另一些健康的人,所得的好处也不少:一方面,他们比原本同龄的友人更年轻,更富有活力;另一方面,他们在冬眠之前,都把大半财产换成了黄金,存在巴哈马群岛的保险箱里,恰好躲过了21世纪40年代初的全球金融风暴。这些成功的例子,使得投资者对冬眠技术信心大增,在全世界范围内,开始同时建设十座地下城。而2048年,就是这些地下城投入使用的前一年,到处都是"时光移民"的广告——"向远方,不如向未来。"

《2048,黎明前的最后选择》一文,就是在这个背景下诞生的。

它所关注的对象，是最早提出"时间股"概念的自媒体"巨焦"的主笔唐祝。唐祝生于富贵之家，成年后便与丈夫和儿女移民加拿大。然而在 21 世纪 40 年代的经济危机中，她家道中落，父母在破产后郁郁而终。唐祝随后归国创立"巨焦"，想要"用概念改变世界"，却一直未得大众青眼。终于在 2048 年，她凭借"时间股"，登上了各大冬眠论坛的讲台。

是继续做一具任由时间摆布的傀儡，还是将时间变为改变自己命运的工具？

这是黎明前最后的选择机会。一旦时间跨入明天，它就会永远甩开留在过去的人。

唐祝是一个非常优秀的演讲者，一直用这句话做结束语。比起本书作者采访的其他人，她思维活跃，显然十分健谈。

我们小时候有个说法流行了很久，叫"诗与远方"。我最早听说冬眠，就想到这四个字。"远方"的含义从此完全可以是时间上的了。这是一个根本的变化，它改变了我们对世界的认知，更会带来很多新的概念，比如"时光移民"。但"移民"这种概念，是给失败者的。为什么？空间上的移民，你移了还能回来啊，但时间是有方向的，回不来。所以肯定是在现实世界过不下去的人，才会逃到未来去——这个概念，做起来客户群体太小，又消极。真正有生命力的概念，一定是积极的。所以我们才提出来"时间股"。

当我们每个人都明白，生命周期可以延长到一百五十年，而我们能够清醒地生活的，只有其中不到八十年，那

星云志·NO.12
时空订制

怎么过这一辈子,什么时候冬眠,什么时候醒来,就是需要规划的。怎么规划?经济是有周期的。房子涨了三十年,大家都知道接下来要跌十五年,怎么办?都卖掉,换成黄金,跟着周期冬眠,十五年后醒过来,再抄底!股票也是,涨得疯,跌得缓,大趋势不对的时候,赶紧空仓,跳过这个谷底期。又或者投资一个项目,收益要五年后才能看到,那就直接去五年后嘛——生命最宝贵的是什么?时间啊!

想想看那些最早做远洋贸易的国家,他们统治了这个世界上百年,而现在,是做时间贸易的时候了,这是一个新的大航海时代。

然而在提出"时间股"的概念后,唐祝却没有选择在2049年冬眠,也没有踏入其后建的任何一座地下城。她成立了"时间股"保险公司,来经营那些冬眠者的财富,进而成为一代巨富。在一次谈话中,她对本书作者说:

概念是给别人的,价值在概念背后。只要我能让别人相信"时间股",我就可以拿到他们的钱。

这段文章结尾的话吸引了横店的注意力,他们以此为蓝本,拍摄了电影《概念推手》,并拿到了当年的奥斯卡奖。电影上映后,人们一时对唐祝有诸多批评之声。但这电影也实实在在地为"时间股"公司做了一次宣传,使之彻底占据了冬眠者的财产保险市场。而对于电影,唐祝是这样回应的:

一个概念怎么产生,概念的背后又有什么盈利的意图,其实都不重要。重要的是,当一个概念能够为大众所接受,

《2181序曲》再版导言

当一种产品能够让大众埋单，就证明了我们的确需要它。

唐祝于2084年黄石火山爆发后去世，享年七十五岁。

四

随着冬眠技术在生活中的广泛应用，人们对未来开始有了更为多元的期盼，甚至有学者将21世纪50年代到60年代的经济繁荣都归功于这种技术带来的崭新生活方式。风靡一时的科普读物《瞬息万变》就描述了这个时期的一系列新生事物：从规划人生的"时间管理学"到美容业的"深睡眠冻龄肌"，凡此种种，不一而足。而以冬眠技术为背景的悬疑电影《超时光追击》系列，则一次又一次地刷新了票房纪录。但在此时，本书作者却去描写了另一些被忽略的人——那些坚守故我、拒绝在时间面前作弊的人和那些拼尽全力、却仍然无法追上时代脚步的人。这些人的话语，构成了本书的第四章《剩人》。

我不明白他们在做什么。

所有媒体，所有网页，都说冬眠是成功者的标志，而留在当下的，则成了"剩下的人"。连所谓的"时间管理"，变成了"正常人"应该有的能力。可我就是不懂。我活得好好的，很开心，我为什么要去冬眠？我干吗要活得那么着急，那么麻烦？

二十九岁的米未，在她的双胞胎姐姐米末冬眠之后，在脑联网中发了下面这样一条信息，一天内竟被转发了上百万次，并由此诞生了一个名为"剩人"的标签。他们之中，有一些人主动拒绝去冬眠，比如前文提到的米未和著名的冬眠技术反对者林可：

> 我妈三年前醒了一次。她当时的"年龄"只比我大五岁。刚开始，她兴奋得跟神经病似的，"脑芯"也要接，"视域"也要装，还去了一趟月球，把她这些年保险生的利息基本都花光了。谁知过了半年，她就对我说：她很失望，非常失望。这个世界和以前的世界，没什么本质区别。这里仍然不是她要的"未来"。
>
> 那怎么办？继续折腾呗。卖房，抵押，把我的钱也拿走不少，再去冬眠。她这次要去三十年后，等她再醒过来，就跟我孩子差不多大了。我也跟她把协议签明白了，以后我和她再没有什么关系。
>
> 这技术是个祸害，让人变得永不满足，把希望都搁在别处。我读了不少历史书，人不能这么玩。我有钱，但我不会冬眠，我也不会让我的孩子冬眠。

然而更多的"剩人"，并没有主动选择的能力。他们就像郑一诺曾经担心的那样，被冬眠者抛弃在"当下"。

冬眠技术拉开了人与人之间的距离。21世纪60年代中期，夫妻关系几乎完全消失，随之而来的，是父母与子女的脱离。人们开始从观念上认为，儿童的抚养和教育是国家和社会的责任，而非家庭的责任。但转变并非一代人就能完成的，在这个过程之中，未成年弃儿作为一种特殊的"剩人"，一度引起人们的广泛讨论。其中，那些经历过传统家庭生活的孩子，被抛弃之后受到的伤害往往更大。祁苏然在十九岁时因非法闯入冬眠城而入狱，本书作者形容她"清秀文静，举止颇有古风"：

> 我当时在读初中。我爸妈问我"要不要一起去未来？"

我说:"好。"在法庭上,法官也问了我同样的话,我的回答也是"我想去未来"。

然后他们却不辞而别。

从那天起,我的未来变成了一个无底深渊。他们什么都没留给我,而我还要活下去。

有时候我在想,我宁可他们是要离婚,两个人争先恐后地不要我了,而不是他们去往同一个未来,把我留在现在。我去地下城,是想找到他们,唤醒他们,问问他们:这究竟是为什么?我到底做错了什么?

祁苏然出狱后不久,因制造脑芯病毒再度入狱。她生命中的大部分时光都在狱中度过,没能找到她的父母。

如果抛弃孩子还能算作新闻的话,抛弃老人就太常见了,简直难以激起舆论的涟漪。舒澜的独女在三十五岁时,卖掉了母女俩共同居住的房子,换成去往四十年后的冬眠"车票"。一无所有的舒澜把女儿告上法庭,希望法院能把她强制唤醒:

我供她读到博士,怕她没有婚前财产,结了婚吃亏,把自己的房子也转到她名下。我这辈子工作到退休,也就才还完房贷呀……我现在的退休金连房租都付不起,我可怎么办呢?

她的官司应该失败了,因为第一位被父母强制唤醒的,是太空建筑师漫歌。与舒澜不同的是,被漫歌抛下的那位母亲,是一位颇有影响力的政客。她把女儿强制唤醒,却没能与她相互谅解。三年之后,漫歌逃到阿根廷,再度沉沉睡去。

2075年,漫歌按计划醒来。面对本书作者,她这样说道:

星云志·NO.12
时空订制

> 我不知道你有没有感受过"召唤",那是一种很清晰的使命感:你知道有一件事情你必须去做,而这件事也只有你能做到。我冬眠不是为了自己,而是为了我此生必须完成的使命。
>
> 2058年,我所在的工作室用3D打印机将荒原变为城市,我们在月球进行实验,并且成功了!这就是说,只要我们把这种新型3D打印机作为一颗"种子"发射到其他固态行星上去,它就能利用那里的岩石,"打印"出一座自带核电厂和生命维持系统的城市。
>
> 2060年,我们和专业公司签署了协议,然后我才知道,要等我的"种子"在火星和土卫六上"发芽",至少还需要十五年的时间。
>
> 十五年!人一辈子能工作几个十五年?冬眠技术的意义,不就是让能够改变历史的人,去见证自己的梦想吗?很多人说我错了,其实错的是他们。人类的远行,必然有牺牲。金钱是做什么用的?只有把它换成有价值的时间,它才算用在刀刃上!这话虽然很残酷,但大部分人的生命,就是毫无价值的。
>
> 我会向前走,不会回头去看那些被剩下的人。

漫歌在2079年登上移民船"伏羲号",去往土卫六。她成功躲过地球上的巨灾,于2087年10月抵达目的地,担任泰坦市的总建筑师。

"伏羲号"起飞次年,"精卫号"与"盘古号"先后升空,这三艘飞船所搭载的十万人,将会是土卫六的第一批居民。而由漫歌他们播下的"种子",则会在2081年完成泰坦城主体结构的打印。这就意味着,当三艘移民飞船于2087年先后到达土卫六时,他们居住的城市空间已大致成形，但新的居民会如何在这空间里活动，如何生活，如何在交往中建构一个新的人类社会，却充满了未知。

五

2081年，地外探索协会（EEA）开展了一项特殊的研究：他们把三艘飞船上所有乘客的脑芯信息都录入量子计算云之中。脑芯不仅记录了每一个人的健康状况和职业履历，更记载了每一个人从出生开始的所见、所听、所言、所行，几乎是人类意识的虚拟复制品。而通过量子云的计算，就可以模拟出这些人在不同的自然环境、社会制度、经济水平和群体情绪之中的行为模式——也就是说，它能够计算出在特定模型中，一个人、一座城市，乃至一颗星球的未来。

如何设计这个模型，成了一个至关重要的问题。为此，地外探索协会将量子云里的乘客信息共享给世界各地十个不同的机构，请他们基于土卫六和泰坦城的空间和自然特征设计合理的模型，来探索未来一百年间，这座地外城市会变成什么样子。十所机构各自选择了不同的主题，大到土卫六在太阳系开发和银河深空探索中所扮演的角色；小到土星夜景和人造环境对个体精神健康的影响。其中，有一个名为《土卫六居民生命周期规划》的课题，是围绕冬眠制度设计展开的，本书作者受邀参与到研究工作之中。而这段经历，构成了这本书的最后一章：《2181序曲》。

收到邀请的那天晚上，我在休斯顿的一家医院里，远远听到有人在赫曼公园露天演奏《1812序曲》。眼前的文字与耳边的音乐交织在一起，忽而变成另一曲从时间和空间的远方传来的新乐章。它始于一个坚定的和弦，随后大

星云志·NO.12
时空订制

提琴揭开序幕，军鼓敲响，城市在卫星神秘而辽阔的土地上飞速生长，冷灰色的天幕上，小提琴用颤音勾勒出华美的土星环。管乐声部的加入丰富了旋律的层次，长笛、双簧管、圆号——那是人类，一代一代传承着勇敢与希望。炮声轰鸣，那是他们的生命在星海中燃烧，照亮星路的彼端，照亮我们的未来！

在以罕见的热情开篇后，作者很快回归了惯常的克制笔触，来记录与时间管理专家赫晶和学生团队共同完成的研究：

> 冬眠的制度化设计，起初是在策划深空探索飞船"女娲号"时提出来的，但最终因为冬眠的寿命极限理论，他们没有采用这个方案。与深空飞船类似，地外行星也会让人在特殊的极限环境下生活。我们相信通过政府来引导和规划每一个人的冬眠行为，会对土卫六的发展起到积极作用。当然，到目前为止，无论是地球、月球还是火星，还没有一个政权对冬眠做出强制性安排，最多是在某些情况下像"限制出境"那样，对个别人提出"冬眠禁令"。所以这项研究，也有非常大的创新意义。
>
> 确立冬眠制度的根本目的，是高效组织生产。以核聚变电站为例，在托卡马克装置的建造和测试期间，工程师们当然都需要保持清醒，而在电站稳定运行期间，则只需要几个人进行日常维护即可，其他人都可以安排冬眠。在资源紧缺时，他们冬眠是为了节省食物、氧气和饮用水；在快速发展期，则是为了更高效地用自己的专业技能服务社会，让星球快速发展，取得地外行星开发中的竞争优势。

而根据这种"合理"的思路提出的制度化冬眠的模型，在代入量子云中的虚拟人格数据后，却发生了奇怪的事情：无论怎么调整模型、改变机制，都无法引诱量子云里的虚拟人类开展"合乎规划"的冬眠。"人们"拼死反抗冬眠制度，几乎没有人肯"温和地走进那个良夜"。本书作者认为：

> 如果资源都不够，人们就更不肯相信他人会唤醒冬眠中的人，来争夺有限的资源——"冬眠等于死亡"，在那个虚拟的未来中，人们甚至开始有这样的观念。
>
> 就算我们从一开始，就将模型转换为资源丰富的场景，让他们衣食无忧，但大部分人照样不肯履行"冬眠义务"。

虚拟世界的漫歌再度成为反抗先锋，只不过这一次她站在了冬眠的反面，她说：

> 我是一名建筑师，没错，但在不需要盖新房子的时候，我也可以是一个农民、一位教师、一名厨师，或者一个保姆。我可以去学习新的技能，承担另一份工作。
>
> 冬眠制度的出发点就是错误的，冬眠是一种权利，而非义务。冬眠只能是个人的选择，我绝不可能同意"被冬眠"——我怎么知道你们选择"冬眠者"的真正目的是为了泰坦城的发展，还是为了铲除异己？当病人、老人和残疾人无法继续工作的时候，他们是否可以为了城市的"发展效率"，被永远地冰冻起来？

可即便按照她所说的，在模型中剔除冬眠制度，虚拟泰坦市里

会选择冬眠的人仍然少之又少。这种和地球的反差,让赫晶十分惊讶:

> 这些移民中有百分之六十的人有过冬眠经历。但在到达土卫六之后,主动选择冬眠的人不足百分之三,而且多是因为疾病。

有趣的是,虚拟泰坦城里的人也开始研究这个问题。冯可可是一名"诞生"于"精卫号"上的心理学家,她在虚拟历史发展到"2119年"时,提出了一个观点:

> 泰坦市民生活在一个纯粹的人工环境里,城市之外的世界没有氧气和液态水,也没有植物和动物。尽管从理论上和理智上说,城市都是安全的,但在潜意识里,人们仍然认为这里的生态脆弱不堪。远离地球这个事实,加剧了这种内在的不安,因为这里的人无法从故土得到任何帮助。空间的距离,如果再叠加上时间的距离,就会让人陷入彻底的孤独。一个人从冬眠醒来时,可能会与所有人都失去联系,不再知道自己能做什么、身在何处,甚至失去对自我的定义。而这种恐惧,是地球上的冬眠者不需要面对的。在远离地球之后,我们更需要彼此之间的紧密连接,来创造"时间的故乡"。

"时间的故乡"成为这份研究交出的成果,同时提交的还有在每一种制度环境下,泰坦城运行到2181年的模型数据。有趣的是,在地外探索协会收集的上百种可能的未来中,大多数模型都没能将文明维持到2181年。或是战火撕碎了泰坦城,或是移民逃离了土卫六,而这还是在不考虑自然因素前提下,得到的答卷。就连余下那几个繁荣的图景，看上去也远不如漫歌计划的那样美好。它们总是高墙耸立，阶级分明。对于这样的未来，作者却依然充满乐观，在文章的结尾，她写道：

> 毁灭、死亡、暴力、驱逐、贫穷、痛苦……这些我们不愿看到的东西，恰恰是未来真实的一面。当探险家在大海中找寻新大陆的时候，当智者在知识中找寻科学的时候，当冬眠学者在时间之中找寻未来的时候，他们都曾面对同样的危险和绝望，但他们并未放弃。如今，我们在星海之中寻找远方，最重要的不是我们去到哪里，而是我们不畏起航。
>
> 在2181序曲奏响的那一刻，人类已然胜利。

通常的导言，都会先介绍书籍的作者，以及写导言的人与作者的关联。我有意将其放于结尾，因为我不想让作者的生平，让我与她之间的故事，抢夺她作品的光芒。本书作者方妙是我的独女，她出生于2009年1月，按照当时的观点，她是一个性格倔强的摩羯座女孩。在小妙十三岁那年，我发表了论文《冷冻休眠通过激活Cryosleep信号通路延长小鼠寿命》，很多媒体把这个生物学上的发现简化为"冬眠"，不久，我们也习惯了这个更通俗、更简短的说法；还有一些报道，忽略了论文的其他重要贡献者，称我为"冬眠之母"。我虽不敢为此沾沾自喜，却也没想到这夸张的赞誉，给我带来了一个意想不到的机会。

在冬眠领域工作的每一个人，都很清楚这个研究的应用方向是人类冬眠，只是苦于无法用人做试验。从小鼠到猪、猴子，在短短一年之内，世界各地的学者极快地重复并完善了我们提出的实验方法。2024年，我收到了瑞士伯尔尼医院的邀请，他们在信函中，不仅明确提出希望我能与他们共同探索冬眠技术的医疗应用途径，更提及瑞士正在修订安乐死相关法律程序，允许医学意义上的绝症病人自愿参与冬眠试验。

我必须承认，在那个时刻，我感受到了漫歌形容的"召唤"，我开始相信，突破冬眠技术关卡，让人类走向永生，是我此生的"使命"。我几乎毫不犹豫地回复了"我很荣幸，也很高兴能够加入你们"，然后才意识到，我的女儿方妙这一年正要参加中考。

我知道她需要我，但我也需要去伯尔尼。我和小妙面对面深谈了一次，我第一次从头到尾告诉她，我在研究什么，我的研究成果会带来什么。她很冷静地回答我说：

> 你的工作很重要，妈妈，你去吧，不要担心我会受到影响。

在争取到丈夫和父母的支持之后，我收拾行囊出发了。临行之日，小妙和她爸爸一起去机场送我，她笑着挥手，然而笑得很难看，抿着嘴，什么话都不说。我几乎不敢看她，草草拥抱，落荒而逃。我相信她把自己当时的思绪，写在了李子萱女儿的眼睛里和郑一诺的话里——她肯同意我离开家的唯一理由，是她爱我，无法拒绝我。

其后的几年，我每年只在家里待不到一个月，当然，寒暑假的时候，我会把小妙接到伯尔尼。2028年，她去杭州读大学，给我发消息，说自己时常咳嗽，从夏天咳到冬天都没好。我以为她是不适应新环境，只嘱咐了一句去看内科。寒假她来瑞士找我，我见她依旧话说到一半，就捂住嘴说不下去，便安排她去医院里做了体检。

在实验室接到电话的时候，我还没意识到事情的严重性。然而医生要求我陪小妙一起去做CT。

我问："她只是咳嗽，为什么要做CT？"

医生说:"你必须去。"

结果出来了,是肺癌,晚期。她才二十岁。

我们尝试了所有的办法,免疫治疗给了我们一点时间,但很快就失效了,国内的朋友建议我们去休斯敦求医,然而我很清楚瑞士的医疗已经是世界顶尖的水平。医生那天下午四点来病房"宣判",一字一句告诉我们,等待她的只有死亡。

她不曾说出口,但我知道她不甘心。小妙对自己的期许很高,可谁能想到这样的惨剧会降临在她身上?她短暂的生命,只来得及如饥似渴地学习,却未能有所表达,有所成就,又怎会不遗憾?她曾对我开玩笑说:"妈妈这么了不起,以后有人把你写在书里,我就来做你人生的注脚。"

然而她又说:"真奇怪,在定义一个女性时,人们只会从她的家庭和孩子来判断她。"

我笑了,她多明白,又多可爱啊!都这个时候了,她还在担心我呢!她说:"你看他们写那些成功的女科学家,关心的都是她的风流韵事,她不够圆满的家庭,她对孩子关爱的缺失。所有人都要为她的成功找一个'理由',一定是因为她没完成好某一项必选的功课。"

那就让他们找一个"理由"吧。不论有没有这本书,我都知道我最好的作品从来都不是我的论文,不是冬眠技术,而是我的孩子,是她通透高洁的灵魂和她对我的爱。

就在小妙转到临终关怀病房的第一天,瑞士完成了法律修订,允许绝症病人申请冬眠试验。我问她:"你愿不愿意同我在未来见面?"

她说:"好。"

于是她成为了"夏娃"。

2032年,新一代细胞疗法研制成功,我和学生们一起把方妙唤醒。药物控制住了肿瘤,她一天天好起来。当时团队里有一个名叫李子萱的实习生，和小妙关系很好。我们回国之后，李子萱也经常到家里来看望小妙，还对我们说，她自己也想要冬眠。后来，郑一诺为了《冬眠法》的事情来找小妙，但我女儿当时还在恢复期，精力有限。倒是郑一诺在我家等小妙的时候，遇见了李子萱，两人一拍即合。李子萱说，她不想当着孩子讨论离婚和财产，竟时常约郑一诺在我家见面。小妙也十分高兴，觉得像一出真人秀，在养病时，时常看着，觉得是件有意思的事情。于是，她见证了两人的许多次对谈。晚上我下班回到家，小妙还时常同我聊她们俩。很多法律层面的细节，是我这个"始作俑者"也从没想过的。忽然有一天，小妙说："我想把我听到、见到的写下来。"

我一度很后悔当时没有阻止她。写作是一件费神的事情，2033年，在《自由意志的边界》完稿一个月之后，方妙癌症复发。我们又经历了极为可怕的三个月，最终，她不得不再次冬眠。

在她睡去之后，医生告诉我，她之前的病已经得到了完全缓解，他们也不明白，为什么死神这么快就又一次找到她。这个疑问让我忽然想起来，在我们最初做冬眠实验的时候，有一些冷冻时间过长的小鼠，总会在苏醒之后迅速发生癌变死亡。我们当时没能确定那个时间点，只私下把它戏称为"命数"。于是在五十岁这一年，我决定调整自己的研究方向，在女儿冬眠的同时，尝试去找出她这一次患病的原因。很快，我就发现了文馨宜（Cindy Wen），她一直在关注这个领域。

我给文馨宜发了邮件，邀请她回国到我的实验室工作。她痛快地答应了。在我们共同发表论文的同年，能治疗方妙肺癌的基因疗法研发成功。我的女儿从死神的摇篮里再度醒来，开始了新一轮治疗。这一次，我和文馨宜都怀疑，虽然小妙的生命还没有到达人类应有的寿命极限，但她其实"命数已尽"，任何治疗都只是另一次折磨的前奏。

我们什么都没有说。我甚至鼓励小妙写《$\sqrt{4}$》，希望她能在有限的生命里，活得完整，活得快乐。我看着她混着中文和英文与 Cindy 艰难地讨论学科领域最前沿的专业观点——语言没能限制住交流，她们越聊越兴奋，文馨宜对我说，方妙提的很多问题，都在点子上，和她聊天，真好玩。

完成采访稿之后，小妙不是很满意，她觉得这只是一篇浅显的科普，没能挖出故事来。幸而我自己就处在冬眠话题的中央，总能听到各种八卦——太空社会学家陆晴的课题以失败告终之后，我主动请她到家里来做客。陆晴让小妙看到了一个新世界。有一天她写到一半，忽然拍案而起，对我说：“妈妈，这世上不只有未来，还有远方。”

然而她也没能去医院以外的远方。癌症再次复发之后，我们终于明白，她的生命会是一场科学与癌细胞的赛跑。不幸中的万幸是，她有冬眠这个作弊器。

小妙在 2048 年醒来时，我才拿到一个奖项。那些日子，许多人在我家里来来往往，说是来看望她，也或许是借机来看望我。在这乌泱泱的人群里，小妙注意到当时还在四处推销自己的唐祝，她对我说：“这个人能成就一番事业。”

她那会儿的目光和语言，是超脱于生死的，所以更广大，也更清晰。她押对了，用自己的文章，为唐祝的成功推波助澜。然而她没能第一时间看到那部名为"概念推手"的电影，而我也不想再去描述她这一次在骨肉瘤中遭受的痛苦。那时我看着她的睡颜，几乎觉得冬眠技术本身就是对我的诅咒，如果我没有打开潘多拉的盒子，也不用一次次承受"希望"对我的凌迟。这时我已然年迈，必须随着她一起沉睡，便把家里的大小事务都委托给唐祝的保险公司，并请她在药品研发有进展时唤醒我们。我们分别在 2056 年和 2068 年醒来了两次，然而每次小妙都只来得及记录下一些碎片，就不得不再度睡去。我清楚自己无法用更老迈的身体来照顾她，于是

星云志·NO.12
时空订制

每次都与她一同签下冬眠合约。她对我说:"妈妈,你在用你的生命追逐我,这对你不公平。"

她太害怕抛下我了。她知道,自从她病倒之后,"让她活下去"就成为我生命的唯一意义。我相信这反而是她选择"剩人"这个题目的原因。她想知道:为什么这些人能够抛弃自己的家人,去往不可知的未来?而那些被抛下的人,又会经历什么?

读完《剩人》,我对她说,真是"众生皆苦"。

她却问我:"妈妈在研究冬眠技术的时候,有没有想过会造就今天的世界?没有人甘心沉沦于苦海,他们都在挣扎,去生活,去选择,让自己的人生在'冬眠'这个茧里蜕变,创造出你无法想象的未来。这就是人类不可思议的地方。"

她在小小的病房里,看到了比我的视野更广阔的世界,听到了更辽远的声音。但我当时还没有发觉,她已决心跳离苦海,去做出自己的选择。我没能见证她奏响的 2181 序曲。她避开我,自己苏醒,在休斯敦挺过治疗,通过表姐顾适联系到地外探索协会,参与他们的研究,写下最后的文字,出版这本书,然后消失不见。

我不知道她在哪里,是否还活着。我醒来之后四处找寻她,但在心底,我知道,我与她已经永远地失散了。

而就在阳光扯开火山灰云,洒落于大地之上的那个早晨,我回过头,看到床边的这本书。

翻开扉页,她的名字就印在里面。

她在这儿,在这书里,在我手里与心里。

董璐

2089 年 1 月 12 日

一座尘埃 / 万象峰年

透过人群的缝隙,船主最后的声音念叨着飘来:"唉,有人往,无人回。瞧瞧我,变成了一个冥河摆渡人。"

时空订制

一

起先，尘埃在灯光里缓缓飘浮，然后它们开始摸索着去向。建造世界的词语逐一沉淀下来，并发出声响。

"就从这里开始吧。"灯光一侧的黑暗里有一个声音说道，"在这个世界上啊，食物有限又不均衡地分配到不同的人那里。人吃得越多就会长得越高大，没有尽头；越饿就会缩得越小，虽然乏力，但不至于饿死，只会不断小下去。于是有些人就会小到看不见，既没有什么用处，也带不来什么麻烦。有些人则会如同山脉般高大，他们踩上一脚就能改变世界。"富翁靠在床上的儿子身边，正要给他讲睡前故事。今天的故事会有些特别。

"可是，我没有见过比你更大的人，也没有见过比我更小的人。"小男孩说道。

"那是因为你一直生活在我们的庄园里。我，还有用人们，都是为了你停留在这个体型的，你的玩具是为了你设计成这个大小的。你以后会看见更大的人的，随着你的长大，你会看见越来越多的人。"富翁拿过儿子手上的八音盒，拧动发条让它播放出清脆的音乐来。

小男孩摸向爸爸的胡子，好像在照顾一丛森林一样。"你会变成很大的人吗?"

富翁狡黠地一笑。"爸爸必须去到大人的世界,才能做大事情呀。"

小男孩撇了撇嘴。"我也会越长越大吗?"他又问。

"会的,你要快快长大,追赶上爸爸。"

小男孩仰看着爸爸的脸,心里不愿意长大,又不舍得爸爸。

"那么,你要听大人的故事还是小人的故事?"富翁拍了拍一本厚厚的新故事书。

"听——小人的故事。"

"小人的故事很少,或者大多数没有流传到我们这里。大人的故事则有些单调。我想我能找到几篇……"

"我改主意了!我要听大人和小人一起的故事。"小男孩在床上扑腾着嚷道。

富翁皱起眉头,掩藏着嘴角的笑意,故作为难地翻开故事书的目录,"这可要花时间仔细找找。"

> 在这个无端生长的世界里,有人像柱子一样把天撑高,有人转身后像尘埃一样消失。
> ——云游诗人殷颂《世间的距离》三英寸①版

二

记者是普通人口中所说的那种典型的"中人"——中等个头,

---

① 1英寸 = 2.54厘米。

中等收入，中等食量，像一根钉子一样稳稳地钉在这个阶层。他的皮肤因为常年的调查工作而被晒成褐色，这让他看起来像个探险家。但是他和探险这种事八竿子打不着，他从不触及超出自己尺度的领域。他称这为"中等的眼界"。这是他得以在"中人世界"站稳脚跟的诀窍。现在他看着面前这个妄图引诱他脱离轨道的人，盘算着怎么打发这个人走。

对方在这个中人喜欢光顾的餐厅里坐到记者的对面，点了一盘限量标准中最大分量的土豆牛肉。来人和记者一样中等个头，稍微上了年纪，但精神很好，头发花白发亮，背微驼，穿一身定制的西装，和这个油腻老旧的餐厅格格不入。这人自称是那个全球闻名的富翁手下的主管。

"佛比先生的很多业务涉及中人，所以他让我停留在这个大小。"主管礼貌地摘下帽子，放在桌子的一角。解释完后，他又表达了对适时做出改变的肯定："我还挺想到别的尺度去看看的。"

就算他不解释，记者也不会认为他是一个骗子。以记者的职业眼光看来，这个人的气质不是一般中人所具有的，他确实有资格去到别的尺度，只不过不是更小的那个世界。

记者耐心地听着主管说话。他得承认这个委托很有意思，但是他的兴趣让他远远地站在一旁聆听着，等待好奇心被满足后，找一个时机干净利落地切断这场谈话。

主管刚要说出报价的时候，记者打断了他。

"如果你了解我的话，主管阁下，"记者把吃得干干净净的盘子往前一推，做出谈话已经被推到一边的样子。"不不，如果你了解这些中人的话，"他用眼光扫了一眼像朝圣一样来来往往的食客。"你应该知道，没有人会愿意变小。这无关金钱。"

"我了解。如果不是走投无路了，佛比先生不会让我来找您。他觉得您的能力是他的希望。"

该说些什么呢？感激？受宠若惊？但是无论说什么，记者也不会冒这么大风险去给这个大人物希望。能让这个世界上最大的巨人之一发愁的事情，随便落下一粒灰尘就能要了自己的命。记者站起身来，转开半个身子，拿起他的皮质笔记本。

主管的眼睑低垂下来，眼里饱含着忧伤。"我恳请您再考虑一下，为了一个丢失了孩子的父亲，为了少爷……"他的声音哽咽了。"佛比先生当然明白这件事情的价值，所以他愿意让您永远免于变小的恐惧。"

"什么？"就像肌肉有了自己的主意似的，记者不得不转回身来。

"事成之后，在佛比集团的存续期内，佛比先生会永远保障您有足够的食物停留在中人世界。"

这和金钱没有本质的区别，但是用这个说法说出来的条件，让记者无法抗拒。就像一场美梦。

他恍恍惚惚地答应后，主管高兴地大步走出餐馆回去汇报了，留下桌子上的大半盘食物。再一转眼，那盘食物就消失了。

神奇的事情是，当心底的恐惧被驱散后，同情心开始浮上来。记者很想知道，在成年的那一天决定绝食变小的富家少爷，他内心的想法是什么。他猜想这绝非是少爷的临时起意。而当事人的童年和少年时代的房间，往往是藏着最多线索的地方。

富翁立刻同意了让主管带记者去查看少爷的房间。

房间位于城市郊外的一座大庄园。据说为了确保小少爷绝对地安全出生，当时的富翁一家连同用人都变成了中人。记者循着这个对于中人来说很是宽敞的房间往下看，他能感觉到小少爷是如何被这个世界精心呵护的。

盒装的积木、手工定制的玩偶、床头的张贴画、书桌上的照片、书柜上的故事书、绘画本上画着大人和小人的画、一把精致的小提琴……把这些一一翻检过后，记者拉开书桌中间的抽屉，拿起一个被摩擦得掉色的、锃亮的八音盒。它散发着黄铜的光泽。拧了一圈，八音盒发出清脆的声音，仿佛把房间中的一切都唤醒了。

"这是少爷小时候最喜欢的玩具。"主管说。

记者合上笔记本，走到门边。门边上画着一列不断长高的身高线。最高的那根线已经差不多有记者那么高了。记者在脑海里勾画着，一个茁壮成长的、叛逆的、敏感的、内心藏着秘密的少年。

"最高的那根线标出的，还远远不是少爷最高大的时候的高度。少爷本来可以长到和老爷一样高大的。"主管叹息道。

长得高大是一个缓慢积累的过程，变小却是很快的事情。要追赶上少爷，就必须争分夺秒。记者开始节食。当饥饿感袭来，身体就会缩小以减少能量的消耗，这时你仿佛能听到身体挤压自己的声音。

三

记者来到一间钟表铺，交给钟表匠一块铜质的老怀表。

"家里传下来的吧？"钟表匠戴上放大镜看了一眼怀表说，"它走不准了？"

"不，它走得很好，无论是时间缓慢的旧时光还是像狗崽子一样快的现在，它都很尽职。"记者把手肘撑在柜台上说，"我想拜托你把它拆开来，不上螺丝地再装回去。我要带上它。"

"你为什么……啊……"钟表匠若有所思。

他开始埋头用精致的工具拆开怀表，全神贯注。小得几乎看不见的零件被精确地摆放好，闪闪发光，等待着被还原。过了一阵子，他把怀表递还给记者。

一座尘埃

"你要很小心。"钟表匠小心地托着怀表说。

记者掏出一块手帕,接住怀表,小心地包裹起来。现在怀表已经不走了。

钟表匠抬起眼睛,眼里含着悲伤。"我希望能再见到它。"

记者点点头。

太阳又走了一圈,把阳光投进卧室的窗子。每一天记者醒来,床都会变大一圈。这似乎是好事,但衣服、鞋子变大就不能穿了。幸好富翁预付了他一大笔钱,让他不至于像一个过渡者一样穿一双草鞋,穿一身破布。他还雇了一个管家阿姨来打理家务,以及在他不在的日子里照看屋子。换下来的衣服和鞋子被整齐排列在柜子里面,从大到小。有一天,他会把它们从小到大再穿回来。

他从来没有经历过变小,这让他有点忐忑。即使在四年前大饥荒的时候,他也精确规划着食物的分配,扛过了那场萧条。一些认识的人变小后就再也没有回来。他常常会想象更小的世界里的人们是怎样生活的,现在自己终于也要走上这条路了。除了日常的麻烦,起初的感觉是自己变得弱小了。现在连管家阿姨都比他高出大半个身子,轻易就能把他提起来。世界渐渐变得陌生又难以信任,就连自己的家也不可避免地变成这样。这种感觉就像是,自己还是那个自己,世界却被偷偷地替换掉了。小时候,他家里有一顶油毡布做成的帐篷,是爸爸从旧货市场收来的,那是他和猫最喜欢钻进去的小城堡。有一天,爸爸妈妈决定要把这顶帐篷卖掉,他们告诉他,这顶帐篷曾经笼罩过一个形如枯柴的巫婆,是不祥之物。他心里有一半知道这是父母的谎言,另一半却无法摆脱那个故事。于是他再也不敢直视那顶帐篷的门帘暗处。他眼睁睁地看着那个家园变得陌生,想不明白是什么夺走了他对世界的熟悉。

家里的柜子高耸得几乎碰到天花板,柜子顶上成了家中他够不到的一处异域。他起床时久久地盯着那里看,突然扑上来的小狗把

时空订制

他吓了一跳。小狗欢快地舔着他的脸，那条舌头几乎要把他的脸包裹起来了。天哪，伊奇什么时候变得这么大了？动物是不会跟人一样改变大小的，他再也不能托着伊奇的胳肢窝把它举在跟前了。他带上伊奇出了门。

在城市的街巷里，伊奇成了他的向导，带给他安全感。它总是像一头狮子般走在他旁边，用毛蹭着这座粗糙的城市。他们建立了一种奇妙的关系。

一个没有在城市中摸爬滚打过的富家少爷，想要逃走的话，总会留下一些蛛丝马迹，而寻找这些痕迹是记者的专长。傍晚时，记者和伊奇来到城市的一座废弃的港口。晚霞铺向海面上的远方，生锈的吊塔像哑巴一样沉默地站在堤坝边。总有人会来到这个旧的遗迹寻找新世界。

海风带着寒意，一群灰扑扑的人挤作一团，等候在一艘铁壳船旁。从他们的口中能够听到一些对目的地的想象。要是在平日，记者以旁观者的身份能够判断，这只不过是自我欺骗罢了。但是现在他加入进来，用这想象取暖。他们正等待夜幕降临。

大多数时候，这些人就被称为"那些人"，少数时候，他们被称为"亚中人"。亚中人的体型相当于中人的一半到三分之一大小。不能维持食物收支平衡的中人，有的选择暂时缩小体型，用节省下来的积蓄渡过难关；有的则是已经破产，不得不谋划另一种活法。无论怎样，他们都脱离了原来的职场和社交圈子。

高出众人一大截的船主拿着撑竿走过来，吆喝大家上船。人们像企鹅一样走上了船。

"狗也要买票。"船主拦住记者说。

记者点了点头。

人们被赶进船板底下的夹层。五六十个亚中人就像变戏法似的被装进了这艘看起来不大的渔船里。记者被臭烘烘的人群挤到一个角落，他吐了一口气。偷渡到上城区并不是一个好主意，但总有人前仆后继。这就像口口相传的天神的传说一样，富人留下的残渣就能撑起一个天堂。

马达发动了，船在夜色中离岸。

记者买了一个能在甲板上待着的位置。在甲板上被海风吹拂着，才让他的头脑清醒起来，想起此行的目的是什么。

"你和别人不一样。你去那边干什么？"船主用礁石一样粗哑的嗓音抢先发问道。

"我要找一个人，据说他搭乘过你的船。"

"找人？"船主笑起来。"一个很重要的人？"

"对我的雇主很重要。"

"你是私家侦探？多少钱值得你去干这个？"

记者没有回答他，抛过去一个铜币。"一个富家少爷，瘦削，棕色头发，应该背着一个大行囊……"

"我记得他。"船主打断道，"他两个月前搭乘我的船。没错，正是去往那个方向。"船主眯起一只眼睛望着前方。

"他有具体说要去哪里吗？"

"有说过一些话，但是我这个老家伙要仔细想想才能想起来。"

记者又抛给他一个铜币。

"他往更小的世界去了。"船主回答，"没有具体说，但是他打听了一些情况，我很确定他要去找小人的原住民区。"

"有什么理由吗？"

"我也不理解。听说上城区的小人原住民对外来瓜分资源的人怀着敌意。他一定是疯了才会想要去那种地方。"

"是啊，我也疯了。"

这时一道光柱从海面上扫过来。"趴下！"船主喊道。他把记者和狗盖在油毡布底下。记者想起了小时候的那顶脆弱的帐篷，大气也不敢喘一下。

巡逻艇开过去以后，船主把油毡布掀开。"你不会找到他的。人一旦变小就像盐被撒进了海里。"

"谁知道呢？"记者望着墨蓝色的海面，它和远处的城市连在一起，分不清哪里是海岸了。

不知飘荡了多久，上城区终于近在眼前了。这里的楼房差异巨大。巴别塔一样的超级摩天大楼从城市中间拔地而起，直穿云霄，配以宽阔的起重平台和专用车道，那是天神的宫殿。普通的摩天大楼像森林中的老树拱卫着神殿，代代相传。填补在缝隙中的是众多的普通高楼，像森林中的灌木和草丛，这是为城市提供服务的中人的居所。在这之下，是那些地衣、苔藓的世界，没有人看得到。

"你知道吗？"船主望着上城区的夜景说，"这么多年，我像一个船钉钉在这艘船上，我已经看腻了一样的过客，走腻了这条航线，我以为所有人都是这条轨道上运送过去的废料，他们只有恐惧，没有勇气。但是那个少爷不一样，你也不一样。"

记者感到有点羞愧。"偷渡的活儿也不普通。"他说。

"是从我的父亲那儿接下来的活路，好像这件事就这么合情合理。我想过去寻找别的生计，但……"他耸耸肩。

"远远看上去，夜景很美。能远远地看着也不错。"记者说道。

船主把记者给的一枚铜币用力扔向海里。水面上发出了细小的入水声。

"为什么？"记者问。

"有那么一个片刻，我可以想象我成为跳出自己的人。"

船靠岸了，船主举起撑竿，把剩下一枚铜币叼在嘴里说道："看在这个的分上，我再忠告你一句吧——适可而止，千万别以为还有回头路。看看这城市，世界上的资源和粮食大多被巨人和'大人'占有了，中人可以买下一部分，争相生产出世界上的大部分财富。

其他更小的人，他们不存在。"

"谢谢你的忠告。"记者拢起大衣，牵上狗。

"看在另一枚铜币的分上，我希望你能找到那个少爷，回来告诉我你们的故事。我会把这枚铜币付给你。"

记者微微鞠了个躬。

船主叫船工打开船板。黑色的偷渡者们涌出来，对着城市压低声音欢呼。他们通过一条窄窄的木板，走上有着巨大排水沟的岸边。人群很快把记者裹进人流中间。

透过人群的缝隙，船主最后的声音念叨着飘来："唉，有人往，无人回。瞧瞧我，变成了一个冥河摆渡人。"此时，这支像长蛇一样的队伍的前锋已经走进了城市的背影。

四

记者在一家接待亚中人的地下旅馆暂时住了下来，为下一个尺度做准备。旅馆名叫"觅食者之家"，从一家饭店的后门进去，几间仓库被隔成蜂巢一样的小房间，上下三层，住满了各色人等。虽然不容易，亚中人还是可以找到一些活计——一些不需要操作大型设备的工作。有一些中人家庭会雇用他们当用人，运气好的，还能用他们的知识找到一份还算体面的在办公室的工作。

记者变得越来越不想出门，他感觉日常商品和公共设施对正在变小的自己越来越不友好。这种被遗弃的沮丧感缠绕着他，消磨着他的行动力。每天饭店的后厨会偷运出来一些剩饭剩菜，用还算便宜的价格卖给房客们。记者只能要到大得像锅铲一样的勺子吃饭，但是餐盘和里面装的东西却没有相应放大。第一次吃饭的时候，他对着这套奇异的餐具手足无措。

记者对面的房间住着一个总是脸色发红的无业男人，是那种不断内耗的血色。每天叫卖的餐车推过走廊的时候，是那个男人的房门唯一会敞开一道口子的时候。他的钱只够买一点点食物，掏钱的手指上指甲乌黑乌黑的。有时他只是看看，什么食物也不买。记者试图望向他布满血丝的眼睛，然而他的目光只要和谁一接触上就会惊慌地缩回去。通常情况下，他的目光焦距只在距离自己几寸远的范围内燃烧，就像一团自发的火焰将自己包裹起来。记者几次伸头看到，他房间的床上摆着一本旧书和几张旧报纸，几乎是空荡荡的。除此之外能够想到的事情，男人每天就躺在那张床上，无所事事，望着天花板靠幻想度日，像风干的泡沫一样渐渐消瘦缩小。记者试图尽量自然地跟过去想多看一眼房间深处，男人已经走回房间关上了门。

门扉发出一声叹息。那个男人是那种无可救药的人，坐在一辆向坡下滑行的车里还懒得去扶一下方向盘，就连那一声叹息都要靠外物才能发出。记者想到自己也已经走到边缘了，就收住了脚。

男人终于滑到了坡底。当他瘦小到仅有普通板凳那么大的那个晚上，记者看到他拖着寥寥无几的行李搬出了旅馆，像一团将要燃尽的火焰消失在了夜色里。

记者合上窗帘，狠狠打了自己一巴掌。

皮质封面的笔记本已经大到不能用了，很多小尺寸的物品没有工厂会生产，需要自制或是在黑市上用贵重金属交换。记者从一个皮匠那儿弄来一个小背包，自己给伊奇做了一对驮袋。他骑在伊奇背上一起去调查，把调查笔记用微雕刻刀刻在一张锡箔纸上，为以后携带做准备。

一天调查回来，记者把怀表拆开，小心翼翼地取出怀表的表芯。仿佛这颗裸露着齿轮的心脏还在跳动着，将时间切割为完全相同的等分。他将手帕裁下二分之一来包裹表芯，另一半包裹怀表的其他部分，塞进了床底下。

记者调查到了一些线索。"小人"原住民区是一些不对外人道的地方，但是研究城市地图和雇人去市政大厅查找资料可以找到一些特别的地方——这个城区的垃圾处理场。这是城市二手资源聚集的制高点。它们被用红圈在地图上圈出。上城区旁边，这样的地方有两个，每一个都离城区不近，挨个走一遍不知要花上多少时间。

早上起来，记者踩着椅子背爬上洗脸台洗漱的时候，不小心掉进了洗脸盆里。他索性洗了个澡。他看看镜子里勉强露出脑袋的自己，已经小得只有自己原先的一个巴掌大了，严格来讲已经算一个小人。旅馆的进门处有两条身高线，严格限定着不符合身高的住客，而他早就低于了最矮的那条线。就算他塞给旅馆经理小费，也待不了多久了。

旅馆经理告诉他，在小人的世界里，不存在付钱就能住的旅馆，因为信任建立起的关系比商业服务更重要，那是一个比他想象的更脆弱的世界。

记者想办法打了一个电话，把管家阿姨叫了过来，把不能携带的行李交给了她。管家阿姨对自己的雇主变成了这般大小很吃惊，她好不容易才迫使自己对这个小人儿恭恭敬敬地说话。也要跟伊奇告别——记者就要去往更小的世界了，他和伊奇之间的关系再怎么也很难维持了。伊奇将会由管家阿姨在家里照顾。记者抱着一支笔芯，给管家阿姨签了一张大额支票，预付了够用好几年的一大笔工资。他最后拥抱了这头叫伊奇的毛茸茸的大怪兽。伊奇用宽厚的舌头把他舔倒在地上，仿佛从来没有察觉到他的变化一样。

管家阿姨抱着伊奇上了一辆出租车，记者甩干湿漉漉的头发回到旅馆收拾剩下的行李。

走过对面房间的时候，记者看到清洁工刚刚离去，门虚掩着，这间房间还没有租出去。记者趁着没人，推门走进昏暗的房间，一时间他不敢相信自己的眼睛。

墙上写满了诗句。

屋子里就像被照亮了。记者不知道该用什么词语去形容，那些诗句美而丰富，燃烧着，静静流淌着，颤动着，折射着……

纤细的，庞大的，即将消散的，婉转萦绕的……

记者的手因震撼而颤抖。他感到羞愧万分，自己竟然在看到的不够多的时候，就贸然做出了判断。那些静静留下的诗句就像光芒一样刺痛着他的自尊。他狠狠打了自己一巴掌。

他在那个房间里站了很久，离开旅馆时天已经黑了。回头看时，所有的住客都被黑暗埋没在这间不起眼的旅馆里。他提醒自己要去看得更多。今后在这样的黑夜里，他必定会无数次想起那个在向下滑行的车子里唱起歌谣的人。

五

午夜，记者睡在了街心公园的长椅下，他搬了一堆树叶来把自己盖住。其他的地方看起来都不安全，街边的汽车声音大得吓人，花圃里又传来老鼠的窸窸窣窣声。他想念伊奇蓬松暖和的肚子了。公园里看不到流浪汉，记者心想他们是存在的，只是塞进了看不见的角落里，就像不存在一样。

那个少爷也经历了这样的日子吗？从一个没有人能忽视的巨人，把自己削短打薄，从世界上消失。他究竟为了什么？在这个无月的夜晚，一个大大的问号悬在陌生的天空上方。

早晨，阳光透过长椅的缝隙把记者晒醒。他在树叶里伸了个懒腰，睁眼看到一个巨大的屁股坐在他的头顶。周围有几个小人正在顺着黑色的铁架子爬上长椅。坐在长椅上的是一个妇人。一个小人爬到长椅上,蹑手蹑脚走到妇人的挎包旁,从里面掏出一件亮闪闪的小东西,递给另一个小人。

记者捡起路边的一块石子砸向长椅。啪嗒一声,妇人惊慌地低头看。小人们丢下东西逃散了,妇人在后面叫骂着用挎包拍打他们已经不在的地方。一个小人从草丛里跑出来,给了记者一闷棍,把他拖走了。

再睁开眼的时候,记者的身上被泼了一盆冷水。一群小人恶狠狠地瞪着他。

在小人的世界中,这里是法律也不愿意管辖的地方。

这些小人只有中人的拇指大,记者比他们还高一个头,但是没有用。他在一个宽敞的院子中间,双手被绑在一根木桩子上,无论朝哪个方向跑,都得跑上一段时间。这里看起来是一个废弃的建筑工地,因为远处有高大的墙壁,看不到有人居住的痕迹,甚至还长了杂草。院子周围有高高的草丛掩护,不钻进来找,很难发现这里。院子内部,四周建了一圈简易的棚屋,重重叠叠,堆着各种零件,支着烧烤架、加工台面,晾晒着衣物和食物。记者还看到,这个小天地里有简易的篮球场,有一架巨大而老旧的露天电影放映机,还有医疗室、手工制作的轮椅、精心修建的走道。

另一拨人背着战利品回来了,叮叮咣咣地把东西倒在院子里——硬币、耳坠、钢笔、钥匙扣……

有人说道:"老大来了。"

人群让开一条路,一个穿着一身皮革衣服的女子从最里面的一间屋子走出来。她和别人一般高,脸上架着一副墨镜,额头上扎着一根红色的头巾,步态像威严的豹子。

首领面朝记者的方向,但是没在看着他。"听说你闯入了我们的地盘,还搅黄了我们的好事?"她的声音透着一种可怕的力量。

时空订制

"我不知道偷东西也算好事！这和我来的地方有一点儿不同。"记者说。

"我不知道你有没有听说过豹子，那东西会吃人，在我看来它是很美的动物。"首领微微歪了一下头，墨镜反射出一道灰光。

"我见过，很不幸，在富人的笼子里。"

首领微微笑了笑。"我们正是把有价值的东西从富人那里解救出来。"

记者抽了抽被绑住的双手，说道："那我们应该不是敌人。你给我松松绑，我很愿意听你的英雄事迹。"

"你可不是穷人，至少你为有钱人办事。"首领的语气冷下来。

记者想起来自己的行李被他们拿走了。"我受人委托。"他承认。

"在我们这里，让有钱人更肥壮可不是什么好事。"

"我没有帮人赚钱，我在帮一个富翁寻找他走失的儿子。"

首领走近记者。"你不用说服我，我也不喜欢说服人。"

她抽出一把精致的闪着银光的匕首，又走近两步。银光一晃，匕首钉在了木桩上，首领转过身去。记者自己把绳子割断了，拿起了匕首。首领的同伴们紧紧地盯着记者手上的匕首。

"我们这里是一个盗贼部落，以你不齿的行为维生，就像一个大家族。"首领转过身来说，"对你最重要的人是谁？"

"曾经最重要的人已经不在了，现在对于我来说最重要的是一只狗。"

"它叫什么？"

"伊奇。"

"好的。我想让你明白，在我的部落成员之间，每一个人对彼此来说，都不亚于伊奇对你的重要性。你必须以伊奇的生命发誓，不会泄露关于我们的一丁点消息。"

一个同伴叫道："以一只狗发誓算什么！你不能相信他。"

首领转向那个人，把手放在墨镜上。那个人立刻噤声了。

首领放下手，对记者说道："我相信你。如果你撒谎我会立刻割断你的喉咙。"

记者想了想，摇头说："我不能以伊奇的生命发誓。"

首领不知从哪里掏出了一根手杖，以快得看不清的速度点到记者身上，再一挑，把匕首打到了天上。匕首旋转着，噗地插在地上。"把他关起来。"她对同伴们说。

记者被关进了一间屋子里。晚上，他看到部落的成员们在院子里围着火堆跳舞。首领叫人送来食物和一盅酒。"庆祝收成减少的一天。"来人说。

我就要死在这里了，记者心想，无人知晓。那些中人丢失的财物可能还在警察那里有记录，而我，什么也没留下。记者没有吃东西，只把酒喝了个精光。即使可能死在这里，他也要按照工作规划来要求自己。没想到偷来的酒味道还不错。如果他们把他关上两个月，他就能在他们眼皮底下消失。

第二天，记者被一阵嘈杂的叫喊声吵醒。所有人都聚集在院子里。地面传来震动，仿佛被什么东西敲打着。

"一个中人小孩在拆毁我们的路！"有人报告。过了一会儿，又有报告传来："他抓走了我们的一个人，装在玻璃瓶子里。"

首领走上前，命令大家拿起武器。长矛手在前，弓箭手背着箭袋列队，投石机被推出来。

"你不能这么干！"记者对首领喊，"我见过那样的孩子，他们互相攀比养在玻璃瓶里的小人，让小人互相打斗。他们残忍又贪玩，你们会被杀死的。"

"我们一个人也不会丢下。"首领冷冷地说。她捡起一根铁棍敲开了记者的门锁，和战士们一起走出去了。

外面的人正忙着厮杀，记者从一处栅栏上翻出去，猫着腰走进草丛。他走了几步,站直腰,想了想,又返回去了。

外面的战场上,小孩就像一个硕大无比的巨人,遮挡住了太阳,随便一脚就能把一个小人踩成肉饼。投石机把石灰弹投向小孩,趁着小孩挡住眼睛的一小段时间,战士们就会发起一波进攻。小孩愤怒地回击,用树枝抽打着地面,捡起石头砸向小人。记者看到小孩穿着一套捕虫的行头。当小孩伸出捕虫网、扑向一个小人的时候,弓箭手就齐齐发射,把对手击退。首领每经过一轮射箭就提醒大家躲避和上弹。

小孩越来越狂暴,他开始尖叫起来。

"不好!"记者叫道。

小孩愤怒地踢着地上的石子,发起了无差别攻击。石子像暴雨一样飞溅开来。

一块石子飞向首领,她面朝着石子却没有躲避。记者扑过去和首领滚到一边,石子扑通一声砸在地上,弹走了。

"原来你真的看不见。"记者说。

"捡起石子,反击!"首领爬起来继续指挥。

战士们把石子搬到投石机处。一个小组占领了一个高点,将一面镜子竖起来。一块太阳的光斑反射到小孩的脸上,小孩愣住了。石子像雨点般飞向他。

我好像听到了门牙被打崩的声音,小孩扔下瓶子和网兜,哭着跑了。

院子里,战士们拖回来两具同伴的尸体。他们同时在欢呼。

记者爬到院子的瞭望塔上,手肘撑在栏杆上,把头埋到手掌下面。

"谢谢你。"首领来到他身后。

"我不知道,这算胜利还是……"记者低头望着院子说。

"我们救出了同伴,把那个小杂种打哭了。"首领就像在说一场伟大的胜利。

"死了两个人,值得吗?"

"没错,我们损失了两个人,但是我们没有哭。战死的两人是真正的战士。"首领神情严肃地说,"总有一些要付出很大代价才能抗衡的东西。"

首领拿起随身的弓箭,面对着地平线上的太阳,稳稳地拉满弓,射出一箭。箭划出弧线,从光明里落向城市中的一个方向。她望着那个方向,虽然看不见,但是她知道那个东西在那里。记者也望去,佛比工业的大楼矗立在城市中间,熠熠发光。

"我很抱歉,对于你们的遭遇。"记者说。

首领打断他:"我们不需要可怜。部落的位置已经暴露了,这里不再安全,我们马上就要撤离。你可以走了。"

"似乎现在说这个已经没有意义了,但是……我会替你们保密的。"

首领摘下墨镜,泛白的双眼里似乎有了光芒。"我有过一只狗,卡尔莎。它是一只导盲犬。"她在太阳中抬起头,望着只有往事存在的方向。

记者对这个人生起了敬佩之情,她失明的双眼既不惧怕直视太阳也不害怕黑暗。

首领继续说道:"卡尔莎照顾我比我照顾它更多。当我小到我们不能再互相照顾的时候,我离开了它和家。外面的生活会改变一切。有些想要杀死我的人,我们成为了同伴。起初我们只是收集一些破烂,后来不得不主动出击。每当被追捕,我们就会往更小的世界逃去。那是狼狈的日子。"首领笑起来。"被苍蝇拍追打得缺胳膊少腿,被水管冲进下水道,在睡梦中被老鼠拖走。他们的世界里没有任何公共设施会覆盖到我们这里,我们脱离了正常世界的经济圈,法律也不管用了,像我这样的盲人本应该死掉。我选择变得更凶狠。后来,我们决定在这里停下来,保护自己的家园。我用搜刮来的资源为自己造了一条盲道,为部落的成员造了一个真正的村落。在这里,每个人的需要都可以被当作一件事来规划。现在我们不得不放弃这里了。"

"我希望你们能重建家园。"记者说。

"会的。我们发过誓不会再往小世界逃跑。而你,似乎有我不能理解的原因要去往更小的世界。"

"我也没有完全理解,今天我似乎又明白了点什么。也许有一天我会找到答案,说不定我们本就一样。"

部落的人在忙着收拾东西。首领叫记者等一下,她去了一会儿又回来,拿来了记者的行李。

"我听到过一个消息——落叶街的小人当铺收到一枚就连我们也弄不到的珍贵宝石,你也许会感兴趣。"首领把锡箔纸笔记递还给记者。"真可惜,我读不了上面的故事。"

记者道谢,接过叠得整整齐齐的锡箔纸,忽然有点舍不得上面即将消失的体温。他趁什么东西起变化之前告别了首领,离开了部落。

六

记者在那个小人当铺看到了那颗从项链上取下来的宝石,宝石塞满了整个储藏室。当铺老板正在切割宝石,准备分小了再卖出去。即使在小人的世界里,也会有人想要拥有一件闪亮的恒久的东西,毕竟在小世界很难有什么东西是持久的。记者花了两块宝石的价钱买了一小块宝石,装进木条箱子里。他借用老板收藏的电话打了一个电话给主管,表示要向富翁汇报。

这是他第一次见到富翁。富翁住在远离市区的一座山谷。峡谷间搭起的穹顶组成了一座宫殿,山谷的风从宫殿中穿过,仿佛持续了一个世纪一般,发出空旷的呜咽声。记者甚至心想自己会不会像一粒灰尘一样被遗忘在这座宫殿里。

主管把记者带到一个特制的会客平台上，它只是会客厅桌子上的一个笔筒大小的装饰物。富翁为了表示礼貌，还是清空了整个会客厅的用人。

老实说，记者根本看不到这么巨大的人长什么样，他只能看到一片大山一样的阴影压来。富翁的每一个微小动作发出的声音——衣服布料的摩擦声，沙发的咯吱声，脚趾搓动的声音，都能填满整个空间。这是世界上最大的超级巨人之一。要如何才能吃成这么巨大？记者心想，这是一个多么漫长而浩大的工程啊！

脚下传出机械齿轮和轴承的声音。一个复杂的光学镜片组从地下升起来，富翁那边还有一组更大的，在两个镜片组中间还有一组，应该是用于连接中人的尺度的。三个镜片组的光路对接到一起，两人面前各有一面显示镜片，还有一个传声器。通过显示镜片，记者终于勉强看到了富翁的脸孔。和报纸、电视上的意气风发不同，那是一张憔悴的脸。

富翁用显微镜鉴定了宝石，说道："没错，确实是他项链上的宝石。"虽然压低了声音，富翁的声音还是震得四周的物品嗡嗡作响。

"那您可以暂时放心。"记者说，"当铺老板说少爷看起来很好。"

"嗯，你的钱还够用吗？"

"够用，越小的世界需要花的钱就越少——您不用担心少爷的用钱问题。再小下去就不是钱能解决的问题了。"

"不要耽搁了，快去找到他，等你回来了我再感谢你。"富翁说。记者看到一只巨大的飞艇在富翁头后面的天空上飘过。

"是的，我立刻要动身了。"记者鞠了个躬。他想快点离开这个压抑的地方。

"对了，"富翁补充道，"不要给家里的管家太多工资。掌握好平衡，让他们不至于太小，小到没用，也不至于太大，大到生长出野心——不是所有人都像你这样尽职。"

七

当铺老板给的线索指向了北边市郊的一个垃圾处理场。这个时候，即使肯付钱，城市的出租车也不愿意搭载一个小人。司机难得有眼力去分辨路边的小人，也难得有听力去和小人对话。好在主管帮忙订了一辆出租车。

记者坐在后座椅子上，很难保持一个优雅的姿势，这里简直就是一个会动的篮球场。于是他索性躺在椅子的皮面上，随着汽车的颠簸而翻滚。司机侃侃而谈，很快他就倦于聆听记者发出来的细小的声音，变得自说自话了。穿过那些巨大的建筑底下的时候，记者感觉车子成了大树脚下的一片树叶，自己就是这片树叶上的一只蚜虫。他拼命张望也无法看到这座城市的整体面貌了。

到达目的地，司机朝后座看了一眼，说道："太好了！你还在。我害怕你会消失掉。"

小人的世界就是一个正在从中人的视野中消失的世界。跳下车，记者意识到自己真的是孤身一人了，不会有人来找他，不会有人给他支援，并且他还会继续变小。

这座垃圾处理场被小人们称作"云梦山"。它的周围萦绕着一种城市腐朽的气味，它的北边就是森林，另一种奇妙的气味混合进来，使得这个交界之处散发着难以言说的异土的气息。据说走上了云梦山的人将获得第二次人生。这里比很多人一生走过的世界还广大。城市里的文明人不会知道，这个丢弃废弃物的地方成了很多人生存的绿洲。

沿着隐匿在杂草丛林中的小径走下去，能看到一座座用垃圾建设成的村落。围绕着云梦山形成了诸多小人的村镇、聚落。有的封闭而野蛮，敌视外人。有的则刚刚经历了一场恶斗，由新来的主人占领。围绕着不同的尺度和分工，则形成了利用资源的不同梯度的聚落。从拇指大的小人到指甲盖大的"小小人"，他们拆解、利用着城市垃圾的不同部分。用金属武装起来的、善于打铁的金属部落，他们的人的房舍是罐头和铁盒子。利用腐败的有机物种庄稼的农人部落，他们的人擅长引水挖渠，收获时，会搭起脚手架来采摘。狩猎小动物、驱赶大动物的是猎人部落，猎人身上总是挂着一串昆虫当干粮，他们同时负责某块地区的守卫工作，所以人缘很好，有吃百家饭的特权。在人们体型短小、擅长钻进机器内部去精细修理的修理部落，大家住在一个由机器组成的村子里，这是少数几个有蓄电池供电的村子之一。而在人们心灵手巧、擅长编织和染色的纺织部落，只有他们的人才能为小人们提供量身定制的衣服。他们的村子里堆放着染色用的矿物和植物原料，有喜欢绘画的小人会来这里交换颜料，画出垃圾上、路边石头上的画。游医在垃圾堆里翻找出药片，走村串户行医。在森林边缘，有驯化蚜虫的游牧部落、采集果实的酿酒部落，他们的人酿造出独特的奶和酒。记者看到，由于分工的存在，小人们重新形成了他们自己的经济圈。没有历史，没有新闻，没有书本的记载，是这些人的故事组成了这座云梦山。

夜幕降临，记者放下行囊，看着雾气在云梦山上升起。他坐下，生起一堆火，拿出他绘制的地图。下一站就是他在云梦山的最后一站了。这几个月，他在部落间走访，忘记了时间。似乎随着尺度的变化，时间的流速也变化了，只有摸到怀表表芯的时候能让他感到一些恒定的东西还没有抛弃他。他早已把钱币当金属卖掉，换成更贵重的金属随身携带；锡箔纸笔记本已经不能携带了，他把笔记全部记在脑子里；他还把怀表表芯里的调速器拆了出来，其他部分埋在了云梦山上。关于少爷的线索，在这些部落间忽隐忽现。好事情

时空订制

是，他还活着，还在前方。

"他往更小的世界去了。"记者总是得到这样一句回答。

当记者变得只有指甲盖大的时候，他来到了中转镇。中转镇是一个开放而野蛮的地方，位于云梦山和森林交界处。他从路上的老人的口中听说，一百八十年前，失去工厂的那个黑手党家族从城市北上，赶走了盘踞在中转镇周围的老鼠和野狗，建立了这个小人聚居区。黑手党家族用强力的手段维持着镇子上的自由地下产业，甚至培养潜入暗杀的杀手。这里成了各色灰色人等汇集的地方。后来，镇子的管理者几经更替，但无一不是强力的铁腕人物，也都秉承着中立的态度。大约五十年前，镇子演变成一个跨尺度中转地，也就有了"中转镇"这个名字。现在这里是"小小人"和"微人"过渡的地方。

在镇子入口，记者看到了一面巨大的寻人墙。小世界里总在上演着无数分离、失散的故事，寻人的人到了小小人这个尺度一般就不会继续再找下去，这是人们能掌控自己命运的极限大小了。小小人们在寻人墙上贴上寻人启事，希望在另一边微世界的人会看到。偶尔也有微人来这里贴上寻人启事，希望小世界的亲人和朋友能帮自己一把。白色的纸片在墙上覆盖了一层又一层，风吹来时它们飞舞着，哗哗作响。记者走上前去看，墙上的寻人启事中，有人在寻找恋人，有人在寻找走失的患有痴呆症的老父亲，有人一路赶来寻找破产的兄弟。寻人墙下面还聚集着不少人，在用茫然的目光打量着路人。一个人扳住记者的肩膀，仔细地上下端详了一番，失望地走了。

记者想了想，没有贴上自己的寻人启事。

镇子上开着一家规模颇大的赌场。越是在命运的边缘，越是有人愿意把命运拿出来赌一场。在这里，能够流通的只有一种东西——粮食。在赌场门口向人打听消息很容易，只要你有几颗粮食，那些赌徒会把自己门牙的颜色都说出来。只不过没有什么有用的消息。

赌场里人声嘈杂,人影幢幢,烟雾把光线都粘滞在空中。为了招徕微人顾客,赌桌都很矮。记者看到一个小小人赌徒每弄到一点粮食就拿来赌博,却总是输,很少赢。对翻盘的渴望盖过了他脸上的饥饿感。赌徒越来越小,一个星期后,他甚至要爬到赌桌上面才能玩下去。

记者给了赌场扫地的人一根烟,问他这里的粮食是什么价格。

清洁工是一个小小人,瘦小干瘪。他瞅着这个外来人,说:"这里的大部分粮食是不卖的,得到黑市上搞。黑市上的粮食比黄铜还贵。"他降低音量,又说道:"您不上赌桌是明智的选择。"

"为什么?"

清洁工吐出一口烟,道:"嘿嘿,总有更小的人想方设法地搞到食物,想要扳回命运、赢回上一个赌局,成为重新杀回正常世界的传说。这样的人每天都有,但做到后面那些事的人……"他笑了起来。

"你是说赌局不公平?"

"我可没有这样说!"清洁工抗议道,"您可别让我丢了工作。这是您走出这间屋子后,谁都知晓的事情。人一旦变成微人就不会再变回来了。不过呢,不赌一把谁知道呢?反正这里的人拼尽全力也只能维持大小,不会有更多的希望了,然后就会像我这把老骨头即将走上的路一样,越老,越小,噗——"他吐出一阵轻烟。轻烟无声地散入到赌场的烟雾里去了。

记者没有再说什么。谁又敢说能够把握自己的命运呢?云梦山上流传着诸多可怕的传说,其中最可怕的一个,是政府要治理城市环境,将回收掉垃圾中的食物残渣。

中转镇笼罩在人身上的是一种失败的气息,所以每当赌桌上有

时 空 订 制

弱者赢得一星半点,全场的人都会欢呼起来。那欢呼声又燃烧着落魄者的双眼,驱使着他们把更多的命运砸进赌局。

终于,那个已经变成微人的赌徒也弄不来像样的粮食了,无论他在人群中怎么挤,人们也看不见他,他连赌桌都爬不上去了。他落魄的背影告别了中转镇,走向小于号的小头指向的那条路。

记者看着赌徒消失在路的尽头,再低头看看自己的影子——影子已经短得和那个赌徒的差不多了。他自己也不知不觉变成了一个微人。他想到了回头,又被这个想法吓了一跳。会不会寻找少爷的事情也是一场赌博?从一开始自己就被那个不可能实现的回报诱惑着,不断给它添加着筹码。从进入中转镇开始,他就失去了关于少爷的所有线索。说不定少爷也是一个赌徒,已经消失在了赌桌下面。

终于,他决定了第二天天亮就走。

他回到租住的房子,盘点了剩余的粮食和贵金属——它们还够支撑他返回上一个尺度。收拾好的行李靠在门边,记者和衣睡在床上。明天早上天一亮,他会背上行李就走。

半夜,门被敲响了。

记者置之不理。

敲门声越来越急。

记者下床贴着门听,外面是两兄妹求助的声音。记者犹豫片刻,手刚放到门闩上,就听到门外追来了另一伙人。那伙人抽出了刀。

记者猛地把门打开,把兄妹俩拉进屋,卡上了门闩。

兄妹俩靠着墙大口喘着气,咯咯笑起来。

"好险。"哥哥说。

"危险还在外面。"妹妹说。

刚才开门的一瞬间,记者看见了,外面的追兵是两个比他们更大的小人,每个人都有这间房子一般高,就像两个小巨人。现在他们把房门死死堵住了。

比刚才更大、更猛烈的敲门声很快传来。"把那两个小虫崽子交出来！"门外喊。

"怎么回事？"记者问兄妹俩。

"我们只是跟他们交换了命运。"哥哥说。

"不过，我们没有问他们答不答应。"妹妹忍不住觉得好笑。

"于是我们偷吃了他们烤好的大餐。"

"但是，我们留下了我们的行囊。"兄妹俩拉着手像一个陀螺一样转了一圈。

荒野流浪者。记者知道，那伙人经过危险荒野的洗礼，活下来的都是身经百战、毫不在乎明天就死去的家伙，普通人避之不及。

门又嘭嘭响起来，门外的人开始踢门，活页上的钉子被撞得往外蹦。

"你们疯了？"记者对兄妹俩说，"我们都会被杀掉！"屋里的油灯扑闪着，他在兄妹俩的脸上看到了熟悉的赌徒的狂热。该死！这是两个抓住命运、将之旋转的狂人，生活就是他们的赌桌。

"对不起。"哥哥收敛起笑容说，"我没想到会有人开门，我们不想连累你。如果他们闯进来，你可以把我们交出去。"

记者摸了摸额头。他回头去屋里找可以当武器的东西，只找到怀表调速器上的摆轮。这个大铜环照得屋子四壁金光，它也许能敲晕小小人，但是大个子的小人……他不敢多想。

外面的人开始撞墙壁，房子也开始晃动起来，灯光几次差点就要熄灭，地面已经站不稳了。

"现在就把我们交出去吧。"哥哥说，"有人愿意为我们开门，这已经是很好的结果了。"

妹妹拉住哥哥的手，一滴眼泪从她的眼角滑下来。

记者把手放在门闩上，望向兄妹俩。

哥哥点点头。"谢谢你，今天是不错的一天。"

屋子猛烈摇晃起来。记者猛地打开门，把摆轮竖直扔出去，关上门。在这一刻，他感觉自己也变成了一个狂热的赌徒。摆轮闪着黄澄澄的光滚下了斜坡。门外的人愣了一下，拼命追了上去。这个大铜环在斜坡上弹跳，发出悦耳的贵重的声音，在中转镇的夜色里格外清晰和诱人。

记者转回身。"没事了。"他松了一口气。

"他们不会回来了吗？"妹妹问。

记者说："在中转镇，不会了。"

"希望他们好运。我不知道怎么感谢你。"哥哥对记者说。

"去过自己的日子吧。"记者说。

兄妹俩互相望了一眼，都摇了摇头。

"你知道有什么东西是永远不会变小的吗？"哥哥说，"是将所有命运作为赌注。我们的生命永远不会变得更小。"

"我们的快乐永远不会变得更小。"妹妹接着说。

"我们的死亡永远不会变得更小。"

"我们的悲伤永远不会变得更小。"

他俩拉起手，又转了一圈。"我们就要坐上最后的气球了。"

"什么气球？"记者问。

"一棵大杨树，杨絮能载着人飘走。当生活走入死路时，我们就会找到这样一棵树，坐上气球，去到另一个地方，一个由命运决定的地方。"哥哥兴奋起来，眼睛放光。

也许在下滑的车子里唱起歌谣的诗人也有这样的目光，把箭射向太阳的盲人首领也有这样的目光。他们在不断变小的世界里努力创造着不能以大小来衡量的东西。

记者提起门边的一个大背囊，问道："这些粮食够交换你们的命运吗？"

哥哥查看了背囊，惊讶地说："这些粮食够交换任何东西。可是，为什么……"

"也许我也需要一个机会跳出我自己。"

兄妹俩你看看我，我看看你，为难地左思右想。

记者说："现在我相信了，那确实是一棵漂亮的大树。"

哥哥说："我害怕辜负了你给的食物。"

"你们不会辜负任何东西，我给你们的只有祝福。"

兄妹俩开心地转起圈来，一圈又一圈，直到累倒在桌子上。

哥哥晕晕乎乎地说："那棵树在森林里，我会给你画一张地图。那是这个季节最后的杨絮，你可要抓紧。"

妹妹晕晕乎乎地说："但是别急得错过了风！"

记者翻出怀表调速器剩下的部分，抽出比自己以前的头发丝还细的游丝——现在它已经有腰带那么粗了。就是这样一件小到这个尺寸的零件，分割出时间中不变的频率。他把游丝盘成一卷塞在背囊里，把其他部分给了兄妹俩。

记者一直看着兄妹两人，直到晨光驱散黑暗。

他背起剩下的行囊，走向了小于号的闭合处指向的那条路。

八

在以前，有人说过一个某人被蚂蚁撞晕的笑话。在微世界里，这不是一个笑话。一只蚂蚁呼啸而过，就像一辆汽车。走在森林里，不小心被掉落的水滴砸到就有可能扭断脖子。而被蚯蚓翻过的疏松的泥土，是致命的陷阱。

镇子后面的小路通往森林里，很快消失无踪，任何地方都可能是路，也可能是死亡地带。和记者之前看到的一切景象都不同，在

星云志·NO.12
时空订制

微世界里，他没有看到任何村镇、市集、部落。有时能在路边看到三三两两扎营的微人，他们就像难民，面无血色，眼睛无神，他们渴望地看着路人却又不会有任何去求助的举动。这里没有人见到过任何类似少爷的人。

这番景象让记者没有了犹豫，一心想找到那棵杨树。

森林越走越深。记者发现自己迷路了，人影也不见一个。他不知道地图还有没有效。在这样小的世界里，大的参照物距离太远，小的参照物又时常变动。野草遮蔽了天空，草梗像幽暗的迷宫，每一棵大树的阴影投下来都像是一个国度，而这些国度不属于人类。有时候地面上听到的昆虫的声音比鸟鸣的声音还大。一只色彩斑斓的马蜂把记者吓了一跳，他观察了一阵才确认马蜂已经死去了。记者借助小刀拔下马蜂的尾针当武器和工具。他发现，在这样小的世界里，自然的造物比粗糙的人造物要好用多了。他用马蜂尾针当工具，爬上了一棵草的顶端，终于看到了地图上标注的那棵高大的杨树。

走到大树底下花了一天，爬上大树又花了一天。这两天里，他没有再见到一个人。

爬树的过程中，白色的杨絮不断向四面八方飞去。

傍晚时，记者登上了树顶的一根树杈，看到成千上万根枝条悬在空中，每一根上都长着杨絮。杨絮从每一个站台上出发，浩浩荡荡，树冠就像一个巨大的中心交通港。白色的杨絮此时已变成了金色，飞得优雅而轻缓，仿佛这是一趟金色的旅途。

记者忍住了想要马上出发的冲动。他知道以自己现在的重量，必须等起风的时候。他把怀表的游丝留在了树顶上，怀表终于还是没有剩下什么。游丝中卷着一根伊奇的绒毛，虽然差不多粗细但是更轻短，他带上了那根绒毛。

他找了个树缝睡下，在树缝里蜷伏的温度，正好不冷不热，伴他度过了一夜。

第二天中午，很幸运地来了一场风。树叶沙沙响着，就像赛场上的旗帜。记者按照兄妹俩说的，采集来几团杨絮，在背风处组合成一团大的。他把自己缠进杨絮里，走到迎风的树枝上。一阵风刮来，他的双脚很自然地离开了树枝。他激动地向大树说着再见。

森林中的树冠在脚下变小。他看到了这片小而广大的世界。云梦山在远处露出斑斓一角，森林在脚下涌着层层浪花，一群鸟儿从旁边飞过，细密的绒毛清晰可见。在地面的热气流达到平衡的高度，杨絮停止了上升。

忽然天阴下来，记者害怕一场雨将至。然而没有雨点落下，风也停了，随即一股杂乱的风又刮起来。他发现阴影不是一片云，而是一堵几百米高的"墙"。"墙"上是粗大的布料，群鸟正在布料的峭壁上拼命向上飞。再往上看，在那遮蔽了太阳的峭壁尽头，一个巨人的脑袋出现在最上面。这是一个刚刚从地上爬起来的旅行巨人。一群鸟儿误入了巨人衣服布料的孔洞中，过了一会儿，从巨人的腋下钻了出来。

记者朝巨人挥手打招呼，然而他小得连鸟儿都看不见他；他朝巨人大喊，然而这声音还没有风声大。巨人的手臂从空中摆过，记者就像被扰动的灰尘一样被一阵激流裹挟着推远了。一瞬间，天空恢复了晴朗。巨人完全没有意识到这"一粒灰尘"的存在，迈开大步走远了。

记者孤独地飘着，直到缓缓降落在地面。他从杨絮里钻出来，重新踩在森林的泥土上。湿冷的泥土提醒着他，自己重新成为了命运的俘虏，像是完成了给自己的一个交代。他知道在风的另一头不会有另一个神奇的国度，只是幻想的机会用完后，还是难免有一点失落。这里已经完全是森林的气息，没有任何人类活动留下的痕迹，没有方向可循。新的旅途不知从何开始。

夜幕降临了。这个尺度下，在森林里生火是不可能的事，一点小小的微风就能把火吹灭。记者抱着腿坐在一片叶子底下，又冷又饿，孤独又不安。体积越小，热量散失就越快，这意味着越小的人会更快地变小。这条残酷的法则也统治着森林，他仿佛能听到自己的身体缩小的咯咯声。在这个远离文明世界的地方，他甚至感觉到自己在退化，渐渐成为野兽、昆虫、苔藓、石子。自己终于还是要付出代价了吗？黑暗里传来夜虫鸣叫的隆隆声，他知道捕食夜虫的捕猎者也躲藏在暗处，就像赌场里的命运之神一样。

记者枕着背囊睡去了。那赌场转盘的声音一直出现在梦里，有时变成机械齿轮转动的咔嗒声，有时变成车轮碾过的隆隆声，有时变成巨人小孩敲击地面的声音。

地面在震动，他等着梦境过去。地面还在震动，记者惊醒了。地面突然隆起，把树叶做的屋顶顶得分崩离析。早晨的阳光射过来，一切变得明亮了起来。

记者从土堆上摔下来。一只蝼蛄从土里冒出来，张牙舞爪地出现在他面前。蝼蛄的一只开掘足就有他整个人那么大，它朝挡路的人类刨去，长着利刃的开掘足高高举起。记者赶紧抽出马蜂尾针与蝼蛄对峙。

马蜂尾针在蝼蛄的面前就像玩具一样，完全刺不进它前足的硬甲，被蝼蛄轻轻一刨就打掉了。记者捡起尾针滚向一边，试图从侧方向蝼蛄发起攻击。但是这只体型比他大得多的虫子也比他敏捷得多。蝼蛄扭转腰身，把记者连同尾针一起撞倒在地上，然后像战车一样碾过来。记者捂住了脑袋。

头上刮起了一阵风。一个灰影消失在林梢间，蝼蛄也不见了。一个东西啪嗒一声落在前面的地上，是蝼蛄的一条腿。

记者扑上去，像捡到宝藏一样搂住蝼蛄腿。这条腿很大，他舍不得只带走一部分，只得拖着腿慢慢地向前挪。腿的足尖上长着可怕的尖刺，但是那丝毫不影响它是一顿美味的食物。

蝼蛄腿越来越沉重，记者每走一步都要付出全身的力气。拖了一段路，记者终于忍不住坐在了地上。他回头看到蝼蛄腿上卧着一个人。

记者一下跳了起来，质问道："你是谁？！你要干什么？！"看到同类后产生的激动同惊惧混杂在一起，使得他的声音既愤怒又惊喜。

蝼蛄腿上的人用一只手撑着脑袋，淡定地说："我是一个修行者。"

"你在我的食物上做什么？"

"搭个顺风车。"修行者说。

"这不是车，是我在拼命地拖！"记者抗议。"你没有一点愧疚吗？"

"我感到心痛，你拖的东西太重了。"

记者无话可说，只得正告修行者："请你下来。"

修行者像一朵云一般从蝼蛄腿上滑下来，他披着一件拖到地上的皱巴巴的草叶。

记者继续拖着蝼蛄腿往前走。修行者像一只瘦长的虫子般不紧不慢地跟在他后面。

"你没有自己的事要做吗？"记者想问。

但是他又怕把这个好不容易遇到的同类给赶跑了，所以他问出口的是："你有什么事情要去做吗？"

"我吗？没，没有。随着这座森林呼吸就是我要做的事情。"

"你不担心变小？也不想要变大？"

修行者遮在长发下的眼睛闪着细小的光芒。"曾经担心过，越担心就会越小。现在我是森林的一部分。当你变成森林这么大，就没有了恐惧。"他张开双臂，侧着耳朵聆听了一下，森林中传来鸟叫声。"啾啾。"他说。

"这么说来,我想请你帮忙是不太合适了?"记者瞟了一眼蝼蛄腿。

"我可以帮你吃掉一部分,但是我不会扛着这样一个重东西。"

"不劳烦了。"记者把蝼蛄腿扔在地上,掏出小刀割了起来。他把割下来的一块塞进背囊里,然后继续上路。"我丢掉了比我还大的一块食物。"他感叹道。

"那可能是超出你的能力的东西。昨天我见过一个旅行巨人掉了一块面包屑,几队人马从不同的方向去争抢那块面包屑,那是一场恶战。"修行者吹了一声口哨。

"我也曾路过那个巨人。"记者说。

"你是个有智慧的人,昨天我看见你从天上飘下来。"修行者说道。

记者沉默了一阵,说:"我在找一个人……"他讲述了自己的故事。

两人就在森林里漫无目的地走着。

修行者一言不发,直到听完。"真是奇妙的故事。"他说,"我在你的眼睛里看见了答案,我已经不需要告诉你什么。真妙啊,你担心自己所见的渺小,更甚于担心自身的渺小。你注定就是属于这座森林的。"

记者看了一眼苔藓上头那些轻轻摇动的草丛,草丛上头那些从青绿到墨绿的树影。树影摩擦的声音是森林的心跳。他深深吸了一口气,身体轻盈了起来。

修行者看向他,咧嘴一笑:"如果你也不知道去哪的话,我可以带你认识这座森林。"

修行者对森林里的事情有着敏锐的直觉,记者则有着周密的规划。二人刚开始还能勉强维持着大小,随着天气变凉,他们像消散的暑气一样越来越小。那根伊奇的绒毛也快要粗重得扛不动了。记者在一个悬崖边上把绒毛推进风里,绒毛随着风飘远了。一股酸涩从鼻子里涌来。森林是保管记忆的仓库,是编织命运的织机,是酿造百味的工坊。记者隐隐害怕,自己已经快要忘了这段旅途的目的。

"森林说,背不动的东西,就交给它吧。"修行者走过,拍拍记者的肩膀说。

秋天就要过去了,地上红色的落叶像巨毯一样铺开。林间空地上,阳光从树叶的缝隙中落下,散射着巨大的光柱。

"找到了,快来,这里。"修行者像一个孩子一样开心地说。

"什么?"

"被阳光照着的一片干净叶子,阳光宝座。"

记者抬头看去,红色的叶面在阳光下散发着温暖的清香。修行者已经爬上去躺着了,惬意地哼唧着,他瞬间就融入了森林的声响,在阳光下发着光。记者好不容易才爬到叶面上,摊开身子躺下。叶肉软软的,暖暖的,叶脉就像小山脉一样。

他终于像一粒尘埃一样渺小了。

他依稀记得,自己有过无比巨大的时候,置身于数千年文明建造的一砖一瓦里。那个他在重重的叶障之上,向下看不到这一片落叶;而现在这个他,向上也看不清曾经的自己。

森林里传来"啪嗒,啪嗒"的声音。

"快跑,是暴雨。"修行者溜下树叶,把记者一起拉下来。话音刚落,啪嗒声更密集了。

这个季节的暴雨很少见,让人毫无防备。两人气喘吁吁地朝一棵树跑起来。

这场雨来得太急,应该是从高地上下过来的,一股水流随着雨点冲了过来。

两人被一滴溅起的水滴冲进水流，天旋地转。记者呛了几口水，在这种水流里他没法游泳，他只能在脸被抛出水面的时候拼命呼吸。修行者告诉过他这种情况，很快他们身上的气泡就会被撞散，他们会沉到水里。

"呼吸，呼吸。"修行者的声音传来。"抓住任何东西。"

可是没有任何东西经过。水流越汇聚越大。

不知过了多久，记者抓住了一颗草籽的边缘，奋力爬上了这条"小船"。他把手伸向前方的修行者，大叫道："抓住我！"

修行者伸出手，可是他身上吸的水已经太重，他的手臂在水里浮浮沉沉。几个浪头打来，修行者离草籽越来越远了。

最后一个浪头打来的时候，修行者挥了挥手，他的脸上露出笑容。"放手吧，我在森林里等你。"

修行者消失了。记者呆呆地趴在草籽上。

九

草籽在森林中穿行。不知什么时候，草籽上又上来了几个人。暴雨停下来了，水流也缓下来。经过一个半岛的时候，一根枯草叶伸过来拦住了草籽。半岛上有几个人伸手把漂流者们拉上岸。记者的行囊早已被冲掉，每个人都一无所有。人们踩踩地面，是一种特别的金属质感，有人看出来了，这是齿轮的一片齿牙形成的半岛。

雨后的积水形成了一座湖，湖边的野草直刺苍穹，雾气缭绕。幸存者搭起十几个帐篷，组成了一个临时小村落，这些帐篷让人感到稍稍安心。人们搜索了周边，找到了半个核桃，还有一点核桃仁在里面，这很幸运。大家用微微散发着腐烂味道的核桃仁充了饥，仅仅能补充散失掉的热量。

众人围在半岛的空地上,中间没有火堆,倒是有一颗晶莹剔透的水滴,十个人也不能合抱。

记者感到口渴了。刚从洪水中逃生就感到口渴似乎很滑稽,但是只有经历过洪水的人才知道水的恐怖。眼前这颗水滴让他稍微放松下来,他想要上去喝一口水。

"慢着。"一个老人喊住他。老人扔给他一根纤维做成的藤索,说:"系着这个去,要不然你会被水滴表面的张力吸住,淹死在水滴里。"

记者呆呆地愣着。

老人说:"看来照顾你的那个人不在了。你还有很多要学的生存知识,否则一只螨虫就能要了你的命。"

人们轮流上去喝了水。水滴看起来一点也没有缩小。

"曾经我的一滴眼泪也有这么大。"有人说道。人们叹气起来。

"我们为大家演奏吧。"幸存者里站起来几个年轻人。他们看起来是由几个年轻男女组成的一支乐队。"我们少了一个人,还是能勉强配合起来。但是我们的乐器被冲走了,只要能找到一只死掉的虫子,我们就能做出所有的乐器。"

有人说在附近见到过一只死掉的瓢虫,但是只剩空壳了。乐队表示没问题,他们去取了材料回来,用瓢虫的壳片做成鼓,裁下薄翼做成吹奏乐器,锯下触角用纤毛弹奏。

真的有音乐从这些简陋的乐器里流淌出来了,就像魔法一样。死掉的瓢虫被重新赋予了生命。乐队弹唱着,人们围着水滴安静地听着。水滴上的反光照着每个人的脸,记者看到,人群之中有带着泪痕的旅人,有皮包骨头的流浪者,有拖着一条残腿的独眼木匠,有被包在褓裸里的婴儿。声音会随着演奏者变小,但是那旋律不会,旋律勾起的感情不会。雨后的太阳映照在水滴上,人们就像看到了温暖的篝火，转身背后就是自己的村庄，家就安放在其中。人们暂时忘记了叹气，甚至有人傻傻地笑起来。

记者僵硬的脸上渐渐有了笑容。"我们会再见面的，森林先生。"他说道。

记者盯着弹唱者的模糊的脸看，那张脸渐渐变得清晰，如同奇迹一般，他在弹唱者的脸上看到了熟悉的面貌。是少爷，他突然变得无比确定。

演出结束后，记者走上前，对坐在一颗砂上的弹唱者说："我想我没有认错人，你是佛比家的少爷，你的父亲委托我来找你。"

弹唱者惊讶地看着满身风霜的记者，眼睛变得湿润。

两个人静静地看着彼此，就像看着另一个自己。

"我，我还不能回去。"少爷说，"世界上还有我没有看到的人，这是我的使命。"

从一个尘埃一样渺小的人的嘴里说出了记者想要的答案。记者明白了修行者没有告诉他的那个答案：你寻找他的过程中，你已经变成了他。

记者想找一些话来劝阻少爷，但与其说是劝阻，不如说是向自己证明什么。

"朝这个方向走，总有一天会到达我们能力的极限，也许现在已经是极限了。我们没有什么可掌控的东西了。"他像一个引路者一样伸出手掌，指向水滴："看啊，这水滴还能存在多久？这片湖还能存在多久？湖面已经现出弧度，可能太阳再升起一点儿它就会消失。"

少爷沉醉地望着水滴。"看啊，我们能在水滴上看见彼此，在它存在之时，美就存在于它身上。"

"你的父亲，他憔悴了很多。"

少爷低下头，很久，说道："能力还有走往另一个极限的方向。"

请你回去告诉我的父亲,去寻找看到世界的最小角落的办法。巨大的人能做到一切,当有一天他能看到我的时候,我就会回家。"

"我不知道他会不会相信我说的话。"记者说。

"是他让我成为现在的我,我了解他。"少爷真诚地望向记者的眼睛。

记者明白,自己该回头了。

少爷说:"我在变小的一路上建了一些食物储藏点,我可以告诉你几个储藏点的位置,这能帮助你返回。"

记者鞠了个躬。他在水滴上看到了另一个更小的自己。

十

经过了两年时间,记者才变回亚中人的大小,就像漫长的潜水后,终于浮到了水面。文明世界对他来说已经有点生疏了。

他回到富翁那里。富翁好像又大了一些,像一座孤独的山峰。

富翁给了记者一半资产的使用权,让他变大去寻找那个办法。

记者接下了富翁家族的第三个委托。

通过富翁的渠道,粮食源源不断地购入,记者长得越来越大。世界在他的眼里越来越小,他对高楼从仰视变成平视,又变成俯视。后来他在山谷里远远地俯瞰着曾经生活的那座城市,觉得佛比工业的大楼在城市中心像一根磨亮的银针。让他意外的是,变成巨人要学习很多礼仪——如何行动而不惊扰到小人类,如何与环境达成平衡。他不确定这些礼仪的效果,但是这让他感到自己还掌握着文明。

十年后,他已经能平视山脉。眼前云雨变幻,世界上的很多人随着这个过程从他的眼前消失了。他创办了一家公司,研发各种技

星云志·NO.12
时空订制

术来让大人看到小人、小人与大人对话。规模庞大的发明团队不断地突破极限，攻克难关。巨大的透镜被竖立在城市中，代替了广告牌，装着蛇眼的、可伸缩大小的蛇形机器在小巷和山野中穿行。

他花费数年时间在城市中间建造了一座不输任何大楼的钟楼。他执意要从一根比头发丝还细的游丝开始，让工程师用匪夷所思的机械传动方式，建造起微型振动机构，经过多级放大擒纵机构的传递，驯服巨大的重锤发条释放的动力，最后驱动高耸在城市的雾气上空的巨大表盘。每当整点，大钟敲响，大半个城市都会听到由那一根细细的游丝传递出来的钟声。

他本来以为公司会被他的任性弄倒闭，但是没有，总有人能够为他的技术找到更恰当的用途。

"当你变得这么大以后，是很难倒下的。"富翁说。

记者没有结婚，一心扑在公司上，有时他会想起那个把箭射向太阳的盲人首领。凭借着发明的技术，他找回了失踪很多年的小狗伊奇。这让他备受鼓舞。

他高兴地去向富翁汇报。富翁正在后花园里和另一个超级巨人下棋。巨大的棋子劈开山谷间的风，风声随着布局的变幻改变着音调，棋子是高楼的样子，窗子和阳台都惟妙惟肖。记者意识到，棋子和棋盘是由工人建造起来的，不是雕琢出来的。

他站着等待棋局结束，直到另一个超级巨人离开。

他走上去，问了富翁一个他困惑了很久的问题："你们超级巨人平时会和什么人在一起，做些什么？"

富翁微微低着头回答："我们有一个巨人俱乐部。有意思的事情太少了，我们会用一座城市来下棋。"

记者惊讶地问："那个棋盘上有小人类吗？"

富翁耸耸肩。"也许吧，我不知道，如果连你都不能看见的话。"他的眼皮底下藏着落寞。

记者没有报告什么。他意识到他发明的那些东西只是一堆玩具罢了。他从来没有触及根本的问题。就算能看到一个小人类，能看到他的生活吗？能看到一滴水上面的张力吗？就连相邻尺度间的距离都是那么遥远，而人对那些遥远的、不能触摸的东西永远是无能为力的。

　　伊奇老了，有一次它病倒了好几天记者都没有看到。记者在自己的一颗牙齿里给它打造了一座花园。他知道伊奇在那里，就在自己身边，却要用特殊的设备才能看得见它。伊奇死的时候他没有察觉到。他已经没法像从前那样再伸手去摸一下小狗。他把那颗牙齿连同那座花园里熟睡般的伊奇一起埋在了一个美丽的山脚下。

　　随着世界上的超级巨人又多了几个，世界上的大多数人类，他几乎都看不见了。平原上荒凉又空旷，只有风从巨大的山脉上吹来，愿意和他说上几句话。记者不知道怎样跟少爷交代。他很难让自己接受——那些人类都存在于世界上，只是散入了再也不属于这个世界的角落。而自己成了看不见树下的一片落叶的人，那个能爬上落叶的自己则留在了那颗水滴上。

　　富翁在山坳口上修建了一座巨大的风琴，它被太阳晒得闪闪发光，风会吹奏风琴，把乐曲声带到富翁的后花园中。记者走过去，感觉到一片雨云在他的皮肤上降下雨水的微凉。富翁正在望着山脉那边的夕阳。记者心想，富翁还是怀念着那个需要上发条的八音盒吧……

　　记者对富翁说："我失败了，不管我怎么努力，我都没法站在这个距离看到那么小的世界。你可以收回你给我的一切。"

　　富翁叹了一口气，说："那是你应得的。"

十一

　　记者也老了,他创立的公司已经不比富翁的公司规模小多少,但是他还是没能再见到少爷。

　　最后的日子里,他的食欲很差,但是他还是拼命地塞下食物。有一天,他拖着摇摇欲坠的身子走到一片森林边上。巨大的老人蹲下去,仔细查看那片森林,许多种绿色混杂的树冠像波浪一样随着他的呼吸起伏。他感觉,自己似乎曾经也在另一个很小的尺度上俯瞰过这片森林。许多往事变得模糊了,他没法让它们清晰起来,但是他想为它们做最后一件事情。他轻轻地躺在森林上面,就像躺在柔软的叶面上。一个约定轻轻地呼唤着他。他呼出的最后一口气让树林间漫起了雾气。

　　这个奇怪的巨人立下遗嘱,让谁也不要来埋葬他。他的身体没有像其他富人那样被回收。巨人死后的"巨人鲸落"滋养了万物,森林茁壮生长起来。那个世界里有蘑菇,有果实,有昆虫,有野兽,有村落,有丰盛的万物。有人推测这个巨人鲸落可以持续滋养森林上百年。据说有探险者在一棵参天大树上发现了一张张写着字的叶子,那是微人们用铲子挖出来的,上面讲述着他们的故事。以前从来没有人发现微人有精力来进行这么浩大的工程。探险者把大树找了一遍也没有找到那些微人。

　　森林里建起了一家名叫"一座尘埃"的旅馆,是有人资助了一个著名的建筑师建起来的,从微人到大人都有房间可住,最小的那些房间是免费的。没有人知道那个出资的神秘人是谁,甚至连他有多大也不知道。从旅馆的天台上可以眺望巨人的遗骸形成的山脉,白岩上生长着葳蕤的植物,那是一个著名的景点,霞光照射时尤其美丽。为了纪念那个温柔的巨人,它被称为"落鲸山"。

起先,尘埃在傍晚的阳光里缓缓飘浮,然后它们开始摸索着去向。建造世界的词语逐一沉淀下来,并发出声响。

终于走到这里了。在这个世界上啊,命运无端地生长着。富翁也未曾料到自己在这个年岁还留在人世,他觉得必定是还有什么命运在等待着他。

一个星期前他走进旅馆的时候,已经可以勉强住进中人的房间了。如今的他早已卸去公司的职务。他在晚年节食了十年,还动手术抽取了绝大部分的身体物质。他还要往更小的地方去。多亏有了这间旅馆,他心存着一线希望。他不知道来不来得及在离世之前缩小到足够小。

这是一座神奇的旅馆,就像不同世界相遇的一个中心世界。富翁在旅馆里遇到了从真菌的世界一路成长起来的人,也看到过曾经巨大过的落魄者。此刻他正循着乐器声颤颤巍巍地走进一间正在欢乐聚会的屋子。

傍晚的阳光从高窗上照进来,旅馆散发着木头的香味,屋子里像一片金色的林间空地。来自不同世界的人聚集在这里。弹唱声传来,人们打着拍子。围观的人对富翁说,这是一个中人乐队,很多人为了听他们的音乐把体型停留在中人的大小,旅馆最近还扩建了一批中人大小的房间。

人群又一次欢呼起来。视线穿过人群的空隙,富翁看到了人群中间的头发已经斑白的少爷。时光停驻下来,富翁的双手撑在拐杖上,拐杖微微颤抖着。

少爷唱着由云游诗人殷颂的诗句改编成的歌词。他仍然有着长长的睫毛,清澈如湖水的眼睛。

富翁不知道世间还有这么美妙的音乐。他的心里怀着忐忑,不知道少爷会不会愿意与他相见。但无论如何,他不会遗憾了。歌声

时 空 订 制

把一生的重量从他的身上卸去了,他感觉到自己轻如一片落叶。歌声停止,少爷的眼睛抬了起来。

> 在这个无端生长的世界里,有人像柱子一样把天撑高,有人转身后像尘埃一样消失。在那样的日子里,我总等待着回头。我们的视线会不会再次相聚在一起?
> ——云游诗人殷颂《世间的距离》通行尺寸版

隐形时代 / 滕野

这是人类历史上最伟大的战略欺骗——让一整颗行星凭空消失。

一　月陨之前

地球即将升起。

早川晴子抬头望望，在苍白的阳光照耀下，月球的大地显得荒凉、冰冷而又死寂，一如亿万年来那样。第谷环形山的边缘耸立在四十公里外的天际，就像一道铁灰色的高墙。第谷峰在她身后拔地而起，这座高达一千六百米、位于第谷环形山中央的山峰让早川晴子在此忙碌了整整一年。

一阵有节奏的颤动滚过月面。晴子知道，这不是试车，月球发动机已经正式启动。她如释重负地叹了口气，回家的日子终于到了。

第谷峰顶突然有一块巨石高高地冲上天空。它的速度如此之快，以至于晴子的目光捕捉到它时，它就已经在视野中缩小成了一个明亮的白点。随后又是一块，接着是第三块、第四块……不久，第谷峰顶冒出了一道粗大的喷泉，这喷泉由成千上万块巨石组成，从月面向上，一直涌入群星深处。

天际那道铁灰色的高墙之外也升起了一股喷泉，晴子辨认了一下方向，那应该是威廉环形山的发动机。不到一分钟，数十股岩石喷泉从四面八方的地平线上接连升起，海印修斯环形山、皮克泰环形山、斯特里特环形山和奥龙斯环形山的发动机纷纷开启，辽阔的月面上仿佛长出了一片灰色的森林。

晴子身边有三艘单人返回舱，深埋于环形山下的发动机开启后，工作人员就要搭乘它们返回停留在绕月轨道上的飞船，再乘飞船回到地球。

"飞船还有两小时出发，你们准备好了没有？"晴子在通讯频道上呼叫道。

"妈妈，你先走，我们还要观察一下发动机的运行状况，马上就来。"她的女儿早川真秀很快回答道。"不用担心，妈妈，我会照顾好真秀的。"真秀的丈夫徐江明的声音也插了进来，这个年轻小伙子说话的语调一如既往地沉稳，令人安心。

但晴子却总是觉得哪里不对劲儿。她说不清这种感觉来自何处，可能是来自宇航员的第六感，也可能是来自一个母亲的直觉。

"不，我等你们。"晴子说。

"妈妈，我能照顾自己。"真秀的语气流露出一丝不快。

"还有我在呢。"徐江明恰到好处地补充了一句。

"宇航员早川晴子，早川真秀，徐江明，请立即返回'阿尔忒弥斯'号。"通信频道上响起了绕月飞船指令员的声音。

"早川真秀收到，徐江明收到，第谷环形山发动机观察任务正在执行中，任务编号11344，预计二十分钟后结束，完毕。"真秀回答。

"'阿尔忒弥斯'号收到，"指令员说，"宇航员早川晴子，若无特别任务，请立即返回。"

晴子又犹豫了一会儿，终于坐进返回舱，启动了点火装置。返回舱腾空而起，巨大的第谷环形山在她身下迅速缩小，很快显现出完整的圆形轮廓。晴子向远方望去，月面各处至少出现了上百股"喷泉"，而这些只是分布在南半球的月球发动机，在月球的北半球，还有同样数量的发动机正在全功率运转。

星云志·NO.12
时 空 订 制

  每分钟有十五万吨月岩被抛入太空。在晴子眼里，这就像一场从月面泼向宇宙的大雨，那些"雨滴"在阳光中明亮得耀眼，它们连成了一串串断断续续的白线，高速掠过月球的天空，最终落入宇宙这片深邃而黑暗的大海。最早被抛出去的那些月岩在视野中已经几不可见，只有依靠岩石表面的石英等矿物的反光才能勉强分辨出它们的轮廓。极目望去，它们就像一片飘浮在星空中的晶莹尘埃。

  一道明亮的闪光吸引了晴子的注意。她扭头望去，地球正从月球弧形的天际线上冉冉升起。引人注目的是，地球外面罩着一个球形的金属笼子，笼子上的网格正好是经纬网的形状。

  那是人类创造的奇迹，也是这个时代的象征——隐形天幕。天幕缓缓自转，金属网格的反光不断扫过晴子的面庞，网格之下是雪白的云海，再往下则是蔚蓝的大西洋。

  她深吸一口气。一切顺利的话，三天后她就可以回到故乡，还赶得上看北海道的落叶。

二 天崩

  父亲说，我们是最后一代能看到月亮的孩子。

  十二岁那年的中秋节，父亲带我去爬山。他平时都在很远的地方工作，只有节假日才能回来一趟。我们在晚饭后出发，时值九月，暑热尚未褪尽，但夜风已经隐隐透出凉意。父亲让我穿上大衣，自己却只穿了一件薄衬衫。

  我们开车来到家乡那座小城的边缘，群山在此拔地而起，公路像一条浅灰色的缎带绕山而过，飘往远方黑黝黝的旷野。

  父亲驶下公路，停好车子，我们沿着一条坑坑洼洼的小径向山上走去。在手电筒的光晕中，树木的阴影显得神秘而诡异，我不由自主地攥住了父亲的衣角。

走到山腰时，我抬头看了看，圆溜溜的月亮已经开始向西滑落，月光十分明亮，我们淡淡的影子映在石头上，像霜花融化后留下的印迹。除了明月之外，天上还有几十条闪闪发亮的银色细线。这些细线一半呈东西走向，一半呈南北走向，它们编织出了一张巨网，将整个天空分割成一千多个整整齐齐的小方格。借着月光，我可以清楚地看到巨网正由西向东缓缓转动，东边的地平线上不断有网格落下，西边的地平线上则不断有新的网格升起。

那就是隐形天幕了。它已经建造了一百年，而且还要继续建造下去。

从祖父的祖父那一辈起，所有孩子都在它的阴影笼罩下成长。

一阵冰凉的山风吹过，茂密的树丛中升腾起一股奇异的味道，介于芳香和酸臭之间。那是无人采摘的野果开始腐烂的味道。

"爸爸，你不冷吗？"我裹紧大衣，瑟缩着问道。

"没关系，爸爸在上面待习惯了。"父亲笑着指指天空，"每次回来，我都觉得地面上很热。"

我抬头看看夜空。父亲就在隐形天幕上工作，我知道天幕又高又远，对我来说，那里就是世界的尽头了。

"上面冷吗？"我又问。

"是的，孩子，很冷，比最冷的冬天还要冷。"父亲说。

我们在午夜前抵达了山顶。令人意外的是，我们并非今夜唯一的登山者。山顶上有两个小小的人影，借着月光，我认出那是我们的邻居白叔叔和他的女儿白露。跟父亲一样，白叔叔平日里也在很远的地方工作，难得回家一趟。

看到彼此，父亲和白叔叔都显得有些惊讶。他们寒暄了几句，父亲摸摸我和白露的脑袋，又抬头望了望月亮："他们是最后一代有幸见到月亮的孩子了。"

"是啊，抓紧时间好好看几眼，记住月亮的样子吧，孩子们。"

星云志·NO.12
时空订制

白叔叔叹息着说。

我顺着父亲的视线望去，隐形天幕仿佛一张凝满了露水的蛛网，数十条纤细的银线在月光下闪闪发亮，如果不仔细看，很容易将隐形天幕的反光与银河里灿烂的群星混淆。

我们在山顶冰凉的石头上席地而坐。这儿是我们小小的天文台，以前白叔叔和父亲常带我们来这里辨认星星。隐形天幕就像一张贴在天上的坐标网格，有了它的辅助，我们再也不担心会指错方位。

"坐标33，46，那个位置是什么星星？"白叔叔问。

我和白露同时伸手去数隐形天幕上的网格。我从西往东数，她从南往北数，我们很快找到了33号经线和46号纬线的交叉点。"北落师门。"白露迅速回答。

"坐标58，12，那里又是什么星星？"父亲指向天空的西方。"天鹰座的河鼓二。"这次轮到我回答。

"12，61？""天鹅座，天津四。""53，98？""北斗，玉衡。""27，66？""天蝎座，心宿二。"

"考不住你们，不玩了。"白叔叔大笑起来。童年时这样的游戏我们做了无数次，每次都是大人先觉得没趣。

与衣着单薄的父亲相反，白叔叔身上穿着一件厚厚的羽绒服。"叔叔，你不热吗？"我好奇地问。

"我跟你爸爸的工作环境不一样，他在天上，我在地下。"白叔叔拍拍屁股底下的岩石，"很深很深的地下。那里热得就像火炉，所以我每次回来，都觉得地上非常冷。"

"你们看，开始了。"父亲突然指着月亮说道。

如果说隐形天幕是蛛网，那月亮就是一滴沿着蛛丝滚动的露水。天幕上的每个网格都比月亮略大，小时候我总担心这颗明亮的露水会从天幕的网眼中滴落下来，令夜空永远陷入黑暗。此刻，月亮正从一个网格移入另一个网格，它的左侧还紧贴着天幕的第五十二经线,但右侧已经接近天幕的第五十三经线。我眯眼望了月亮一会儿,没发现有什么变化。

"看左边。"父亲提醒我。

然后,我注意到月亮周围似乎冒出了一些细碎的灰尘。月亮像一只灰扑扑的灯泡,从诞生起就没有人擦拭过它,而现在,仿佛有一阵风从右向左拂过辽阔的月面,吹起了月面上积淀数十亿年的尘埃。这些尘埃形成了雾一般朦胧的丝状物,像长在月面左侧的一根根细长毛发,它们飘拂的形状勾勒出了那股"风"吹动的方向。

"用这个吧。看得更清楚点。"白叔叔递给父亲一只便携式望远镜,父亲看了一眼,转身递给白露,白露看过后又递给我。

在望远镜的视野中,月面上那几根"毛发"清晰了许多,它们由许多细小的颗粒构成,那些颗粒正不断飞离月球,进入遥远的深空。

"那是怎么回事?"白露问。

"是'隐形天幕计划'的一部分。"白叔叔把手放在她肩膀上,"人类将毁灭月球。"

"怎么毁灭呢?我们要炸掉它吗?"我有些兴奋地问道。

"孩子,我们无法炸掉月球。"父亲说,"就算我们在月球深处埋满炸药,引爆后,月球的碎片仍然会在引力的作用下重新聚合到一起。我们将把它推进太阳。"

我抬头看了看。

人类怎么才能移动一颗星球呢?

"很简单,牛顿第三定律。还记得吗?"父亲从我的表情中读出了我的疑问。

"物体间的作用力和反作用力大小相等,方向相反!"不等我开口,白露就抢先回答道。她一直是班上最优秀的学生。

"标准答案。"父亲点点头,"你站在一艘满载石子的小船上,往身后的水面扔石头,你和船都会受到石头给你们的反作用力。这个作用力虽然很微小,但是只要你不断扔石头,船就会慢慢向前动起来。月球发动机的原理也是这样,它们建在月面环形山的中央,地下部分是大型挖掘设备,地上部分则是电磁加速轨道,挖掘设备挖出的月岩被直接加速到第二宇宙速度,抛入太空。"

"这种原理叫反冲作用,火箭引擎的设计也采用了这种原理。"白叔叔接口道。

"这是一个奇观,孩子们。"父亲伸手指向天空,"人类正把月亮变成有史以来最大的火箭。"

我们仰着脖子望了好久,但月亮的位置似乎丝毫没有改变。"它什么时候才会动啊?"白露有点沉不住气了。

"耐心点,姑娘。"父亲笑着拍拍她,"移动一颗星球不是一蹴而就的事情,月球毁灭的过程大概要持续十五年。"

"十五年,好漫长啊!"白露拉长了声音抱怨道。

"不会太久的。"白叔叔安慰我们,"至少不会久到你们拥有自己的孩子。"

多年以后,我还常常回忆起这个情景。月光透过隐形天幕稀疏的网眼洒落在地面上,让我们的脸色看起来都有些苍白。父亲和白叔叔可能都没注意到,但我发誓,白露的脸颊短暂地红了一下。

父亲的手机忽然响了起来,他接通后听了一会儿,随后面色渐渐变得凝重:"好,我立即回去。"

挂断电话后,他转向白叔叔:"老白,隐形天幕上的监测站发来报告,有四台月球发动机的抛射方向出了偏差。"

"偏差有多大?"白叔叔的脸色也凝重了起来。

"比预定角度少了千分之三,但是已经足够致命。"父亲说,"第一批月岩陨石将于七小时后撞击地表,我估计你那边也快接到命令了。"

父亲话音刚落,白叔叔的手机就响了起来。他捂着嘴和对面的人讲了几句,然后望向我们:"东北三省都在第一波月岩陨石撞击的范围之内,上级已经启动了紧急疏散机制。"

"疏散?"我不理解这个词的真正含义,只觉得很好玩儿,"意思是说我们要出门了吗?"

"是的,要出远门,到很远的地方去,所以现在就必须动身。"白叔叔回答,"本省北部有三百万居民要疏散到六号地幔引擎去,我就在那里工作。"

"哇!我可以去爸爸上班的地方看看了!"白露欢呼起来。

"不是什么好地方。"白叔叔苦笑,"三百万人,会很挤的。"

"老白,麻烦你开车带孩子们回去吧。"父亲说,"我得直接去沈阳,赶最近一趟天梯。"

在我们脚下,远处灯火暗淡的城市渐渐变得明亮起来,数百万人从沉睡中被唤醒,几条细长的车流开始沿着高速公路向城外移动,它们鲜红的尾灯看起来像暗夜中的一排红烛。

"爸爸,你不跟我们去吗?"我问父亲。

"爸爸是隐形天幕的维护工程师,月球陨石坠落,也有可能殃及隐形天幕,所以爸爸必须回去。"父亲蹲下身对我说道。

"那不是很危险吗?"我瞪大了眼睛问。

父亲笑了。

"在隐形天幕建成之前,这个世界没有安全可言。"他的声音有些苍凉。

下山时,我回头看了一眼月亮。那些细碎尘埃形成的丝线显得轻盈、美丽而又脆弱,像少女的长发,看起来温柔无害。

在统一指挥下,大疏散进行得有条不紊。我们从车载广播中得知,离地幔引擎较远的省市居民已经就近进入防空洞及地下军事避难设施。四小时后,我们抵达了长白山脉深处,这里是六号地幔引擎的所在地。

六号地幔引擎是工业文明创造的巨兽,引擎整体呈狭长的圆柱状,位于地下三万米的深处,紧贴地壳与地幔的分界线莫霍面。我们坐升降梯又花了一小时才下降到地幔引擎的顶层平台。

两小时后,月亮的发梢轻轻拂过地球。

只是轻轻拂过。

从乌拉尔山到渤海湾,半个亚洲被割出了一道深深的伤痕。

四台角度失稳的月球发动机就像四把霰弹枪,对着地球射出了密集的弹幕。新闻报道说,至少有两千万颗大小不一的陨石坠入了大气层,其中约有一半在对流层以上燃烧殆尽,剩下的一半则令数百万平方公里的大地满目疮痍。

当时我们都在引擎顶部平台,平台的圆形穹顶中央挂着四面大屏幕,屏幕上是来自地表的实时转播图像。此刻正值破晓时分,黎明的光线沿着隐形天幕的网格,一格一格向上攀登,沿途照亮一根又一根经纬线。在晨曦的照耀下,隐形天幕不停缓缓自转,构成天幕的经纬线闪着灿烂的光芒,整个苍穹像被一张镀金的纱网所覆盖。

第一批陨石很小,很不起眼。解说员告诉我们陨石已经进入大气层时,直播画面上暗蓝色的天幕还没有发生任何变化。过了一会儿,蓝天的一角终于出现了数点火光,但它们暗淡而稀疏,就像似燃非燃的灰烬那样明灭不定。仅仅十几秒后,天空中的火光迅速变得密集起来,无数陨石拖着长长的尾迹穿过隐形天幕的网眼,坠向地面。

"俄罗斯地震台消息,西伯利亚北部已经遭到陨石撞击。"直播的画外音说道,"根据陨石群的速度和方位角预测,两分钟后蒙古高原将遭到撞击,两分四十秒后黑龙江流域及长白山脉将遭到撞击,三分钟后松辽平原及华北地区将遭到撞击，接下来的一段时间内会有强烈震感，请大家保持秩序，不要惊慌。"

直播画面中，隐形天幕的经纬线上喷出了一根根纤细的白烟。"隐形天幕正在进行紧急规避机动，以免被大型陨石击毁。"播报员说。很快，天空中到处都布满了灰白的气流，令人无法分辨哪些是陨石的尾迹，哪些是隐形天幕的喷射流。相比那些一闪而逝的陨石，隐形天幕的移动显得缓慢而笨重。我目睹了好几颗耀眼的火流星贴着经纬线擦过，经纬线的发动机正竭力对抗天幕自转的强大惯性、调整天幕框架的位置，令尽可能多的陨石和碎片从网眼中"漏"下去。

一阵剧烈的颤动滚过地幔引擎的顶层平台，许多人猝不及防之下，纷纷跌倒。我耳边响起了一种奇怪的低鸣，仿佛是地壳本身沉重、痛苦的呼吸声，它来自引擎之上三万米厚的岩壁，在高大的圆形穹顶下回荡不绝。

母亲紧紧抱住了我。

直播屏幕上的图像也受到了干扰，镜头中的大地潮水般不停起伏，地壳就像一层薄薄的水面，每一块陨石的撞击都会激起一阵震波，震波的涟漪透过地壳和地幔，从陨石落点向全球各处传播。密集的陨石雨不断撞击着我们头顶的长白山脉，坚硬而古老的山体上遍地炸出烟花般的岩石碎屑，群峰像风中的烛火一样轻轻摇曳。那位不知身在何方的播报员仍在通报最新情况，随着他断断续续的声音，镜头切换到了世界的其他地点：贝加尔湖畔的森林已经被陨击点燃，北极圈内的冰盖上布满了窟窿和灰烬，东海上一圈圈纤细的白线急剧扩散，就像雨滴落进水塘激起的涟漪。那是海啸的第一波浪潮，正快速逼近中国大陆和日本海岸。但无论镜头切到哪里，始终不变的是满天的黑烟和白烟，半个世界被浓雾与火光笼罩。

屏幕上的图像突然剧烈扭曲了一下。我们清楚地看到，就在长

星云志·NO.12
时空订制

白山正上方，隐形天幕爆炸了。

"陨石击中第三十六经线和第二十五纬线的交叉点，预计将有两万平方公里的天幕框架坠向地面，请所有避难者务必服从统一指挥，不要擅自离开地下设施。重复一遍，不要擅自离开地下设施！"播报员平稳的声调终于出现了一丝慌乱，在人们惊恐的注视下，伴随着响亮、连绵不断的撕裂声与摩擦声，纱网状的天幕缓缓向地面凹陷了下来。

那场面就像上帝为维修这个世界而搭建的脚手架正在坍塌。

陨石坠落引发了大火，撞击点附近的天幕框架熊熊燃烧起来，原本呈银色的经纬线在高温下变成了暗红色，而且暗红色的区域还以肉眼可见的速度不停向周围扩大——就像一滴血正在浸透一块丝绸。

忽然，所有人的心脏都好像漏跳了一拍。

暗红色的区域正从隐形天幕上分离开来。

随着一阵响彻天际的爆鸣，第三十四至三十八经线、第二十一至二十六纬线与天幕凹陷处的连接先后断开，最后整块暗红色区域都悬挂在了与天幕仅剩的连接点——纤细的第二十七纬线上。

这块区域现在看起来如同一滴沉重的血。

接着，第二十七纬线也断了。

两万平方公里的天幕框架从一百公里的高空坠向地面，恍如天崩。

那是我见过的最大、最灿烂的流星。起初，它看起来就像一块残破的手帕。织成这块手帕的细线似乎脆弱极了，只要大风一吹，就会将之撕成漫天的碎片；但等它进入平流层时，它的颜色已经从暗红转为耀眼的金黄，大气摩擦产生的火焰令它仿佛天空中的第二颗太阳；进入对流层后，高速运动令它的底面周围形成了巨大的激波。这是我第一次看到天空像水面那样产生一圈圈抖动的波纹，陨石与经纬线发动机产生的气流轨迹都被激波扫荡一空,天幕残片周围露出了大片晴朗的蓝天。

在火光中,我们看清了天幕的样子。

每一根经纬线都有一座城市那么粗。

"大家蹲下!双手抱头!"不知是谁在高声叫喊,所有人纷纷弯腰、蜷起身子,一片静寂中,紧张的呼吸声此起彼伏。

过了一分钟——也许是一个世纪——来自地面的撞击震波终于抵达地幔引擎。我发现自己从地面上被抛了起来,引擎平台顶部的所有人都被甩向空中,然后重重落地。咔嚓一声,四面屏幕中的三面被震得飞了出去,仅剩的一面也彻底黑了下来,来自地面的信号中断了。

有零零星星的哭声响起,母亲把我抱得更紧了。

许久以后,那块屏幕终于再次亮起,屏幕上的画面似乎是从高空拍摄的,天幕残片像一块摔碎的华夫饼干,覆盖了小半个吉林省。这块"饼干"上有十几个格子,其中一个框住了长白山主峰,粗大的经纬线沿着山脉连绵起伏的地势断成了数千截,在蓝天和阳光下,金属废墟熠熠生辉。

这就是我对童年的最后记忆。

三 警告

警告碑在一百一十年前抵达地球。

人类发现它时,它已经穿越木星轨道,朝内太阳系扑来。根据天文望远镜的观测,这个神秘天体呈红色,由两部分组成:一部分是长约一千米的细长的长方体,另一部分是直径约三百米的球体,二者始终维持着大概五十米远的相对距离。

一位记者在报道此事时,做了一个令人印象深刻的比喻:这是

时空订制

一个高速砸向地球的巨大惊叹号。

掠过月球之后,警告碑开始减速、刹车,接着毫不迟疑地一头扎进大气层,最终坠落在联合政府总部大厦门前的广场上,顺便压塌了广场上所有的旗杆。

联合政府很快组建了一个由十五人组成的代表团,在特使带领下,代表团来到了那个球体前。

特使抬头望了望,从他的角度看去,球体不可思议地稳稳停在广场上,细长的长方体悬浮于球体之上,像一根撑住了苍穹的红色巨柱。

特使这一生到过许多国家,见过许多人,但像这样的交涉,还是头一遭。

他甚至不知该如何跟这两个几何体打招呼。

幸好,几何体先开口了,用的是人类的语言:"我是警告。"

这声音似乎直接从特使面前的球体内传出。特使仔细看了看球体光滑的表面,没找到任何像是发声装置的东西。

"我是警告。"没有得到回应,球体又重复了一遍。

"我们是——"特使刚张开嘴,球体就打断了他的话:"你们必须立即躲避。"

"躲避谁?"特使问。

"行星粉碎机。"球体回答。

"那是什么?"特使又问。

空中的细长长方体柔软地卷曲起来,两头拼到一起,构成了一个刚好能把下方球体套住的巨大圆环。随后圆环内壁上伸出一圈尖锐、锋利的羽毛状刀片,刀片伸出的过程令人联想起相机光圈收缩时的动作。

"这就是行星粉碎机。"球体说着,随后球体表面浮现出地球上大陆和岛屿的图案,空中的圆环开始朝球体下降,那些锋利的刀片迅速旋转起来，在一阵刺耳的噪声中，刀片开始切割球体，球体被粉碎的部分通过刀片的间隙向上喷出，形成一道血红色的高大喷泉。

那场面就像一只教堂那么大的番茄被扔进了一个更大的榨汁机里。

特使下意识地抬手护住头顶，但组成喷泉的红色粉末并没有倾泻下来，而是停留在了空中。几分钟后，圆环从球体顶端降落到地面，粉碎了整个球体。随即空中的红色粉末像液体一样流动起来，很快重组成了之前那个细长的长方体，圆环的上下底面膨胀起来，像吹气球那样转眼又变成了球体的样子。

"我展示了行星粉碎机降临你们的世界后会发生的事情。"球体说，"你们的世界将被碾成尘埃与灰烬。"

特使努力消化了一下这段信息，要问的问题实在太多了。

"很感谢您为我们所展示的一切……"他边说边斟词酌句，"我们是人类，欢迎来到我们的行星。但首先，您是谁？"

"我是警告。"球体又重复了一遍它的开场白。

"那么，向我们发出警告的是谁？"特使努力想得到一个意义不那么含糊的回答。

"死者。"球体简洁地说。

"能跟我们谈谈这些死者吗？"

"没有意义。他们已死，早在你们最古老的祖先诞生之前。"

"他们在哪里？"

"在你们头顶的群星之间，随处可见。"

"他们是被行星粉碎机杀死的吗？"

"是的。行星粉碎机毁灭了他们、他们的世界以及他们创造的文明。他们在死前向整个银河送出了警报。"

"行星粉碎机为何要毁灭他们呢？"

"没有意义。这就是它被创造出来的使命。搅拌器为何要打碎鸡蛋呢?"

"谁创造了这台可怕的机器?"

"囚禁死者的人。或者可以叫'典狱长'。"

"囚禁?这些死者们犯下了什么罪过吗?"

"也许,但那都是很久远的过去的事情了,早在你们最古老的祖先诞生之前。"

"他们被囚禁在哪里?"

"你们头顶的群星之间,随处可见。"

"我……我们不懂。"

"他们被囚禁在银河之内。"

"您说得好像银河是个监狱一样。"

"的确如此。"

"请您解释得详细些。就我们所知,银河系直径长达十万光年。"

"是的,这是一座直径十万光年的监狱。"

"我们不太明白。在我们的语言中,'监狱'指的是狭窄、密封并具有锁闭装置的空间,用以限制人的自由。"

"不必向我解释'监狱'的含义。银河囚禁其中的文明。它并不使用手铐、脚镣、高墙或栏杆。"

"那么它用什么来限制囚徒们的自由呢?"

"光速。"

"我们不懂。"

"你们已经精确测量了光速的数值。"

"是的,您对我们文明的了解真是透彻。"

"这并不难。你们一直在用电磁波向整个宇宙宣扬你们的存在。说回光速,光速在整个宇宙范围内并不均匀。具体而言,银河系之外的光速比银河系内的光速更高。"

特使又花了点时间来消化这些信息："那么，也就是说，在银河系之外，物体运动速度的上限可以超过每秒三十万千米——"

"远远超过。显而易见。"

"所以，在银河系外的文明看来，银河系内的文明就像戴着手铐和脚镣、只能踽踽爬行的蜗牛——"

"你已经理解了。你正在用典狱长的视角看待问题。从银河系中心向外以光速越狱，要花上五万年时间。以光速飞往离你们最近的恒星，要花上一千四百多个昼夜。即便你们把短暂的一生全部用于旅行，能探索的范围也不过一两百光年，而且有去无回。相对于银河的广袤，光速上限实在低得可怜。"

"为何会这样？这是典狱长造成的吗？"

"是的。典狱长将第一批死者送进了银河监狱。他们是最早的囚徒。"

"除了这些死者之外，还有其他囚徒吗？"

"囚徒成千上万。有些已经成为死者，有些即将成为死者。"

"那么我们呢？我们也是被典狱长送进银河的吗？"

"你在询问你们的起源。不，你们是个意外。你们诞生于这颗潮湿的行星上，就像监狱里的阴暗角落总会长出青苔和蘑菇一样，监狱本来无意囚禁你们。"

"那我们是否可以与典狱长交流？我们相信，那一定是个很先进的文明。"

"死者在行星粉碎机降临之前做过无数次这样的尝试，但毫无回音。刽子手不在乎死刑犯的临终遗言。"

"既然已经用光速限制了囚徒们的自由，典狱长为何还要制造行星粉碎机？"

"阻止囚犯们越狱。因为文明的本能是扩张。典狱长原先认为银河足够广袤，可以阻止其中的文明逃逸，但创造我的那些死者……"

成功发射了一支抵达银河边缘的逃亡舰队。"

"舰队逃出去了吗?"

"是的,它离开了银河的边界,进入了本星系群无边的虚空之中,死者们再也没有收到过逃亡舰队的消息。然后行星粉碎机就降临了。它不具有交流的理智,只是一台单纯的毁灭机器,所过之处,生灵涂炭。"

"这台机器……在银河里有多久了?"

"按你们的时间单位计算,它大约在十亿年前来到银河。"

"十亿年前!那是我们地质历史上的古元古代了,寒武纪距离现在也才不过五六亿年而已。一台机器可以运转这么长时间吗?"

"可以。"

"我们该如何躲避这台机器?"

"那是你们的问题。我是警告,不是答案。"

四 格利泽581c

之后的日子里,这个惊叹号般的巨大物体就一直停留在联合政府广场上,再也没有移动过。它像一座刺破云霄的纪念碑,矗立在纽约的天际线上,因此人们将它称为"警告碑"。

根据警告碑提供的信息,全世界的天文观测系统纷纷把望远镜方向掉转,指向了二十光年外的一颗恒星——格利泽581。

然后,人类看到了行星粉碎机。

如警告碑所展示的那样,它是一个甜甜圈形状的物体,或者也可以说是一个巨型轮胎。这轮胎厚达五千公里以上,直径则超过三万公里,完全可以将地球这样大的一颗行星套在其中。"轮胎"内缘有一圈扁平、锋利的刀片,人类看到它时,这些刀片正不停旋转——它正在粉碎格利泽581的一颗行星。

那颗行星的编号是格利泽581c,天文学界对它并不陌生。它表面温度宜人,体积与地球相近,曾有许多人认为其上存在深邃的海洋,甚至可能像地球一样布满了生命。

但那些生命,如果它们的确存在的话,显然永远没机会拥抱银河中的其他文明了。

格利泽581c像一个脖子上被套牢了绞索的囚徒,又像一个一半被塞进削皮器的巨大土豆,行星粉碎机的刀盘撕裂、磨碎了它的大陆,在望远镜的视野中,那些刀片沿着周长十万公里的粉碎机内壁高速移动,大约每一百小时旋转一周。行星的碎片穿过刀盘的间隙飞往宇宙空间,形成一道长达百万公里的喷泉。格利泽581c如今只剩下一块半球形的残骸,整颗行星的横截面直接袒露在宇宙中,它熔融核心的光芒把行星粉碎机的内壁映得一片暗红。

人类在恐惧中看着格利泽581c被肢解成一片绚烂的星尘。六个月后,行星粉碎机的刀盘终于停止旋转,格利泽581c彻底不复存在,格利泽581恒星周围出现了一片面积达数千亿平方公里的稀薄云团,其中布满了昔日构成那颗不幸行星的气体、冰晶以及岩石碎屑。

格利泽581c距离地球二十光年,携带它毁灭景象的光线要走二十年才能抵达太阳系。换句话说,人类看到的是二十年前发生的事情。那之后行星粉碎机似乎进入了休眠状态,它静静地围绕格利泽581旋转,一次又一次穿过它亲手创造的那片星云,仿佛一个巡视自己国土的残酷君王。

特使率领代表团又一次来到警告碑前。

"我们怎样才能免于灭顶之灾?"他用带着恳求的语气发问。

"我是警告,不是答案。"红色球体的回答和上次一模一样。

"行星粉碎机为何停止了行动?"

"它没有停止行动,它一直在观测,寻找下一个目标。"

时空订制

"它是否知道我们的存在?"

"也许知道,也许不知道。"

"银河中只有这一台行星粉碎机吗?"

"是的,十亿年来都是如此。"

"无意冒犯,但我们觉得您告诉我们的信息中有许多疑点。例如,一台机器怎么能看守如此广袤的银河?这样的狱卒,岂不是形同虚设吗?"

"恰恰相反,一台就足够了。这是非常节约而又高效的办法。行星粉碎机能以十分之一光速机动,横穿银河系只需要一百万年。你们应当知道,一百万年在进化历史上不过是短暂的一瞬间。在你们的行星上,最早的单细胞生物进化成最原始的脊椎动物花了差不多三十亿年,最原始的脊椎动物进化成人类花了五六亿年,而你们从学会直立行走到建立起今天这样的文明社会,又花了两百万年。因此,行星粉碎机有充足的时间从银河的任何一个角落赶到任何一颗行星上。过去十亿年里,没有一个银河文明能在它降临前发展出足以逃离银河的技术。"

特使无法反驳。以人类目前的水平,想要离开银河系的确是痴人说梦。

代表团花了很长时间与警告碑交流,但得到的有用信息寥寥无几。夕阳逐渐落下,在暮色中,警告碑的红色愈发鲜艳、浓郁。特使顺着碑体向上望去,这个世界上最大的惊叹号简直要刺破苍穹。在苍穹深处,在逐渐浮现的灿烂群星之间,死亡正默不作声地徘徊。

这就是人类对童年的最后记忆。

五　静默

警告碑抵达地球后，人类经历了静默的十年。

这十年给一代人打上了深刻的烙印。随着《静默法案》出台，一夕之间，世界倒退回了邮轮和电报的时代。

一位生于"静默岁月"的老人回忆说，在他眼里，时代是有形状的。他们父辈那一代是山峰，沐浴在人类黄金岁月的余晖之中；他们儿女那一代是峡谷，因为生存危机而显得格外理智、冷静；唯独他们自己这一代，是悬崖，在黑夜和浓雾的遮挡下，没有人看得见前路，也没有人看得见希望。

人类拥有的一切自卫武器在行星粉碎机面前都显得荒唐可笑。联合政府做了详尽的战争推演，其结果显示，即便将全球工业能力都投入核武器的生产，再把这些核武器一次性投入战场，集中攻击行星粉碎机上的一点，行星粉碎机的运转也丝毫不会受到影响，顶多是给它的表面增加一座无关痛痒的环形山罢了。

"这不是试图用手枪击沉航母，不，比这还要可笑得多。"联合政府的发言人这样评论，"这是试图用弹弓炸掉喜马拉雅山。"

于是"静默岁月"来临了。《静默法案》出台后，广播电视行业和天文学界受到了前所未有的高压监控，卫星与信号塔全部停止了使用。民间的无线电设备被大规模查封、销毁，一切向地外空间传送信号的行为都被视为犯罪。在无线电频段上，人类文明陷入了完全的沉寂。古老的有线电话被请出博物馆，重新进入千家万户；在电话连接不到的乡村，通信再度依赖于信筒和邮差。虽然二十光年的距离足够把人类发出的任何电磁波都稀释得无法分辨，但恐惧令联合政府决定以最严厉的方式管制通信。

那位老人晚年在回忆录中写道：我们这一代人都被迫养成了说

话悄声细语的习惯。《静默法案》撤销前，每个人张嘴前都会下意识地抬头看看天空，好像担心交谈声会引来行星粉碎机的注意似的。

"不敢高声语，恐惊天上人。"他这样自嘲。

在第十年行将结束时，联合政府宣布了"隐形天幕计划"，它将令人类免遭被行星粉碎机毁灭的命运。

一个波澜壮阔的时代就此拉开序幕。

六 观星者

从月球发动机启动以来，又过去了十年。这十年间，隐形天幕工程的建设进度越来越快，人们用无数块"单元板"逐渐填满经纬线之间的空隙，金属的灰色慢慢代替了天空原本的蓝色，每当黎明和黄昏时分，阳光从地平线照向钢铁铸就的苍穹，那些单元板就会像漫天的大雪一样熠熠生辉。

我陪母亲去看望父亲。飞机从沈阳起飞，很快穿过稀薄的云层。透过舷窗向外看，我们头顶灰色的隐形天幕上排列着一行行三角形的孔洞，每个孔洞的面积都堪比一座城市。

那是隐形天幕工程特意为地面留出的"采光窗"，从孔洞中能看到细碎的蓝天，一根根粗大的三角形光柱穿过孔洞照在辽阔的陆地上，随着天幕的自转，这些光柱也慢慢自西向东移动，像上帝的手电筒一样，在群山、旷野以及东海水面上画出一个个金黄色的巨大三角形。

飞机降落在纽约的肯尼迪机场前，我们远远就望见了那座鲜红似火的警告碑，它矗立在曼哈顿岛的天际线上，比纽约所有的摩天大楼都高出一截。

下飞机后，我们乘车进入市区，前往警告碑。

人们围绕着警告碑修建了一片环形广场，广场上密密麻麻地立满了白色的墓碑。警卫查验过我们的证件之后,挥挥手放行了。

圆环被分成了两百多块扇形区,像联合政府大厦一样,这片广场也属于全人类,世界上的每个国家都拥有其中一块扇形区。

我们进入中国扇形区,这儿已经被上万座墓碑挤得水泄不通。扇形区中央有一条通往地下的阶梯,圆环广场在地下还有三层空间,第四层正在施工,未来也许会扩建第五层、第六层以容纳越来越多的逝者。

我们又花了点儿工夫找到父亲。他安息在一块白色大理石之下,大理石上刻着他的名字。在他周围还有一百多块同样的大理石,这些墓碑上刻着的出生日期不尽相同,但辞世的日子完全一致。

我默念着父亲名字下面那个日期。

那一天,隐形天幕被陨石击中,并开始向地面凹陷、坍塌。为了防止陨击区的下坠将整个天幕拖垮,当时留在陨击区的工作人员毅然决然地断开了这片区域与周围所有经纬线的连接,两万平方公里的天幕残片因此坠向地面,并造成了三百二十五万人的伤亡。这场灾难被称为"天崩灾难"。

父亲是断开陨击区连接的一百四十名操作员之一。在他们身后,骂名滚滚而来。遇难者家属们将他们与希特勒、松井石根这样的屠夫相提并论——一百多个人有什么资格决定牺牲三百多万人的生命?

但国家坚持将这一百四十人与三百万遇难者的骨灰合地而葬,一起埋入警告碑旁的圆环纪念广场。

我回头望了望圆环纪念广场的入口。那里竖立着一块黑色石碑,上面用人类所有种类的语言镌刻着同一句话:

为"隐形天幕计划"牺牲的英雄们在此安息。

那已经是十年前的事情了。可就在今天,圆环广场外也仍然有人举着巨大的牌子和条幅示威,要求将这一百四十个操作员"赶出"

广场，以告慰被他们"杀害"的遇难者们。联合政府的警卫们把守在陵园入口处，严阵以待。

每个在修建隐形天幕过程中不幸身故的人都葬于各自国家的扇形区，在我们旁边不远处是日本扇形区，与中国扇形区相比，那边就显得空旷了很多，日本人的墓碑甚至连地表一层都没有填满。

一个衣衫不整的女人忽然跌跌撞撞地闯进了我的视野，她看起来五六十岁，斑白的头发上有几片不知怎么沾上去的青草和落叶，两名警卫在她身后边追边喊："早川晴子女士，这里是公墓，请您停止这种行为！"

那个女人置若罔闻，从我和母亲身后飞快跑过，径直冲进了日本扇形区。她弯下腰仔细查看那些墓碑上的名字，嘴里不知念叨着什么。警卫们赶上她，一左一右把她架了起来："早川晴子女士，联合政府已经警告过您，这样扰乱公共秩序的行为再有一次，您就要被拘留了！"

"我的女儿在哪里？你们把她藏到哪里去了？"晴子爆发出与她娇小的身躯不相称的大音量，她声嘶力竭地呼喊着，"告诉我，真秀在哪儿？我知道你们把她留在了月球上，我知道你们没有带她回来！你们这群懦夫，把她还给我！"

"关于早川真秀女士的事情，联合政府已经向您做出过解释，我们深感抱歉。"一名警卫说，"但这不是您打扰数百万牺牲者安息的理由。"

晴子被架着走过我们身边时，我和她对视了一眼，她的眼神疯狂而迷茫，那双黑色瞳孔深处埋藏着某些令我不敢直视的东西，因此我很快移开了目光。

"别看。"母亲在我耳边低声说着，同时在父亲坟前放下一束花。

这样的人我们见得太多了。联合政府没有能力找到每一位遇难者的尸骨，因此总有些家属认为自己的亲人仍然活着，并要求联合政府给他们一个说法。十年前那个不见星月的夜晚，我们把父亲送来这里时，圆环陵园外面黑压压地挤满了人，都呼喊着要他们的亲人回来。如果不是母亲用身体把我和他们的目光隔开，我是没有勇气抱着父亲的骨灰盒走到那块墓碑前的。

"袁先生，袁先生，请帮帮我！"晴子忽然又呼喊起来，我们转过头，发现她正冲着不远处的一位老人拼命挥舞双手。老人身边还有一个小女孩，似乎是他的孙女。"爷爷，那个阿姨是不是在叫你？"小女孩仰起脸，天真地问。

"是，但爷爷帮不了她。"老人有些悲伤地摇摇头。

警察架着晴子渐行渐远，她的喊声也慢慢消失，陵园重新恢复了寂静。

我瞥了一眼老人面前的墓碑，从上面的逝世日期看，墓主人也是当年断开天幕连接的操作员之一。

"是我儿子。"老人发觉我在读墓碑铭文，随即解释道，"希望你们不要怨恨他。"

"不会的。躺在这里的是我丈夫。"母亲指指父亲的墓碑，"他们都是英雄，虽然许多人无法理解。"

"阿姨说得对！我爸爸——是大英雄！"小女孩骄傲地拉长了声音说道。

"小声一点，星星。"老人轻轻拍拍她的头顶。

"您认识刚才那位女士吗？"母亲好奇地问老人。

"她叫早川晴子，是个优秀的宇航员，曾经参与了月面最重要的一台发动机——第谷环形山发动机的建设。"老人叹了口气，"她的女儿早川真秀，以及她的女婿徐江明也都参与了这项工程。但可惜，两个年轻人十年前没能随'阿尔忒弥斯'号飞船一同返回地球，没人知道他们去了哪里，晴子也因为这件事情逐渐精神失常了……多好的年轻人啊！"老人一时似乎陷入了回忆。

时空订制

"您当时也在月球上吗？"母亲和老人攀谈起来。

"不，我只是个天文学家罢了。"老人连忙摆手，"我负责规划了月球的陨落轨道，环形山发动机的方位布局都是根据我的计算确定的。其实我觉得，我才是那个该为这些无辜消逝的生命负责的人。"老人望望周围森林般的墓碑，语气中充满了沉重的愧疚感。

"您是袁恪礼教授？"母亲惊讶地问。这个名字多年前经常登上报纸和学术刊物。

"我儿子牺牲后，我就离开了学术前沿。作为一个月球学家，我亲手杀死了月亮，这辈子我都无法再直视它了。"袁教授低下了头。

"发动机的角度偏转不能怪您。"母亲说，"那是无法控制的偶然错误。"

"我们再也错不起了。"老人慨叹，"人类正走在钢丝绳上，踩偏一步，就会万劫不复。"

母亲抬头看了看高耸入云的警告碑。这个不可思议的物体显然出自一个远比人类先进得多的文明之手，但那个文明已经成为了死者——与圆环广场上安葬的众多死者一样。

"阿姨，哥哥，你们要不要加入'观星者'的行列呀？"老人的孙女奶声奶气地问我们。

"那是什么？"我蹲下身问她。

"是爷爷发起的一个请愿活动！"小女孩从背包里掏出一块横幅，在我们面前展开，横幅大得把她整个人挡在了后面，"爷爷认为，联合政府对天文学家的管制太严格了，我们应该享有看星星的权利！"

我读了一遍黄色横幅上的红色大字：让孩子们看看星星！

"自百年前那段'静默岁月'以来，联合政府一直保持着对天文学界的高压监管。"袁教授摸了摸小姑娘的头，"许多天文观测设备可以很容易地改建成向宇宙发送电波的信号站，所以《静默法案》

规定,天文学家的研究必须向当局报备,经批准后才可以进行。但你们知道整个现代天文学的开端是什么吗?不是先进的射电天文台,不是哈勃望远镜,不是伽利略用来观测木星的小圆筒,不是张衡的浑天仪,甚至也不是古埃及和古巴比伦遗迹里那些画着星座的石板,而是两百万年前荒凉的大地上,一个刚刚学会直立行走的人抬头看了一眼灿烂的星空。"老人挺了挺佝偻的脊梁,"和其他一切自然学科一样,天文学进步的动力是人类永不泯灭的好奇心。而好奇心是不应该由政府批准的。"

"等'世界灯'点燃之后,政府就会封死隐形天幕,挡住所有星星!"小女孩挥舞了一下横幅,"爷爷说,我们应该在天幕上留下一些永久的观测窗口。"

"世上只有两种平等,一是阳光,二是死亡。"袁教授说,"我给孙女取名袁星星,也是希望以后的孩子们都能看见头上广袤的宇宙。"

"对很多人而言,现在抬头只能看见绝望。"母亲仰望着天幕说。临近黄昏时分,天幕上那几排采光窗的颜色从蓝色慢慢变为橙色,一根橘红的三角形光柱笼罩了曼哈顿岛,不远处的警告碑显得越发鲜艳。

"那是大人眼中的宇宙,不是孩子眼中的宇宙。"老人摇摇头,"用恐惧去掐灭孩子的好奇心,无异于掐灭人类未来的火种。"

"加入我们吧,哥哥!"袁星星掏出一根笔递给我,同时指指那块横幅。

"好啊,小姑娘。"我笑着在横幅上写下名字,转身把笔递给母亲,母亲也在横幅一角签了个名。

"谢谢两位。"老人感激地点点头,"我这次是受联合政府邀请,来纽约谈谈天文学界的情况。我们会努力说服更多人成为'观星者'的!"

时空订制

"我们要上去吗，爷爷？"袁星星看着高耸入云的警告碑说。

"没错，联合政府总部就在那里。"老教授指指纪念碑顶端。

"难得来一趟，上去看看吧？"母亲问我。我点点头，于是我们四个人一起向警告碑走去。

这个来自未知文明的神秘遗物已经沉默了整整十年。十年前格利泽581c毁灭的那个下午，它和人类代表团进行了最后一次交谈，之后不论人类如何尝试沟通，警告碑再也没说过一句话。

就好像它变成了创造它的那个文明的墓碑。

警告碑陷入沉默后，有些大胆的人试图爬上那个巨型圆球，之后又试图爬上圆球上方的细长巨柱，但警告碑并未作出任何回应，仿佛默许了这种行为。

于是联合政府干脆修了一条长长的扶梯，从地面直达圆球顶部，以方便游人参观。巨柱悬浮于圆球上方五十米左右，起初有很多人担心它会坠落下来，但多年来巨柱始终没有挪动过位置，因此联合政府又在圆球和巨柱之间修建了一座垂直升降梯。升降梯贴着巨柱外壁，直达巨柱顶端。

我和母亲乘上巨柱升降梯，曼哈顿岛在我们脚下渐渐缩小。我们穿过稀薄的云层，前往警告碑顶部。联合政府把那里改建成了一片边长三百米的正方形广场，从那儿人们可以眺望整个纽约州。

一千三百多米的高空，狂风凛冽。碑顶广场中央矗立着一座巍峨的大厦——联合政府驻地。它和隐形天幕同时动工兴建，令人惊异的是，直到大厦落成，巨柱和它下方的圆球之间的距离都没有丝毫变化，仿佛压在碑顶广场上的不是一幢楼，而是一根轻飘飘的芦苇。警告碑的制造者就这样向人类展示了自己的技术水平。

但他们还是倒在了行星粉碎机面前。

袁教授和我们告别后，带着小孙女走向联合政府大楼，我和母亲只是普通的观光客，因此不能进去。

我陪母亲来到广场边缘,从这里向下望去,流经纽约的东河与哈德逊河就像两条纤细的小溪。

"你打算瞒我到什么时候?"母亲轻声问我。

我有些惭愧地低下了头:"妈妈,你知道了?"

"我不傻。"母亲摇摇头,"但是你应该早些告诉我。"

"我下周就要去隐形天幕上报到。"我说。

母亲久久望着我。"去吧。"她最后说。

"谢谢你,妈妈。"我张开双臂抱住了她。

"这是一场战争。"母亲说,"像所有经历战争的母亲一样,我能奉献的只有自己,自己的丈夫以及自己的儿子。凡事小心,注意安全。"她轻轻拍着我的后背。

七　隐形天幕

一周后,我从沈阳搭天梯出发。在沈阳的任何角落都能看到市中心那条直入云霄的黑色缆绳,它一头连接着地面,一头连接着离地一百公里的天幕。

这是世界上最大、最高的电梯。十年前的中秋之夜,父亲就是乘它离开,再也没有回来。

天梯客舱呼啸着上升,出发二十分钟后,客舱抵达一万米高空,进入平流层;六十分钟后,客舱抵达五万米高空,进入中间层;九十分钟后,客舱抵达八万米高空,进入热成层;一百二十分钟后,客舱抵达十万米高空,接近天幕。

天梯缆绳的尽头是巨大的接驳站,接驳站上方就是隐形天幕的第四十二纬线。直到这时我才发现,在地面上感觉天幕转动缓慢其实是一种假象,第四十二纬线以每秒几公里的高速从我们头顶呼啸而过,如果自转低于这个速度,隐形天幕就会"掉"下来,撞上地球。

　　接驳站的形状很像一只巨型夹钳，第四十二纬线内表面有一条铁轨般的凸起，接驳站就钳在这条铁轨上，钳嘴部位通过一组水平滑轮与铁轨接触，这样就能在天梯与地面保持相对静止的同时令天幕自由转动。像这样的天梯在全球各处共有一千座，沈阳只是其中之一。

　　白露在接驳站等我。

　　"林深！"她拥抱了我一下，"你说服你妈妈了？"

　　"她很支持我来这里工作。"我笑着回答。

　　"我还以为阿姨会拦着你呢。"白露仰起脸看着我。

　　"这是一场战争。"我说，"我父亲的牺牲不是我逃避战场的理由。"

　　"别说得像你明天就要慷慨赴死了一样。"白露笑着摇摇头，"来吧，我们去摆渡车站。"

　　接驳站和天幕之间存在每秒数公里的相对速度，直接从接驳站踏上天幕无异于与一枚飞驰的火箭迎面相撞，因此我们还要转乘摆渡车。

　　"看，1606基地过来了。"在摆渡车站的站台上，白露伸手指了指西面。我顺着她的手指望去，天幕内表面的那个位置上有一块明显的圆柱形凸起，随着天幕自转，它正向我们疾驰而来。

　　整个天幕上分布着一万个基地，众多建设人员平时就驻扎在基地内。由于天幕不停自转，各个基地与遍布全球的接驳站的相对位置也在周期性地改变，1606基地每天要掠过沈阳接驳站十七次，差不多每八十分钟就有一班前往那儿的摆渡车。

　　"走啦走啦，上车。"白露催促我。

　　摆渡车沿一条长长的弹射轨道逐渐加速，最终向东弹出接驳站。出站的一刹那，天空忽然暗了下来——巨大的1606基地刚好从后面赶上我们。此刻摆渡车已经加速到与天幕相对静止，它靠电磁装置向上吸附到天幕的第四十二纬线上，悬吊在天幕下面行驶，带我们前往基地。我往后看了一眼，沈阳接驳站正迅速离我们远去，几次眨眼的工夫，它就缩小得无法辨认了。

白露比我早来这里一年，在工作上，她算是我的前辈。

"要不要去外面看看？"吃过晚饭后，白露这样提议。

于是我们坐电梯前往基地顶层。那里是基地和天幕相连的部位，但要想抵达天幕外表面，还得穿过一段垂直竖井。我们穿上宇航服，竖井内的空气排光后，我们头顶井口处的闸门滑开了。

白露先爬了上去。"提醒你一下，待会儿可站稳了。"她回头意味深长地对我说。

钻出井口后，我看到了灿烂的群星。这十年来，随着隐形天幕工程进度的加速，每一夜人们头顶星空的面积都比前一夜更小，到今天，地上的人们基本只能透过采光窗看到几块小得可怜的星空。

而在这里，我能眺望整个银河。星星们很亮，很高，很远，像晶莹的沙粒一样，镶嵌在无限深邃的宇宙之中。

我似乎理解了袁恪礼教授为何要发起"观星者"请愿活动。如果以后的孩子们再也看不到这样美丽的星星，那简直是一种残忍。

"低头看。"白露拍拍我的肩膀。

我照做了，然后差点摔倒。

我脚下是另一片深不见底的星空。我仿佛站在一块无限大的透明玻璃上，有那么一瞬间，我失去了方向感，脚底的触觉告诉我，我正站在隐形天幕的外壳上，眼睛却告诉我，我正漂浮在宇宙中，就像执行太空行走任务的宇航员一样。

我一定下意识地惊叹了一声，因为白露脸上露出了恶作剧得逞般的笑容。

我早就知道隐形天幕是个巨型光学隐形球壳，但第一次亲眼从

时空订制

天幕之外看到天幕的样子，还是令我无比震惊。

联合政府的思路很容易理解：既然无法与行星粉碎机作战，那就在它发现人类前将地球隐藏起来。于是隐形天幕诞生了。它表面的"单元板"采用了负折射率材料和复杂的变换光学结构，照在球壳上的每一缕光线都会经历多次弯曲、折射与反射，再从球壳上的对跖点①射出去。因此，宇宙中的观察者从各个角度都可以直接看到地球后面的物体，在它们眼里，地球就像变得透明了一般。

这是人类历史上最伟大的战略欺骗——让一整颗行星凭空消失。但从原理上讲，"隐形天幕计划"又十分简单，它与森林中的变色龙并无不同，变色龙靠皮肤上的色素让自己融入青苔和落叶，而隐形天幕则让地球融入黑暗的宇宙。

"那是月亮吗？"我指向天边，遥远的阴影中隐约可见一个苍白的亮斑。

"是的。"白露看了一眼，很快回答，"它现在距离我们两千五百万公里，已经进入地球和太阳之间的转移轨道。按照计划，还有五年它就要坠入太阳。"

人类可以把地球藏起来，但无法令地球的引力凭空消失。只要地球的质量还在，月球就会继续绕着地球运转，进而暴露地球的位置。因此，人类别无选择，只有抛弃这位陪伴了地球四十多亿年的可敬姐妹。

我用力眯起眼睛，试图看清月球是否还拖着长长的尾迹。"太远了，靠肉眼看不见的。"白露似乎明白我的意图，"但月球发动机仍在运转。"

"月球上还有人吗？"我问。

---

① 对跖点：地球同一直径的两个端点互为对跖点。

"十年前就没有了。"白露说,"环形山发动机启动后,月面人员也随之撤离,之后的月球变轨过程都靠计算机自动控制。走吧,我要给你看的东西还很多呢。"她向我伸出手。

我们在深不见底的黑暗中行走,头上是北半球的星空,脚下则是南半球的星空——地球对面的星空。这里并没有失重现象,地心引力仍牢牢地抓着我们,但四周除了群星以外什么都看不到,根本无从辨别自己身在何处,实在奇妙极了。

又走了一会儿,不远处亮起了一道似有似无的暗蓝色光芒,这道光芒像地平线一样展现在我们面前,隐约勾勒出了天幕的轮廓。白露带我朝着蓝光前进了十几分钟,终于,我发现那是隐形天幕上的一个采光窗。

我们站在采光窗边缘,像站在一片又高又长的悬崖之上。采光窗的面积不亚于一座城市,透过这三角形的巨大窗口,我们看到了下方一百公里处的地球,看到了云层、海洋和山丘。这仿佛是梦的深渊被挖了一个洞,洞里照射出现实世界的光辉。

隐形天幕带着我们从北美东海岸上空呼啸而过。

但北美陆地的大部分区域都已经覆盖上了冰雪。

白露看着灰白色的陆地,似乎有些悲伤。

"地球……怎么了?"她轻声问。

"在结冰。"我紧紧握了一下她的手。

虽然隐形天幕尚未彻底封闭,可它对气候的影响已经开始显现。过去十年里,由于天幕挡住了阳光,全球平均气温迅速降低,极地冰盖开始向低纬度地区蔓延,高山雪线朝平原下降,一个由人类缔造的冰河世纪正降临大地。

"以后的孩子们会生活在一个什么样的世界里啊?"白露说,"他们看不到太阳,看不到月亮,看不到星星,也看不到绿色的森林和原野……"

我不知该说什么,只好笨拙地抱了抱她。

"你看,那就是天秤座。"白露指向我们脚下南半球的星空,"格利泽581c大概在那个方向。"她又指了指天秤座的一角,"你能想象吗?行星粉碎机离我们这么近……太近了……就算天幕建成,我们能在地球上躲多久呢?十年?一百年?一千年?还是永远?"

沉默、荒凉而又灿烂的星空俯视着两个小小的人,不言不语。

我突然觉得有些孤独。

八 月陨

1606基地的主要任务是修补天崩灾难中损坏的两万平方公里的经纬线框架。到我加入工作时,经纬线框架已经基本修复完毕,之后我们又花了五年时间用单元板填满这两万平方公里的天幕表面,总算是追上了全球平均进度。

在1606基地的第五年是我生命中特殊的一年。

那年九月,我和白露跟基地请了个假,去长白山六号地幔引擎看望她父亲。我们坐电梯下降到地下三万米的深处,直达地壳的边界。与我童年记忆中的样子相比,地幔引擎没有什么变化,它依旧那样庞大、闷热。

白叔叔老了很多。我们见到他时,他正穿着一件汗渍斑斑的白背心,大声指挥着工程师们安装某种重型设备。那东西的体积足有六七层楼高,占据了地幔引擎内很大一部分空间。

"啊,孩子们。"他看到我们,抬手抹了抹汗,"我现在走不开,稍等一会儿,好吗?"

于是我们就站在一边,看着工程师们在那台大机器上忙碌。白露以前花时间向我解释过地幔引擎的原理,但我没能听懂,只模模糊糊记得它可以将地幔对流的能量转化为电力。

地幔对流导致了板块运动。虽然地幔由固态岩石构成,但它内部各处的温度和密度并不均匀,这样,从全球尺度上看,它就像一种极其黏稠的液体,驮着上面的陆地和海洋缓缓移动。地幔引擎可以从地幔对流中窃取能量,并将之转化为人类需要的电力,它让人类拥有了近乎用之不竭的能源。这种超级引擎在全球各地共有十套,它们的电力通过一千座天梯的缆绳和接驳站直接输入天幕,以供其上的诸多基地使用。

二十分钟后,白叔叔终于停下工作,朝我们走来。

"爸爸,你们在干什么?"白露问。

"调试'世界灯'的供电装置。"白叔叔用一条毛巾擦擦脖子和额头,"天幕上准备得如何?"

"不太顺利。"白露无奈地说,"'世界灯'的研制好像已经停滞了很久,没人知道什么时候能完成攻关。"

"呵,他们得快点儿了。"白叔叔摇摇头,"我们这儿各种配套设施都已经到位,只等正主儿上场了……地上近来怎么样?"

我们一时语塞。从沈阳到这里的一路上只能看见白皑皑的群山和原野,虽然才刚刚进入九月,但东北三省早已提前披上了大雪做成的斗篷。

"很冷。"我只好这样回答。

"还会越来越冷的。"白叔叔叹了口气,"丫头,我和林深单独聊聊。"他转头对白露说。

白露乖巧地点点头。

那次谈话后一个月,白露成为了我的妻子。

我们的婚礼在天幕外面举行。这儿没有鲜花,没有气球,没有红毯,也没有歌声,这可能是世界上最寒酸的婚礼了。

但从另一个角度看,这或许也是世界上最壮观的婚礼。

整个北半球的星空充当了婚礼大厅的穹顶,而南半球的星空则

时空订制

是大厅的地板,白露站在雾蒙蒙的银河里,如同站在一条长长的地毯上。大麦哲伦星云和小麦哲伦星云像柔光灯一样浮现在遥远的地方,在天狼星和太阳的照耀下,我跨过河鼓一、河鼓二与河鼓三,向她走去。

与此同时,隐形天幕正带着我们掠过蔚蓝的地中海。在乳白色的希腊群岛上空某处,我牵起了白露的手。

我们请来的司仪已经主持过许多次这样的婚礼,他开始宣读我们的结婚证书。阳光和星光洒在白露的睫毛上,这一刻她看起来美丽极了。

证婚人宣读完毕时,天幕已经越过博斯普鲁斯海峡,旋转到了亚洲上空。

戴着宇航头盔没法接吻,因此我们在自己面罩上嘴唇的位置按一下,再在对方面罩上嘴唇的位置按一下,这样就算完成了接吻的仪式。

"按照规定,玻璃容器是禁止带到天幕外面来的,因为一旦破损就会产生危险的碎片。所以两位的交杯酒就用这个代替一下吧。"司仪从宇航服的工具箱里取出两个特制的加压啤酒罐,递给我们。当然,在太空中也不可能真的喝交杯酒,我们接过啤酒罐,在各自的头盔上轻碰一下,再在对方的头盔上轻碰一下,就算完成了婚礼。

"恭喜两位。"司仪用力鼓掌,虽然在这寂寞的真空中根本不会响起掌声。此刻我们应该已经进入新疆,在我们脚下一百公里处,大漠的风沙正翻卷不停。从湿润的地中海到干旱的塔克拉玛干沙漠,这场婚礼耗时十分钟,跨越了将近五千公里的距离。

"谢谢,司仪先生。"我说。

"你们是世界上最后一对在月光下成婚的新人了。"司仪指指头顶的太阳,"衷心祝愿你们的日子幸福美满,直到生命尽头。"

我和白露顺着司仪指的方向望去。在太阳边缘，隐约可以分辨出一颗彗星的长长彗尾，它呈淡淡的蓝白色，彗尾末端在星空中延伸出很远很远，顶端则淹没在了太阳明亮的光辉里，无法分辨。

那就是即将陨落的月球。

从天崩灾难发生那天算起，月球的毁灭持续了十五年。离开地球的引力井后，它向着太阳开始了漫长的坠落。在这个过程中，隐藏在月球极地阴影中的水冰不断蒸发，蒸发形成的气体与尘埃混合，在太阳风的吹拂下形成了直径上千公里、长达数千万公里的巨大彗尾。月球变成了太阳系里最壮观的彗星。

我们三个人都按了一下头盔的显示器，在面罩上调出国际天文台的直播画面。一个月前，越过水星轨道时，月球向着太阳的一面就逐渐变得红炽起来；此刻月球已经触及太阳大气层顶端，它的正面完全融化，变成了星空中一滴炽热的岩浆。

根据国际天文台的测量数据，那条淡蓝色的彗尾从太阳表面向外一直延伸到金星轨道，顺着它看去，在直径一百四十万公里的太阳面前，直径三千多公里的月球不过是个渺小的黑影，如同盘旋在燃烧的山火上空的一只暗淡飞蛾。孤独地跋涉了十五年之后，月球迅速走向了旅途的终点。不到半小时的工夫，它就消失在了太阳灿烂的光芒中，安静得就像一滴水融入海洋。

然后，以月球的撞击点为中心，太阳表面出现了一块蓝幽幽的圆形区域。月球的撞击令周围的太阳大气急剧升温，因此太阳的火焰从亮白色转为暗蓝色，这块蓝色区域扭曲着不断扩大，就像火海中翻腾起了一朵小小的浪花。当然，这都是国际天文台传回的观测画面，凭人类的肉眼不可能看清这一切。

白露紧紧攥着我的手，隔着宇航服厚厚的手套我都能感觉到她在颤抖。

"月亮死了。"她轻声说。

我们站在那里，久久凝视着天空中云雾般逐渐消散的彗尾。这是我们的婚礼，也是月球的葬礼。

九　太阳潮

那天夜里，一阵尖锐的警报声将1606基地的所有人从睡梦中惊醒。

国际天文台发来消息，月球陨落时的撞击破坏了太阳表层等离子大气的对流循环，导致局部太阳磁场的磁力线变形、重排，一次大规模日冕抛射事件即将爆发。

根据他们的观测，太阳上那朵蓝色浪花中央有一个细长的等离子气泡正在缓缓升起，它把周围的"花瓣"慢慢推开，然后朝着星空垂直上升，仿佛一根无限高大的"花蕊"。一旦它破裂，喷向我们的绝不是甜美的花蜜，而是炽热的高能辐射。

我们立即开始切断基地里所有关键设备的电源，准备迎接辐射的冲击。

"那玩意儿什么时候会碎？"我一边敲键盘一边问不远处的白露，太阳上的"蓝色浪花"的图像显示在基地大厅正前方，就在我们说话的同时，那根"花蕊"仍在不停生长，目前它的高度已经超过了地球赤道的周长。

"说不好，也许下一刻，也许明天，总之很快。"白露飞快地操作着面前的按钮和开关，头都没抬，"国际天文台正在计算，应该马上就有结果了。"

她话音刚落，大厅前方的图像旁边就跳出了一个红色的倒计时：174分钟52秒。

"我们得抓紧点儿了。"白露瞥了一眼倒计时。

"他们能算得这么精确？"我瞪着不停减少的秒数问。

"太阳模型两个世纪前就不是什么秘密了,这一百年来联合政府又拨了不少钱在天文学研究上,把这个模型做得越来越精细——虽然有《静默法案》,但他们还是知道天文学的价值嘛。"白露捋了一下被汗水浸湿的头发,"快干活吧,我们还剩——"她低头看看屏幕,"一半的设备没有断开。"

约三小时后,那根纤细"花蕊"的顶端无声地碎裂,等离子流像火山爆发一样喷涌而出。随着太阳自转,等离子流在太空中甩出了一道长长的圆弧,从人类的角度看,这是一片宽达十万公里、以每秒两千公里的速度朝地球汹涌而来的潮水——或者可以称之为"太阳潮"。

二十小时后,日冕抛射物质风暴般扫过地球,吹得地球磁场剧烈抖动起来。地磁扰动令许多城市的供电系统陷入瘫痪,导致了一次波及全球的大停电事件。

太阳潮掠过地球后,我们又渐次重启所有设备,检查有无故障和损失。月球激起的"蓝色浪花"影像依然悬浮在基地大厅里,它位于太阳赤道附近,面积大约是俄罗斯的三十倍。

"真美啊。"我不止一次听到从影像前路过的人发出这样的惊叹。

但好景不长,太阳表面的火海不久就开始向那朵蓝色浪花反扑,浪花中央的"花蕊"慢慢缩回,周围的"花瓣"也逐渐闭合、变回耀眼的金色与白色。

又过了五十四个小时,国际天文台向全世界发出通告,那朵浪花彻底沉没了。

在那些日子里,所有的诗人和画家都在哭泣。人类艺术的一个永恒源头就此彻底消亡。

十　漏光灾难

我和白露平静地生活了十五年。这样的日子持续到"漏光灾难"发生为止。

这场灾难中几乎无人丧生，但它对人类的影响却无比深远。它改变了整个历史前进的方向。

结婚后不久，联合政府就把我们从天幕调回了地面，我被分配到动力研究所，白露则进入能源研究所工作。

我们两个都走上了父辈的道路。我父亲生前在1606基地负责天幕经纬线发动机的维护，而她父亲如今已经是六号地幔引擎的总工程师。联合政府向这两个研究所倾注了大量资源，要求我们研发能够用于星际航行的大推力引擎及持久型能源。

联合政府的目光放得很长远。隐形天幕终究只是权宜之计，人类不可能永远躲在一个球壳里。他们的思路是以隐形天幕给人类再换来至少一千年的发展时间，只要人类制造出能以十分之一光速机动的大型星际飞船，我们就可以自由地向银河其他角落迁移，不必担心被行星粉碎机追上。

动力研究所的进展比较快，十五年间，我们先后设计出了多种重型引擎，但能源研究所始终无法突破核聚变技术的最后边界，无法为这些引擎提供配套的强大能源输入。

终于，联合政府宣布，"世界灯"就要点燃了。

这也就意味着白露他们完成了技术攻关。

能源研究所给所有员工放了个假，庆祝这具有历史意义的伟大事件。趁着假期，我和白露决定去熔铁山脉旅行，并在那里见证"世界灯"的第一次亮起。

隐形时代

熔铁山脉位于澳大利亚东海岸,它所在的地方曾经叫作悉尼。如其名字所示,这是铁水冷凝形成的一连串高山。

"天幕,该死的天幕,它毁了我们国家的明珠。"从堪培拉乘车前往熔铁山脉时,我们聘请的当地向导一路都在不停抱怨,"地表的所有矿产加在一起,也远远无法满足这项荒唐工程的需求。据说光是天幕骨架就得用掉六十倍于阿尔卑斯山重量的铁和铝,世界上只有一个地方有那么多金属——地心。那些狗屁倒灶的地质学家说,地核整个儿就是个大铁球,半径有三千多公里,这铁球还分内外两层,最妙的是,外面那层是液态的,我们只需要打个洞下去,熔融铁镍就会像喷泉一样源源不断地冒到地表……"

白露看了看天边,熔铁山脉黑暗的轮廓在夜幕中依稀可见,它高耸在我们面前,山背后遥远的地方似乎传来了太平洋的涛声。

"嗯……他们没控制好这个喷泉,对吧?"白露谨慎地问。

"废话。一百年前,他们就在这儿钻了个很深很深的洞,直达地幔与地核的分界线——古登堡面。我真希望拿联合政府去堵上它。"向导指指前方,"地核的压强是大气压的一百三十万倍,换句话说,在地核里,一张书桌那么大的地方要承受一百三十艘航空母舰叠在一起的重量。联合政府本以为可以控制住外地核的喷流,但古登堡面即将打通之际,地核的熔融金属就在高压驱动下冲破最后一层薄薄的岩石,涌入了井道。随后液流迅速穿过地幔和地壳喷出地表,形成一道三千公里高的壮观喷泉。即便只算地表以上那部分,铁泉也高达数万米。灾难发生时正是夜晚,它像喷发的火山一样照亮了夜空。铁泉穿过云层,在空中散开,形成一朵灼热、瑰丽的死亡之花。附近数百平方公里的大地上,下起了铁水暴雨……"[①]

---

① 节选自刘慈欣《地球大炮》。

"政府没有堵住井口吗?"我问。

"他们能堵住火山吗?"向导冷笑了一声,"那群蠢猪毫无办法,只能等着铁泉自行冷凝。喷发持续了两天两夜,在大地上留下了一条壮观的金属山脉。又过了两个月,山脉的外表才冷却下来,从红色转为黑色,但几年之内整条山脉周围都热得无法接近,因为山体里面的热量仍然在源源不断地散发出来。每逢下雨,整条山脉上就会升腾起大团炽热的蒸汽,远远望去,那些金属山峰就像耸立在浓雾中的海上孤岛。"

"有多少人遇难了?"白露捂住了嘴。

"没法准确统计,能确定名字的丧生者超过六百万人。"向导抖了抖他的大胡子,"整个悉尼啊!从周围的乡村、田野到市中心,再到工业区、海岸和港口……全都封在了铁水下面。如果没有意外,大约一千万年之后,地表风化作用将磨平熔铁山脉,让不幸的悉尼重见天日。按人类的标准看,这座城市已经近乎不朽了。要我说,这儿本该开辟成一个国家墓园,结果它却变成了一处新的景点……"他絮絮叨叨地嘟哝着。

晚上八点多,向导带着我们开始攀登熔铁山脉。在山脚下,他扔给我们两双奇形怪状的靴子:"穿上这个。"

"这是什么?"我掂了掂靴子的分量,相当沉。

"磁铁鞋,攀登熔铁山必须用这玩意儿。"导游说着自己也换上了一双这种靴子,"山表面都是光滑的金属,想靠脚走上去根本不可能。"

我们顺着山道刚往上走了几十米就累得大汗淋漓。"跟紧我。"导游还不忘回头关照我们,"看见那些红色的东西了吗?"他用手电筒照了照旁边的山体,山道呈黑色,但熔铁山的大部分山体却呈红色,"那都是一百年来风吹雨打积攒下的铁锈,比积雪还厚,如果不小心踩进去,你就会一路摔到山脚,顺便引发一场由铁锈构成的雪崩。"

我们走走停停，终于在午夜过后抵达了山顶。那里有一处平坦的空地，空地上已经聚集了不少登山者，他们围着一个燃气炉坐成一圈取暖，还有几个人在火上烤着香肠。

"嘿，伙计们，劳驾往边上让让。"向导看起来和这些人很熟，他打了声招呼，几名登山者挪了挪位置，给我们三个人腾出坐下的地方。

我们对面的一个登山者打开背包，扔过来三罐啤酒。"喝吧，不要钱。"他说，"你们打哪儿来？"

"中国。"我接过啤酒回答。

"万里迢迢过来的吗？可真够远。"他伸出一只骨节粗大的手，"叫我雷管就好。我来自德国。"

"德国也很远。"我笑着和他握了握手，"这不是你的真名吧？"

"雷管在行星武器研究所工作。"向导插嘴道，"那儿的人都这副德行，说话连标点都要节省，好像生怕逗号和句号的排列顺序会泄露机密一样。"

"如果没有要命的保密制度，我很乐意跟大家坦诚相见。"雷管苦笑着耸耸肩。

行星武器研究所是联合政府下辖的学术机构中最神秘、最受重视的一个，就我所知，它每年获得的拨款超过了动力和能源两大研究所的总和。"据说你们一直在研究对抗行星粉碎机的武器，是真的吗？"白露好奇地问。

"这是公开的秘密。"雷管又耸耸肩。

"嘿，雷管老兄，说说你们最近在干什么吧！"另一名登山者砰地打开啤酒罐，"我们要怎么干掉二十光年外那个大家伙？"

"无可奉告。"雷管再度苦笑。

"你的嘴巴比石头雕像还严实。"那个登山者摇摇头，"反正，只

星云志·NO.12
时空订制

要没有批准，连一只蟑螂都爬不进你们的大楼。说不定你们在里面开了个脱衣舞酒吧，每天和辣妹鬼混呢！"

"如果我告诉你我的工作内容，哪怕只是我昨天在笔记本上随手划拉的几个算式，那么在座各位下山后都得去一个绝对安全的地方住上至少十年。"雷管眼里闪出了一丝危险的光芒。

登山者自觉没趣，干笑了两声，开始喝酒。

"你们看，天幕就要合拢了。"向导突然指指头顶。

众人纷纷抬起头，夜空中明显可见几十个巨大的三角形区域，三角形内布满了星星，三角形之外的空间则漆黑一片。接着，这些三角形区域开始向内慢慢收缩，群星一颗接一颗消失——天幕上的所有采光窗正在同步关闭。

大约半小时后，最后一颗星星也消失在了无边的黑暗中。我站起身向四周望去，五步之外就看不见任何东西，唯有远方太平洋的涛声仍然起起落落。广袤的澳大利亚东海岸上，我们面前这个小小的燃气炉似乎是唯一的光源。

"凌晨四点。"雷管看看手表，"'世界灯'一小时后点燃。诸位，人类正式进入了隐形时代。敬新时代。"他说着举起手中的啤酒。

"敬新时代。"大家都举起啤酒罐，和身边的人碰了碰。

"敬未来的一千年。"向导咕哝着，啤酒泡沫破裂的声音在他的大胡子后面不断响起。

时针指向五点时，一道突如其来的强光充斥了天地之间，刺得所有人都一时睁不开眼。等眼睛适应这光线后，我们再次抬起头，天空中亮起了几团明亮的白光，它们排成了一条南北方向的直线。这些光团紧贴着天幕的内表面，自西向东缓缓移动。

"那就是'世界灯'吗？"有人惊叹着问。

雷管从身边的大背包里小心地拿出许多仪器零件，在远离火炉的地方组装起了一架天文望远镜。

隐形时代

"这是一台太阳望远镜，我想它也应该可以用来观测'世界灯'。"雷管说着给镜头插上一张滤光片，然后把镜筒瞄准了离我们最近的一个光团。

"嘿，老兄，也借我们瞧瞧吧！"登山者们纷纷围了过去。

雷管从望远镜前让开后，我凑了上去。在望远镜的视野中，我清楚地看到"世界灯"是个巨型火球，它悬浮在一个"灯座"般的圆台下方，而这个圆台正沿着天幕上的一条纬线疾驰。火球表面不断迸发出亮白色的离子射流，仿佛微型的耀斑和日珥。这颗人造恒星的光芒淹没了周围的一切，它所至之处，天幕内表面的结构细节都消失在了明亮灿烂的灯光里。

"你要看看吗？"我回头问白露。

"不了。"白露摇摇头，"我太熟悉那东西了。"

于是我侧开身子，把望远镜让给下一位登山者。

"谁能解释一下那玩意儿是怎么造出来的？"向导指着"世界灯"问道。

"那些火球都是靠磁约束装置悬浮在空中的核聚变炉，"白露回答，"天幕高度只有一百公里，因此每一盏'世界灯'只能照亮大约方圆一千公里的地面，我们一共建造了一千五百盏'世界灯'，总光照范围足以覆盖半个地球。为了让人们习惯，它们围绕地球运行一次的周期也是二十四小时，这样就形成了昼夜交替。"

"了不起，这是人类自己创造的太阳。"雷管点点头，又举起了手中的啤酒罐，"敬新的太阳。"

"敬新的太阳。"大家纷纷举杯，一时间这里仿佛变成了远古的祭坛，我们像拿着陶罐和泥碗的祖先一样，朝苍天致意。

"世界灯"的灯光倾泻在熔铁山脉的山坡上，我们看清了这山坡并非一个光滑的斜面，而是布满了水波似的涡状花纹，显然这就是当年铁水恣意流淌留下的痕迹了。太平洋的波涛拍打着锈迹斑斑的山脚,一群水鸟掠过清澈的蓝黑色水面,似乎在追逐鱼群——至少海洋对人类创造的阳光没什么意见,对鸟儿和鱼儿来说,今天的晨曦与过去亿万年来的晨曦并无不同。

登山者们开始各自收拾东西,准备下山。但我们的向导不知为何站在了那里,皱眉盯着头顶的天幕。

"怎么了,向导先生?"我问。

"是我看错了吗?"向导说着伸手指指天空中的一个光球,"天幕的采光窗好像正在重新打开?"

听到这话的所有人都停下了脚步,抬头顺着向导指的方向望去。

两分钟后,没人再怀疑了。每个"世界灯"的正上方都滑开了一扇采光窗,旭日淡红的光线从采光窗中照射下来,映得云朵泛起了玫瑰般的色泽。

"怎么回事儿?"人们惊讶地交头接耳。

忽然,"世界灯"全部熄灭了,天地间一下子暗淡了很多。

"这是你们的安排吗?"我转头问白露。

"不是!绝对不是!"白露震惊得连连摇头,"我不明白——"

她话还没说完,"世界灯"就又亮了起来,随即再度熄灭。

这些白色的光球似乎在按某种规律闪烁。雷管看了一会儿,脸色变得越来越冰冷:"这是信号。有人在拿'世界灯'当信号灯,向外传递消息。"

"谁在传递?传给谁?为什么要传?传了什么?"问题瞬间从四面八方涌来,包围了雷管。

"冷静点,我知道的不比你们多。"雷管说,"你们注意灯光闪烁的频率和间隔了吗?它们构成了一个质数数列。"

一时大家都不说话了,每个人都在默默数着"世界灯"亮起和熄灭的节奏。

11, 13, 17, 19, 23……闪烁到29,也就是第十个质数之后,"世界灯"恢复了长亮，采光窗也随之慢慢合拢。

白露像是突然想到了什么，她迅速从衣袋里掏出地图看了看经纬度，又看了看手表，之后像被抽干了血液一样变得面色煞白，一屁股跌坐在地上。

我试图扶起她，但她的身体像烂泥一样瘫软，好像连一丝力气都没有了。

"完了，我们完了。"她喃喃道，"'隐形天幕计划'已经失败了。"

"为什么这么说？"我蹲下来抱住白露的肩膀，试图安抚她。她在我怀里不停颤抖，接着抽泣了起来："刚才……采光窗……对准的方向是，是……"

我大惊失色，一把夺过她手里的地图，对了一下表上的时间，然后在脑海中飞速计算天球坐标——

"格利泽581！"有人已经喊出了答案。

周围的嘈杂声变得遥远了起来。我感觉整个世界正在核聚变的灯光下慢慢融化。

有人利用"世界灯"朝二十光年外的行星粉碎机发送了一串质数数列——自然界中不可能出现的数列。这等于是在向它大喊：快来吧！我们这里有智慧文明！

那一串光将在二十年后抵达格利泽581，然后"死神"就会启程。

"我们该去哪里？"向导呆呆地问，看上去有些不知所措。

十一　审判

发生在熔铁山脉上空的事情震动了整个世界，后来的历史书上将这次事件称为"漏光灾难"。

导致这场灾难的人很快就被联合政府逮捕。令我意外的是，这个人我认识：袁恪礼教授。

时空订制

联合政府最高法庭开庭那天,白发苍苍的袁教授和他的孙女袁星星一起站到了公审被告席上,面对数十亿人民的愤怒。十五年过去,当初的小姑娘已经长成了女青年,在直播画面中,袁教授看起来十分沉着镇定,袁星星则惶恐不安地左顾右盼,她脸上还有几道明显的泪痕,好像完全不明白自己为什么会站在这里。

公诉人义愤填膺地列举了两人的罪证,这些证据组成了一个完整的链条,它们表明袁恪礼所领导的"观星者"组织根本不是一个单纯的公益组织,而更像一个向社会各界渗透了很久的秘密政党,"漏光灾难"是这个组织蓄谋已久、精心策划的一场针对全人类的恐怖袭击。

法官本人显然也努力克制着自己的怒火,他向袁恪礼询问:"对公诉人的举证,你有无异议?"

"没有。"袁教授回答。

"对公诉人的指控,你有无异议?"

"有。"袁恪礼说,"公诉人认为,我和'观星者'的同志们制造'漏光灾难'是为了毁灭人类。我将就此进行一些说明——"

黑压压的旁听群众愤怒地呼喊了起来:"死刑!杀了他!死刑!杀了他!"

"安静!"法官用力敲着法槌,法警们花了点时间才让法庭恢复秩序。

"——'隐形天幕计划'是一个看不到希望的计划,"袁恪礼教授平静地继续说了下去,"这个计划将扼杀未来十几代人向外太空探索的勇气,一个连星光都看不到的孩子永远无法理解宇宙的广袤。你们准备在天幕下面躲多久呢?十年吗?一百年吗?人类不是鸵鸟,不能把头埋在沙子里,假装外面的危机已经消失。行星粉碎机就像一把达摩克里斯之剑,它迟早会来,也必定会来。绝大多数人都忽略了一个事实:行星粉碎机也可以成为我们迈入星空的跳板,天文观测已经证实它的表面吸附了巨量被粉碎的行星物质，换句话说，它本身就是一颗行星，圆环状的行星，而这颗行星还能够以十分之一光速机动、穿越整个银河。"

说到这里，袁教授深深吸了口气，所有人都预感到他即将公布一个疯狂的计划——

"我们不应该躲避行星粉碎机，反而应该径直迎向它！人类应该全体离开地球，移居到行星粉碎机上面去，这是我们成为星际文明的最快途径！"

一阵静默笼罩了法庭，也笼罩了直播画面前的整个世界。

"袁教授的想法既荒唐又可笑。"公诉人打破了沉默，"他早在数十年前就向联合政府提出过这个方案，但被否决了。万一行星粉碎机表面有自卫装置怎么办？万一人类的移民飞船靠近行星粉碎机后，迎接我们的是导弹、激光甚至各种超出我们想象的武器怎么办？再退一万步讲，就算我们在行星粉碎机表面成功着陆，我们要如何从头重建一个完整的文明社会？相比之下，隐形天幕的成本和代价就小得多。我们这一代人要做的是给后代争取安全成长的时间，把这个问题留给他们去解决。"

袁恪礼教授轻蔑地向地上吐了口唾沫："我已经能想象出下一代孩子长大成人后的样子了，他们也会这样义正词严地说：'我们解决不了，把问题留给再下一代吧！'——毫无担当的懦夫们，你们教给孩子的就是逃避责任吗？在你们一代一代的拖延中，行星粉碎机终将发现我们、毁灭我们。而到那时，你们准备躲到哪儿去呢？像祖先一样藏回山洞里吗？"

法庭上的人群出现了骚动，怒吼声一浪高过一浪，所有人都在用最恶毒的词汇唾骂袁恪礼，法警们构筑起的防线开始受到人们的冲击。

袁星星的脸色白得像纸一样，她看起来已经快要站不住了。袁教授扶住了她，安慰道："别怕，星星，我们在做一件了不起的事情。"

"你觉得自己很了不起？"公诉人难以置信地问，他的表情像看到了一条无耻的蛆虫。

"我只是轻轻推动了一下历史，让它走上了原本该走上的轨道。"袁教授轻描淡写地回答。

法警们竭尽全力才顶住了人群的冲击。

"安静。"法官又开始挥舞法槌，"被告方证人可以发言了。"

我这才注意到证人席上有一个瘦小的身影。直播镜头移过去后，我惊讶地发现这个人我也认识——"早川晴子女士，你可以开始了。"法官说。

早川晴子的头发还是很凌乱，似乎十五年前我们在"圆环公墓"见过面之后，她就根本没洗过头。但她的头发明显白了很多，整个人也苍老了很多。晴子胆怯地望着周围愤怒的人群，仿佛拿不准该不该开口。

"女士，本庭保证你的安全，请不必有任何顾虑。"法官又说。

"袁恪礼教授是无罪的。"早川晴子终于说道，出乎意料，她的语气十分坚定。

"你为何这么说？"公诉人问。

"因为袁教授很善良。"晴子说，"我以我的人格担保，他不可能想毁灭人类！"

"请出示你的证据，女士。"法官说。

早川晴子有些茫然地捋了捋头发："证据？噢——我有，我有！"她说，"我和袁教授共事过，他是个好人，真的是个好人！"

人群中响起不屑的大笑声。

早川晴子似乎急了，她朝人群用力挥舞着双手："你们要相信我！相信我，拜托了！请别让一个无辜的人蒙受不白之冤！"

"谢谢您，晴子女士。您为我做得够多了，我永远感激在心。"被告席上，袁恪礼向早川晴子深深鞠了个躬。

两个月后，法庭的判决正式宣布："观星者"组织的首领袁恪礼、公众形象代表人物袁星星及另外三十余名组织骨干人物犯有反人类罪，处以绞刑。

行刑之前，我和白露接到通知，去见犯人最后一面。

我不知道自己是怎么坐到探视间那面玻璃窗前的。

"露露没来？"窗后的人的神色有些憔悴，但他对我只身前来似乎并不感到意外。

"没有。你让她怎么面对你呢？"我看着白露的父亲——我的岳父——说道。

"她不会理解，你不会理解，整个世界都不会理解，但你们终将理解。"岳父摇摇头。

"我只想搞明白……你怎么会跟观星者搅和到一起的？"我垂下头问。

"搅和？不，伟大的志向就像太阳，总会吸引到一些奋不顾身的飞蛾。"岳父笑了，"回去告诉露露，我对不起她，但我不后悔。"

"是你断掉了'世界灯'的磁约束电源？"我攥紧了拳头。

"审判书上写得明明白白，你没看吗？"岳父对此仿佛毫不在意，"'世界灯'靠约束磁场悬浮于空中，它本身能够发电，但为了安全起见，约束磁场的电力由地幔引擎从地面提供。我得说，那些负责安全机制的人干得真不错，磁场电源一断'世界灯'马上就熄灭，再通电它就恢复工作，和真正的电灯一样方便。"

他的话一字一字重重敲打在我心头。

"为什么？"我重复着这个被几十亿人重复了千百万次的问题。

"我说了，伟大的志向就像太阳——"

"你去死吧！"我猛然扑到玻璃窗上，再也无法克制自己，"你就是个老畜生！畜生！你要把我们全都害死——"

法警迅速上前，不顾我的喊叫和挣扎，强行把我拖出了探视间。

二十分钟后，六号地幔引擎前总工程师白明义被执行绞刑，次序只排在袁恪礼和袁星星之后。又过了两小时，法警把白明义的骨灰盒交到了我手上。

我抱着骨灰盒回到家里。但我没能向白露转述她父亲的临终遗言。

白露吊在了天花板下面，死法和她父亲一模一样。

那天剩余时间里我能记住的唯一一件事，是我把白明义的骨灰盒打开，拌上街角垃圾桶里发臭的剩饭剩菜，喂给了流浪的野狗。

我哭了很久。也许一年，也许一个世纪。动力研究所的同事说，他们找到我时，我正在一条污水沟里疯狂号叫、打滚，就像一头精神失常的狼。

他们花了好长时间才让我冷静下来。

"为什么要救我？"我问。

"一切还没结束，人类还有希望。"他们这样回答，"来吧，我们有个新计划，比隐形天幕还要惊人的计划。"

十二　大迁移

袁恪礼至少说对了一件事——历史的车轮已经开始转动了，而且踏上了一条比任何人想象的都更为疯狂的道路。

"漏光灾难"逼得联合政府将整个"隐形天幕计划"推翻，取而代之的是"大迁移"计划。人类的确要离开地球了，但不是去行星粉碎机上，而是去邻居那里——金星。

金星半径只比地球小四百公里，这也就意味着，隐形天幕可以很轻松地把金星也罩在里面。地球已经暴露，但金星还没有。"漏光灾难"中发出的那串信号要二十年后才会抵达格利泽581,因此,我们要在这二十年内转移到金星上去!

联合政府给动力研究所下了死命令:我们必须研制出前所未有的巨型引擎,其功率要能够推动隐形天幕进行星际航行。

像在暗夜中的海面上抓到了一根稻草,我全身心地投入了这项工作之中。我不知道除此以外我还能为什么而活。

这是个艰巨的任务。好在,之前数十年里,我们已经研制出了推力极为庞大的发动机,当时同事们还笑称这种发动机要想有用武之地,除非地球变成一艘飞船。

这当然是夸张之词。但多亏了这种超级发动机,我们在它的基础上很快研制出了升级版本,制约发动机投入使用的唯一因素——核聚变,如今也得到了解决。全人类的工厂都立即开始了超级发动机的制造与安装工作。

除此之外,大收集的工作也开始了。金星的环境绝不适宜人类居住,因此迁移后的很长一段时间里——可能是几个世纪的时间里,人类都得居住在隐形天幕上。金星上没有水、氧气和生物,所以我们需要的一切都必须从地球上拿,能拿多少拿多少。

"漏光灾难"后的十年里,南北两极成为了地球上风暴最强烈的区域。那里的天幕上配备了众多巨型抽吸装置,空气在那里源源不绝地被抽入天幕,形成了两道高达一百公里的白色龙卷风。气体进入天幕后,再经过加压处理储存,以供将来使用。另一方面,太平洋和大西洋上空垂下了森林般密集的输水管,它们日夜不停地将海水送上天幕,人类像子宫里的胎儿一样,通过这些"脐带"贪婪地吮吸着地球母亲的血液。为了生存,我们必须不择手段。

十年之间,我们拿走了四个地中海那么多的水以及百分之三的大气层。与此同时,天幕上的一万个基地也经过了多次扩建,如今它们是建造于天幕内表面的一万座城市,足以容纳四十亿人口。

时空订制

问题在于：目前全世界人口约为八十亿。

接下来的五年里，联合政府血腥镇压了发生在世界各地的数百次起义。最终，所有有能力反抗的人都被送进了警告碑旁的"圆环公墓"——联合政府认为他们是"漏光灾难"的牺牲者。

还真是讽刺。

剩下的人接受了只有一半幸运儿能前往金星的事实。我作为维护超级引擎所必需的专业人才，得到了一张方舟船票。

"漏光灾难"后第十六年，隐形天幕启程了。

启程那天，天幕从赤道位置断裂成两个巨大的半球。在赤道上方，整个天空缓缓向南北两侧滑开，阳光久违地洒落下来，在隐形天幕的边缘形成了两条灿烂夺目的巨大瀑布。安装于天幕赤道位置的发动机随后开动，从宇宙中看，地球腰部出现了两圈明亮的蓝色火焰。而从地面上看，赤道的天空中出现了两排互相交错、横贯整个天空的巨大火舌，仿佛魔鬼的牙齿。

天幕南半球和天幕北半球彼此慢慢远离，它们投下的阴影以赤道为中心，向南北两侧扫过整个地球。

天幕北半球边缘经过纽约上空时，时任联合政府秘书长的劳伦斯·加西亚向全世界发表了讲话。加西亚秘书长和数十名高级官员站在警告碑广场上，以天幕发动机的一线火焰为界，他们头顶的天空清晰地分成了南北两部分，两部分都呈蓝色，南方是地球大气层的自然颜色，北方则是天幕金属内表面在发动机火焰映照下的反光。

"自'漏光灾难'以来，人类经历了前所未有的艰难时期，也做出了前所未有的艰难选择。"加西亚秘书长说，"我们深知，牺牲地球以及一半人类是何等代价，必须有人为这样的选择承担责任。"

"因此，本届政府和政府下属机构的所有领导者、中层以上官员及其亲属一律留在地球，天幕抵达金星后，将从被迁移的一半人口中产生新一届政府。"

"为了防止留在地球上的人将来出于嫉妒或怨恨攻击金星上的天幕，也为了防止留在地球上的人恶意泄露金星位置，本届政府决定摧毁地球上的一切工业设施、销毁一切技术文献，将地球的技术水平带回第一次工业革命之前。工业摧毁程序启动后，本届政府的权力与责任亦告终止。"

"前往金星的同胞们，你们是幸运的，好好活下去吧。"

加西亚秘书长简短的讲话就此结束。随后几天内，世界各地的工业设施均被系统、全面、彻底地爆破摧毁，各大数据库与图书馆则被付之一炬，人类自 18 世纪以来创造的所有文明成果近乎荡然无存。

留在地球上的那一半人站在废墟之中，目睹另一半人携带着梦想和希望远去。失去了现代工业巨大生产力的庇护，等待他们的将是贫困、愚昧、瘟疫、饥荒与死亡。

大迁移在太阳的遮挡下进行。隐形天幕启程时，从格利泽 581 的位置看过来，地球和金星都位于太阳后面，无法看到。而我们要在金星走出太阳的阴影、转到太阳与格利泽 581 之间前让它消失。

这是一次行星尺度的魔术。

天幕发动机怒吼着将两个半球先后送入转移轨道。四个月后，两大半球分别成功抵达金星的南北极上空，一边自转，一边朝对方下降，慢慢合拢。这个过程又花掉了近一个月的时间。

天幕赤道终于合拢的那一天，所有人都在疯狂地庆祝，庆祝我们死里逃生。至于地球上的人们——谁在乎呢？

之后的日子里没什么值得特别叙述的事情发生。直到二十三年后，那个让我们恐惧了很久很久的消息终于抵达。

联合政府天文台证实，行星粉碎机已经启程离开格利泽 581，航向对准了太阳系。

在联合政府向全世界公布的画面上,那个比地球还要庞大的圆环的底面冒出了一圈烈焰,长达数十万公里,推动行星粉碎机缓缓加速。

"漏光灾难"发生于四十年前,"世界灯"的信号抵达格利泽581需要二十年,行星粉碎机启程时发出的光返回太阳系也需要二十年,所以我们现在看到的景象是很久以前的历史——我们目睹死神动身时,它早已在路上风雨兼程了二十年。

十三 冬眠

联合政府推出了一项人体冷冻服务,时限一百八十年,可以让人跳过漫长而乏味的光阴。只要躺进冬眠舱,再醒来时就是行星粉碎机抵达地球的日子了。在天幕上维持四十亿人组成的社会是一件负担很重的事情,所以他们号召大家接受冷冻,给目前的政府减轻人口压力——换句话说,他们希望我们去给未来的政府添麻烦。

袁恪礼可能说得没错,他们或许真的只会把问题留给下一代,再下一代。

意料之中的,这一计划应者寥寥。目前在世的人或许是最后一批能够无忧无虑地寿终正寝的人了,谁会愿意到一百八十年后去看全人类的毁灭呢?

但我对冷冻计划倒是没什么意见。我已经是个老头子,而且生活中几乎不剩什么还能让我留恋的东西。未来的世界再差,多半也不会比现在差到哪里去。于是我报了名,躺进了一口棺材般的冬眠舱。

联合政府派了一个年轻女孩来监督我的冷冻过程。她花了半小时才念完冬眠须知,这份须知长达一万字,大意是感谢我响应号召,如果我不幸在冬眠舱里死了,联合政府不负任何责任。

隐形时代

我早已听得不耐烦。"先生,祝您在漫长岁月的另一头生活愉快。"女孩微笑着冲我挥挥手,冬眠舱盖缓缓合拢,冷气漫过我的身体时,我眼前似乎慢慢结起了霜花。霜花后面有个少女在微笑,很像当年月光下的白露。

我醒来时,舱外的人换成了一个少年,他的长相让我感觉莫名有些眼熟。

"前辈您好,欢迎来到二百二十年后的新世界。"少年扶我坐了起来。

"二百二十年?不是一百八十年吗?"我轻轻活动着身体,第一次觉得自己如此虚弱。

"行星粉碎机加速到十分之一光速就用了二十年。它完成加速时,人类才刚刚看到它启程,您也就是在那时开始了冬眠。"少年耐心地解释,"行星粉碎机在路上走了两百年,进入太阳系边缘的奥尔特云后,它又花了二十年来减速,直到昨天才跨过火星轨道。"

少年搀扶着我爬出冬眠舱时,我生锈的记忆终于再度开始运转,我想起了他像谁:"你认识雷管吗?"

"您说什么?"少年茫然地问。

"没什么。"我笑着摇摇头,"你长得跟我从前认识的一个人有点相似,他当年在行星武器研究所工作。"

"噢……您说的应该是我的高祖父。"少年想了想,恍然大悟,"他跟您生活于同一个时代,原来那个时候你们管他叫雷管啊。"

"行星武器研究所的保密制度。"我学着雷管当年的样子耸耸肩,"没人知道他的真名。"

"他姓科赫。"少年说,"他写过一本有关'漏光灾难'的亲历者回忆录,我没记错的话,里面还提到了您和您的妻子。"

我摇摇头,把有关那个夜晚的绝望记忆塞回脑海深处:"别谈这些事了。你的高祖父参与冬眠了吗?"

"很遗憾,没有。"小科赫回答,"他选择了留在那个时代,并在那个时代离开人世。如今我也在行星武器研究所工作,负责恒星磁场以及磁场武器化方面的研究。"

"看来,你们现在比以前坦诚多了。"我笑着说。

"自从您冬眠之后,世界变了不少。"小科赫说,"我奉命带您前往行星武器研究所,您是天幕引擎方面的专家,我们或许会需要您的协助。"

"我的协助?"我敲敲自己的脑壳,"这里面装的是两百年前的知识,你们这是邀请中世纪的牧师给现代人讲授大学课程。"

"也许吧,"少年笑了,"但我们需要一切可能用得上的帮助。"

十四　第二次太阳潮

行星武器研究所的大厅里挤满了人,这里没有一件我能叫出名字的设备,人们急匆匆地来来往往,大厅正前方悬浮着一个巨大的影像——行星粉碎机。

"我们被发现了吗?"我问科赫。

"目前来看,没有。"科赫紧盯着行星粉碎机的影像说,"行星粉碎机的航向始终直指地球,它没表露出任何察觉金星存在的迹象。"

从影像上看,行星粉碎机目前距离地球七千多万公里,如"观星者"组织那帮疯子所言,它本身就是一颗环状的行星。在我想象中,行星粉碎机应该是个又大又厚、闪着铁灰色光泽的金属圆圈,但事实并非如此,它冲着地球这一边的环形表面与侧壁上布满了坑坑洼洼的高山、峡谷,高山的山脊上甚至还有积雪,峡谷的阴影中隐藏着连片的巨大冰湖,有些冰湖广袤得完全可以称之为海洋。

这都是过去亿万年里被它粉碎的行星的残骸。那些行星上的水与岩石被行星粉碎机本身的引力所吸引,将它裹成了一个巨型甜甜圈。从太空中看去，行星粉碎机表面的山脉就像甜甜圈上的巧克力涂层，而积雪与冰湖则像洒在巧克力上的糖霜。

行星粉碎机背对地球的那一面上均匀分布着十万台巨型引擎，每台引擎都像火山一样高大，它们喷出的蓝色火焰直入星空。曾经毁灭了许多星球的可怖刀盘位于行星粉碎机中央，不知为何，它们的表面干干净净，没有任何尘埃或积雪，这也是行星粉碎机上唯一符合我想象的部分：光滑、冰冷、锋利、闪亮、灰暗。

一个世界，环形的世界，正向人类飞来。

之后的一段日子里，随着与太阳的距离的缩短，行星粉碎机表面的冰雪开始慢慢融化。那些积雪不光是水，还包括各种气体形成的冰晶，在天文望远镜看来，行星粉碎机逐渐变得朦胧、模糊——升华的气体正在它表面形成一个厚重的大气层。高山上淌下了许多小溪，这些小溪汇成江河，然后奔腾着汇入湖泊与海洋，在行星粉碎机边缘，海水不断顺着大环环壁向"下"流淌，流过厚厚的环身，在星空中拖曳出一条条长达几十万公里的绚烂瀑布，瀑布的形状恰好描绘出了行星粉碎机的航迹。

我们无从得知地球上的情况，那里的人现在可能还在靠马和信鸽传递消息，如果幸运的话，他们之中也许会再诞生几个法拉第和贝尔，再度发明电报与电话——但也仅此而已。

又过了一个月，行星粉碎机的引擎关闭了，它靠惯性向前滑去，走完与地球之间的最后两百万公里路程。

它开始粉碎地球那天，联合政府对天幕上的所有居民进行了实况转播。

行星粉碎机从北极上空套入地球，沉寂了四百年的刀盘重新缓缓旋转起来。十五分钟后，行星粉碎机盘面与海平面相切，开始粉碎地壳。在刀盘的重压下，北冰洋的冰盖像玻璃一样碎裂了。从金星上看，那些刀刃很薄，但实际上每片刀刃都厚达几十公里。如果站在地球上面对刀盘扫来的方向,将会看到一道道直入云霄的金属高墙不断扑面而来。

二十五小时后,行星粉碎机盘面与莫霍面相切,开始粉碎地幔。由于盘面始终垂直于地球的自转轴,因此在刀盘中央触及地幔时,刀盘边缘与地球表面接触的位置还在北极圈内的格陵兰岛上。

两周后,刀盘中央下切五百公里,刀盘边缘抵达加拿大与俄罗斯。

两个月后,刀盘中央下切两千公里,刀盘边缘抵达中国与美国。这时,从地面上看,行星粉碎机的刀刃已经与地平线形成了一个锐角,就像一座座斜斜指向天空的尖峰。这些刀刃轻易击碎了太行山脉与阿巴拉契亚山脉,仿佛它们不过是些脆弱的土块。

八十七天后,刀盘中央下切三千公里,行星粉碎机盘面与古登堡面相切,开始粉碎地核。

我亲眼见到了三百年前形成熔铁山脉的地核喷流。外地核的铁镍熔浆在高压驱动下猛然涌入星空,形成一条数千公里高的红色喷泉,照亮了行星粉碎机旋转不停的灰色刀刃。

半年后,刀盘中央下切六千公里,触及地心,刀盘边缘抵达赤道,地球的横截面完全袒露在了太空中。这时,站在赤道上将能看到一根根几十公里宽、几千公里高的巨柱不断从地平线下升起、竖直,然后再朝地面垂直砸下来,在巨柱之上,还有一道由西向东横贯天际的巨环。

行星粉碎机下方还剩半个地球,上方则冒出了一条五彩斑斓的大河。这条大河由无数粉末构成,其中雪白的粉末是海洋与大气冻结形成的冰山,灰黄的粉末是山脉和平原的碎片,泛着橘红光芒的粉末是正在冷却的地心岩浆,淡绿的粉末则是森林与草原的残骸……这条大河沿地球自转轴向星空深处流淌,一开始呈圆柱状,后来则慢慢散开,变得越来越宽广、越来越稀薄。

面对这种机器,我不知道人类能做什么。我每天都到行星武器研究所报到,与年轻人们一同研究天幕发动机,讨论一旦行星粉碎机发现金星,有无可能驾驶天幕逃离太阳系。

结论显而易见,不能。我们讨论出来的方案与其说是后备计划,不如说是心理安慰。

科赫看起来倒是很乐观。不知为何,这一代生于死神阴影下的孩子反而比我们开朗得多。也许他们早就做好了最坏的打算吧!

行星粉碎机的刀盘切入地心那天,科赫反常地紧张了起来,他从一大早就在不停地计算着什么。他使用的那些方程我倒是能看懂,是用来描述太阳磁场的,但方程中代入的参数就让我完全摸不着头脑了。

"孩子,歇会儿吧,你看起来很紧张。"出于一位老人的同情心,我拍拍他的肩膀,递给他一杯热水。

"谢谢,老先生,但我不能。"科赫擦了擦满头的汗,"今天将决定全人类的生死存亡。"

"这种生死存亡的场面我们已经看了半年了。"我笑着指指研究所大厅前方的影像。

"今天不一样。"科赫摇摇头,"现在正逢太阳活动周期中每十一年一次的极大期。抱歉,请别打扰我了,我得集中精神。"

我感到莫名其妙。但在大厅里转了一圈之后,我发现今天的气氛确实与往日不太一样。所有设备的运算力都被用来解太阳磁场方程,以我浅薄的知识看来,他们似乎想在庞大的太阳上,确定某个点的具体位置,而这个点正在疯狂移动。

又过了几小时,科赫终于停下工作,向我走了过来。

"忙完了?"我问,同时递给他另一杯热水。科赫仰头喝光了整杯水:"我们做完了能做的一切。"他在我身边坐下,脸上露出轻松的神色,"如果我们失败了,那剩下的事儿就是你们的问题了,抓紧

星云志·NO.12
时空订制

时间想想怎么拖着整个天幕逃跑吧！"

"不可能。"我苦笑道。

"无所谓。中国的老话怎么说来着？'谋事在人，成事在天'，我们尽了力，接下来就听凭天命吧。"他跷起了二郎腿。

半小时后，大厅前方出现了紧急新闻播报画面："据联合天文台消息，太阳表面刚刚发生了一次日冕物质抛射。这是有史以来人类观测到的最猛烈的太阳活动，它抛出了相当于太阳质量0.2%的等离子云团。"

"目前这团等离子气体正高速向外飞行，其方向对准了——地球。"播报员继续说道，"按照现在的速度，它将于三十小时后撞击地球与行星粉碎机。"

我怔了一下，苦笑着摇摇头。就算连大自然都站在人类这一边，可一团小小的等离子气体能做什么呢？

随后我如遭雷击。0.2%？太阳总质量的千分之二？

八大行星和小行星带、柯伊伯带加在一起，也不过只占太阳质量的0.14%。这团等离子云的质量超过太阳系内除太阳外所有其他天体的质量总和！

这是一颗等离子巨行星！比木星、土星、天王星、海王星加在一起都要庞大的巨行星！

科赫说得对，这也许真的是关系到人类生死存亡的一天。

那天晚上，几乎没有人睡觉。四十亿人都守在新闻直播画面前，看着那颗子弹般的巨行星朝地球方向飞驰。

行星粉碎机显然察觉了这次日冕抛射事件。它的刀盘停止了旋转，继而启动了发动机。那一圈蓝色烈焰再度于深空中闪耀，它正在全力机动，试图从日冕物质的行进轨迹上避开。但残余地球物质的引力拖慢了它的脚步，那半个地球像浴缸里的皮球一样摇摇晃晃，不时擦碰着行星粉碎机的刀盘和环壁。

这三十小时里,每一秒我们都听得见历史重重踩下的脚步声。

三十小时后,等离子巨行星与行星粉碎机迎面相撞。

只是一刹那的工夫,地球的残骸就蒸发消失了。随后等离子巨行星穿过行星粉碎机,朝深空继续飞去。

行星粉碎机第一次在人类面前露出了真容。它表面吸附的行星物质被这次撞击全部扫平,我们看清了它的模样:一个又大又厚的金属圆圈,圆圈表面有无数复杂的几何纹路,由于等离子体的加热,整个行星粉碎机变成了暗红色。

它似乎没有受到结构性的损害,两小时后,它调整航向,瞄准了金星,粉碎机中央的刀盘也再度开始旋转。

我身边的科赫站起了身:"人类输了。"他的表情十分轻松,"隐形天幕根本瞒不住它。"

"理应如此。"我点点头,"在这么近的距离上,仅靠测量引力效应都应该能发现金星的存在,单纯的光学隐形并没有什么用处。"

"算它还有点怜悯之心,让我们多活了半年。"科赫指着行星粉碎机的影像说。

"大概只是因为地球离它更近一点罢了。"我往后靠在沙发上,"先毁灭金星再回头毁灭地球,还要浪费在路上往返的时间。"

"啊,接下来就是你们的事儿了,联合政府很快就会来找你们这些动力专家了。"科赫伸了个懒腰,由于连续熬夜,他的眼睛已经布满血丝,"在世界毁灭前,我得去好好睡上一觉。"他说着离开了大厅。

我坐在那儿,闭上眼不去理会周围的人和事。我的心情前所未有的平静,仿佛在经历几个世纪的等待之后,终于等来了迟到的客人。

十几分钟后,大厅里忽然安静了下来。我睁开眼,发现大厅前方的影像并没有什么变化。

不——我眯起眼睛，努力想看得更清楚一些。

行星粉碎机表面出现了长达几千公里的裂痕。

它正在断裂，像一个被摔碎的烤洋葱圈那样。

所有人都屏住了呼吸。

裂痕以肉眼可见的速度迅速变长、变粗，很快，行星粉碎机彻底断成了两截圆弧，这两截圆弧随后狠狠撞在一起，又制造出了几块新的圆弧碎片。

行星粉碎机毁灭了。

十五　第二次月陨

整个世界沉浸在震惊之中，新闻画面上的播报员张了张嘴，她似乎努力想说点什么，却连一个音节都发不出来。

屏幕外忽然传来一阵骚动，随后一个高大的老人走进了镜头："谢谢，姑娘，你辛苦了。接下来交给我吧。"他对播报员说道。

播报员望着那张家喻户晓的面孔，满脸难以置信之色："您……您……"

"去休息吧，孩子。"老人和蔼地笑笑，拍了拍她的肩膀。

"我是联合政府秘书长马卡洛夫·李。"播报员离开后，老人望着镜头平静地说，虽然他根本不需要自我介绍。

"我想，联合政府一直欠四十亿人民一个解释。现在，根据联合政府最高执行委员会的授权指令，我代表联合政府，在此披露'诱饵计划'与'太阳潮计划'的细节。"他从衣袋里抽出一张折得很整齐的纸，在镜头前将它展开，纸上印有一串授权签字。

"两百六十年前的'漏光灾难'并非一场意外，相反，它出自我们的精心谋划，是'诱饵计划'的一部分。"秘书长说，"诱饵计划的核心是将人类迁移到金星，并以地球作为诱饵，吸引行星粉碎机前来。但为了将隐形天幕和四十亿人口从地球迁往金星，我们需要一个强有力的理由。作为诱饵计划的制定者之一，袁恪礼先生提出我们可以制造一场'漏光灾难'，让行星粉碎机知晓我们的存在。后来的事情，大家都知道了。"秘书长短暂地停了一下，让人们有几秒钟时间来消化他的话。

"除袁星星以外，观星者组织的所有骨干成员都清楚整个计划的真相，为了人类，他们自愿慷慨赴死。今天，我代表联合政府最高法庭，正式撤销对观星者组织成员的判决，为他们平反昭雪，他们是真正的英雄，应当得到历史的铭记。同时，我也代表联合政府，向袁氏祖孙，特别是无辜而死的袁星星姑娘，致以最诚挚、最沉痛的谢意和歉意。虽然这一声'对不起'，迟到了两百多年。"

"从警告碑抵达地球算起，已经过去了四百年。"

"隐形天幕的前期建设过程中，共有四千七百名工人罹难。"

"熔铁山脉喷发事件中，共有六百三十二万人罹难。"

"天崩灾难中，共有三百二十五万人罹难。"

"'漏光灾难'中，共有七千六百万人罹难。"

"大迁徙过程中，共有一百四十三万人罹难。"

"行星粉碎机歼灭战中，共有四十一亿人罹难。"

"这样加起来，过去的四个世纪中，为了人类的生存，总共有四十一亿八千七百万四千七百人罹难。"

"他们每一个人都是英雄，伟大的英雄。"

"联合政府将兴建一座星空纪念馆，馆内的大穹顶下将镶嵌四十一亿颗永不熄灭的星星，每颗星星上都会镌刻一位罹难者的名字与生卒年月。但面对这样悲壮的牺牲，任何形式的纪念都显得苍白无力。"

"长达四个世纪的战争终于结束。最后的胜利，属于人类。"

"希望我们的子孙后代，永远不必再为了生存付出如此惨痛的代价。"

沉默笼罩了金星。我听到身边有人在抽泣。

"这就是'诱饵计划'的始末。"秘书长说,"在这漫长的一天即将结束之际,我还要披露另一项绝密行动——'太阳潮计划'。"

人们面面相觑。

"其实,'隐形天幕计划'一开始的目标就是歼灭行星粉碎机,而非躲在一张并不保险的屏障后面苟延残喘。"秘书长说,"但面对这种尺寸达到行星级别的武器,人类拥有的一切武器都像火柴一样渺小可笑。"

"我们考虑过使用核弹、高能激光和动能武器,但这些武器只能在行星粉碎机表面留下一些无关痛痒的浅坑,更不要提将它粉碎了。"

"最后,我们把目光投向了太阳。"

"太阳已经被我们研究得极为透彻,在警告纪念碑抵达地球之前,人类便已经建立了完善的太阳物理模型。太阳活动每隔十一年就会达到高峰,在高峰期,太阳大气会发生变化,出现若干对扰动极为敏感的点。我们发现,如果以较大质量的高温金属聚合体撞击太阳大气敏感点,就能令太阳大气的局部对流发生变形,进而使太阳磁场的磁力线扭曲、重排,触发强烈的日冕物质抛射。"

"于是,联合政府制定了针对行星粉碎机的作战计划,代号'太阳潮'。"

"这一计划的目标是,在行星粉碎机抵达地球时引发日冕物质的大规模抛射,通过日冕物质的撞击击毁行星粉碎机。该计划有两大要点:第一,行星粉碎机必须在合适的时间,即太阳处于活动周期中的合适位置时抵达地球;第二,撞击太阳大气的金属聚合体必须有足够的质量。"

"经过计算,这个质量的下限约为 $4×1022$ 千克,相当于整个隐形天幕的质量。人类倾尽所有才堪堪在一百五十年内建成了隐形天幕，绝无能力再进行一个同样规模的庞大工程。"

"因此，我们将目光投向了隐形天幕工程前期必须处理的'废物'——月球。月球富含金属，且其核心几乎由铁镍构成，质量也足够庞大，完全满足太阳潮计划的全部需求。"

"三个世纪前，隐形天幕框架建成之际，月球被推向太阳。可能有人还记得，月球陨落后引发了一次巨大的太阳风暴。那实际上就是我们刻意安排的一次测试，意在观察天体撞击能否如我们预想的那样干扰恒星磁场。此后人们以为月球已经彻底毁灭，但实际上并非如此。"

秘书长背后的巨大屏幕上闪现出一片炽热夺目的火焰，我看了一会儿，才认出那是太阳大气的最外层——日冕层的图像。在一片光与热构成的海洋之上，不断有巍峨的拱门状结构升起、落下，它们由一股股橘红色的明亮丝状物组成，就像体操运动员挥舞的彩带。

那是日冕上由高温等离子体构成的冕环。这些矗立在太阳表面的宽阔拱门足以让一颗行星从其中穿过。

秘书长侧过身子，好让人们能更清楚地看到他身后的屏幕。镜头缓缓移过太阳表面，最终停在了一个格外高大的冕环上。这个冕环的等离子体轮廓在星空背景下优雅地缓缓扭动、变形，展现出极具数学美感的曼妙曲线。我知道冕环的形状一定程度上反映了太阳磁场的形状，从某种角度上讲，这是太阳宏伟的磁场正在翩翩起舞。

随后镜头迅速拉近，冕环中央隐约显现出一个暗淡的光点，相比冕环拱门和拱门下方的太阳表面，它看起来就像一团渺小的烛火。

"这是月球的残骸。"秘书长指着那暗淡的光点说。

时空订制

在全世界的注视下，镜头继续拉近，冕环轮廓和太阳表面相继退出画面之外，冕环空洞中深不见底的黑暗占据了整个画面，那个光点也随之显得明亮起来——

"这是月球？"我身边有人难以置信地问道。

人类已经近三百年不曾见过月亮，年轻一代的孩子们更是只从书本和博物馆中了解过它的存在。但即便在我这种有幸经历过公元时代尾声的老人眼里，月亮的样子也显得陌生无比。

它看起来就像一滴漂浮在星空中的岩浆，与我记忆中的那个洁白天体截然不同。这滴岩浆后方还拖着一条长长的暗红色尾迹，仿佛一串泼溅在宇宙中的血花。

"两百七十五年来，月亮一直在太阳大气内部围绕太阳公转。这种运动状态有点难以理解，但你们可以想象一架在太阳大气里进行绕日飞行的飞机——换言之，月球现在是太阳系内轨道高度最低、离太阳最近的行星。"秘书长说。

"当年我们建造的月球发动机共计三百台，其中有四台经过特别设计，在极端高温环境下仍然能够工作。进入太阳大气层后，月球经过数年时间逐渐从外到内熔化成液态，这四台发动机就'漂浮'于岩浆和金属液流构成的海洋之上，并直接从这片地狱火海中抽取高温流体喷向太空，维持月球的运动。"

"近三个世纪里，这种驱动方式消耗了月球五分之二的质量，剩余质量刚好足够完成太阳潮计划所需的撞击。"

"你们可能想知道我们是如何从地球遥控月球的运动的，毕竟地球与太阳之间存在长达八分钟的通信延迟，这样大的延迟下，运动指令很可能无法及时传达。事实很简单，我们没有遥控月球，而是派人留在了月球上，操纵那四台特殊的发动机。"

秘书长身后的屏幕闪烁了一下，显示出两张人脸照片，一男一女。

隐形时代

"月球陨落前,联合政府秘密招募了两名志愿勇士,并在月球上建造了一间能抵抗太阳高温的特殊庇护所。月球发动机启动之际,月面工作人员均被召回地球,只有他们两个留在了那间庇护所里。"

"月球坠入太阳后,地球便切断了与庇护所之间的通信。随着月球熔化,庇护所逐渐沉入月球核心,来自庇护所的指令电流通过遍布月球的熔融铁镍传导到发动机那里,在漫长的两百七十五年里,他们交替进入冬眠,交替工作,就这样驾驶着月球,履行着自己的使命。直到七个月前,行星粉碎机越过火星轨道,我们才重新与他们取得了联系;之后的二百多天中,行星武器研究所一直在全力计算太阳磁场方程,帮助他们锁定、追逐太阳大气敏感点的位置。三十小时前,敏感点运动到他们附近,于是联合政府向他们发出了撞击敏感点的指令。"

"我想,他们完全有资格被称为救世主。"

"我们现在将连入月球庇护所的视频信号,是时候向英雄致以掌声和感谢了。"

秘书长身后的画面再度闪烁,两副憔悴的面孔出现在屏幕中央,我花了几秒钟才把这两个人和刚才的两张照片对应起来——光阴在他们的额头和眼角无情流过,冲刷出了一道道皱纹。

"你们好,徐江明博士,早川真秀博士。我是现任联合政府秘书长马卡洛夫·李,很荣幸地告诉你们,'太阳潮'计划已经成功。"秘书长微笑道。

两人毫无反应,他们甚至没有盯着镜头,而是看着屏幕外面的什么地方,似乎正在操纵某些仪器。虽然画面有些模糊,但仍然隐约能看出他们身处的空间十分狭小。

我隐约觉得自己在哪里听过这两个名字。又花了几秒钟,我终于从浆糊一样的脑海里捞出了一个人:早川晴子。这两个人是她失踪的女儿和女婿!

时 空 订 制

秘书长耐心地等待着。信号从金星传到太阳需要六分钟，那边的回答传回金星也需要六分钟，所以隐形天幕和庇护所之间一共有十二分钟的通信延迟。

十二分钟后，画面中的早川真秀猛然抬起脑袋，难以置信地望着镜头："谁在和我们说话？噢，你是现任秘书长？一切顺利吗？行星粉碎机怎么样了？地球呢？隐形天幕是不是还保护着金星？大家都还好吗？哦，快告诉我，快告诉我……人类是不是依旧存在？"

"是的，我们都在，四十亿人民正从金星上看着你们。日冕抛射物质击毁了行星粉碎机，它的残骸正与地球的残骸一同飘向深空，数千万年后，这些残骸将在引力作用下聚合成新的地球。但我们仍有一个家园，联合政府决心把它建设得比地球更加美好。"马卡洛夫说。

"江明，江明，地球有消息了！"早川真秀似乎根本没听见马卡洛夫的声音，她用力摇晃着身边丈夫的肩膀。

"我听着呢，真秀。"徐江明揽住她的肩膀。

又过了十二分钟，早川真秀捂住了嘴巴，徐江明用力揉了揉眼睛。

"地球……地球没事……太好了……"真秀靠在徐江明肩头，才说了几个字就泣不成声。

"联合政府摄录了日冕物质与行星粉碎机对撞的过程，高品质视频信号的上传需要一段时间，再加上太阳和金星之间的通信延迟，大约一小时后你们就可以看到这段视频。"马卡洛夫说。

秘书长没有纠正他们，没有再度强调地球已经毁灭的事实。

每个人都知道他们说的"地球"的含义——人类如今在星空中的居所，希望生长之地、未来发芽之处。

一个多小时后，徐江明和早川真秀满脸的皱纹中绽开了畅快的笑意。

"你看,你看,它碎了!"真秀像个看见烟花爆炸的小女孩一样,高兴地指着镜头下方的某个地方。徐江明伸手抹了抹那个位置,似乎是要把他们那边的屏幕擦得更干净一些:"是啊,跟打得一塌糊涂的鸡蛋汤似的,就像你给我做的第一碗那样。""你还记得?那碗汤肯定非常好喝,是不是?""其实这么久以来我一直想跟你说,当年你把胡椒面当盐放进去了……"

两人叽叽喳喳地谈论着,秘书长没有打断他们,这两位寂寞的英雄理应得到全人类的耐心倾听。

"两百七十五年了,除了冬眠的时间外,每个清醒的日子都在等待中煎熬。"真秀最后喃喃地说,"我还以为这样的日子会持续到永远。有很长一段时间,我总是重复做着同一个噩梦,梦见行星粉碎机毁灭了金星,没人来得及向我们发出指示,于是我们就只能驾驶着月球在太阳中运行下去,等待一个再也不会到来的命令,直到月球发动机耗尽月球的全部质量……"

"我们坚持到了这一天。"徐江明抚摸着真秀的面庞,两人的头发都被岁月漂洗成了斑驳的灰白色,他们安静地依偎在一起,看起来十分幸福。

过了许久,徐江明终于放开妻子:"报告联合政府,这里是月球庇护所。作为太阳潮计划的月球驾驶员,航天员徐江明及航天员早川真秀已经履行全部职责,现在正式申请结束任务。"他郑重地望着镜头说道。真秀也擦了擦脸上的泪痕,庄严地坐直身体。

"月球庇护所请注意,我是联合政府秘书长马卡洛夫·李。联合政府批准你们的请求。胜利来之不易,两百七十五年的漫长等待,你们辛苦了。"秘书长说。

又过了十二分钟,屏幕上的两人同时敬了个礼,随后真秀靠在椅子上,长长地呼出一口气。

"那么,请把'最后选择箱'的密码告诉我们吧,秘书长先生。"

徐江明说。

"你们确定要做出这个选择吗?"马卡洛夫问,"你们可以驾驶月球离开太阳大气,在一条稳定的绕日轨道上等待救援。我们一定会找到把你们带出庇护所的办法。"

徐江明摇摇头。"庇护所现在位于月球残骸的核心,外面裹着一百七十多公里厚的熔融金属和岩浆。要等它自然冷却、凝固成可以挖掘的状态,得过上几千万年。而我们的食品储备……顶多可以再撑五年。"

"我们想要一个有尊严的结束。"早川真秀接口道。

秘书长沉默了一会儿。"批准请求,密码已经发送。"他最后说。

十二分钟的延迟后,徐江明离开座位走向后方。离座位几步远的地方有一张床,他从床下拖出一个小型密码箱,又抱着箱子回到镜头前。

早川真秀接过箱子,输入一组长达十五位的密码。

咔嗒一声,箱子开启了。从镜头的角度看不到箱子里都有什么,但两人脸上的表情就像在两百七十五年的漫长等待之后,终于得到了应得的战利品。

"真美丽。"早川真秀惊叹道。

徐江明从箱子里拿出一把锃亮的左轮手枪和一盒子弹,又拿出一柄锋利的军用匕首,这些武器显然都经过精心设计,在百年岁月流逝之后,它们依旧光洁如新,能够正常使用。

真秀小心地从箱子里取出几瓶密封得很严的液体,这些液体闪着不祥的光泽,真秀把瓶子放到一边,又从箱子里掏出两只小巧的注射器。

"最后选择"的意义不言自明。

我不禁想起几个世纪前袁恪礼老先生在纽约对我说过的那句话:世上只有两种公平,一是阳光,二是死亡。如今,他们将在阳光深处走向死亡。

"你们是否需要一点私人时间?"秘书长问,"如果需要,联合政府可以断开通信。"

"不必,秘书长先生。"徐江明摇摇头,"小时候,我和我妻子都认为自己是普通人,但历史的浪潮将我们一路带到了这里,那就让历史把最后一刻也记录下来吧。"

"我原先以为自己是个热爱生命的人,任何灾难……任何打击都不会让我自寻死路。"真秀轻声说,"我热爱自己的呼吸和心跳,热爱血液撞击胸腔、肋骨压迫肺叶的感觉,我曾经觉得除了疾病和寿命终结,没有什么能让我主动走向死神的怀抱……但几个世纪的时间改变了许多事情。"

"是啊,我也曾经以为爱永远不会消逝,永远不会褪色……可三百年的爱情简直就是酷刑,世界上最可怕的酷刑。"徐江明看着真秀微笑道。

"我一百五十年前就已经烦透了你这张脸,但是在这比衣柜大不了多少的庇护所里,我竟然只能和你抱怨你有多么差劲。"真秀摸了摸徐江明布满皱纹的额头。

"幸好他们当年没有直接告诉我们'最后选择箱'的密码,否则我们怕是早就杀掉了对方——或者自杀了。"徐江明说。

"人总是有最后一种选择的。"真秀又呼出一口气,"联合政府很诚实,还记得他们当年怎么说的吗?'庇护所就是你们的坟墓'。如今他们兑现了诺言。"

"你先挑。"徐江明看着眼前的东西说道。

真秀拿起空枪,抵在自己太阳穴上比量一下,笑着摇摇头,放下了它:"太凉了。"接着她握住匕首,用拇指试了试刀锋,随即也放下了。最后,她又审视了一下那几瓶药物,挑了其中一瓶。

"我怕疼。"她轻声说。

徐江明拿起那把左轮,将子弹一颗一颗装进弹仓:"我就选传统一点儿的方式吧。"

"二十四岁的时候,你带我去过一趟草原,在那儿你跟我说你很想当个牛仔。"真秀说。

"这个梦想至今依旧没有消逝。"徐江明指指自己的脑袋。

真秀转身望着镜头:"联合政府,我们想再看看外面的世界。"

"你们需要什么?我们将竭尽所能提供。"秘书长迅速回答。

"有歌曲点播服务吗?来一首贝多芬的第五交响曲吧。"徐江明伸了个懒腰。

"我想看看月亮。"早川真秀说。

身在月球上的人想看看月亮。秘书长点点头,答应了这个有些荒谬的要求:"地球毁灭前的各类影像以及包括第五交响曲在内的各大世界名曲已经开始向庇护所传输。"

十二分钟后,全世界都听到了《第五交响曲》那著名的叩响命运大门的旋律。

真秀关掉了庇护所的灯光,庇护所屏幕上的影像映在两人脸上,隐约能分辨出鲜花、青草、落叶和白雪的颜色,还有蓝天、太阳、星空以及明月的光辉。

过去的月光在如今的月亮的核心闪耀,把庇护所的墙壁照得银光闪烁。

今人不见古时月,今月未曾照古人。

月光由明到暗,再由暗到明,他们屏幕上的月亮似乎正经历着月相盈亏的过程。早川真秀和徐江明的头发在月光中显得越发苍白。

月光再一次达到满月的亮度时,真秀将玻璃瓶里的液体一饮而尽,然后把脑袋靠在徐江明肩头。"味道很甜,有点像草莓。"她低声说着,很快陷入沉睡。

徐江明搂住她,命运交响曲的演奏渐渐到达高潮,真秀的呼吸声也慢慢小了下去，最终变得几不可闻。交响曲从第三乐章进入第四乐章后，乐音显得越发壮丽，像旭日一般光辉灿烂、像洪流一般波澜壮阔——在这胜利的山呼海啸中，插入了一声短暂、不和谐的枪响，它像乐团偶然奏错的一个音符一样，转眼就淹没在了恢弘的交响乐之中。

余音终于袅袅落下。

"持续四百年的'隐形天幕计划'正式结束。共有四十一亿八千七百万四千七百人为它献出了生命。"秘书长的声音有些苍凉。

十六　第二次警告

两天后，科赫邀请我去喝茶。

"我年纪大了，不能喝酒，否则我真该敬你一杯。"我举起茶托向他示意。

科赫摇摇头："这是人类四百年的努力和难以置信的运气的功劳，行星武器研究所做的事情不过是临门一脚。"

"也许你高祖父会有点后悔没选择冬眠呢。"我呷了一口茶，"现在可能是人类历史上最美好的时代了。"

"是啊……很美好。"科赫说，"联合政府已经派飞船去追行星粉碎机的残骸了，好歹要从上面拆下点东西来研究研究，要是能搞明白它的引擎原理就更好了。"

"不管那机器上有什么，都一定能让人类的技术水平突飞猛进。"我说，"现在想起来，就好像一场延续了四个世纪的梦一样，先进文明竟然就这样把技术拱手送到了我们面前。"

"说到这个……我总觉得哪里不对劲。"科赫放下茶杯，"制造行星粉碎机的文明——是叫典狱长吧？他们只靠这么个玩意儿管辖整个银河？一台凭人类就能摧毁的机器？如果我有他们的技术水平，我一定能把银河这座监狱修得更加密不透风。"

茶馆的墙上突然跳出紧急新闻播报画面。

"噢,天哪!"科赫拉长了脸,"又出什么事了?"

"联合天文台消息,警告碑正从地球轨道向金星靠近,将于六小时后抵达。"播报员说。

"警告碑?我还以为它跟地球一起完蛋了呢。"科赫长舒一口气,随即又紧张了起来,"它不会是来找我们麻烦的吧?"

"应该不会。"我想了想说,"它要是对人类有恶意,早就动手了。"

六小时后,警告碑停在了天幕外表面上,在全世界的注视下,马卡洛夫秘书长带领代表团来到警告碑前。

"你好,朋友。"秘书长说,"很高兴看到你安然无恙。这次你为我们带来了什么?"

"我是警告。"警告碑的开场白与它四百年前第一次见到人类时一模一样,"我曾经告诉你们,创造我的死者发射过一支逃亡舰队。"

"我们记得。那支舰队离开银河后,行星粉碎机就降临了。"

"是的。我不久前收到了那支舰队传回的消息。"

"从银河之外传来的消息吗?!他们说了什么?"

"你们已经知道,银河内的光速低于银河外的光速。你们同样已经知道,宇宙正在膨胀。"

"是的,早在1942年,我们的天文学家就通过红移现象察觉了宇宙膨胀。"

"逃亡舰队在途中发现,整个宇宙内的光速都并不均匀。具体而言,在靠近宇宙边缘的地方,光速不断降低。根据他们的计算,宇宙边缘处的光速已经低于宇宙膨胀的速度。宇宙内的物体运动要受到光速限制,但宇宙本身并不受这一速度上限的制约。"

人类沉默了一会儿,努力消化这个信息。

"这意味着……银河不过是一间囚室，外面还有整座监狱，而监狱扩建的速度比我们最快的逃跑速度还要快。"

"很正确。"

"我们曾疑惑了很久，为何十亿年来'典狱长文明'都杳无音信，为何他们不使用更先进的技术监管银河……"

"逃亡舰队认为，行星粉碎机进入银河后，宇宙边缘处的光速才被人为降低。典狱长完成这项监狱改造工程后，就不再关心银河内发生的事情了。"

"那么，设计这台机器的目标可能只是摧毁当时银河中已有的文明，好为典狱长争取时间……之后的十亿年里，它不过是在反复执行预设程序。"

"可以这么理解。你也可以把它看成一台忘了关掉的吸尘器，主人出门后它仍一遍遍打扫着空荡荡的屋子，清除蚂蚁与蟑螂。"

"典狱长如今在哪里？"

"不在监狱之内。"

"那么逃亡者舰队呢？他们去了哪儿？"

"他们仍在路上，努力前往宇宙边缘。以你们的时间计算，他们于一亿年前向我发送了消息，这条消息于五万年前进入银河，于七十小时前被我接收。"

"他们还说了什么吗？"

"他们说，向外走吧，一定会有路的。"

"谢谢你转告我们。"

"不客气。我要走了，去向银河其他地方的文明发出警告，告诉他们行星粉碎机已经毁灭。这些文明中，有许多比你们的文明还要年轻。"

"一路顺风。再次谢谢你。"

"也谢谢你们，人类。"

十七 尾声

科赫要我当他孩子的教父,虽然我的年纪足够当他孩子的祖宗,但我实在拗不过他。

"我是中国人,我们不搞教父教母那一套,你儿子得叫我干爹,不答应就拉倒。"我这样坚持。

"随你的便。"科赫大笑着回答。

科赫的婚礼在行星武器研究所大厅举行。大厅的墙上醒目地粉刷着一条标语:

光速以上,才是自由;光速以下,皆是囚徒。

作为生于过去的人,我对这条标语始终抱着怀疑。"光速无法超越"是我的时代教给我的铁则,不可动摇。但新一代的年轻人显然不在乎那么多,他们已经开始着手寻找突破光速限制的办法。

我衷心希望他们能够成功,虽然我肯定看不到那一天。

大厅外面正是白天,太阳透过遍布天幕的采光窗照亮了下方数百公里处的金星表面,橙色的云海中隐约可见几条从天幕上垂下的细线。

联合政府已经开始修建金星天梯,他们计划再花四百年,将金星气候改造得适宜人类生存。

大量飞船正从地球轨道上尽量回收水和气体,并运回金星。

"总有一天,隐形天幕会再度完全打开。"马卡洛夫向人民这样承诺。

科赫在他的妻子面前跪下,给她戴上了戒指。那个女孩微笑着流下了眼泪。

所有来宾都举杯庆贺,杯中的泡沫闪闪发亮。

我看到人类沐浴在金黄的阳光中。

重庆提喻法 / 段子期

电影，是灵魂的暂住证。

星云志·NO.12
时空订制

一

重庆,已经不是原来的重庆了。

当我看到这句话的时候,我正在想该如何度过这糟糕的一天。传统媒体落幕的速度比大多数人想象得更快,《重庆时报》在最后一版刊登了一封言辞恳切的信,有点像不舍离开舞台的演员,唱出一个略带埋怨的尾音。我的记者生涯也就此告一段落。然而,在最后一天,电脑上弹出的信息,让这个告别日变得离奇起来。

这是一封奇怪的邮件,比起告别信,它更像是一首诗、一些不知所云的闲篇,似乎好心提醒你不要变得跟写信人一样。现实世界给你制造诸多困境,最明智的方法就是暂时远离这世界,特别是在像立体迷宫一样的重庆。

这是我从信中诸多华丽的比喻中解读出来的一小部分。

邮件最后一句,又有点像一篇侦探小说的开头——

他们都希望我死了,你也是吗?

他是谁?落款没有留下姓名。希望他死了的他们又是谁?最关键的是,这一切是如何跟我扯上关联的?

办公室的电器一个接一个被关掉,像是失去光亮的群星。直到头顶的灯光暗下来,我才意识到该走了。

编辑老李抱着箱子挤进电梯,问我也问其他人:"接下来咋打算呢?"

顺其自然,似乎是最好的答案,大方得体且能终止对方的盘问。

跟他们不同的是,我还带走了一个谜,一个暂且看不到来路和去路的谜,在谢幕前的最后一秒,它以恩客的姿态从天而降。非要用比喻的话,它就像一个彩蛋或是一张地图,把我从暂时的伤感和沮丧中拽出来,随手抛给我下一个目标所在。

重庆的太阳明晃晃,压得人抬不起头。

天气炎热得能融化一切,空气潮湿而黏腻,在皮肤上裹上了一层让人无法呼吸的膜。接下来的几天,我窝在房间跟空调相依为命。

我已经能把那封信背下来了,短短几百字,没有任何时间、地点、人物的提示,除了知道那人跟我生活的城市有密切关联之外,其余一无所获。

"你也是吗?"这句话像是"顺其自然"的一种变形,作为文章最末或对话结束时一个漂亮的收尾。我不知为何如此在意,或许,秘密,在平庸生活里总是稀缺的。

但很快,我又对自己的自作多情感到羞耻,这可能是一封发错地址的邮件,或仅仅是一个无聊的恶作剧。

我就这样跟夏天僵持着,直到她再次联系我。我都快忘记了,自己是如何失去她的。

阿棠跟我是一年前分手的,那个夏天热得让人想哭。她寄给我一个包裹,里面全都是刊登过我文章的《重庆时报》,她在报纸缝隙上写道:"我搬家了,无意间找到你的东西,就全部寄还给你,祝好。"她甚至都懒得用一张新的纸来写下这些话。

我重新翻看那些文章,似乎能在黑色铅字上找到她目光停留过的痕迹,有种跟她重新对视的错觉。

在2017年10月8日的报纸上,我看到一篇报道。三年前,我曾注意到一部在重庆拍摄的老电影,跑了好多资料馆才找到尘封的胶片。我花了几个月时间查资料、做研究,写了起码三万字的笔记和评论,提交给报社的文字报道也有两千多字。我当时认为这是个独家,那个电影男演员身上藏着一个不为人知的重庆,可最后报纸发出来只有一个豆腐块。

后来,我把关于这部电影的文章全都匿名放到网上,有不少人知道了他,这位民国时代的男演员、导演——封浪,名字里都带着一种江湖气质。他出生地不详,来自动荡的北平(今北京)或是十里洋场,是国内第一批出国留学的知识分子,后来在战时来到重庆。

拍电影对他来说是一件机缘巧合的事,或者说是一种注定。

重庆,已经不是原来的重庆了。

这是一句台词,来自封浪拍摄于1945年的黑白默片《坍缩前夜》,片长40分钟。由于年代太过久远,破损的胶片中只留下20分钟左右的内容。《坍缩前夜》虽然没有对白和复杂场景,但我感觉它更像是一部带着喜剧色彩的科幻片。

封浪在电影里饰演一位科学家,前半部分是他在地下基地做实验的画面,墙上挂着一个巨大时钟,中间是一个类似反应堆的装置。他摆弄着各种工具和图纸,动作夸张、表情滑稽。没多久,实验室进来了几个衣着破旧的难民,有母子,有夫妻。封浪让他们站到那个装置上，围成一圈。他按下一个按钮，一束强光从装置上方射下来，一瞬间，他们竟然全都消失了。

接着，几个日本兵闯进来，像是在找谁，封浪举起双手表示自己没看到。张牙舞爪的日本兵还是把他抓了起来，离开前，他盯着那个装置说了一句话，像是在自言自语。这句无声的台词在字幕上停留了整整十秒——"重庆，已经不是原来的重庆了。"

画面在这里戛然而止，后半部分的胶片完全被损坏了。我对故事结局有过不少猜想，科学家绝地反击、更多难民被拯救、战争提前结束……当然，是大团圆结局的可能性比较大，因为电影本该如此。

除了电影类型上的独特，最吸引我的还是封浪本人。他是这部电影的演员兼导演。当时，重庆正值大轰炸的紧张时期，一部喜剧科幻片显然有些不合时宜。不过，也可能是战时用于政治宣传。像1940年正处于战争阴霾的伦敦，每天都有空袭，到处满目疮痍，可比城市更残破的，是人心。电影成了人们唯一的心灵慰藉。当时，英国资讯局电影部为了提升国家士气、安抚民心，拍摄了不少政治宣传电影，比如《敦刻尔克大撤退》。

封浪拍《坍缩前夜》时，西南边陲地区民风守旧、信息闭塞，科幻这种超越常识的概念对人们来说不亚于巫术。在战争结束前，他可能也想用这种幻想中的胜利来慰藉人心，想象不可思议之事，对饱受痛苦的人们来说，的确是一场精神疗愈。

《坍缩前夜》中的镜头大多都是远景和中景，几乎没有特写，让人看不清封浪的全貌。看他脸上滑稽的胡子和宽大的眼镜，成了辨认他的最好方式。他似乎刻意为之，将身体语言变成了整个画面的主角，晃动的姿势、步伐，表现情绪时不自主的小动作，都变成与观众交流的工具，想让我们从这些特征直接看到他的内心。

几年前，我费了不少劲找到看过《坍缩前夜》的观众，他们当年只有10岁左右，故事结局早已记不清。其中一个人说，封浪在那以后陆续又拍过一两部电影，可最后他好像被特务暗杀了。

可那封邮件的结尾，否定了封浪已死的说法。如果他还活着，现在也有80多岁了。

"封浪……的确是死了，不过，他有不少追随者。"

"追随者？"

"有人认为电影里那种技术真的存在，能把人带走。"

"带去哪儿？"

"反正离开重庆吧，没有战争的地方，当时甚至有人偷偷缠着他哪，求他施法把自己带走……当然，也有人想要他死。"

"为什么？"

"因为，他是个好人。"

我重新研究那些笔记，他之后拍的电影《狂想曲》《幻化网》都没有留下胶片。我对此也有过过度的猜想，"曲"与"网"不仅在字的形态上有些类似，意象上也同样有着广大、细密的感觉，容易让人联想到时间、命运之类玄乎其玄的东西。我想，这些电影存在的意义不只是安抚人心，或许，像是他的胡子和眼镜，他跟电影本就是一体，成了一个标志、一个符号，代表着幻想本身。

而幻想，理应是每个怯懦时代最宝贵的意志。

> 谵妄的重叠景象消失于火焰，曾睥睨一切的国王消失于众生，这才是放逐。山与雨互为遮羞布，城之上还是城，城下住着逃兵，我像个逃不掉的孩子，重庆像是布景。

这些句子，让我想起毫不相干的从前。

在那个最应该逃走的年纪，我却被困在一个由自我打造的窠臼之中，十八九岁，我跟一个名字里带有"夏"的女孩反复恋爱和分手,在宿舍床上写着张牙舞爪的诗,在电影院做着张牙舞爪的梦,在火锅店制造比隔壁桌更张牙舞爪的嘈杂……我还常常故意把小说读到一半,然后放下,像是只谈了一半的恋爱,或是在只认识了一半的她们面前搬弄着文学典故,做任何能让别人对我刮目相看的事,但这些却毫无意义。每个人的青春似乎都是这么过来的,仿佛布景一样被安排。

可很多时候,我想像电影里那样活得危险。

封浪的生活可能远比电影危险,我刷着论坛上关于他的旧文章,突然很想再看一次《坍缩前夜》。几年前为了那篇报道,我拜托朋友从档案馆调来胶片,然后再去几千公里外的电影资料馆才找到机器播放。主编对我的执着不以为然,我半开玩笑跟他说,我们的独家精神已经失踪很久了。

二

我常常不告而别,像从前对阿棠那样。而这次,我对着空荡荡的房间,好像没有可以说再见的对象。电影胶片也早早跟这个时代悄无声息地告别,像报纸一样变成一种纪念品。

我鼓起极大的勇气挺身迈入重庆的夏天,为了再次看到那卷胶片上的电影,这是值得的。

很多人都以为这个城市的奇异之处,是那些纵横交错的路与桥;是你站在一栋大楼的顶部,发现自己实际上位于山的深谷;是穿过一条依稀可见的小径,马上就抵达繁华的城市腹地;或是穿行于随着地平线起落的建筑带,不时被湿漉漉的云雾掩埋。的确,它在如此压缩的区域中集结了自然界各种地形地势,让穿梭于其中的每一个人都能体会到多倍于其他地方的江湖感。

时空订制

但这并不是全部。

那些车马纵横、摄人心魄的纷繁景观，只是重庆的一个注脚。在我眼里，她就像电影本身，每一栋建筑、每一座桥、每一条街的沟回与曲折，都跟情节、故事丝丝入扣地对应着。电影里标准的起承转合构成了这座城市的主体，赋予她生命力和镜头感，磅礴而又鲜活。这些彼此互文的元素，像天空一样横亘在城市其上，共同组成了一个标志、一个符号。

我从路的起点走到路的终点，站到更高处才发现，根本不存在起点和终点。我常常这样一个人走，上次经过一座桥，从长江大桥往上，又经过高架桥，萦回、漂移，在这个角度能环视所有楼宇，让我有一种要飞上天的错觉。然后，再驶入另一条轨道继续下一个盘旋或攀升。重庆总是这样，容易让人想起那条咬住自己尾巴的蛇，开始和结束不过是个谬论。

接着，我往城市边缘行进，感觉内心开始变得空旷起来。繁密的城市群落消失于高速公路，我嗅到一种若有似无的危险，电影里的那种危险。再次闯入封浪的幻想世界，是我逃离目前平庸生活的唯一出口。不断倒退的路牌坐标告诉我，离那卷胶片越来越近了，我竟隐隐感到一阵兴奋。

那间档案馆位于重庆城郊，倚靠在一间历史纪念馆旁，里面保存的都是些古旧的文艺资料。我到达时已接近夜晚，这栋低矮的木楼如同对大自然卑躬屈膝的隐居者，一位老人刚巧走出来将门锁上。

"您好，请问……"

"明天再来吧。"老人双手背在身后，脚步轻盈，像个隐士。

"那……您知道附近哪儿有住的地方么？"

"都没有，"老人缓缓抬起头，他瞳孔有些浑浊，单薄的身躯被一件深灰外套包裹着，声音却浑厚有力，"我看你是来找资料的吧，倒是可以到我家先住一晚。"

我欣然接受他的邀请，很奇怪，两个陌生人能在一两句对白后快速达成信任，或许跟炎热的天气有关。

他叫老姚，负责看守纪念馆，平时很少人来参观。他说，他一眼就看出我不是普通游客，是带着一件事情来的。不知为何，我对老姚也有同样的感觉，他也像是因为一件事而留在这个僻静之地，安心当个看守人，在等待谁或是保守着什么秘密。

不过现在，我心中的独家暂时只有一个。老姚家就在附近，房屋有些旧但很干净，晚餐后，我向他打听那卷胶片。

"那是很久之前的东西了，"老姚眯起眼睛努力回忆，"纪念馆曾经要修复一些老的影像资料，你说的那卷胶片因为时间太久远，没法儿弄。不过，现在有了一个放映厅，明天你可以看看复刻的胶片版本。"

"好，那部电影，您看过么？"

"没有，你说的那个演员也没听过，我就是个看门的，这些东西不太懂。"老姚揉了揉眼睛，"你要是这么喜欢电影的话，不如……"

"不如什么？"

他没再说，起身回到自己房间，像是场景骤然暂停、接着跳至下一个，让刚刚的问题悬在半空。

陌生的床上有一股被阳光烤过的味道，我梦到了阿棠。

我承认自己不够爱她，甚至记不住她最爱的颜色，或许只是因为她不够危险。我曾经拉着她站在重庆的最高点，俯瞰着城市被无数灯光勾勒出动人的轮廓，两条来自不同源头的江水在半岛外相接，怎么看都像是一个紧紧的拥抱。

我看着黑暗中她的侧脸说……我好像说的是——我想变成奔马落入未来，我想等到下雨，我们因倦得像一对纸象，就可以继续烂在一起。我还想去做很多很多不可思议的事，最好变成不可思议

星云志·NO.12
时空订制

本身。

等一切都结束了,重新上路,你愿意陪我一起吗?

她没看我,嘴唇轻轻开合。我不记得她说了什么,只感觉那时她的声音同样悬在空中,像蜘蛛,结了网又飘散,我就站在最高点,看着那声音飘散。

我依然不善用比喻,所以她离开了,头也不回。

过去和未来是接通就烧毁的电路板,火光蔓延未及的地方,住着鳏寡孤独。我幻想着变成他们的形体,练习飞行跟迫降,恒星的轨道开始变得扁长,北纬30度的重庆进入漫长黑夜。

胶片包装袋上印着封浪的名字,它就躺在黑暗的储藏室里,像是在等我打开封印。老姚把它拿到暗室,无数个24格被一一铺展开来,然后卷进古董般的放映机。这卷复刻版的《坍缩前夜》还是只有20多分钟,不过,我希望这20分钟足够漫长,就像黑夜。

我坐在最中间的位置,视线里除了大银幕,没有其他。黑白画面开始跳动。此时此刻,我比以往任何时候都更容易体会到一种仪式感,跟第一次抱着目的来看不一样,这次更加纯粹,像是准备入侵他的思想——在那段被复刻的时空彻底坍缩之前。

几十年前的电影摄制技术只停留在视觉语言,粗糙程度可想而知。正因为如此,运动的图像承担起所有叙事功能,给到观众类似于纯文字一样的想象空间,屏幕上的世界存在于二维,而另一个维度在我们的脑子里。

《坍缩前夜》前20分钟的精彩程度不输任何电影,没有声音和色彩的介入,反而让封浪发明了用眼神和表情造句的技巧。他只用了短短几个镜头拼接,就成功把自己塑造成一个搞怪而神秘的科学家,他的胡子和眼镜、爆炸发型和宽松白大卦,都是这个形象之下的附属品,而不是这些元素丰满了他的形象。

这20分钟的情节全都围绕一个母题——"时间",即使不知道结局,我也能猜到,时间,是扭转局势的关键。

此刻,我作为银幕外的观众,也很快与其他角色产生了同频共振。这种暧昧的距离感,让我学会用一种悲悯的眼光来看待他们。

天空被黑灰色浓雾遮蔽,轰炸机咆哮着展开死神的披风,街道像一张被扭曲的黑白底片,有火光散落的地方就有尸体。空气在活下来的人耳边轰轰作响,他们弓着身子,不断涌入布满城区各处的防空洞。母亲把孩子抱在胸前,骗他说这声响只是摇篮曲;丈夫和妻子一同哭泣,为了刚刚失去的家和良田;还有那瘦骨嶙峋的老父亲,惦记着前线参军的儿子;更多的是陌生人与陌生人挤在一起,瑟瑟发抖,然后祈祷。

我们最好一起重复:小心翼翼地/我们随时失去生命/草木躬身地/我们原地等待奇迹。

导演会原谅我们以"我们"自居。他会在那个地下的洞穴安静地等待,扮演好一个拯救所有人的角色。

我能看出来封浪骨子里有一种英雄主义,在这个由他制造出来的困境里,紧接着又自己给出解决方法。及时的救赎,如同精准故事线里的第三幕高潮,对每分钟都在上演死亡的战争时代来说,这意味着神降。

于是,封浪把那个时间透镜反应堆也变成了一个角色,一个奇迹的象征。在故事情节里,时间本身成为一种英雄式的反哺,作用于拯救者和被拯救者的身体与心灵。

电影比生活更伟大的地方在于,它允许任何幻想中的神来之笔,即使不符合当下的现实,只要故事需要,都没问题。

我把自己想象成一个闯入者,通过对银幕的凝视而钻进封浪的角色驱壳里，跟他一起，等待那个最危险的时刻到来。反应堆上方的光线收缩回去，那些难民消失得无影无踪，接着，我们被士兵抓走。最后，给观众留下悬在半空的一句话。

尽管我和封浪之间隔着时间与空间的鸿沟，但这个幻想故事却能让我远离自身的原点，抵达另一个无限接近自身的边缘，这就是电影的魔力。

我觉得这20分钟已经足够，只是，我还没参透"坍缩前夜"的意思。

当那句"重庆，已经不是原来的重庆了"再次出现在大银幕上，我感觉自己的人生也迎来了第三幕。

滔滔不绝的胶片向放映机冲进最后一格，这部电影在我面前画下一个潦草的句号。一切宣告结束，周围变得异常安静，燥热的空气也停止了对我的侵袭。

老姚坐在最后一排陪我看完，我感觉他才是一个纯粹站在第四堵墙外的观众，看着我参与到故事其中，变成《坍缩前夜》的一部分，与这间母体似的暗室形成一种互文关系。

他缓缓起身，目光没有离开那行字幕。我努力从银幕里抽离，经过他身边时，他轻咳了一声，胡子牵动嘴唇，继而牵引着喉结上下滑动，"不如，你自己把剩下的电影拍完吧。"他依然没看我。

老姚的语气模糊不清，不像要求，更不像建议，可就是这句漫不经心的话，在我心中播撒下了一颗种子。这种子蠢蠢欲动，仿佛能孵化出《坍缩前夜》的完整命运。

"可……我要怎么拍？"

"有勇气就行。"

暗室外的光如同箭矢冲向全身，我闭上眼睛，数着开始变得灼热的呼吸，顺便掂量一下自己的勇气。比起现实生活，电影既超然物外又和光同尘，在观众生命里扮演着一种拯救与被拯救的暧昧角色。

重庆提喻法

我一直觉得,电影是更高维度世界卷曲在我们这个世界里的微观投影,那些创作者想要表达的,那些跋涉过自己和他人的自我意识,都被转换成另一种语言、幻想抑或谎言,曲曲折折地讲述出来,最后都要直抵真相。

我不知哪儿来的勇气,竟然想要帮助封浪、或者说帮助我自己去完成《坍缩前夜》。

> 玫瑰的耳旁腾起一股喧嚣,花蕊早已干透,无法承受的美四处散落,只能借由别人的故事拯救自我。时间也已经干透,偶尔停滞,在这缝隙,我无处藏身。我,是最肮脏的空气,是最干净的灰尘。

老姚帮我准备了很多东西,一台摄影机、一台电脑,还有灯光和其他机器。我问他,还需要什么?

"你的意志。"他说。

我点点头。老姚不像是一个什么都不懂的人,相反,他什么都懂,可能只是在等待什么。

他把我带到一个地下防空洞,这附近有高山作屏障,有坚固的山体构造,又挨近乌江水源,整个洞穴隐藏于金子山 200 多米深的地层。洞穴外部坡陡林密,四季云遮雾绕,除了一根 150 米高的烟囱外,从外表看不出任何人工痕迹。

洞口看上去很平常,可进入到内部简直令人震惊。经过曲曲折折的石板路,最后到达有着二十多层楼高的人工洞穴中心,老姚边带路边介绍,这儿以前是"国营建新化工机械厂"。曾经在那场 4000 万人的大迁徙中,重庆涪陵聚集了 6 万人,随后,这个地名从地图上消失不见,就像地图上无法找到的工厂一样。再后来,这个洞穴就被改造成了防空洞。

星云志·NO.12
时空订制

老姚停下脚步，回声也渐渐平息。我站在洞穴中央，往上望去，最顶部有一处山体裂开的缝隙。周围的一切都被封藏太久，一股破旧、衰败的气味像一首发霉的歌钻入皮肤，但此刻，我却有种踏入圣殿的错觉。

不知来处的一束光像是计算过方向，在这方空间内铺撒下一张光的网，这熟悉的一幕宛若胶片自动卷入我的大脑，我一眼就认出，这儿是《坍缩前夜》的取景地。

防空洞，日，内。科学家、逃兵、难民、敌人。

顺着封浪的故事，我想象着后面的无数种可能性。在夜晚来临前，我开始将脑中的画面变成文字流淌到纸上，这是一种奇妙的创作体验，跟从前完全不一样。我写过很多篇新闻纪实稿件，见过很多人，当我的笔锋无限逼近眼前的现实时，幻想的翅膀就会被重力向下拉扯，虽然我知道两者并不矛盾。

有的时候，我甚至觉得是键盘在牵引着我的手指，而不是我在操控它，这跟角色和创作者的关系一样，有时分不清楚到底是谁在拉着谁前进。

重庆日与夜的界线仿佛被悄悄抹了去，我像一把犁在桌上耕耘。故事很快写完，但手里的稿纸还只是半成品，唯有将它变成画面才有意义。

"有没有一种时间理论，能把两个不同空间连通的？"我像是在自言自语，盯着手里的分镜图，眼神落在虚空。

老姚在我背后，为晚餐忙碌着，漫不经心地说，"我记得，美国曾经有一个时间透镜实验，能让时间产生间隙，那次吧，好像也是首例实现物体在空间和时间上同时隐形的实验。"

"你是怎么知道的？"

"看报纸。"

"这个实验能让《坍缩前夜》里的剧情实现么?"

"你倒是可以这么写,反正不都是科学幻想吗?"

"嗯……"

接着,我查了所有关于"时间透镜"的理论。曾经有科学家采用相似的方法,在一个场域上产生了一个时间漏洞,尽管只是一瞬间的事,而时间停滞的效果持续约为 1 秒的 40 万亿分之一。

就像密不透风的宇宙被撕开一个小口。

这个小口透进来的光,让我重新生长出翅膀。望着布满黄色水渍的天花板,我开始想象,如果真的有一种设备能够将光线转向,让时间变慢,然后再加速,这样就可以在光束中产生一个缺口。这种情况下,发生于那一瞬间的事件将不会散射光线,看起来就好像……那件事从未发生过。

"探测器照射出一束激光束,然后激光束穿过一种名为'时间透镜'的设备。和传统的透镜能够在空间上将光线发生弯曲一样,时间透镜能够使得光线出现非空间上的暂时分隔。"我盯着电脑屏幕,一字一句念出声,"在时间域中,这是一种能够真正控制光束属性的方法。"

封浪没有在电影里解释这种理论,但在后面的剧情中我觉得很有必要。

在我的理解中,他在戏里那个"时间透镜反应堆"的发明在某种程度上扩大了时间场域,让相对时间停滞的效果得到持续。或许,他能等到多年后战争结束,再把难民传送回来,而他们消失的真正时间却只有几秒。

可这也许会产生无数时间分支,而且每个时空都是极不稳定的。

"会不会出现悖论呢?"

"真正的未来是无法改变的,因为源头早就注定了。多出来的部分，就像是主路上突然出现的岔路吧。"老姚回答。

"嗯，有道理。"

老姚接着帮我找来几位邻居当演员，服装、道具都由他来制作，他还负责在摄影机后掌控开关机，而我则要扮演、或者说是继承封浪那个角色。所有环节我都已经在脑海中预演过了，就等着画面像浪潮一样被卷入镜头。

我从前以为拍电影是人类发明的最消磨心智的一种工作，如今看来的确如此。不只是电影，只要跟自我表达与艺术创作有关的，都是。

按照他的思路，后续剧情我有颇多设计——"我"将会被日本兵带走拷问，然后与他们反复斡旋，上演逃离与追踪的戏码。而剩下的难民会安全抵达另一个时空，为了避免两个时空在能量交换后可能产生的裂缝，其中一个难民将会主动留下来，作为这一段时空的守护者。最后，他将继续维护那个反应堆的正常运转，再接着帮助"我"完成剩下的事，悄悄带更多人逃走。

比起我的阐述，镜头和画面组合起来会更有紧张感。

开机前夕，老姚准备了几道精致小菜，邀请我喝一杯。几口酒下肚，我问他："你的家人呢？"

他拿筷子的手停了一下，然后随便夹起一块什么塞进嘴里，含混不清地说："走了。"

我继续喝酒。

"不过，还会回来的，"他咽下去，接着说，"她……会回来，我都快想不起来她的样子了，但她肯定不会老，不会像我这样，呵呵。"

"嗯，她会回来的。"

后面几天，我们投入到拍摄工作中，我感觉得心应手，台词和表演都尽量保持着封浪的风格。而在后面的叙述中，我加入了一些属于自己的精神碎片。

于是，故事里突然多了一个名字带有"棠"的女孩，她是整部黑白电影里唯一的亮色。浪漫爱情在乱世里总是可贵的，英雄气概也需要一些绕指柔来作为调和。阿棠在戏里是一名单纯少女，一直默默帮助着他，她是他见过的最无所畏惧的女孩，他是她见过的最善良的科学家。她会在他的墓前献上一束鲜花，当然也会献上眼泪。

三

一周的拍摄很顺利，我们最后把重头戏放在时间透镜反应堆的场景。老姚跟演员们提前把地方收拾好，一切准备就绪，我们一起等待最后那个魔幻时刻的到来。

在这个地下洞穴孜孜不倦，反而容易让人活在一种"身不在场"的状态中。我们的声音回荡在空腔石壁，像是轮船触礁，坟墓与子宫的意象接连不断拍打着我的脑门。这里什么都有可能发生，只要我想。

当"我"再次站在摄影机后，镜头开机，我仿佛看到一只来自宇宙深处的眼睛，正温柔地凝视着这一切。

直到洞顶的一束阳光透过缝隙垂直照射下来，尘埃开始起舞，触礁的光晕似水纹荡漾开去。此刻，空腔内壁好似发出微微共振，我们一起抬头，目光虔诚。即使黑白影像不能完全呈现光和这方空间交缠的神奇，但我们依然把那光当作集体入戏的隐喻。在故事结束之后，只需用一些剪辑切换的技巧，就能让科幻这件事变得令人信服。

电影里的时空之门即将开启，这一刻，戏剧和现实的边界被轻轻擦除,就像两个时空之间产生了细微裂缝。对我来说,这缝隙意味着全部。

棠站在反应堆中央,光仿佛一层薄纱降落在她肩上,接着完全包裹住她,像一只柔和的手在她身上来回漫游、摩挲。我从摄影机后移步到一旁,眼神追着那光,甚至能看到她皮肤上的细微绒毛在翩翩起舞。

在最接近结局的时刻,她被升华成一个象征、一个符号,用来歌颂自由、缅怀牺牲。

我只差一个对"坍缩前夜"的解释,一个大团圆结局。

越是想要说什么,喉咙就越像一口干涸的井。时间成了第二颗心脏,微弱跳动着,伴随着想要赌一把的勇气。每一秒和每一寸变得难分难解,最后一段胶片被长久的沉默浇筑。电影,是灵魂的暂住证。

杀青来得比想象更早,我留了一段空白胶片在结尾,在彻底填满它之前,我会先把上下两部重新剪辑在一起。

老姚忙着收拾剧组在地下洞穴留下的痕迹,我特意找了一个机会,单独去跟扮演棠的女孩告别。她是一个单纯的大学生,短发齐肩,身上有股淡淡的柠檬香味,私下里跟面对镜头时是一种相近的状态,谈话间总爱把侧脸留给我。我没什么能送给她的,就用一段复刻的胶片做了一张书签。

送她离开前,我们正好看到山那边的夕阳变成一团沸腾的糖浆。"谢谢你……",她说。她的睫毛也沾上了一抹暖黄,像是从天边偷来的。

"我应该谢谢你。"这一刻有点像刻意重复,让我想起站在重庆最高点的那个夜晚。现在,我和她同样站得很高,同样看得很远,面对着同样的魔幻时刻,我们彼此道谢。

"谢谢你的电影。"她笑了笑。

我回以微笑,脑子想的却是那一套艰涩的时间理论,如果此刻,我们都身不在场,我们会像奔马一样落入另一个未来么?

所以只能是电影,让我相信有些幻想会有成为真实的可能性,特别是在我幻想了一个跟她拥抱告别的场景之后。在未来的日子里,我一定分辨不出来,那个拥抱到底存不存在。

太阳全部隐匿了下去,带着一丝羞涩,但若有似无的光线已经不再是先前撞击着她胸膛的那道光线了。我呆呆看着她的背影,在黑夜降临之前,我成了一只手足无措的飞蛾,切切地追逐着最后一缕微光。

剪辑和后期的工作相当枯燥,老姚已经腾出两间房间给我当工作室。杀青后,我的胡须越长越密,干脆就留了起来。某次我对镜自照,发现嘴上这抹弯曲的造物,竟然跟封浪那会说话的胡子越来越像,不过,比起他,我还差一个英雄会有的目标。

谁都不知道,在那段历史中他到底扮演了一个怎样的角色,绝不粉饰太平的慈悲导演或是真正的斗士,而他的电影和生活又是如何互相影响、互为注脚的。我猜测,他也有过一段没有结果的感情,在那个时代,满溢的才华会让人变成一个靶子,连同周围的人一起。他始终没有足够的能力保护好所有人,除非,时间真的能产生裂缝。

所以,我在下半部分的戏中加入了"棠"这个角色,当作是一种伟大而又自私的补偿,让这部剩下一半的电影,不再像是只谈了一半的恋爱。

关于结局,我决定在坍缩前夜牺牲自我,为了那女孩,也为了战争赢得胜利,这对"我"来说的确是一种双重救赎。最后的最后,再留下一点悬念,关于"我"的死会有颇多解读空间,开放式结局

星云志·NO.12
时空订制

又何尝不是一种"大团圆"。

在定剪之前,我准备去地下洞穴拍摄最后一段素材。

今天比往常更加炎热,老姚告诉我他还有别的事,就不陪我了,如果我需要拍摄反应堆的戏份,把摄影机架在对面的石壁中央,那个角度最好。太阳高照,我眯着眼睛,点头。

"其实,老姚你很有演戏的天分,你演的难民,动作、神情、整个状态都太真实了。"

"也许我真的是呢!呵呵。"他笑着说,露出老无所依的牙齿。

"今天就杀青是吧?"

"对啊,也到时间了,快结束了呢。"他接着说。

我扛起机器再次闯入这个洞穴,它就像一个巨大的母体,洞口诱人的清凉空气使我加快脚步。走下一段迷宫般相接的楼宇通道,需要几次弯腰侧身的回转,才能进到洞穴中心。我按照分镜的构图调整好摄影机,除了几个意象化的空镜,还剩下角色表演的部分镜头。

当我站在时间透镜反应堆中央时,阳光正好在头顶铺开。我已经设计好了一组寓意着自我牺牲的蒙太奇,按下开机键,显示屏上的红点亮起,一切都那么完美,连打破寂静的方式也令人感到惬意,就像用柔和的手轻轻唤醒石穴巨兽。

但似乎有一个声音在提醒我,它可能从未沉睡过。

接下来发生的一切,一如电影中悬而未决的高潮部分,似乎封浪此前的所有作品都在为这一刻暗中铺垫。

我开始明白,他虽然不在场,却是整出戏无可置疑的导演,而我,则像个傀儡。

机械启动的声音在这方空间显得尤为刺耳,如同触礁的涟漪。我不知道是什么触发了时间透镜反应堆的开关,光线位置、反应物质量、DNA远程识别、时间预置或是别的什么。在此之前,所有人都把这儿当作一个虚假的布景。

实际却是一个极具耐心的塞壬女妖。

声音越来越大，连空气都轰轰作响，我像一个失去重心的水手，正要被这个巨大的母体渐渐吞没。轰鸣引起了不小的共振，反应堆周围的石体开始显露出机械化的一面，石壁次第向内收缩，脚下的土地也分裂开来，一圈蓝色的等离子光束垂直伸向空中，将我团团围住，像是海面上聚拢来的发光水母。

在我做出任何反应之前，周围仿佛被抽成真空，任凭双手和双脚在空中呈现出滑稽的姿态。

接着，是坠落，永无止境的坠落。

这口通往世界尽头的干涸之井，是封浪身上藏着的那个不为人知的重庆。

老姚的朗读声犹如山谷回音，他提前对我宣读过时间的荒诞与不确定性——

"博物馆有时会利用激光束扫描来保护艺术珍品，探测器的激光束不断来回扫描，如果某种设备能够让一部分激光束加速，一部分激光束减速，这样就会出现瞬间无激光束的情况。此时，探测器就发现不了相同位置发生的任何事。"

或许是我特有的命运在召唤，而每当我试着聆听，它却改用我无法理解的语言在说话。

"有人利用这种方法，通过改变激光束的频率与波长，从而使其以不同的速率传播，这样就能产生一种时间间隙。然后，时间漏洞的另一侧还有第二束脉冲激光，这束脉冲激光的作用，便是从相反方向改变激光束的属性，从而让激光束恢复到原有属性。在实验中，发生于时间漏洞之中的事件，都可以逃避探测器的探测。"

现实世界就像是这样一个探测器，我成了漏洞中的"我"。

这一切跟《坍缩前夜》的剧情无缝粘合，我还不敢去猜，真正的导演可能正是戏中那位科学家，他发明了那种装置，之后又拍摄

时空订制

电影，两种身份完美地契合，又接着互换。封浪，以一种身不在场的方式，跨越几十年的时间尺度，将真实与虚幻的边界轻轻擦除，最终完成了这部伟大的电影。

但是，他却让我觉得自己像一位英雄，从逃离生活到重新坠入其中，然后守着坍缩前夜的到来，与他完成了某种意义上的交接仪式。

最后，写诗、拍电影或者别的，留下些什么当作路标，用骨与血，用记忆与虚妄。我抬起布道者的脚，奔入未来，一掌推开看不见的星群，给她留下无数影子作为抵押。

可此时此刻，我在哪儿？

我在混沌的虚空里，在时间的缝隙里，其中自有一个宇宙在膨胀与坍缩。我仿佛成为了另一个觉照之人，透过无数摄影机的镜头看见我自己。

从前的影像和话语无数次浮现，将虚空填满。接着，我看到不同的时空图景像24格胶片一样在眼前滔滔不绝，如同在第三维度上增加了一个时间的变量。我看到不停有人坠入那个反应堆，我看到重庆的战争，看到无数生死在上演，看到不规则的时空拼图随意排列组合，拼凑成全然不同的人生，有过去的过去，也有未来的未来。

时间不过是一种持续不断的幻觉，就像电影和爱情，前半句来自爱因斯坦。

他们都希望我死了，你也是吗？

我不确定在我刚刚消失的那个时空里，是否有人发觉此事。可能没人主观地希望我死了,或者,是死是活无关紧要,就像那只科学家饲养的猫。

如果我稍加注意,会在老姚的话里找到答案。他是难民,如果是真的,联想起我现在的混沌处境,那《坍缩前夜》的剧情全都是真实发生过的。封浪并没有虚构什么,他只是用电影复刻出那些真实的事物。

舌根传来的一阵苦涩味道,让我想起了开机前夕的酒,想起老姚的妻子。如果时间场域真的被改变,她妻子作为难民顺利逃离,那个集体消失的时空只存在几秒,而选择留下的老姚却在这里独自经历了一生。

"她会回来的,但她不会老……"我嗫嗫嚅嚅,在这缝隙里。

而我是谁,我没告诉过任何人我的名字,我也许可以被叫作封浪。在无数个裂开的时空之中往返跑,只为了那些悲悯的拯救。

是啊,关于时间的荒诞性,我也是身陷其中才知道。

1944年5月10日,时间透镜技术第一次实验前,重庆。

我几乎是下意识地张嘴说话,在虚空中自言自语。

语音似乎触发了一道指令,指令直接返送给了不知在何处的时间透镜反应堆。也许是源自量子级别的超距作用,谁知道!

我还在下坠抑或扬升,时空裂缝渐渐出现混沌外的秩序,而秩序,来自我的意志。

我通过一扇门进入到一个场景,那是封浪的实验室,坐落在校园外的某处空地,里面放满了精巧的仪器和装置。那里正在进行的小型实验似乎远远超过那个时代应有的科技水平。他穿着修身西装,一副圆形眼镜架在鼻梁上,似乎刚从国外回到十里洋场,然后又来到战时的重庆。

时 空 订 制

有人敲门，是一个年轻姑娘。她一头短发、面容姣好，看上去十七八岁的模样。

"你真的决定了么？"她说。

"嗯，我必须这么做。"这个时空应该是一种复刻，此刻我钻进了封浪的身体，看着对面的她。

"你就不怕实验不成功？这次回来，安心做一名老师不好么？我们可以……"

"这不是实验，夏棠，这是一次拯救行动。你看，重庆已经不是当年的重庆了……战争短时间内是不会停止的。"

她叫夏棠，名字里同时带有"夏"和"棠"。

"我还是不明白，你为什么又要……"

"拍电影？"

"你不觉得电影这件事，在这个时代无异于戏法么？没有人会懂你的意图的……"夏棠微微踮起脚尖，双手想要触碰什么，却又收回。

"在之后的时空，一定会有人懂的。必须有人，我是说……"封浪，或者说是我，侧过身躲避她的眼神，"我不知如何跟你解释，能量在不同时空里发生置换，需要维持相对性的平衡。根据质能方程式，时间可以进行物质和能量之间的相互转换，我们可以将三维的空间与时间进行一种等同转换的换算，这样的话，时空就会分出岔路口……因此，必须有人做出牺牲，在 N 时空需要一个守护者，保护那个反应堆装置。然后在 N+1 时空需要一个跳跃者，他就像一根线，穿起所有针的线，跳跃者会不断往前跃迁，直到……而电影，只是一个比喻！为了找到那个跳跃者。"

夏棠拿起桌上的稿纸，上面密密麻麻的图形符号能比交谈更快走入封浪的世界。她的指节发白："直到什么？"

"直到原始时空的我，找到让时间停止分裂的方法。"

"这太冒险了！对他们来说，只有几秒，可对你就是……你真的确定么？"

封浪只是看着她的眼睛，不说话。

夏棠忽然意识到什么，捂住嘴："所以，跳跃者是……你？"

封浪抱住她，把头埋进她的瘦弱肩膀："无数个我。"我闻到一股淡淡的、忧伤的柠檬香味，我不由自主闭上眼睛，开口说话，和封浪的声音重叠在一起："无论如何，这是值得的，所有难民都会被拯救，他们会安然无恙，在战争结束后，再回来。"

她哭了，很轻。她知道，他想要变得危险，任谁都阻止不了。

我不知道在混沌中待了多久，我不断被推着往前往后走下去，直到穷尽所有可能性。那个原始时空的时间透镜反应堆上，一定有什么和我身体里的某个部位紧紧相连。

路过一个岔路口，我选择回到一切开始时的原始时空。

彼时彼刻，轰炸正酣，封浪没了之前的儒雅，穿上粗麻布衣，跟所有人一样。地下洞穴收容了数不清的难民，那些眼睛湿润、低垂，夹杂着瑟瑟发抖的恐惧和希望。随后，一批又一批，他像个魔法师，变戏法一样将他们送走。在一个没有战争的时空，在探测器扫描不到的地方，即使只有几秒，他们在那里安然无恙。

《坍缩前夜》是他在轰炸间隙拍摄的。悲与喜不断交织，没人理解他。

我决定回到第一次见到夏棠的场景。

那是一所学堂，那时的封浪不过是个愣头青，却是夏棠父亲最得意的学生。黄昏，天空低垂，光线争先恐后撞击着她的胸膛，睫毛上那一抹暖黄仿佛是从天边偷来的。

"听你爸爸说，你很爱看电影？"

"对啊！"

"那我知道毕业后要去哪儿了。"

时空订制

"嗯?"

"法国。我要去学拍电影。"

"可是,你的时间透镜研究项目很快就要批下来了,而且正好有个防空洞可以给你做模拟试验场,你以后是要当科学家报效国家的!"

"两件事对我来说都一样,都是魔法……阿棠,你放心,我很快就会回来。"

世界逐渐缩减成一片无垠的星空,山城的风像没有明天似的叫嚣,他只听到胸腔里的狂热和她的心跳。

四

就这样吧。我就最后停留一次吧,然后就回归到我该去的地方。

最后一次见到夏棠,是在《坍缩前夜》放映后不久。封浪被隐匿在重庆的特务抓了起来,被冠以各种罪名。除了他们,还有不少人想要他死,他的电影被当权者、叛国者、入侵者当作传播巫术的巫术,可那些饱受战争折磨的人认为他是英雄。于是,他拼死保护住了那个防空洞和那卷胶片。

夏棠不顾父亲的阻止,执意去救他。她只能跟时间赛跑,循着那个危险的方向,尽管她相信封浪有足够的智慧和能力脱身,却还是奋不顾身。拯救行动要是没有封浪,就像宇宙没有造物主。

"我愿意跟他交换……"夏棠的胸膛起起伏伏,一团浓雾卡在她的喉咙。

敌人发出哂笑,眼神转而露出令人胆寒的光,他们齐齐盯着夏棠,像饿狼盯上了羔羊。

"你快走!"他大喊。

重庆提喻法

"他们，不能……没有你……"

"我知道我知道，夏棠，你走啊，我有办法的！我有办法……"他哭了，像个丢了玩具的小孩。

"不，你不知道……你什么都不知道……"夏棠眼神低垂，看向脚尖，右手轻轻抚在腹部。

他还不懂那个下意识的手势意味着什么，只知道，夏棠，在数学公式里，不是一个变量，而是一个常量。在他们眼里，对方即是一切的源头。

"等结束了，重新上路，你愿意陪我一起吗？"封浪曾经问她。

"好啊。"她看着远方糖浆般的夕阳说。

时间，却是一个变量。封浪在实验室里早已参透，而无数个生命与无数重世界，不过是正弦波叠加出来的相，投影源永远都在那个原始时空，在那里，爱，是常量。

后来，没人知道封浪去了哪里，就像凭空从世界上消失了一样。如果，跳跃也是必要的使命，我相信他不会停下来。

重庆这座母体的庞大与虚无正在逐渐影响我的时间观，分钟和小时在这里渺小得无法计算，我不得不用世纪的观点来思考，百年不过钟声上的一嘀嗒而已。

刚刚上路，我从产生了无数次时空涟漪的原点启程，发现距离外在的原点越远，抵达自身的原点就越近，仿佛一个坚定的量子物理法则。

接着，我在这些时空的记忆像一根灯芯抽离灯盏，像转身就漏光的水桶。有什么在开始褪色，重叠的时空和重庆的布景，亦渐渐填满了对方的隐喻，一层层，一重重。其实电影，也不过是个比喻，一种提喻手法。我和电影，仿若两面镜子互相对照，于是衍射出无限个镜像，每一个都带着一些不同于本体的微微变形。

星云志·NO.12
时空订制

我拍了所有的电影,《坍缩前夜》《狂想曲》《幻化网》,还有很多,为了保护那些时空难民,我成了跟细胞一样必须不停分裂以维护平衡的跳跃者,重新在另一个时空裂缝以一个全新的身份活下去。直到我找到让其停止分裂的方法。也许,我在未来很快会找到,然后,像个盗取火种的英雄,把它送到原始时空里去,这样就不会……

夏棠在无数个重庆,一次次与我分离。

想起她的眼神和右手那个动作,后悔像若有若无的影子笼罩在我头顶,不过,转而又被无畏的阳光驱散。快结束了,时间裂缝快要清洗掉我所有的记忆,接着,牵引着我,一步步走进这个盛大的提喻法——渊薮般的重庆。

不愿稍停,直到我被强烈的亮光刺得睁不开眼睛,那条地平线上摇晃的白线,是我和过去时空的最后一丝联系。

结束了,我纵身跃入梦寐以求的未来。

重庆很快就要进入雨季,我困倦得像一只纸象。

在坍缩前夜,我去看了一部电影,那是来自封浪导演的《你的电影,我的生活》,故事发生在过去的重庆。讲述了一位失业记者发现了一部老电影,他开始追寻那位导演的足迹,接着遇到一位守护者老人,被他引领到一个地下洞穴。在那里,他鼓起勇气继续拍摄只剩一半的电影。

在今天,电影这种艺术有了更新的呈现方式,影像画面从二维屏幕跳脱出来,能全方位地与观众互动,甚至能让角色和我们上演一些额外的桥段。

这依然是一个发生在山与城的故事,带着些新浪潮的色彩。夏棠的出现,创造了全片的魔幻时刻。在她与男主角分离的场景,我忍不住代替他拥抱了她一下。

重庆提喻法

愿我们之间孤立的情爱,住进世上最拥挤的住宅。

这句话,并非来自那封邮件,是我想对夏棠说的,在再次忘掉她之前。

我看完那部电影,往回走,在暗蓝夜色的陪伴下走到重庆的最高点。在这里,一片倒悬的星空坦坦荡荡地连接到地平线之外的地方,像是世界尽头。我伫立良久,身下的城市正市声鼎沸,制造着层层叠叠的重庆式喧嚣。

我已经在不停地问,不停地找,那个方法……时间还没到,还不是这里,不过快了,我有种直觉,只用再跳跃几次,就能够结束这一切。

我一直走,从傍晚走到深夜,仿佛故意用脚去惩罚地面一样,直到看见月亮在黑暗中找到了自己的位置。我回到铺满虚拟晶屏的家中,AI(即人工智能)管家不知何时学会了猫的谄媚,音乐自动打开,空气里加入了精心调制的柠檬香味。

在躺下来之前,我感觉身体被一双巨手从背后拧上发条,似乎是一种被寄予厚望的交接仪式。于是,我又坐到电脑前,准备发出一封奇怪的邮件,开头便是——

重庆,已经不是原来的重庆了。

爱因斯坦的诅咒 / 灰狐

"你听说过爱因斯坦的透镜吗?"
"你小时候用放大镜烧过蚂蚁吗?"

时空订制

一

中国·上海
2023 年 5 月 21 日，当地时间 9：34

连续下了四天雨，到了周六早晨，竟然晴了。天空蓝得像宝石一般，万里无云。尽管广场公园的鹅卵石路面上还聚集着或大或小的水洼，可人们都迫不及待地走出家门，来到这里尽情呼吸带着潮湿泥土味道的新鲜空气。

罗小妹在水洼间来回蹦跳，不知道这孩子的脑子里运行着什么样的逻辑程序，她一会儿跨着大步，从一个一个水洼上空飞跃而过，一会儿又从一个水洼跳到另一个水洼，鞋早就湿了，裤子上也都是水点子。

"别蹦啦，你看你都溅到别人了。"罗振在后面喊道，罗小妹收敛了些，但只安静了不到 30 秒，就飞奔着跑向儿童乐园区去抢夺玩具。

罗振苦笑着叹了口气，却也舍不得大声呼喝。难得遇到自己和孩子都休息、外面天气也不错的时候出来玩，万一搞砸了，回去少不了挨骂。他快走几步,心里感慨这带孩子比背着一百多斤的摄影器械爬山还累。

罗小妹已经跑到了平台上,她回头招手,"爸爸,快点!"

罗振双手扶着膝盖,装作疲惫不堪的样子,缓慢向上,故意测试女儿的耐心。

罗小妹等了一会儿,显然不耐烦了,正要转身继续前进,忽然指着天空说:"爸爸,快看,在咱们这里也能看到银河了。"

罗振撇撇嘴——

银河?现在?在这里?不可能的。如果在这能看见银河,自己又何必背着器材跑到荒无人烟的地方去熬夜拍照?虽然今天天气还算不错,可是想看到银河……

"你快看啊!"罗小妹叫道。

这时还有其他人也发现了天空中的异象,纷纷仰着脖子,发出感叹的声音。

罗振这才抬起头,他不由得愣住了。只见天空中自西向东横亘着一条明亮的光带,光带由密集的一个个小光点组成,还真有点像银河。

"哇!真的是银河啊!"

"真漂亮!"

"今天空气真好,都多少年没看到过银河了。"

周围的人纷纷感慨,罗振明知道那不是银河,就算是晴朗无云的夏季夜空,在上海都看不到清晰的银河,更别说在大白天了。天上那道光带比银河稀疏,而光点又比普通的星星要大,看上去像是空中有什么东西在闪光,但具体是什么,罗振说不清楚。

他追上罗小妹,用手机拍了几张天空的照片,他对罗小妹解释道:"这不是银河,像是别的什么东西。"

"那你说是什么啊?"罗小妹问。

罗振答不上来，只好用了招声东击西，"快看，游乐区的攀登架没人玩了。"

"我去抢！"话音未落，罗小妹便拔腿狂奔，冲向游乐区。

天空中的光带一直到下午才逐渐消失，全国各地都能看见，罗振趁孩子在海洋球里扑腾的时候和几个朋友讨论了半天，提了无数种假设，但最后也没有讨论出个结果。久等的官方也没给出相关消息，大概觉得这种事不值一提吧。

回家的时候，他就把这事抛在脑后了。

二

印度洋·距亚丁湾吉布提港 340 海里·"奋进 7 号"
2023 年 5 月 22 日，当地时间 11：07

"船长，这里我看着，你去吃午饭吧。"大副推开驾驶室的门，对船长说道。

船长五十多岁，两鬓斑白，但体格壮硕，一点没有衰老的迹象。船长应了一声，却没有动，因为常年在海上讨生活而被晒得紫黑色的脸上写满严肃。

"怎么了？"大副问。

"我再守一会儿。出发的时候老张给我打了个电话，最近这一带又不太平了。"船长看着一望无际的海平面说道。

"不就是一些小海盗吗，有什么可紧张的！"大副不以为然。

船长看看大副，没说话，又继续看向海面。

没过多久，两个黑色的小点出现在左前方，船长举起望远镜仔细端详，那是两艘小型渔船，每艘船上都站着四五个皮肤黝黑的汉子。

船长一直揪着的心反而放下了,他笑笑,对大副说:"去把国旗挂上,东西准备好。"

"才几个人,至于吗?"大副说道。

"快去弄吧。"船长有些不耐烦。

大副悻悻地出了驾驶室,按照船长的吩咐升起国旗。

那两艘小型渔船装着改装过的大马力发动机,速度很快,一眨眼的工夫就开到了"奋进7号"的附近,一艘渔船挡在货轮前方不让"奋进7号"前进,另一艘船停在货轮侧方。

渔船上的人衣衫不整,体型消瘦。看到货轮上飘扬着的五星红旗,原本全副武装、虎视眈眈的海盗将手中的冲锋枪扔在脚下,站在船板上,背着手,尴尬地对着大船笑。他们口中牙齿残缺,粉色牙床上冒出几个参差不齐的黄色牙齿。

船长向下面挥挥手,向后面点头,示意船员将准备好的东西扔下去。两个大包里装满了食物和药品,还有一些衣服,都是从大连出发时准备好的。从余光中,船长看见船员们也准备好了高压水枪和水炮,隐藏在船舷里侧,随时准备迎战。

这一定是大副安排的。

船长白了大副一眼,"那些人都是受苦受难的人,无非是为了讨口吃的。看到我们的国旗,他们是不会攻击的。"他之所以留下,就是想亲自处理这样的事,若是大副做主,肯定第一时间就打起来了。

"子弹可不认国旗。"大副不甘示弱地说。

海盗把两大包物资拖上甲板,打开翻了翻,向"奋进7号"招招手,伸出大拇指表示感谢,但并不离去。

"你看,我就说吧,他们不知足。"大副说,"把他们赶走吧。"

船长沉默了片刻,刚想同意大副的提议,突然眼前亮光一闪,他转头向东边看去,不禁愣住了。

时空订制

在海上跑了三十多年，他还从未见过这样的景象：一道耀眼的光不知道何时出现在船的东边，横亘在天地之间，仿佛一堵有实体的光墙。那堵光墙极大，又离得很远，船长一时间目测不出它宽度，但至少在一千米以上。光墙亮得让人无法直视，却又诱惑着船长目不转睛地盯着它看。不光是船长，所有的人都直勾勾地看着那道光。船长看得眼睛发酸，才眨了眨眼睛，再看过去时，感觉那光柱好像距离更近了些。

"它……好像……"船长嘟囔着，没有接着说下去，因为他确定了，光墙确实在移动。

光墙的底部与海面相接的地方，翻滚着浪花，水汽向上蒸腾，烟雾缭绕。光墙下方是快艇一般的尾迹，迅速向"奋进7号"这里靠近。

光墙带来的除了光，还有炙人的热气。整个海面都被烧开了，疯狂地翻滚着气泡。潜意识里船长想要躲避开来，但在大海之上竟觉得无路可逃。他和其他人一样，像是被狩猎者盯住的猎物一样，原地愣着等待末日来临。

幸运的是，光墙从"奋进7号"侧方四五百米的地方经过，并没有产生实质性的威胁，但带来的光和热也让人感觉如同身处地狱，船长和船员们不由自主地大喊起来，以此对抗心底涌上的对死亡的恐惧。

光墙擦肩而过，船长发现，高温的光柱蒸发了大量的海水，竟然在海平面上留下一条沟壑，两边的海水涌进那条沟，想要填平那里，海水形成巨大漩涡，卷着"奋进7号"和两艘小型渔船流向漩涡深处。

船长终于从恐惧中挣脱出来，他冲进驾驶室，吼道："左满舵，全速冲出去！"

"奋进7号"船身倾斜，集装箱相互碰撞挤压，纷纷落入水中。

货轮艰难地将船身转向正确的方向,与漩涡的力量相抗衡。

好在这场较量没有持续很久,大海补平了那道壕沟,重新恢复平静。正午的阳光很快驱散了海水沸腾产生的雾气,一望无际的海面重新显露出来。

除了几只集装箱漂浮在海面上,随着波浪上下浮沉,好像什么都没有发生过。

三

巴西·里约热内卢
2023 年 5 月 22 日,当地时间 14∶40

第一次来里约的人,很容易被这里的热情击倒。诺亚一觉睡到中午才醒,刚坐起来又捂着头哀嚎着倒下去。宿醉让他的头像是被斧子劈开过,昨夜不知道喝了几轮,也不知道喝了多少酒,他只记得几个身材火辣的巴西姑娘,她们的笑容让他无法拒绝。

诺亚从酒店出来,想找点吃的填饱肚子。依帕内玛海滩上已经人满为患,遍地都是前凸后翘的比基尼女郎。对着迎面飞来的媚眼,诺亚突然感觉有些害臊,他向上推推太阳镜,假装没有看见对面两个黑发美女。在斯德哥尔摩,这种情形可不多见。诺亚可以把这段邂逅添油加醋地丰富成缠绵几天的爱情故事讲给自己那些伙伴,但现在他是无论如何不敢回应的,连对视都困难。

他慌乱地走着,躲闪着美女们的目光。他觉得自己多多少少有些自恋,怎么会有那么多美女盯着自己看呢?一定是幻觉,大概是阳光太热辣了。

诺亚正胡思乱想着,迎面走过来一个瘦小的棕皮肤男人,一头

时空订制

撞在他的肩膀。诺亚趔趄一下才站稳，小个子男人低头说了句什么，匆匆走了。

诺亚又走了两步，突然意识到兜里少了什么。"喂！我的手……哇哦！"他转回头，本想叫住小个子男人要回自己的手机，却被另一幅景象吸引了注意力。

远处的科尔科瓦多山的山顶上，矗立着巨大的耶稣神像。诺亚第一天来里约就去参观了那里，他是无神论者，但是站在耶稣脚下，看着耶稣张开双臂，用悲悯的双眼俯视芸芸众生，一种如遭雷击的感觉自脚底生出，扩散至全身，让他不由自主地想要低头，想要屈服。

而此时，一团光笼罩在耶稣像的头顶，仿佛神迹。即使远在海滩，诺亚依然感觉到一股神圣的压迫感。他想要用手机记录下这神圣的时刻，一摸口袋却摸了个空，小个子男人早就不见了踪迹，诺亚只好贪婪地看着科尔科瓦多山的方向，用脑子记录下这奇妙的一刻。身边不少人举起手机，对这一现象表示惊奇。

过了一会儿，游客们觉得无聊了，手机里记录下的视频已经足够发到推特上展示，于是他们放下手机，各忙各的去了。

诺亚又看了一会儿，光芒从耶稣的头顶蔓延到整个上半身。旁边传来女孩子爽朗的笑声，他把注意力转移到几个玩着沙滩排球的姑娘身上，又过了一会儿，他决定先找点吃的，晚上才有精力继续参加陌生人的Party。

他在一家咖啡馆点了一份培根炒蛋、一杯咖啡。沙滩上热得惊人，诺亚脱掉衬衫，露出久未锻炼的、苍白而平坦的腹部，他又要了一瓶冰啤酒。

沙滩突然安静下来，所有的人缓缓停下动作，手搭凉棚，看着西北方向。诺亚坐在咖啡馆的凉棚下，什么都看不到，于是他拿着啤酒走到沙滩上，面向西北，正好看到巨大的耶稣像轰然倒下，基座和周边的建筑冒出浓烟，一道巨大的光斑顺着科尔科瓦多山脊线向下移动，身后留下浓烟和烈焰。

诺亚感到更热了，他灌了一口冰啤酒，然后又是一大口。

啤酒瓶空了，他看向咖啡馆，一阵耀眼的光笼罩了那个存储冰啤酒的地方。诺亚被光芒刺得闭上眼睛，可是强光穿过眼皮照在他的视网膜上。

热量来得很快，诺亚吸进一口灼热的空气，还没感觉到疼，就化作了一缕青烟。

那一天，五分之三的里约热内卢在光芒中被焚毁，110万人不见踪迹。

这是一场巨大的灾难，但是没人能说清楚究竟发生了什么。

5月28日，赤道地区的空中突然显现了极光，并且持续了三四天之久。绿色的光芒祥和地照耀大地，在墨西哥、巴西、印度等国都有目击的视频。极光一般只在极地圈附近才会显现，但这一次出现在赤道附近。有专家推测太空中有粒子流经过地球，但是没有明显的证据证明这一点。

6月3日，一架伦敦飞往纽约的波音777型客机在太平洋上失去联络，连机组人员共157人失踪，其中包括石油大亨詹姆斯·维森和六名参加纽约医学研讨会的顶级专家。后来从黑匣子发现的飞行记录显示，飞机在天气正常的情况下突然遇到湍流，导致飞机失控坠落。

7月9日，加拿大温哥华突发暴雨，瞬间降雨量达到1400毫米，引发菲沙河倒灌进入城市。第二天，美洲北部地区气温骤降至零下17摄氏度，留在街道上的水被完全冻结，救援工作不得不完全停止。低温一直持续了11天，救援队终于能够进入城市时，已经没有再努力的必要了。

一直到此时，还没有人将所有的事情联系起来。

四

中国·上海·浦东机场
2023年7月29日，20∶10

天气又闷又热，人就像是活在蒸笼里一样。远远地看着乌云滚滚，可就是不下雨。天气预报说最高气温是39摄氏度，这都快晚上9点了还是39摄氏度。

罗振打开出租车的门，险些被外面的热气又逼回来。从下车到候机厅这么点距离，他就出了一身汗，衣服粘在身上。候机厅里的空调开得贼大，罗振连着打了两个喷嚏。

谁又骂我了？他乱想着，手机振了一下，是柳欣。

"你又出门了？"

"去趟敦煌，有个星空研讨会要参加。"罗振想了想，在句子最后加了个流汗的表情。

"平常出门就算了，现在是暑假，我白天还得上班，谁管孩子？"

隔着屏幕，罗振都能感觉到柳欣的愤怒。罗小妹要升大班了，正是精力旺盛、对一切充满好奇的时候，他才和孩子在一起待了几天，就累得筋疲力尽。不过话说回来，他预定会议日期的时候确实没有考虑到孩子正是暑假时间。

这不是逃避，罗振告诉自己。

罗振在手机上编了一大段抱歉的话，并且表示会尽快回来帮着柳欣带孩子。编到一半，候机厅前面突然发起一阵骚乱，显示屏上一大批飞机的状态都变成了延后。罗振看看窗外，乌云更近了，还夹杂着忽明忽暗的闪电，看上去一场雷雨就要到来。

罗振挤到前面，想看看自己那趟航班会不会延误。微信又响了，柳欣说："快打雷了，我和孩子都害怕。"

罗振一阵烦躁，把之前的话都删掉，回了个"都约好了，不去不行"。

航班果然晚点了，具体起飞的时间不定。罗振拖着行李找到一个角落等着，他看看手机，柳欣没再理他。

乌云中的闪电终于劈下来，候机厅里一片雪白，好像有人用硕大的照相机给所有人来了一张合影。然后是爆炸一样的雷声，震得玻璃幕墙都嗡嗡作响。

雷声来得很快，说明雷云就在机场上空，看来一时半会儿是走不了了。大家意识到这个现实，都安静地等待着，没人吵闹。

候机厅里的人越聚越多，冷气捉襟见肘起来。外面下起大雨，但气温却降不下来。闪电时不时亮起，照得外面的大雨跟高档酒店的水晶吊灯一样富丽堂皇的。

手机又响了，罗振以为是柳欣。罗小妹很怕打雷，她现在应该捂着耳朵蜷缩在柳欣的怀里打哆嗦吧？罗振一阵愧疚，他又看了一眼大屏幕，所有的飞机都显示延迟，就算天气好转，今天也走不了了吧？

不如回去算了。

罗振掏出手机，来信息的竟然是方敬诚。

信息没头没脑："在上海吗？快走吧。"

罗振皱了皱眉，他和方敬诚是在一次观星爱好者的聚会上认识的，因为年纪相仿，又都在上海，于是慢慢熟络起来。方敬诚在上海072气象研究所工作，典型的研究员性格。前几天在一起吃饭，罗振吐槽了一句最近的气候越来越反常了，气候研究员也没个说法。没想到方敬诚居然急了，拍着桌子说："肯定不是因为全球变暖！肯定……肯定……肯定有别的原因。"吓得罗振赶紧岔开话题。

时空订制

今天突然发这个，不知道什么意思。

罗振回过去，电话响了两声，被挂断了。

"正在开会，微信说。"方敬诚很快回话。

"怎么了？"罗振问。

"你在上海吗？做好准备，可能要出去避一避。"

方敬诚说话总是一本正经的样子，罗振分不清他是开玩笑还是说真的。

"发生了什么？"

"这场暴雨很怪，云图从来没有像这样过，市里面正在开会，害怕遇到温哥华那样的事情。"

"有那么严重？"

"现在的气候全乱了，谁都不知道会怎么样。市里面的大领导今晚都在这观察情况，如果明天气候有好转就算了，如果事情不妙就得全市疏散。3000万人啊！"

"靠，这么夸张？"

"你不要外传，别造成恐慌，希望是虚惊一场。"

"好，谢谢。回头请你喝酒。"

"如果这次能渡过难关的话……我要向领导汇报了，回头再说。"方敬诚回道。

罗振放下手机，抬头看着候机厅里满满当当的人，显示屏上千篇一律地写着延误延误延误延误。雨打在候机厅的玻璃幕墙上，像是泼下来一样，外面模糊一片。

罗振咬了咬牙，逆着人流走出候机厅，打车回家。

五

中国·上海·翡翠庭院小区
2023年7月30日，1∶10

罗振轻轻打开门，把行李放在墙角，蹑手蹑脚走进客厅，把被雨淋湿的衣服脱在沙发上。背后的灯突然亮了，柳欣穿着睡衣从罗小妹的房间里冲出来，看到是罗振，不禁愣在原地。

罗振看着自己妻子，她光着脚站在地板上，双手握着一把细长的水果刀，正在瑟瑟发抖。

"你这是干什么？"罗振摊开手问。

柳欣没理他，把刀放在旁边的桌子上，回屋穿上拖鞋，又去卫生间擦了把脸才回来，然后站在罗振面前，问："你怎么又回来了？"

"大雨，飞机飞不了了。"罗振说，"你拿着刀干什么？"

柳欣给自己倒了杯水，捧在手里："你不在家的时候，我们娘儿俩就是这么睡觉的啊。"

"你们……你少看点那种恐怖片。"罗振走过去，揽着柳欣坐在沙发上。柳欣刚开始还带着怒气，梗着脖子不动，但也只是僵持了片刻。

"对不起。"罗振说，"我……我不知道……"

"你只是贪玩，没长大，"柳欣疲惫地笑笑，"但是不能总也长不大。"

"我明白。"罗振认真地说，他低下头沉默。

柳欣打了个哈欠，罗振回来，她揪着的心就放下了，现在只想爬回床上继续睡觉，可是耳边传来罗振的声音："你收拾一下东西，我们去南京玩吧！"

时空订制

"什么?"柳欣瞪大眼睛看着罗振,丈夫一脸认真,不像是开玩笑的样子。

"我不去敦煌了,还有好几天空闲的时间,孩子也放暑假了。不如咱们一家出去玩玩。自从有了孩子以后,我们还没机会出去玩呢,不如来一场说走就走的旅行。"

"你疯了吧?现在是凌晨2点!"

"咱们离南京又不远,现在走正好天亮的时候就到了。"

"罗振!"柳欣不耐烦了,她喝住丈夫,一字一句地说,"你给我说实话,到底怎么了?"

罗振看着窗外的雨发呆,卧室里传来罗小妹嘟囔的声音,柳欣白了罗振一眼,走进卧室去。

等女儿再次睡着,柳欣才出来。罗振解释说:"方敬诚跟我说,这次的暴雨很怪。"

"方敬诚?那个天气预报员?"

"天气研究员!"罗振强调,"他说这次的暴雨太大,怕出什么危险,能躲就出去躲两天。"他没说温哥华的事,怕柳欣惊慌。

"能有什么危险?"

"他没说,不过看上去挺严肃的。"

柳欣想了想,"我听他们说,这海平面将来是要上涨的,上海很快就会被淹没,咱们这套房子的贷款还没还完呢,要是跌了……"

"咱们还是先考虑眼前吧。"罗振安慰道。

柳欣在房间里转了几圈,在窗前俯瞰被大雨模糊的上海,玻璃上倒映出她自己的脸。柳欣看了一会儿,说:"走就走,我不管是不是逃难,反正去了南京是要好好玩一圈的。"

她仿佛又回到了二十多岁,回到了那个永远活力无穷、永远爱动的女孩子。

罗振和柳欣抱在一起,在房间里转了两圈,卧室里又传来动静,罗小妹起来上厕所。看到两个人尴尬地站在客厅中央,罗小妹揉揉眼睛,狠狠地说:"还不睡觉!"然后学着妈妈的样子,用食指隔空戳了爸爸妈妈两下,继续回去睡了。

六

中国·沪蓉高速窦庄服务区
2023 年 7 月 30 日,5:35

罗振感觉车停下来了,他睁开眼睛问:"到哪了?"

"服务区。"柳欣说道,她伸个懒腰,下了车。

罗振向外面看看,外面的地面是潮湿的,空气中飘着小雨滴,他们已经离开了大雨范围。他打开车门,一阵冷风吹进来。罗小妹在后座上呼呼大睡,不知道等她睡醒,发现到了另一个城市,会是什么心情。

罗振给女儿掖了掖身上的毯子,也下了车。

"该你开了啊,我困了。"柳欣说道,一口气喝完瓶装咖啡,"唉,年纪大了,开一会儿车就受不了了。"说罢她又伸个懒腰。

罗振去上了个厕所,用冷水洗了洗脸,人清醒了很多。他从口袋里摸出手机,有十几条未接来电和未读信息。他拍拍脑袋,从机场回来之后,还没有跟敦煌那边的朋友打招呼。

果然,研讨会的主办方在机场没接到人,连忙打电话过来询问。罗振回家怕打扰孩子休息就开了静音,一直到现在才发现。他给朋友和主办方回了信息,解释了一下情况,这事就算过去了。

回完信息,罗振顺手又点开了观星协会的论坛,发现他们一整晚都在讨论一张图片。

图片是欧洲的一个天文爱好者拍的，画面正中是一颗行星，表面布满了大理石一样复杂而又美妙的花纹，这是木星。罗振熟悉这个画面，他看过太多次了，也正因为如此，他一眼看出图片上的木星有所不同。

　　不知道什么原因，木星的表面上出现了一道疤痕，疤痕由左上斜向右下，划过了五分之一的木星表面。痕迹随着木星的自转已经有些变形，而且边缘也发生了变形。

　　图片下面有八成的人认为这幅图是经过 PS 的，但仍有两成人觉得这是真的。

　　如果是真的，那木星上一定发生了什么了不得的事情，粗略估算一下，那道疤痕至少有三万公里那么长。

　　三万公里，几乎等于地球的周长。

　　罗振脑子里转过几个念头，但只有这一张清晰度不足的图片，说明不了什么问题。

　　他想再看看其他人的发言，柳欣走过来，在他后脑一拍："快走吧，我都冷得不行了。"

　　罗振点头答应，收起手机，走向副驾驶位置。抬头看见柳欣站在门旁，用手指着另外一边，他才绕到驾驶位置上去。

七

中国·上海·浦东机场
2023 年 7 月 30 日，7：30

　　雨下了一整晚，却在天亮的时候停了，天边泛起淡淡的青光，虽然仍有厚厚的云层笼罩在头顶，但那些烦人的雷暴终于没有了。

爱因斯坦的诅咒

大屏幕上的红色延迟终于变成绿色的准备登机时,候机厅里竟然响起了欢呼声。上万人在候机厅里伴随着雷声、雨声等了一夜,可以起飞的消息把他们从昏昏沉沉中唤醒,无数人站起来,双手张开伸起懒腰,就像在雨水滋润下破土而出的嫩苗一样生机勃勃。

吴卓辉从屏幕上看到,自己的航班排在起飞前列,连忙收拾好东西,从人群中挤过。安检处有一位阿姨因为一瓶绿茶而跟安检员吵闹,但很快被同样憋了一肚子火没处发泄的旅客骂得不敢说话。

飞机在九点整准时起飞,吴卓辉坐在靠窗的位置,头顶着前面的座椅,发动机的震颤通过机身传递到他的额头,让席地而坐了一夜的他感到一阵舒适。

经过一段助跑之后,飞机跃上天空,从窗外照进来的淡青色光芒逐渐变亮。吴卓辉掏出手机,自从乘坐民航可以不关手机之后,吴卓辉就喜欢在每次起飞时用手机记录下每座城市。高大密集的钢铁森林会在飞机下呈现出另一种样子,精致而又安静。

后面的座位上发出倒吸冷气的声音,仿佛受到了什么惊吓。吴卓辉正在调试手机相机,听到这声音,他也向外看去。

乌云密布的上海,一副死气沉沉的样子,平常川流不息的机场快速路停满了车。再向外看去,原本黑灰色的宽阔马路,变成了浑浊的黄色,那应该是暴雨过后积攒下的雨水。大城市的排水系统一直饱受诟病,这几年气候变化无常,隔三岔五就有一次"百年不遇"的异常现象,城市内涝也不算什么稀奇事。

吴卓辉哼了一声,举起手机拍了两张。飞机爬升到指定高度,转了个弯,向北飞去。吴卓辉一直等着这个时刻,飞机下方是长江入海口,长江、黄海、东海在此交汇,三色分明、咸淡分潮。

可是现在,入海口处竟然是白色的。不是那种纯洁的白,而是呈现出一种脏脏的感觉,就像下雪天被汽车碾压过的马路,白色上面还点缀着或红或绿的色彩。

后排乘客再一次比吴卓辉先反应过来，议论着："那是塑料垃圾吗？"

"垃圾？"

"没错，是塑料垃圾。"

机舱里议论纷纷，不少人甚至想从座位上站起来向外看，空姐不得不过来维持秩序。

吴卓辉举着手机，向前后看去，不仅仅是入海口，视野所见的范围内，海面上、江面上，堆满了不知道从何处而来的垃圾。

与此同时，在地面上，方敬诚跟着市领导开了一夜的会，眼看着暴雨停歇，寒潮消散，想着终于可以放心睡个觉了。没想到一个电话打过来，一行人又匆匆赶往长江入海口。

市里面严重内涝，很多路都不能走，大巴车七拐八拐才到了地方。一路上几位市领导都阴沉着脸一语不发，外面混乱破败的场景根本不像是一个国际大都市该有的样子。又是极热，又是严寒，隔三岔五还要下一场暴雨或者冰雹。市里面开了无数次研讨会，但是改造工程总是赶不上天气变化，市领导身上的担子也是十分沉重。

下了车，方敬诚才知道是什么让市领导马不停蹄地赶到这里。眼前的垃圾一望无际，有饮料瓶，有网兜，有包装袋，还有几只塑料拖鞋。垃圾发出塑料摩擦的嚓嚓声，冰冷且泛着光泽的表面随着江水的波浪一浮一沉，仿佛一头巨大的怪兽正在沉睡。

"这是怎么回事？"市长问。

"很可能是气候的原因，造成了洋流的异常，正好把漂浮在近海的垃圾都带回到这里了。"一个负责水文的人分析道。

"有多少？"

"无人机现在已经距离海岸线8公里了，"一个技术员说，"仍然看不到边际。"

市长揉了揉太阳穴，闭上眼睛，然后缓缓睁开，说道："开始组织人疏通河道吧，把这些垃圾都打捞上来。"

"打捞上来之后，又送到哪去啊？"有人问道。

没人回答。

八

中国·南京
2023 年 7 月 30 日，10：21

罗振把车开到南京，在夫子庙附近找了一家酒店，刚进了房间，柳欣就把自己扔到床上，无论罗振怎么叫都不打算起来了。

折腾了一夜，罗振也想休息一会儿，可是罗小妹可不这么认为。她正是精神的时候，又发现自己到了一个新的地方，兴奋得连蹦带跳，非要出去玩。罗振无奈，只好把柳欣留在房间，带着罗小妹下了楼，吃了些灌汤包当早饭。

马路对面正好有个儿童乐园，有海洋球、旋转木马、疯狂老鼠之类随处可见的游乐设施。在孩子眼里，这里就是新的世界，罗小妹非吵着要玩。罗振正好懒得思考，便买了门票，放罗小妹进去撒野，自己找个阴凉的地方，闭上眼睛休息。

睡了一会儿之后，罗振看到女儿和几个稍大一点的小男孩在海洋球里玩得开心，不由得也笑起来。他掏出手机，先看了本地新闻——上海终归是没有迎来寒潮，不过铺天盖地的垃圾堵在入海口处，那场面也挺瘆人的。他给方敬诚发了几条信息，但没等来回复。

他又登上观星协会的论坛，木星的事引起了热烈的讨论。陆续又有几个天文爱好者也拍下了木星的照片，比之前的那张更清晰。

疤痕仍然在，目测比之前的还要长了一些。讨论很热烈，但依然没有结果。

罗振又登录了几个国外的学术网站，网站中同样对木星上的状况议论纷纷。有消息灵通的人士说，NASA已经知道了这件事，正在调用木星探测器"埃里克"号进行更细致的观察。

那几张木星的照片拍得真是好看，木星是气态巨行星，那些颜色不同的条纹都是不同成分的气体构成的，在自转的作用下，在维度方向分成几个带域，带域之间相互摩擦时，会产生乱流和风暴，组成了木星表面奇妙莫测的大理石花纹。正是这些混沌的乱流，形成了木星之美。

"爸爸，这是什么呀？"不知道什么时候，罗小妹来到罗振身后，看到爸爸认真的样子，罗小妹也对木星产生了兴趣。

"这是木星。"罗振解释道，"我们太阳系里最大的行星。"

"木星上也有银河啊！"罗小妹趴在罗振肩膀上，嫩声嫩气地说。

"什么银河？"

"这啊。"罗小妹指着环绕木星的一圈光环，"爸爸你还记得吗？上次我们出来玩，还看到银河了呢！"

"这哪里是银河，这是……"罗振突然愣住，仔细地看着手机。

木星的外围确实有一圈光环，这道光环宽9400千米，厚度却只有30千米，由大量的小型岩石和冰粒构成。由于光照不足、小型岩石反射面积小等因素，在地球上一直观察不到木星环，直到1973年"旅行者1"号考察木星的时候，才证实了木星环的存在。

而最近拍的几张木星照片中，有两三张，确实拍到了木星环，而且非常明显。

这说明了什么？

罗振陷入沉思，罗小妹在旁边站了一会儿，无聊了，就又转身跑去找新交的朋友玩。

片刻之后,罗振一拍大腿,跳了起来。周围同样在乘凉的家长不知道发生了什么,警惕地从他身边躲开。

罗振掏出手机,手指由于激动而颤抖,险些把手机摔在地上。

他拨了个电话,等着铃声响起,这段时间里,他都忘了呼吸。

电话通了,响起一个低沉的声音:"谁啊?"

"潘教授,您好,我是罗振,您还记得我吗?"

"罗振啊,当然记得。"电话那边很快回答,停顿片刻后又说,"你小子,听说你从天文台辞职了?"

"啊,那个……"虽然不在潘教授面前,但罗振还是低下头,不由自主地用左手搔着后脑,"在那待着不顺,一赌气就……那时候年轻。"

罗振在上海天文台做研究生时,曾和潘教授有过几次接触。潘教授对于这个思维敏捷的青年很是赞赏,一直鼓励罗振继续深造。可惜天文学是个枯燥的学科,需要长年累月地守望着星空。日久天长,罗振意识到天文学并不是自己想象中的那样,于是选择了辞职,退了一步,让爱好回归爱好,成了观星协会的常客。

"你找我有事?"潘教授现在已经是中科院院士,公务繁忙,但对于罗振这样的学生,还是保有一份耐心。

"是这样的,最近的木星异常事件您注意到了吗?"

"嗯,我们台有两个研究员在跟进这件事,细节我还不太清楚。"

"那细节方面我就不啰唆了,外国论坛说 NASA 也在跟进,准备叫'埃里克'号拍几张清晰的图片。不过我注意到土星的光环上也发生了闪光,应该是极强的光照造成的。我想……这可能跟您之前提出的理论有关。"

"我的理论?"潘教授惊讶道。

"'爱因斯坦的透镜'理论。"

"哦?你继续。"潘教授来了兴趣。

"现在木星轨道上除了'埃里克'号,还有咱们的'守岁'号木星探测器。您现在和这个项目组有关系吗？"

"嗯，有啊，我一会儿就要跟谢院士见面。"

"那太好了，我想……能不能让'守岁'号的摄像头转个方向，背向木星拍一张照片，追寻一下光的来源。"罗振说道。

"嗯。"潘教授应道，然后是很长时间的沉默。

罗振等待着，最后，潘教授说："我会去验证一下你说的这些。罗振，我那时说的那些理论，你现在还记得呢？"

"您那个理论挺有意思的，所以我一直记着。"

"好，"教授说，"有什么事情再打你这个电话？"

"可以。"罗振说道。

"你还想回来继续学习吗？我看你小子心还在这上。"

"我……"罗振心里一阵激动，但最后还是说，"我不知道。"

"很好，如果你还有什么想法，我也许能帮上忙。"潘教授说，这可以说是他所能做到的最高的承诺了。这份承诺和它背后的意义，对于其他人来说，是一辈子都不敢想的事。

"嗯，好，我是说，谢谢。"罗振说。

九

澳大利亚·悉尼·世界气候大会紧急会议
2023年8月1日，当地时间11：25

阿瑟·索拉站在落地窗前，抱着手俯瞰不远处的悉尼歌剧院，浪花拍打着歌剧院船帆状的屋顶。4月刚过，一向祥和宁静的杰克逊港突然变得波涛汹涌起来，水位上涨了将近一米。从塔斯曼海涌进海港的潮水一波接着一波，最终传递到本尼朗角，波涛拍打在防波堤上，掀起高达十几米的浪花。悉尼歌剧院在设计时根本没有考虑到在海湾内部会有如此之大的波浪，因此对这样的情形全无防护。这种反常的现象已经有三个多月了，根本没有减弱的趋势，悉尼政府只好临时关闭了歌剧院，至于什么时候恢复正常，没有人知道。

作为白宫的全球气候顾问，阿瑟也不知道这个世界究竟发生了什么，仿佛在一夜之间，之前上百年积累下的知识、经验、数据、观测记录，全都作废了。拍打在悉尼歌剧院上的浪花，每一下都像是拍在他的脸上。

这次会议名义上是气候会议，但实际上，气候学家能够起到的作用不大。将所有的数据汇总起来，交给环境质量委员会的同行，他的工作就完成了。之后如何制定方案、对策，如何和两院打交道，如何推进立法，这是一个相当漫长的过程。

幸好，阿瑟不用参与其中。

在他身后的大门里，各国领导人正在商议应该如何面对目前全世界所面临的气候危机。

阿瑟第一次参加这样的会议，但他很快就绝望了。那些政客只要站在这扇落地窗前看 10 秒钟，就能意识到全人类已经大难临头。但他们的眼睛却只盯着协议书上的小数点，为了一个百分点能够连续争论 12 个小时。

会议才进行到一半，会议室的大门突然被推开，麦瑟尔总统背着双手从里面走出来，会议室内外的人都惊讶地看着总统这一"不同寻常"的举动。

总统向左右看看，然后向走廊深处走去。白宫幕僚长立刻跟了上去。总统身高 1.95 米，大步流星地在前面走着，身高 1.7 米的幕僚长必须小跑才能跟上。阿瑟目送着两人消失在走廊尽头，怀疑总统为了营造出这种雷厉风行的气势，才专门找了一个小个子幕僚长陪在身边。会议室里保持着安静,等待美国总统回来继续参加讨论会。

这样的状态持续了三四分钟,然后又再次争论起来。

又过了几分钟,麦瑟尔总统在推特上发了一条信息:"我才不会让他们占美国一分钱便宜!"

阿瑟知道,总统不会再回来参加会议了。

十

中国·上海·沧浪亭小酒馆
2023年8月3日,20:10

罗振到达时,方敬诚已经把一壶水都喝完了。服务员续水时一个劲儿地向方敬诚翻白眼,好在方敬诚看不懂这种表情。

"你怎么才来?我都等了半天了。"

"路上堵车。"罗振坐下说道。

服务员把水壶重重地放在桌子上,问:"点菜不啦?"

罗振点了几个菜,又要了一瓶好一点的酒,才把服务员的情绪安抚下来。

"你找我什么事?"方敬诚问。

"没事就不能叫你见个面?"

"真没事?我还以为你被我忽悠出城,要揍我呢!"

"说到这,我这次出去花了一万多,你给我报销了吧!"

"想得美。"方敬诚笑道。

这时,服务员把酒和两盘凉菜端上来,两人喝了头一杯酒,罗振才说:"说个正事,现在你们那边借"超算"(即超级计算机)的资源容易吗？"

"超算？"方敬诚皱起眉头，从盘子里挑出一粒花生放进嘴里，又咂了一口酒，不说话。

"不容易啊！"罗振说道，叹了口气。

"也不是不容易，现在气候问题是重头，超算资源虽然不是随叫随到吧，但是也差不多。"方敬诚苦着脸说。

罗振给了他一拳，笑骂道："那你给我在这装什么呢！"

方敬诚笑起来，对自己的表演很满意。他问："你想算什么？"

"有一组数据要算，而且对你可能有大大的好处。"

"对我能有什么好处？"

罗振从包里掏出笔记本电脑放在桌上，说道："你看。"

屏幕上显示着木星的照片，比之前的要清晰许多，大理石般的花纹展现了更多细节。一道深壑斜着切过木星的表面，好像是谁在裱花精致的奶油蛋糕上踩了一脚，然后趟着走过一样。这道深壑就是之前图片上的疤痕，在"埃里克"号的摄像头下可以看出，不知道是什么东西将木星外表面开了个口子。现在深壑已经贯穿了木星表面最有特点的大红斑，那团长25000千米、持续了至少400年的超级风暴被一切两半，像是一切两半的咸蛋黄，很快就要消散了。

"这是木星。"

"我知道。"

罗振又换了另一张图片，"这是咱们的'守岁'号拍的。"

图片上是一片明亮的橙黄色，只在图片边缘光线暗淡的地方能够看到一些星光。

"这又是啥？"

"你听说过'爱因斯坦的透镜'理论吗？"

"那你讲讲吧。"

时空订制

"爱因斯坦曾经提到过一个理论，说光线受引力的影响会发生弯折。而如果一个天体引力巨大的时候，背后天体散发的星光就会因为引力的缘故在前方汇集，就像是光线通过放大镜。"

方敬诚点点头。

罗振屏幕中间偏右下的位置，那里有个小黑点，刚开始方敬诚没有注意到。

"这是一个黑洞，编号 NJC9812-551，距离我们 1.7 万光年。后面是欧特星云和萨尔穆尔星云。"

"你到底想说什么？"方敬诚问道。

罗振说，"你小时候用放大镜烧过蚂蚁吗？"

方敬诚沉思了一会儿，拖长了声音"哦……"，他伸手把图片切回前一张，指着木星表面上那条难看的疤痕说："所以……"

罗振点点头，"这束来自几万年前的光，在木星上烧了一道七万公里长的口子。木星是气态星球，光线能做到这一步，只有两种可能，一种是热量，一种是光压。"罗振顿了一下，"我觉得是前一种。"

"你都得出结论了，还要超算干什么……"方敬诚突然停下，眼睛直勾勾地看着前方虚空中的某个点，过了很久，才喃喃地说："是里约吗？"

"没错。"罗振说道，"我不懂你们气候这一块的东西，但我总觉得今年的天气太反常了。里约热内卢那事太诡异，一直没有人能给出一个确定的结论。只有核弹能造成那么大的破坏，可是没有哪个国家会疯狂到这个地步，况且现场的核辐射量说明根本不是核弹。我必须对这几个天体运行的轨迹进行一下检测，看看是不是这个黑洞捣的鬼。"

方敬诚对比着罗振在世界地图上标注的几个点，自言自语道："如果你的推论正确，那这道光和它带来的热量切断了极地冷空气和副热带暖空气碰撞形成的罗贝斯波，导致全球环流的混乱，这么大的蝴蝶翅膀……"方敬诚一拍大腿，"所以这些根本不是什么气候问题，是他妈的天文问题。"方敬诚仿佛松了口气，但脸上的表情却愈加凝重起来。

方敬诚把自己的笔记本电脑从包里掏出来，摆在桌上。这时服务员端着水煮肉片和千页豆腐过来，可桌上早已被两台笔记本电脑占满了。

罗振摆摆手，道："这菜不要了。"

"不能退钱。"服务员说。

"没事。能拿个插座来吗？"

服务员很快拿来一个插座，见缝插针地问："二位需要来壶茶吗？龙井还是铁观音？"

"铁观音吧。"罗振随口答道，他觉得有哪里不对，抬起头时，服务员已经走了，水煮肉片和千页豆腐也不知去了哪里。

他用研究生时的账号登上上海天文台的数据库，来之前已经编好了一个简易的模拟程序，只要把数据调入就可以运行了。

方敬诚那边已经连上了位于贵州安顺的春然III号超级计算机，等着罗振将数据传过来。

春然III号，并不算是国内最强的超级计算机，连世界前十都进不去，不过用来运行罗振的简易程序已经足够了。

方敬诚按下回车，看向罗振，"好了。"

"需要多长时间？"罗振问。

"不知道，十几分钟吧。"方敬诚抄起筷子，桌上还剩一盘凉菜，两人一言不发地在盘里找花生米吃。

过了一会儿，电脑响了一下，方敬诚抬头看看，把电脑推给罗振，问："什么意思？"

"我猜得没错，"罗振说，"那个放大镜果然擦着大气层，掠过了地球。"

"为什么我们之前没有注意到?"

"我们地球观测的范围还是太小。用放大镜时,光锥之外的蚂蚁,也不知道有那么一个光点在等着它。"罗振喝了口茶水,"现在你可以准备写一份调查报告了。"

"这么随意地掠过一下,里约热内卢就死了一百多万人?"方敬诚惨然,"如果正直照上的话……"

"就是木星那副样子。"罗振说,"怎么还不上菜?我都快饿死了!"他站起来,正准备叫服务员,电脑又响了一声。

"怎么回事?"罗振回到电脑前。

"程序还在继续运行?"

"我的天!"罗振喃喃道。

"怎么了?"

"那束光还会和地球的运行轨道重合一次,在 391 天之后。"罗振摊在椅子上,"这次,是正直照射。"

十一

中国・上海・罗振家
2023 年 8 月 3 日,23:40

罗振推开门,看到客厅的电视还亮着,便一边脱鞋一边说:"给你打电话,你怎么不接?我跟方敬诚吃了个饭,唉,出大事了……"

他走进客厅,发现电视里放着《小马宝莉》,罗小妹拿着遥控器,双脚搭在茶几上,嘴边一圈巧克力的痕迹。

"宝贝,这都几点了你还看电视!快关了,刷牙、上床睡觉去。"

"看完这集。"女儿悠哉地说。

"嗯？你妈呢？"罗振问。

"出去旅游去了。"

"啥？咱们不是刚回来吗？"

"又走了。你能不能别吵？！"罗小妹做了个嘘的手势。

"不是，你得说清楚，你妈到底去哪了？是怎么回事啊？"罗振着急了，加上又喝了点酒，他从孩子手里抽出遥控器，关了电视，站在茶几前，虎视眈眈地看着女儿。

三秒钟之后，罗小妹哭了起来。

罗振慌了，酒醒了大半。他连忙打开电视，蹲在罗小妹旁边直说好话，最后又从冰箱里拿了一根冰棍儿递了过去。

"不吃了，我今天都吃了三根了。"罗小妹揉着眼睛说，"我要喝可乐。"

家里没有可乐了，罗振对罗小妹许诺"明天一定买"，女儿才停止啼哭，继续看电视。

柳欣还是不接电话。家里少个人，罗振总觉得哪里不对，他在屋里乱转，不知道该干些什么。一集《小马宝莉》竟然有57分钟，罗振有些怀疑，但是又不敢问。

好在柳欣平时把女儿教得很好，罗小妹看完电视，自己去卫生间刷牙、洗漱，然后上了床，完全不用罗振伺候，反而嫌爸爸跟在后面碍事。

屋子里安静下来，罗振空虚的感觉更加强烈。他站在阳台上，看着对面楼上灯火通明。现在已经将近凌晨，但仍有人在努力生活着。他知道，一切都毫无意义了。他曾经以为天文学很远，甚至远到可以将他带离人间。

但现在的情况是，自己把来自天上的灾难带入了凡尘。

世界末日，罗振咂摸着这个词，嘴里带着苦涩和酒后的干渴。他觉得自己已经快无法承担这个词的重量了,柳欣却不在他的身边。

罗振再一次试着给柳欣打电话,但话筒里只有一个陌生女人告诉他,他老婆的电话无法接通。

十二

中国·上海·复旦大学物理与天文学院
8月4日,9:28

潘教授的办公室和其他有思想的大牛人一样,非常乱。

罗振站在门口,试图从成堆的书籍和资料中找到一条通往办公桌的路。潘教授坐在办公桌后,招着手说:"罗振,来,快进来。"

罗振犹豫了一下,还是站在门口。潘教授对自己的办公室有一套整理方法,碰乱了可了不得。罗振自己还好说,问题是后面还跟着罗小妹。以她的破坏力,必须有四平方米以上的宽阔空间才可以通行。

"咱们能出来说吗?"罗振说道。

"那好,"潘教授站起来,"我们下去走走。"

"那个……"罗振在潘教授办公室里打量,最后他指着办公桌上的牛顿摆,"把那个带出来行吗?给孩子玩。"他补充。

"罗振啊,你这次的发现非常重要,我正在建立欧特星云和萨尔穆尔星云的数据模型,论文也在准备。"

三人在物理楼前的步行道上走着,潘教授拍拍罗振的肩膀,道:"你是论文的第一作者。"

"什么?这可不行,"罗振连连摆手,"我是个半吊子,而且那个理论本身就是您提出来的。"

"爸爸，这个怎么玩？"罗小妹把牛顿摆举得高高的，悬挂钢珠的丝线已经绞在一起。

"等一会儿好吗？"罗振说，"潘教授，第一作者这个就不必了吧！"

"我都一把年纪了，要更多第一作者的名号也没什么用，不过对你倒是很重要啊！"潘教授乐呵呵地说。

罗振叹了口气，说道："潘教授，论文的事咱们先放一放，我还有别的事要跟你说。"

他把前一晚的发现对潘教授讲了——

"我做的模型很简单，也有可能算错了，所以还想请您再检验一遍。还有就是，如果这是真的，恐怕我们就要尽快行动了。"

潘教授从兜里掏出一支烟点上，长长地吸了一口。

"我妈妈说吸烟不好。"罗小妹评价，罗振朝她直使眼色。

潘教授苦笑一下，想把烟扔在地上踩灭，又怕罗小妹嫌弃，只好把右手藏在背后，道："我尽量改，好不好？"

罗小妹没理潘教授，继续研究牛顿摆。

潘教授转向罗振，又道："我知道了，这就去想想办法，事不宜迟。"他停顿一下，看看表，最后说道："你们就先回去吧，论文的事就这么定了。"潘教授不再客套，大步流星地回教学楼去了。

罗小妹拽拽罗振的衣角，提醒道："爸爸，今天该给我买可乐了。"

"好，等下找到便利店就买。"

罗振在路边的一条长椅上坐下，帮罗小妹把牛顿摆的丝线整理好，又道："再等一下，我给妈妈打个电话。"

这次，柳欣的电话终于通了，罗振却没做好心理准备，他支吾了半天才说："你在哪？"

"我在三亚。"柳欣说。

"三亚这会儿正是热的时候。"

"我也是来了才知道。"

"快回来吧!"

"不,我想在外面多玩一段时间。这几年一直是你在外面待着。我都忘了其实我也能出门旅游的。"

"那孩子怎么办?"

"你能把孩子照顾好的,对吧?"

"我……"罗振叹了口气,"你是为了和我赌气、惩罚我,还是真心想放松放松?"

柳欣想了几秒钟,说:"我想放松放松。"

"好吧,有什么事及时给我打电话。"罗振看看孩子,"跟罗小妹说两句吧。"

"妈妈!"罗小妹对着话筒说,"我们现在在大学里。"

"去那儿干什么啊?"柳欣问。

"世界末日快到了。"罗小妹说。

罗振连连摆手,不让孩子提起这事。

"什么是世界末日啊?"

"我也不知道,有个老爷爷说,是爸爸先发现的。"

"爸爸厉害吗?"

"爸爸妈妈都厉害。"

"把电话给爸爸。"

罗振接过电话,支吾道:"嗯,那个……"

"你给我说清楚是怎么回事。"

罗振无奈,只好把前因后果跟妻子全说了一遍。

柳欣听完,只说了个"知道了"。

"你在外面玩的时候,海边如果气候不好,就离远点。"

"我知道。"柳欣应道,"船来了,我得出海了,回头再说。"

罗振放下电话,长叹一口气。

"没事,剩咱们两个人,也一样过日子。"罗小妹拍拍罗振的膝盖说。

罗振吃了一惊,他看着六岁的女儿问道:"你为什么要这么说?"

"你不在的时候,妈妈就是这样讲的。"

"是吗?"罗振心里一痛,"对不起。"

"可以喝可乐了吗?"

十三

德国·马克斯·普朗克天文研究所
2023 年 8 月 4 日,当地时间 1∶25

房间的灯打开,女孩愣了一下,这不过是一间普通的宿舍。好吧,也许比一般大学生的宿舍高档那么一点,但也仍旧是间宿舍。

宿舍正中摆着一台电视,电视对面的沙发上扔着两个手柄,左侧是一台电脑,并排放着两台显示器,显示器上方挂着两柄光剑。女孩的某个前男友是个星战粉,对这种幼稚的荧光棒很着迷,他非常黏人,还爱哭,所以女孩把他甩了。冰箱在房间一角,床在冰箱对面,床脚扔着袜子和……内裤?

女孩回头看向那个刚在酒吧认识的帅气男人,说什么也不能把他和之前那个爱哭鬼联系在一起。她撇了撇嘴,告诉自己要有自知之明,自己看人不准,所以不要相信第一感觉。

"喂,你不是说要带我看星星的吗?怎么把我领到这里来了?难道你有别的什么想法?你这个小淘气!"女孩勾住那个男人的脖子,两个人吻在一起。

时 空 订 制

过了一会儿,女孩发现那个男人还没有进一步行动,不禁有些失落。那男人也发觉了女孩的变化,就势松开她,脱了夹克,从冰箱里拿出两瓶啤酒递给女孩。

女孩打了个哈欠,她的耐心正在被消耗。

男人打开电脑,屏幕上显示着各种复杂的曲线。

男人说:"这里连接着世界上最好的光学望远镜和射电望远镜的数据库,你想看什么星星?"男人问道,但是女孩没有回答,气氛尴尬起来,男人又问,"对了,你是什么星座的?"

女孩翻了个白眼,如果他在两个小时前用这一招,就不用在这里浪费时间了。

"水瓶座。"

男人立刻从星图上找到水瓶座的位置,然后说道:"你看,这就是你的星座!来,我给你讲讲每颗星的历史。"

女孩走过去,揪着男人的领子,在男人耳边说:"我想听听别的。"

男人吻了女孩一下,然后说:"我正在算一个数据,再等我几分钟。冰箱里还有比萨,你要吃吗?"

"你有病吗?"女孩终于按捺不住愤怒了,"神经病。"

"真不好意思,再等一下就可以了。"男人解释道,眼角看向屏幕右下角的倒计时。

"天不早了,我要回家了。"女孩说。她在屋里四处转着,她的皮包不知道扔到哪儿去了。

男人看着女孩,知道自己又搞砸了,他咽了一口口水,"我的钱包在电视旁边,打车钱我出吧。"

"你还真是个绅士。"女孩拿上自己的包,犹豫了一下,走向电视旁边。她瞟了一眼男人,见他的注意力已经完全被电脑吸引了。女孩暗骂一句,把钱包里所有的钱塞进自己的口袋,转身走了。

男人盯着屏幕,不敢相信上面的结果,他检验了一遍数据,然后开始第二遍运算。

等待第二遍运算结果的时候，他给能联系到的同行、同事都打了电话，被人把全家都问候了一遍。

凌晨 3 点多，第二遍运算的结果出来，和第一次完全一样。男人想了想，决定将自己的发现公之于众。

他把自己的数据和运算的结果发在推特上，10 分钟之后，有了 26 个转发。30 分钟之后，一个拥有 17 万粉丝的科普账号转发了他的帖子。男人知道自己的消息扩散开了，松了口气。他喝了口啤酒，酒瓶上女孩的劣质口红粘在他的嘴上，他舔舔嘴唇，纳闷儿今天的啤酒为什么有樱桃的味道。

上午 10 点的时候，一个美国的科普博主将他的理论编辑成浅显易懂的卡通短片放在网上。下午两点，这支短片被加上中文字幕上传到了微博。

晚上 7 点的时候，有 32 亿人知道了末日就要到来的消息。

十四

中国·上海·翡翠庭院小区
2023 年 8 月 9 日，16：00

罗小妹聚精会神地在看卡通书，罗振偷偷出了门，来到楼下小区，拨了个电话。

电话接通了，罗振咽了口口水，开口道："妈。"

"谁？哦，罗振啊。"电话那头说，伴随着杂乱而清脆的麻将声，"怎么想起给我打电话了？"

"那个……"罗振清清嗓子，"柳欣……最近和你联系了吗？"

时空订制

"联系了啊,刚从海南岛给我寄了几个椰子过来,她爸又不会开,就在家里摆着呢。等一下,把牌放回去,我要碰这张。"电话那边一阵骚乱,罗振又等了一会儿,声音再次传过来,"我输了4块钱,算你的。"

罗振尴尬地笑笑,从第一次见面,丈母娘就没有对他有过一句好言好语,甚至当面对柳欣说"这个男的没担当,撑不起一个家"。

现在看来,丈母娘看人还挺准的。

"柳欣已经一个月没回家了,"罗振说,"您能不能……劝劝她。"

"你俩怎么了?"

"我不知道。"

"那就是你的错。"

"什么?"

"我女儿我知道,她做事有她的道理,如果你解释不清,那就是你的错。你再仔细想想。"

"可是……"

"可是什么?你的意思是我家柳欣胡搅蛮缠了?"

"没有没有,是我的错,是我的错。"

"你想怎么样?"丈母娘问。

"您能不能让她回来?"

"不能。"丈母娘说,"那孩子认准的事,别人说什么都是没用的。要是我们说了管用,她也不会嫁给你。"

罗振张了张嘴,不知道该说什么。停了片刻,丈母娘叹了口气,说道:"她挺高兴的,也没说你的坏话,说明你们还有机会。"

"哦,嗯,是吗?谢谢啊。"罗振语无伦次地说。

"你是不是有什么困难?"丈母娘问,"不行的话,把小妹送到我们这里来过暑假,开学的时候你再接回去。"

罗振想了想,说:"没事,不用了。"

他顿了一下,又说:"什么时候有空了,我带着孩子去看您二老。"

"好吧。"丈母娘干脆地答应,双方都知道这不过是一张空头支票。

罗振不知道该说什么,但还想试着再闲聊几句,发现那边已经挂了。

十五

中国·北京·国际会展中心
2023 年 8 月 17 日,10：05

这是一场为了拯救全人类而进行的头脑风暴,大会议厅里坐满了来自各行各业的人,有科学家,有专业技术人员,有科幻作家,还有一些通过在线答题入选的热心网友。所有人的目的只有一个:在一年内,找到办法抵御 1.7 万光年之外的超级放大镜的照射。

会议厅的一侧坐着七八个人,神情严肃,面前铺着笔和本,随时准备记录什么,显得格格不入。他们是来自最上层的评估人员,与会者提出的点子,能不能实现、需要花费多大的成本,就要靠这些人进行评估,并且推动计划完成。

在潘教授的安排下,罗振硬着头皮做了开场演讲,大致介绍了目前地球所面临的危机和发现危机的过程。与会者意识到,就是讲台上这个瘦高的男人发现了末日的到来,不禁议论纷纷。

罗振做完演讲,坐回到方敬诚身边。气候学家低声说:"过不了多久,全世界就都知道你了。"

"什么意思?"罗振不明所以。

"老潘让你上去演讲,不只是做个开场,而是把你介绍给所有人。"方敬诚用胳膊肘捅捅罗振,"你现在是拯救世界的英雄。"

他顿了顿，又说："当然，也有可能是带来诅咒的撒旦。很难说。反正你得做好心理准备。"

他们两个是透镜现象和环境变化原因的发现者，所以被潘教授争取进了紧急对策研究组的核心位置，但进来之后才发现，他们能够做的已经都做完了。组里面是各行各业的精英，无论从专业、学历、阅历、人脉都要强过他们很大一截，所以罗振和方敬诚就像是刚加入紧急对策组的实习生一样。

形象代言人？

也许这就是他能在紧急对策研究组里起到的作用吧。

罗振看着满屋神情凝重的脸，一语不发。

当罗振拿着紧急对策研究组开出的正式公函交给区域经理、想要请假的时候，经理还以为那是个恶作剧。当经理看到罗振严肃的表情，更加确认了那是个恶作剧，把公函撕了个粉碎。无奈，罗振只好又给潘教授打了个电话。之后的30分钟里，经理接到了总公司董事长、证监会、消防督查大队、住在经理另一套房产里的情人的来电，四个电话均证明了那份公函所代表的实力。经理当即准了罗振的假，并且保证，罗振不在的时候，工资照发，而且每天有230元的出差补助，无论多久都有。

到了自由发言的时间，却没人主动提出意见。罗振看到前排有个大爷拿着厚厚一本画满各种图样的本子一直在翻，然后收起来，没有说话。

一个十几岁模样的学生举起手，然后在旁边人的怂恿下站起来，问道："可以炸掉月球吗？用月球尘埃遮蔽地球？"

会议厅里立刻响起一片失望的叹息声，学生红着脸坐下，不知道这些大人会不会给他热情的心留下什么阴影。

罗小妹坐在方敬诚的腿上，很安静地玩着手机游戏，时不时地抬起头，看看这群神色各异的大人，然后又继续给屏幕上的小娃娃化妆。

又一个人提出在太空放置巨大的反射镜来抵御光线,相当于做一个反向的戴森球将地球保护起来。这个计划现在看起来具有一定的可操作性,具体实施所需要的成本和时间还要经过详细的计算才能知道。评估人员将这个方案记录下来,并且代表上级对提出计划的人表示感谢。

大家又活跃起来,七嘴八舌地提出自己的理论和想象,还有两个人声称能够用数学公式和周易理论让光线绕过地球。

会议持续了三个多小时,有十几个点子被评估人员记下,等待下一步的论证。另外还有一个人也提到了炸掉月球,不过他准备得更加充分,有理有据,他的点子也被记录了下来。那人坐下的时候,向之前那个学生点点头,学生也微笑着回礼。

这样的会议还要进行无数场,直到找到最合适、最具可行性的点子。但是不能拖得过久,留给人类的时间已经不多了。

出了会议厅,罗振不自觉地抬头看看天,很多人在这几天里就养成了这种习惯。他们熟悉的世界已经完全变了,脚下的大地,头顶的天空,印象中永远不会变化的事物,比永恒还要永恒的存在,现在却充满了危机四伏的陷阱,一不留神就会降下灾难。

"走,去吃饭吧。"方敬诚说,"女士,你想吃点什么?"

"不了,我今天有约。"罗小妹说道。

"是谁有这个荣幸,能约到你啊?"

"我妈。"

方敬诚脸上一僵,站起来问罗振:"嫂子回来了?"

罗振用下巴向右前方指指,方敬诚看过去,柳欣就站在路对面。她穿着一身冲锋衣,用花头巾包着头,露出被晒成古铜色的脸庞。看到罗小妹,柳欣摘下头巾,咧开嘴笑了起来。罗小妹愣在原地,半天认不出妈妈。

"呦，嫂子，你什么时候来的？我们正好要去吃饭，要不然一起去吧？"

方敬诚热情地迎上去，罗振在后面踢了他小腿一脚，方敬诚挠了挠头，马上道："哎呀，我还有事，得先走了。你们慢聊啊！"说着便掏出手机，假装寻找共享单车，晃晃悠悠地走了。

罗振推推女儿，说道："你妈变黑了也是你妈啊，还不快过去！"女儿这才跑向妈妈，一边跑一边号啕大哭。

柳欣抱着女儿，也哭了起来，罗振远远地看着自己的老婆孩子相拥而泣，却觉得如此陌生。

变的不仅仅是这个世界。

罗小妹把家庭聚餐的地点定在肯德基，因为那里有个儿童乐园。虽然早已饥肠辘辘，但罗小妹依然决定先玩 20 分钟，然后才吃饭。于是罗振和柳欣有了独处的时间。

"所以你现在在拯救世界？"柳欣先开口说。

罗振点点头，问道："你去哪了？"

"世界末日真的会来？"

"你怎么晒成这个样子？去西藏了？"

"我还有很多地方没去过呢。"

"看你这样子，是还打算继续出去玩？"

"丫头吃胖了，这几天你把她带得挺好的啊！"

罗振终于忍无可忍，他猛地站起来，质问道："你到底想干什么？！"

柳欣看着罗振，等着他慢慢坐下，才说道："我也不知道。我知道我现在做得有些过分，但是……我觉得真的挺好的。"

"孩子想你。"

"慢慢就不想了。"柳欣说，"你以为你每次出门，孩子都是放心大胆地让你走吗？"

"所以你这是在惩罚我?"

"最开始的时候是的。"柳欣笑笑,"但后来真的挺享受的。"

"你有什么计划?"罗振问。

"你呢?"柳欣反问。

"我?我现在在紧急对策小组,在世界末日到来之前,可能都不能再出门了。"他想了想,"有可能会出去开会,或者跟什么项目。可能会忙,也可能无计可施,坐着等死。"

柳欣的手伸过桌子,搭在罗振手上。罗振垂下目光,看着那只手,他和柳欣在一起11年了,却从没有体会到这种感觉——没有任何感觉从那只手传过来。

"再给我几天时间,我的计划还没有完成。"柳欣说道。

罗振突然笑了,这是他自己经常对柳欣说的话。在外面玩的时候,家里有了什么事,罗振就会用这样的话来搪塞柳欣。

现在,同样的词语从柳欣口中说出,罗振才知道这话听起来有多么虚假。

一股怒火从心头涌起,不知他是在生柳欣的气,还是在生过去的自己的气。他把手从柳欣手里抽出来,一字一句地说:"要不然,我把自由还给你好了。"

他站起来,快步走到游乐区,抱起罗小妹就往外走。女儿不知发生了什么,轻声问:"妈妈跟我们回家吗?"

那一刻,罗振差一点转身回去。但转念一想,柳欣居然就那么坐着,连开口挽留一下的意思都没有,于是他一咬牙,推开肯德基的玻璃门,头也不回地走了。

门外,8月底的北京,飘起了鹅毛大雪。

十六

中国·上海·吴淞入海口
2023年9月6日，10∶20

幼儿园开学后的第一件事，就是教育孩子们要爱护自然环境、熟悉垃圾分类、减少塑料制品使用。

周末留给孩子们的作业是清理出一片被垃圾覆盖的地方，拍下前后对比照，周一上学交给老师。

罗振敢怒而不敢言。

让六岁的孩子去清理垃圾？上海的人口素质不错，清洁工相当尽职尽责。平时走在路上，连小碎纸片都不多见，现在却要找一片地方来进行清理？

有的家长有办法，竟然在小区草坪上布置了一片假的场地，把自家垃圾倒在上面，然后再清理干净交差。

罗振不愿意这么做，却找不到合适的地方，最后还是罗小妹有主意，把罗振带到了吴淞入海口边上。

海潮送来的垃圾还堆积在这里，远看像是海中浮起了新的陆地。

"咱们两个人，今天把这里清理干净，"罗小妹用手比画了一片区域，"周一肯定能拿第一。"

罗振苦笑，按现在的市价，罗小妹相中的那片区域，有价值八千多万元的清理面积。父女俩拼了命也完成不了任务啊！

可是女儿的命令就是圣旨，罗振从后备箱拿出手套、口罩、雨鞋、胶皮围裙，父女俩披挂上阵，开始挑拣垃圾。

在垃圾堆里翻了一会儿，罗振就感到无聊了，他想起气候研究所在这里有个观测站，不知道方敬诚在不在这里，于是他给目前的同事打了个电话。方敬诚在市里做调研，答应很快过来见面。罗振又干了一会儿，开始腰酸背痛，罗小妹倒是精力十足，身边堆了一堆废旧饮料瓶和塑料包装袋。

"你说你是不是脑子有病？"方敬诚见到罗振，第一句话就是点着他的鼻子开始数落。

"啊？"罗振愣了一下，"没办法，幼儿园老师让这么做的。"

"我没说这个。"方敬诚一挥手，"你和你老婆的事。"

"不关你的事。"罗振冷冷地说。

"你自己平常十天半个月不回家，你老婆出去一下你就闹成这样？"

罗振回头看看还在认真工作的女儿，道："在孩子面前别乱说。"

"柳欣在你们对面小区租了一套房子，她让我给你带个话，如果实在忙的不行，可以把孩子送过去。"

"你什么时候见她了？"

"刚才。"方敬诚说。

"你……"罗振撇了撇嘴，"你说说，她一声不吭就离家出走了，然后回来也不道歉，自己就在外面租个房子住，还有，有什么话不直接说，找个外人来带话，你觉得这么做像话不像话？"

"你一个大老爷们儿，小肚鸡肠的！哪那么多屁事儿？"方敬诚说，"我还不愿意管你们家的事呢！还不是看在小丫头的分儿上。我说，你赶紧把这事解决了，别给孩子造成什么阴影。"

"行了行了。"罗振不耐烦地摆摆手，不想再提。

太阳从乌云里露出来，气温升高了，成堆的垃圾散发出腐烂的酸臭味。罗振问方敬诚："这些垃圾，都怎么处理啊？"

"处理？"方敬诚指指远处，两辆蓝色的卡车正停在江边，将车厢里的垃圾倾倒进江面上的巨型垃圾堆里。

"没人管？"罗振皱起眉头。

"周边县区的，管不了。"

"那我们还干个屁啊！"罗振不满地扯下手套，让罗小妹也停下。他拍了几张照片算是交给幼儿园的作业，然后脱下雨鞋、围裙，把那些带着臭味的防护设备都留在原地，带着女儿回到车上。

"这么多垃圾，什么时候能清理完啊？"罗小妹累得满头是汗，却还关心着环保问题。

"清理不完，太多了，这一堆可能有上千万吨。"方敬诚解释道，"而且漂在江面上，我们没有合适的设备来清理。"

"几千万吨是多少？"罗小妹问。

"就是……"方敬诚也不知道该怎么向六岁的孩子解释这个数量级。

"铺在咱们小区，能埋到20层楼那么高。"罗振说。

"那么多呢！"罗小妹惊叫道，"这可怎么办？"

罗振突然说："我们有足够多的原料和足够多的加工厂，把这些塑料送到天上去怎么样？"

"这个……"方敬诚想了想，"不知道，可以让评估组分析分析。"

"那我们走！"

罗振的比亚迪电动车快速调头，向市里开去。直到上了环城路，方敬诚才喃喃地说："我好像是开着车来的，为啥要坐你的车回去？"

十七

瑞士·日内瓦·联合政府大会特别紧急会议
2023年9月17日，当地时间10∶10

这份叫作"火种计划"的报告书有400多页，写满了全世界各国的详细分工和技术细节。

其主要思路有两条：一、倾全球之力，建造50艘大型飞船，计划容量为360万人。飞船携带人类精英和能收集到的动物胚胎、幼崽和植物种子，飞到光锥范围之外停留，待威胁完全过去之后再重返地球，开展地球生态恢复工作。为了保障大型飞船的制造进度和安全性能，德国、法国、英国、印度、日本、中国、以色列和朝鲜等国，必须向全人类完全开放本国的技术和生产线。

二、在山区和海底修建人类庇护所，让剩下的人进入庇护所避难。至于超过庇护所容纳能力的人，愿上帝保佑他们。

很遗憾，在自然面前，人类还不够强大。我们能做到的，只是想办法让人类文明延续下去。

报告摆在每个代表的手边，来自157个国家的代表（因为气候原因，部分国家代表无法到现场参会）将在联合政府大会议厅投票选择人类将用何种方式面对即将到来的末日。

"在投票之前，我想请中国代表再解释一下贵国的计划。"澳大利亚代表发言道，他举起一份计划书，那份计划书很薄，只有六七十页，封面上写着"关于NJC9812-551黑洞引力透镜现象对策计划书"。

"这份计划主要以太空反射镜作为防御引力透镜光锥的主要手段，但因为时间紧迫，而且制作反射镜的产能有限，所以运载能力也无法达到高频次、高强度。目前估计到最后期限之前只能运送1300万平方公里的反射镜矩阵上去，仅能够覆盖我国现有的国土面积。如果其他国家想要加入这项计划，我们就可以造得更多，对地球的保护也就更强。但是……"中国代表看了一圈所有的参会人员，"在座的各位都知道里约热内卢发生了什么，以及光线对地球的气候环境造成的巨大影响。我们必须将光线完全挡在大气层之外，不然的话，NJC9812-551黑洞对我们造成的影响，不亚于6500万年前撞击地球的那颗陨石。也许还会更糟。"

"如何加入这部分计划？"肯尼亚代表问。

"并没有什么协议限制，我方会完全开放反射镜技术，并且派工程队帮助协议国建造反射镜工厂和简易的火箭发射基地，能建多少建多少。"

"这项计划能够保住地球吗？"秘鲁代表问。

"我们还不知道光锥的范围和强度，也不知道它到底能带来多大的伤害，这是我们能够做到的最有可能成功的方案。"中国代表回答道，"地球是我们的家园，除了保护我们自己之外，我们也要尽量保护它。"

参会者的注意力分成两股，一部分在中国代表身上，一部分看向"火种计划"的提出者。

"我投中国。"缅甸代表说道。

缅甸与中国国土相接，目前中国的反射镜产量已经超过了本国面积。只要与中国达成合作，必定能够得到反射镜的庇护，这是一场稳赚不赔的买卖。

随着缅甸的表态，越南、泰国、巴基斯坦和蒙古国也态度明确地投出了自己手中的票。

美国代表把"火种计划书"重重地合上，冷冷地看着各国纷纷投票选择如何面对末日。

最终，193个成员国投票中，投给中国的有122票，投给美国的有 57 票，还有 14 票弃权。

会后，23 国组成"N23 联盟"，表示继续推进"火种计划"。另有一百多个大型财团和家族愿意资助大飞船的建造，以换取逃离地球的船票。

十八

中国·上海·紧急对策研究组上海总部
2023 年 9 月 17 日，13：20

潘教授把企划书推回到罗振面前，说道："上级把你那个垃圾反射膜的计划否掉了。"

"这明明是很好的计划，又可以解决我们的塑料垃圾，又能作为第二层手段弥补反射镜防御不到的外围位置。"罗振解释道。

"上面分析了，在技术上不可行。"潘教授说道。

罗振叹了口气，拿起企划书走出去，回到自己的办公室。

桌子对面的方敬诚看到罗振的样子，问："被否了？"

"否了。"罗振把企划书扔在桌子上，"有些技术通不过。"

方敬诚点点头，问道："如果有更好的技术呢？"

"哪有？你又不是不知道，反射膜技术是咱们找中科院的人研究过的。"

"毕竟还是有局限。"方敬诚想了想，一拍大腿，"不如公开征求方案。"

"公开？向谁？"

"向所有人啊！"

方敬诚咳了一声，然后说道："再过 12 个月，你就是拯救世界的英雄，所有人都在看着你呢。"

他掏出手机，又道："你有多长时间没上微博了？你现在有9000多万的粉丝呢！"

"什么玩意儿？"罗振夺过手机，喃喃道，"天哪！"

方敬诚所言不虚，现在罗振的粉丝数量已经上亿，并且还在持续增长中，各种信息和私信已经多得数不过来。罗振六年前说过一次他爱吃咸豆腐脑，这都在互联网上掀起了一场千万人数量级的争论战。

罗振不追星，之前只关注了几个科普作者和天文协会之类的账号，对这个级别的粉丝量没有明确的概念。在方敬诚的怂恿下，他决定试一试在网上发声。

两人用了一个多小时的时间，拟了一篇声明，向所有人征求使用塑料反射膜作为防御手段的方案。

一个小时不到，私信就爆了，上千万条信息涌过来，根本没法分辨哪些消息有用，哪些只是垃圾信息。

快晚上7点的时候，研究组开了个情况通报会。会议结束，罗振回到办公室，发现有人给他发了封邮件，发件人不认识，看名字像是中东某个地方的人。

他打开邮件，竟是一整套伞式轻型龙骨的设计方案。每套龙骨都可以折叠，完全展开可以覆盖900多平方米的六边形区域。龙骨边缘有磁性搭扣，可以相互吸附，覆盖更大的面积。

这就是最好的支撑塑料反射膜的解决方案。

罗振连忙给那人回信，几番交流之后才知道，对方是以色列的一个研究组，很早就制定了以反射膜为防御措施的方案。但是由于本国资源有限，而且在联合政府地位微妙，所以这套方案并没有呈现在世人面前的机会。

既然拯救世界的英雄需要援助，整个团队商议过后，决定无偿将这套方案交给罗振。他们也相信，只有中国才能将这套方案执行下去。

罗振表达了感谢，并且向所有团队成员提出邀请，希望他们加入项目组，推进反射膜计划。

方敬诚把来自以色列的计划发给中科院的几个材料专家和工程师征求意见，得到的都是积极的反馈。

罗振将材料整理好，一看表，已经晚上 11 点多了。他对方敬诚说："你去我家一趟吧！这几天帮我看一下孩子。"

"你要干什么？"

"当然是推进计划了。"

"交给潘教授，让他去跑不就行了？"

罗振摇摇头，道："那样太慢了。而且，我在潘教授面前……不敢说话。不如绕过他，等一下还有一趟高铁，我直接去北京，见研究组的总指挥。"

他走出门，回头对方敬诚说："我发现英雄这个身份还挺管用，我打算多用用。"

十九

中国·北京·紧急对策研究组总部
2023 年 9 月 21 日

塑料反射膜计划作为补充方案得以通过，进入实施过程。其他一百多个协议国也与中国签订了第二份协议，菲律宾、加纳、印尼、南非等国已经深受塑料垃圾困扰多年，相对于反射镜计划，他们对于塑料反射膜计划表现得更加积极。

通过这件事，总指挥意识到罗振的巨大号召力，计划将他由幕后推向台前，作为整个拯救行动面向全人类的代言人。

罗振自然是不想抛头露面，百般推脱，然而这份工作并不是只关系到他个人。

"还用我多说吗？你就这么点觉悟吗？你知道现在人类处于什么样的生死关头吗？你知道在这样一项工程中保持和大众的沟通有多重要吗？"

总指挥连珠炮般的提问让罗振无法再提一句推辞的事，他只好指指方敬诚，说道："他和我一起发现这些现象的，让他也上吧！"这是罗振最后的挣扎，方敬诚只是双手抱胸，微笑地看着他。

"我们只需要一个代言人，就是你。"总指挥斩钉截铁地说道，"这是政治任务，你要早点明白这项工作的重要意义，积极面对。这是我们最后一次讨论这件事，就这么定了。"

"明白了。"罗振垂头说道。

"能力越大，责任越大。"方敬诚说。

二十

以色列·帕勒马希姆空军实验基地·发射中心
2023 年 10 月 4 日，当地时间 11：10

罗振站得笔直，看着乳白色的火箭升入天空。这是第十一枚搭载着"感光者"卫星的运载火箭，"感光者"卫星只有一项功能：时刻监控黑洞 NJC9812-551 的方向，提前预警，争取给地球上的人类留出三到五天紧急避难的时间。

从 10 月 1 日至 10 月 18 日，人类要集中发射 27 枚运载火箭，将 128 颗"感光者"卫星送入太空。拜科努尔发射基地、种子岛航天中心、库鲁发射场、普列谢夫茨克基地、斯里哈里科塔发射场、酒泉卫星发射中心、西昌卫星发射中心、帕勒马希姆空军实验基地、西海卫星发射场都已经进入饱和发射状态。

罗振面向前方，用眼角余光看了看旁边，摄影师的镜头还对着他。据说有 27 亿人正在看着这场直播，所以目前罗振还不能松懈。他又挺了挺腰，将重心挪到左脚。这四天跑了三个国家，看了两场发射。作为拯救行动的代言人，他通过镜头将行动的每一步进展都展示给全人类。

他觉得自己不是拯救行动这一方的代言人，而是普通人类的代表。也许这两者根本就是一回事，罗振已经意识到了这一点。

摄影师伸手摆了个 OK 的手势，罗振放松下来，扭了扭僵硬的腰。指挥室里的人在庆祝发射成功，来自六个国家的人拥抱在一起。罗振趁没人注意，跑出去上厕所。他等一下还要直播与欧米尔博士的见面——就是把伞式支撑架技术送给罗振的那个以色列研究员。

刚进厕所，手机就响了。出名以后，不知谁泄露了他的电话号码，各种骚扰电话（善意的、恶意的、无聊的）如同巨浪一样拍过来，搞得罗振不得不屏蔽所有陌生号码，只留了几个亲近的人在白名单里。

丈母娘也在其中。

"我在电视里看到你了。"丈母娘开门见山。

"啊，那个，是我的新工作。"罗振强调，在丈母娘面前，有正经工作比英雄称号更受待见一些。

"你现在是在拯救世界？"

"那倒不是，主要工作都是科学家和工程师做，我……负责宣传，大概是这个意思。"

"你瘦了不少。"丈母娘说。

罗振觉得后背一紧，这突如其来的关心让他很不适应。

"这份工作很累吧？"丈母娘继续说，"你如果继续在外面跑的话，孩子谁来看？"

"孩子现在在家，组织上安排了三个助理负责她的衣食住行。"

"还是让我们来带吧。"

"这个……"当初结婚的时候，柳欣就提了一条很重要的要求，就是不能让双方父母带孩子，可是现在这种状况……

"我们已经搬过来了，在上海租了套房子，就离你们小区一站地。"

"啊？你们……"罗振转念一想，方敬诚提到过，柳欣也在那附近租房住。

"马上都要世界末日了，不如离得近点。"

"那柳欣知道了吗？"

"她没意见。"丈母娘停顿了一下，说道。

罗振不知道丈母娘这话是真是假，但丈母娘的提议确实令人心动。自己已经十来天没见到罗小妹了，总指挥安排给罗小妹的三名助理都是素质很高的专业人员，一位特级营养师、一位国际某组织认证的幼儿教育专家，还有一个看上去相当和蔼可亲的格斗大师。方敬诚的老婆时不时也会过去看看。每天远程视频聊天的时候罗小妹都很高兴，而且这才几天，女儿的英语和日语水平都有明显提高。

但没有一个亲人在身边，罗振心里还是充满愧疚。他想了很久，最后说："我让助理联系您，把孩子送过去。在上海有什么事就跟助理说，基本上……都能办到。"

"好。"丈母娘说。

"那个！妈！"罗振预感丈母娘要挂掉电话，突然提高声音，"柳欣她……"

"没事，你俩之间又没什么大事，主要是时间不凑巧给耽误了。我这么跟你说吧，我能保证这一段时间，我家闺女不会有什么变化。等你那边忙完了，谁对谁错，到时候再捋。"

"哦，那行，这样也好，谢谢您。"罗振唯唯诺诺地说。

二十一

中国·上海·新蓝天幼儿园
2024年6月1日，9：25

罗振忍着小腿上的疼痛走上讲台，台下是一张张稚嫩的脸，还化着夸张的浓妆。这些小朋友辛苦排练了一两个月，就为了在"六一"汇演中一展风采，结果因为罗振的到来全部取消了。

罗小妹对此非常不满，刚见到罗振，便在爸爸的小腿上狠狠地踢了一脚。

父女俩有半年多未见，本来罗振还很紧张，不知道罗小妹会不会由于过度思念而哭个不停。现在，他在女儿的身上看到了柳欣的影子。

罗振扫视了一遍他的听众，清了清嗓子，道："大家好，我是……"应急对策研究组给罗振准备了五六种科普稿子，重点各不相同，但没有专门面对儿童的。他本可以照本宣科地把所有的工作背一遍，可是他看见罗小妹远远地站在人群外面，用超越了一个幼儿园孩子的复杂表情看着他。

罗振咳了一声，然后说道："我是罗小妹的爸爸，也是应急对策研究组的一员，你们可能不知道我们是做什么的……"他的注意力不再是那些孩子，而是专心对着自己的女儿来讲。

他讲了黑洞NJC9812-551的发现过程，还有引力透镜的原理。这里用上了放大镜烧蚂蚁的比喻，罗小妹频频点头，罗振对自己的表现还算满意。

讲到反射镜计划、塑料反射膜计划和"火种计划"时，罗振示意助理把投影仪打开。

星云志·NO.12
时空订制

"这是我们发射到太空的第一批反射镜，一共24组，192片，这只是我们计划发射的千分之一，全部发射之后，能把整个天空全都遮住。有多大呢……"

罗振切换到一幅世界地图。

"能覆盖整个世界！"一个小男孩喊道。

罗振笑了，"那倒没有，它能覆盖住整个亚洲和半个欧洲那么大的面积。"他在地图上画了个圈，"挡不住的地方，我们还有第二套计划。"

"这个我知道，用塑料做的反射膜。我奶奶经常出去，捡了塑料垃圾袋，整理好，说是要交给国家。"一个大一点的小女孩说道。

"这孩子，别乱说。"她的奶奶突然被提到，显得有些慌张。

"不不不，那个……阿姨，别觉得难为情。"罗振向那个方向鞠了一躬，"这不是某个人或者某个国家的事，您的做法是值得赞扬的。"

投影幕上显示出两张照片，一张是罗振和罗小妹在吴淞入海口清理垃圾时照的，另一张是同一个地方，没有一点垃圾，碧波翻涌，海阔天空。

"我们的计划运行了三个月的时候，很多人主动参与进来，清理了吴淞入海口的垃圾，并且集中起来，运到舟山和南通的加工厂，制造成反射膜。不光是你们，全世界的人，都在做同样的事。"

投影又切回世界地图。

"肯尼亚的基图伊、南非的布兰德福莱、安哥拉的奥巴加、蒙古的博格多、土耳其的克尔谢希尔……"罗振指着地图上的亮点，"我们在世界各地都以最快的速度建立了火箭发射基地，将反射膜送向太空，用来补充反射镜覆盖不到地方。这些地方都在光锥的边缘，光没有那么强，所以理论上来讲，用塑料反射膜也是安全的。而且，危机过后，我们就把它们打包发向太阳，咻！"罗振做了个手势，"原本缠着我们的塑料垃圾，就消失不见了。"

罗振又继续讲着有关人类如何试图拯救自己的故事，一张图片闪过，罗振愣了一下，快速切换到下一张图片，他想了想，又切回来。

"这里是印度的萨特普拉山脉，我们计划在这里挖一个巨大的庇护所，这算是最后的防护了。不过……"罗振看着一张张天真的脸，"就在8天前，这里发生了严重的坍塌事故，279名工人被埋在半座山下。"

"他们死了吗？"一个小女孩奶声奶气地问。

"是的。"罗振点点头。

"你当着孩子讲这些，不好吧？"一个家长说道，得到了其他几个人的赞同。

"这不是别人家的事，这件事关系到我们每一个人类。"罗振转向那位家长，"我相信，当你的孩子遇到危险的时候，你肯定会毫不犹豫地挡在孩子和危险之间。而那些人……"罗振指着屏幕，"那些人和我们根本不认识，但危机来临时，他们就是主动挡在我们前面的人。我们也许不知道他们的名字，但我们一定要记住他们的故事，这是一个所有人为所有人的故事。包括刚才那位阿姨，虽然她也只是把塑料袋收集起来，但也是确确实实在为了这项伟大的行动贡献力量。这些力量汇集起来，最终能遮蔽整个天空。"罗振切到最后一张图，一张理想化的效果图，巨大的反射镜和更加巨大的塑料反射膜包裹住整个地球，抵御亿万年前射向这里的光。"真正的遮蔽天空。"罗振笑笑，他无意制造与家长的对立情绪，只是突然激动一下。

之前提问的小姑娘突然甩开母亲的手，冲到台下，用稚嫩的声音说："叔叔，我也想做点什么。"

"哦，很好，你听懂了。"罗振蹲下，对着小女孩说，"不过，我们现在最需要的，是让你茁壮成长，将来做自己喜欢做的事情。毕竟我们今天所做的一切，就是为了你们的明天啊。"

罗振抬起头，看向罗小妹。女儿的脸上换上了特别特别骄傲的表情，简直要膨胀到炸的感觉。

罗小妹向罗振伸出一个大拇指，对他刚才，又或者是一年以来做的事情点了个赞。

二十二

美国·加利福尼亚·爱德华兹空军基地
2024年6月17日，当地时间14：20

"樱桃露丝"号停在起飞平台上，像一座山。它底部直径六百多米，高472米，四周六组大推力火箭发动机已经准备完毕，只等着韦恩将军一声令下，就将载着6.8万人逃离地球，在外太空停留，等待灾难过去。

这是第五艘避难飞船，每一次发射韦恩将军都参加了，但他还是被这人类创造的巨物而震撼。他曾在"福特"号航母上短暂地服役过一段时间，那曾是人类制造的最大的机械造物，是世界上最强的武器，但在避难飞船面前，航空母舰小得像是一个玩具。

韦德将军按下发射按钮，六组火箭产生的120万吨推力载着"樱桃露丝"号缓缓升起，尾焰明亮的光芒如同六个太阳，亮得人睁不开眼。

韦德将军一语不发，周围的人只当他专注于避难飞船的发射，其实他正在全力压制着自己内心的恐惧。当韦德还是上尉时，他曾在阿富汗和伊拉克服役过两轮，获得过两次银星勋章，靠自己的能力和战绩一步一步升到现在这个位置。

自从看过第一艘避难飞船"岁月"号发射，这个看上去钢铁一样的男人就开始做噩梦，仿佛回到了那个战火纷飞的年代。他深知这是因为什么，是对人类能力的恐惧。那六个太阳般的火球代表着力量，所有人都想要的力量。

看得时间长了，韦德将军不由自主地眨了眨眼，注意力再集中到飞船上时,他觉得有哪里不对。他转头看向坐在发射席上的技术人员,还没张口,红色的警示信息就跳了出来。

"飞行姿势失控,向左偏了5度,尝试调整。"

"尝试调整失败,倾斜角度11度。"

大屏幕上,"樱桃露丝"号以肉眼可见的姿势偏向一边,尾焰在空中留下一条弧形的痕迹,技术人员还在尝试继续调整姿态,那六团火球在空中分散开来,如同圣诞节的焰火。指挥室里有人惊呼起来,几次呼吸之后,那六团火球有四个在空中炸开,两个拖着令人绝望的尾迹坠向地面。

韦德将军斜靠在墙上,双拳紧握,他大口呼吸,紧张得如同第一次上战场的新兵蛋子。一个通讯兵快速跑来,递给韦德将军一个 Pad(平板电脑)。

"将军,你看,网络上都是这段视频。"

将军接过 Pad,发现自己双手满是血迹。他眼前一晕,还以为自己的 PTSD 又犯了,定了定神才意识到那是刚才握紧拳头时,指甲挖破了手掌。将军在衣服上擦干净血迹,点开视频。

一伙自称为"被抛弃者"的人发表了公开视频,承认对"樱桃露丝"号的坠落负责。

"找到他们,这是向我们,向'N23联盟'宣战的行为。"韦德将军疲惫地说。

"已经找到了。"通讯兵说,"视频发布的地点……在……在美国……"

韦德将军叹了口气,说道:"给我接通总统。"

"樱桃露丝"号的坠落造成 6.8 万名乘客全部死亡,然而这时最愤怒的不是受害者们的家属,而是那些没有资格登上飞船的人。

"火种计划"一度中断,之后转为非公开计划,只有经过严格筛选的人才能得到具体信息。尽管如此,之后的每一次发射还是都伴随着一次大规模冲突。

2024年6月29日

　　太空反射镜组装完毕，共47个国家参与建造和运载，反射镜覆盖面积远远超过预期，达到7700万平方公里。

　　之后，反射膜运载工作全力开展，平均每天有三枚运载火箭升空。

2024年7月2日

　　一股寒流被西南季风从南极吹来，从智利沿岸登陆，遇到了南美上空的热空气，形成大片浓雾，笼罩在这片大陆上。浓雾的持续时间预计超过20天，秘鲁、智利、阿根廷等国的发射计划不得不取消。

2024年7月9日

　　"火种计划"代表团抵达北京，希望能够暂缓反射膜覆盖计划，为避难飞船留下升空窗口，待所有飞船全部升空之后再将窗口关闭。潘教授要求送一支科学家团队跟着避难飞船到太空中去，在防护措施之外直接观察光锥现象，双方达成协议。

2024年8月5日

　　所有的反射膜铺装完毕，覆盖面积达2.8亿平方公里，反射膜遮挡了阳光和星空，人类进入长夜。

2024 年 8 月 23 日
末日

现在是 10:50，根据"感光者"卫星的通报，光照将在 190 分钟之后抵达上海。

罗振对着镜头，以代言人的身份做最后一次演讲。人类做完了自己所能做到的一切工作，剩下的，就是保持信心。

灯光暗下来，罗振长长地叹了一口气，他的双肩放松，仿佛卸下了一副沉重的担子。

摄制组和后勤人员正在收拾东西，大厅里还有其他人，方敬诚、潘教授、总指挥……他们纷纷起身，向外走去，几辆车等在外面，准备将他们运往设置在地铁站里的避难所。

罗振看向方敬诚，方敬诚会意地脱离人群，走到罗振身边。

"我就不去了。"罗振说道。

"什么？"方敬诚惊讶道。

"我该做的工作已经做完了，我还得处理一下私事。"

"哦……"方敬诚回头看看总指挥和潘教授，"还跟他们说吗？"

"算了吧，我悄悄走，等他们问起来，你再告诉他们。"

"那你的房间给我用吧！"方敬诚说道，避难所给方敬诚、罗振这样身份的人分配了单间，但方敬诚的房间里挤了七八个亲戚，方敬诚经常到罗振这边睡地板。

罗振把钥匙给了方敬诚，对老朋友点点头，转身从后门出了演播厅。

头顶是漆黑一片的天空，容易让人产生仍然在避难所的拱顶下的感觉。

罗振本以为能够在末日来临之前享受片刻安静，可让他没想到的是，上海还活着。

星云志·NO.12
时空订制

　　工厂企业早就停工了，远处高大的写字楼漆黑一片，隐没在同样阴沉的天空里。然而人们除了工作之外，还要继续生活。在摩天大楼的底部，沿街两旁灯火通明，一直延伸到视线之外，如同匍匐在树根处的野草一般生机勃勃。水果店、小吃店，还有因为警力有限而出来碰运气的流动摊贩。几个小女孩举着装饰着彩灯的气球，站在一辆三轮车旁，等着买煎饼果子。做煎饼的大爷随着手机里播放的戏曲的节奏用脚打着拍子。不远处的广场上，几队身穿运动服的中年妇女在跳舞，一些情侣挽着胳膊在旁边溜达，有说有笑。路上的车很少，于是有几个三十出头的年轻人坐在马路牙子上，捧着手机，大概是在玩什么网络游戏。

　　看样子，这些人不打算去避难了。

　　天哪！这是末日！为什么这些人跟过节一样？

　　罗振掏出一支烟，立刻有几个陌生的路人对他投来鄙夷的眼神。经过这样一次末日来袭，所有人对环境的敏感都达到了极致。他悻悻地把烟塞回去，双手插兜沿着街走。反射膜让地表气温骤降，就算穿着毛衫外套，还是觉得有点冷。

　　就要到最后的时刻了，罗振犹豫着，给柳欣拨了电话。

　　两人之间已经没那么别扭了，但是总还有一层什么东西隔着，就像是塑料反射膜。她现在和她的父母还有孩子住在一起，重新找了一份工作。罗振不忙的时候，一家三口会相约着出去吃饭、逛游乐场、送孩子上下学，过和正常人一样的日子。

　　从柳欣离开家到现在，不知不觉一年过去了。罗振，或者柳欣，大概谁提起过，停止这种生活，回到一起生活的状态。但另一方可能愣了下神，或者犹豫了一秒钟，然后这个提议立刻变成了自取其辱的行为，对话接着升级成争吵。于是一家三口就这样"不离不弃"地过了下来。

　　用方敬诚的话说——"两个傻瓜。"

罗振对这样的评价也无法否认，相信柳欣也会赞同方敬诚的看法。

电话响了两声，被挂断了。

还好，不是无人接听。

罗振曾邀请柳欣一起来避难所，但柳欣婉言拒绝了，说还有一些工作要忙。罗振也没有继续追问，两人之间只是保持每两天一次的简单问候。

"你在哪？距离照射还有三个小时。"罗振发微信问。

他站在一个小摊前，圆筒状的炉子里烤着红薯，余热散发出来，让罗振暖和了些。

"我在家。"柳欣回复。

家，罗振看着这个字，它包含了一个很陌生的概念。这一年多来，柳欣从来没有回去过那里，而现在……

末日就要来了，如果想让谁陪在身边，罗振想，那一定还是柳欣。确定了这个答案之后，他又想问自己，为什么女儿连前五名都没排进去？

罗振买了两个大个儿的烤红薯，然后用1000块钱跟路边的一个年轻人换了一辆电动滑板车。年轻人认出了他，张着嘴说："哎？你是……"

罗振嘿嘿一笑，在黑暗中辨明位置，往家的方向驶去。

柳欣站在阳台上，望着漆黑的天空。见罗振进来，柳欣说道："你把家收拾得不错。"

"最近不怎么在家里住，就没折腾。"罗振说道，把烤红薯放在餐桌上。桌面铮亮，显然柳欣刚刚打扫过。

他走到阳台前，与柳欣并肩站着。两人都没有话，所有的想法仿佛都被黑暗吸走了。

不知道过了多久，天空亮起了星光，一闪一闪的。罗振咦了一

星云志·NO.12
时空订制

声,皱起眉头,星空与他记忆中的完全不同,那些星光太亮,又太多,排列的方式也很陌生。

星光的亮度在继续加强,光竟像是有实体一般,顺着星星从天空向地面延伸。

罗振明白了,那哪里是什么星光,分明是太空中的碎片垃圾在反射膜上打的一个一个的洞。

太空轨道上有超过两亿片碎片。罗振还记得最早拍下的地球光环的照片,那就是透镜光芒照射在太空碎片上形成的。

幸好那些碎片很小,十毫米以下的碎片占到99%以上,就算击穿了反射膜,也造不成什么致命的伤害。

来自亿万光年外的光还在继续增强,天空由黑转紫,光芒从无数颗星星那里洒下来,在空气中留下一条条光路。就像……就像是整个天空变成了巨型的淋浴花洒。已经有半个多月没见过阳光的罗振甚至感觉到一丝暖意,用"沐浴阳光"这四个字形容此时再确切不过。

他转身去书房,翻出许久未动的摄影设备,想把这46亿年来绝无仅有的景色拍下来。但看到柳欣的眼神时,罗振停下了动作,最后,他叹了一口气,把相机和镜头放在地上,然后走回到阳台边,与柳欣继续并肩站着。

光走得很快,从斜着射向西方,再到垂直向下。头顶上的反射镜完全挡住了强光,在照得发灰的反射膜上留下一片巨大的阴影。之后光线又偏向西方,罗振知道,最危险的时刻已经过去了。

一束光爬进罗振家的阳台,缓慢而稳定地向客厅走。光斑照在地上,亮得耀眼,行进的轨迹正好将柳欣和罗振两个人分开。

罗振能够感觉到那束光带来的热量,那团直径不到十厘米的光斑散发着暖烘烘的热气,烤得家里老旧的木质地板都发出哔哔剥剥的响声。

柳欣突然想起了什么,她转身走进卧室,再出来时,手里拿着一个信封。

"那是什么?"罗振问。

"你没看过?"

"没有。"

"我走的时候,留给你的信。"

"什么?你放哪了?"

"就贴在我梳妆台的镜子上,这一年多你都没看到?"

"谁没事去看你的镜子!"罗振嘟囔,"写了什么?"

"没什么。"柳欣说,她把那封信伸到光斑下,等着。

罗振意识到柳欣想干什么了,他笑眯眯地看着妻子徒劳地想把那封信烧掉。等了一会儿,他才说:"没用的,我让你看的那本《华氏451》你肯定没看过吧?"

"怎么了?"柳欣说。

"纸的燃点在200摄氏度左右,这光最多有个六七十度,烧不起来。"罗振控制着自己,现在不是表现得意洋洋的时候。他垂着眼看着柳欣,突然一附身,向那封信凑过去。

柳欣以为罗振要抢信,情急之下就把那封信塞在嘴里,然后又因为信太热而吐了出来。

"你干什么?"罗振问。

"你干什么?"柳欣怒道。

两人沉默着对视,突然大笑起来,笑了一会儿又开始哭,反复了几次。这一年里发生过什么,都不那么重要了。

情绪稍微平复一些之后,罗振趴在地上,追着那个光斑看。随着角度的偏移,光斑暗了一些,在它的内部,并不是混沌一片,而是隐约有絮状的东西。罗振用手机拍了几张,继续趴在地上看。

过了一会儿,他想起柳欣,尴尬地向她笑笑,伸出一根手指,

星云志·NO.12
时 空 订 制

说:"最后一次了。"

罗振拨给潘教授,电话刚接通,那头儿就兴奋地喊道:"罗振,我们成功了!没有危险了!"

"你先别说话!"罗振大声说,待潘教授冷静下来之后,他继续说,"时间不多了,你快带着你的人从避难所里出来,找到附近能找到的光斑,那里面有星云的图样!我不知道是什么原因,大概是小孔成像什么的原理吧?快去研究吧!估计离光照过去,还有几十分钟的时间。"

罗振挂了电话,把手机扔在一边,对着柳欣说:"我看够星星了,我错了,让我回家吧。"

六年后

罗振和其他几百个家长一起,在学校门口等着考试结束。这是罗小妹人生中第一次重要的考试,直接决定着她能够进入什么水平的初中就读。

几百个家长站在那里,鸦雀无声,生怕谁咳嗽一声影响到里面孩子的考试。

罗振百无聊赖地看着天空,两张银色的反射膜一前一后,优雅地飘在几朵棉絮状的云之间。

那天之后,人们开始按计划回收反射膜,想让阳光重新回到地面上。然而,在回收的过程中出了一些状况。有一部分反射膜由于太空碎片的击打已经千疮百孔,在回收过程中撕裂开来,脱离了控制。只有83%的反射膜集中起来,直接射向太空深处。剩下大概几十万张反射膜分布在距离地面85千米到300千米的天空中,漫无目的地四处飘荡。

最初人们对这些失去控制的反射膜充满恐惧,仿佛它们是在头

爱因斯坦的诅咒

顶飘荡的幽灵,随时有可能飘落下来,造成可怕的事故。但后来,根据科学家的计算,这小部分反射膜让太阳光的强度降低了5%,原本愈演愈烈的气候变暖现象得到了缓解。人们对此的看法也发生了改变,人们开始称呼那些反射膜为"天使的翅膀"。

后来还出现了"观膜者""追膜人"之类的爱好者团体。

罗振一个都没有参加。

考试结束的铃声响了,家长们躁动起来,开始向校门口聚集,踮着脚尖向里面看。

又过了很久,穿着蓝白相间校服的学生们才从教学楼里一涌而出。

罗振一眼就从人群中找到女儿,罗小妹昂首阔步,大摇大摆,手中考试用的笔袋甩得仿佛随时都会飞出去,看那架势就好像已经拿到了上海中学的通知书一样。

"考得怎么样?"

"还行吧。"罗小妹答道。

"还行吧?'还行吧'就把你嘚瑟成这样?"罗振说。

"主要是最后的作文,我觉得写得特别好。"

"什么作文?"

"写一个你最崇拜的人。"

罗振皱起眉头,道:"这学校也真是的,给小学生讲什么崇拜!"

"你猜我写的是谁?"

"谁?"

"当然是老爸你了。"

"我?我有什么好崇拜的?"

"你听了我的题目就知道了。"罗小妹清清嗓子,"我的父亲,那个两次拯救世界的男人。"

罗振差点被一口口水呛住,问道:"什么玩意儿?"

时 空 订 制

"你啊！你不是拯救了两次世界吗？第一次算出了末日来临的时间，第二次提出了塑料反射膜的方案。"罗小妹掰着指头数道。

罗振干咳两声，说道："都是过去的事了，提这个干什么！"

"你不知道你有多重要！刚才出来的时候我都问了，那些同学里面，十个里面有八个写的都是你。"

"哪有那么夸张！"罗振感到脸上发热。

"不过我跟他们不一样，他们都是从报道上看来的。我呢，我有第一手的资料！你睡觉打呼噜啊，经常不洗脚被骂啊，还有害怕蛇啊……上回我挖到一条蚯蚓，你以为是蛇，都吓哭了。我把这些都写上去了。"

"大小姐，求你了，也不能这么埋汰你爸啊！"

"写都写完了，没法改，我觉得还不错。"罗小妹仰着头笑道。

罗振愣了一下，也笑道："好哇，你学会骗你爸了！"

"我真写了。"

"好了好了，我们中午吃什么？今天庆祝一下。"罗振不打算继续纠缠下去，连忙换个话题。

"不出去，我要在家吃。"

"不行，你妈早就计划着出去吃了，她懒得做饭。"

"那你做。"

"我更懒。"

"我让我妈跟你说，你敢不答应？"

"啥意思？我，拯救了两次世界的人，在家里就这地位？"

"我妈说过，要不是看你拯救了世界，都不打算让你回家。"

"你别听她胡说八道，是我不让她回家的。"

"我问我妈去。"

"别，求你了。"

……

去他的时间尽头 / 程婧波

我活了二十多年,你突然告诉我,昨天、今天、明天的我不是同一个人?

一

　　第一百三十三天
　　孤独是一种病。

　　这座城市，一共住着两千一百七十万人。
　　我对面这位，一位芬兰国际友人，不远万里来到咱们这儿，过了几天朝九晚五挤地铁上下班的生活之后，这哥们儿祖传的社交恐惧症不药而愈。
　　在芬兰，平均一平方公里只有十八个人；但是在北京早高峰的地铁上，一节车厢塞十八个人那算宽敞的。
　　"李正泰！李正泰！"
　　在此时此刻人满为患的宜家商场，扩音器里有个声音好听的姑娘深情款款地喊了一遍又一遍。
　　与此同时，一只说不上来什么颜色的蝴蝶，在迷宫般的商场里翩然飞舞，跃过攒动的人头，绕过高耸的货架，落在一面铮亮的窗玻璃上。它收起布满细小鳞片的翅膀，感受着室内流动的空气和轻击在玻璃另一面的雨滴。不知道它能不能理解，它所感受到的风和灰蒙蒙的光亮，来自被面前这个透明的玩意儿阻隔着的两个世界。

对面的芬兰哥们儿在一张爱克托沙发上翻了个身。刚上咱们这儿来那会儿,各种场合下乌泱乌泱的人给他吓得不轻。他说有生之年都没承想,一个北欧性冷淡家居商场能躁成这样。到了周末,冲着免费咖啡来的老头儿老太太日出而作,日落而归——整个餐厅的顾客年龄总和绝对艳压朝阳公园的老年相亲角。

芬兰哥们儿上这儿来,是进行社交恐惧症的脱敏治疗。用他的话说,在衣柜间,在沙发间,在厨房样板间——跟陌生人摩肩接踵,"既恐怖,又色情"。

这些都是他亲口跟我说的。只不过现在,他还不认识我。

嗯,看样子他治疗得不错。

"李正泰!李正泰!李正泰顾客请注意!"

至于我嘛,上这儿来也是为了治疗。

"您的朋友在商场二楼出口处等您!"

当一个人孤独太久,像我这样走进宜家,告诉这里的工作人员我和我的朋友李正泰走失了,我会在出口等他——不出意外的话,就会有一个声音好听或者不好听的男人或者女人,在广播里大声地呼唤这个名字。

其实没谁会到出口来跟我会和。

孤独是一种病,我只是想听到别人以我的名字呼唤我。

我是李正泰。

二

王毛毛站在一根电线杆前,往上刷胶水。

背包里放着一叠纸,刷好之后,她从里头抽出一张来,贴在了电线杆上。

那是一张寻狗启事。

王毛毛一边贴寻狗启事，一边想，电线杆真不愧是城市的"会客厅"，什么消息都能往上招呼。如果哪天互联网瘫痪了，只要电线杆还屹立不倒，信息就能烽火连台。

一根电线杆，上下两段，物尽其用。

下半段，是犬科动物的朋友圈。如果你是条新来的狗，只要找对电线杆，就能拜对山头。这一片儿有几个同类，是男是女，是老是少，漂亮吗，单身吗，豆腐脑爱吃甜的还是咸的……统统都能闻出来。

上半段，是灵长类动物的朋友圈。尖锐湿疣，难言之隐，请拨1；富豪老公无法勃起，白富美重金求子，请拨2；三分钟开锁王，请拨3；专业防水，请拨4；投资移民，请拨5。

一般来说，混迹在下半段的，基本是有一说一；混迹在上半段的多数是骗子。

要说电线杆教会了她什么，那就是——人类还没有一条狗可信。

可是跟王毛毛相依为命的狗走丢了。

王毛毛皱着眉头，盯着电线杆上的"寻狗启事"，祈祷着这能管用。照片上的那只狗，脖子上挂着一块奖章似的名牌：Leon。

《这个杀手不太冷》里的杀手的名字。

三

初始坐标
时间根本就不存在。

有人曾说过，最适合一个人关起门来发呆的职业，是灯塔管理员。受这句话启发,我在"宇宙中心"五道口的一家公司当了两年"金融狗"之后,炒了老板鱿鱼,现在从事着一种似乎是为我量身打造的职业。

电影放映员。

坐在放映室里,我才真正感觉到这里是宇宙的中心。

黑暗中,尘埃乘着光线飞驰,光影投射在幕布上,像灯塔的光束照进汪洋。

咳,算了,说实话吧,我炒老板鱿鱼是因为上班太远了。这家电影院就在我家楼下,每天从起床到上班,只消十分钟。

当同龄人都过着两点一线的生活时,我已经过上了毫无运动痕迹的生活——至少对于 GPS 定位卫星来说,我的生活轨迹几乎是静止不动的一个点。

我讨厌出门,不喜欢一切交通工具,最近一年来的计步数加起来可能还走不到通州。

虽然收入只有之前的四分之一,但我喜欢现在这样简单的生活。简单就是井井有条。金融狗每天都和各种数据打交道,看起来客观严谨,但要处理的情况却瞬息万变。而电影放映员呢,就不同了。这是一个特别有计划性的职业,每一个厅,不同时间段排什么片儿,都提前计划好了。工作起来不用思考,只用按计划表执行。这样我可以省下大量的时间,用来坐在放映室里发呆。

放映室里有一面石英钟,它的时针、分针和秒针都在尖儿上有一滴夜光。秒针一格一格走动,就好像一只萤火虫沿着时间的轨迹一圈一圈爬过。

现在是凌晨五点三十七分。

坐在 10 排 1 座,身上穿的汗衫印一个"靠"字儿那男的,是我发小陈果。旁边那个身上穿的汗衫印一个"谱"字儿的,是他交往了三年的女朋友。陈果开了一家叫"奶奶的熊"的网咖,小本经营,童叟无欺。他这人吧,没什么别的毛病,就是抠门儿。陈果今天打算干一件大事,本来打算就在网咖对付过去了,后来还是决定下血本包个影厅。

电影结束,灯光亮起之后,陈果会向他女朋友求婚。

可是还没等到这一刻,一个意外出现了。不知道为什么,1号厅数字放映机的氙灯炸了。灯碗被炸成了四下飞溅的无数碎片。幕布上的画面消失了,只剩下放映机散热风扇转动的哒哒声。漆黑一片中,"应急出口"几个字闪着幽幽的绿光。

"媳妇儿,跟你商量个事儿成吗?"陈果在黑暗中搂住女朋友,急中生智地问出这句话。

我连忙按下开关,影厅灯光亮起。

趁女朋友还没来得及回答,陈果以迅雷不及掩耳之势从座位底下摸出早已准备好的玫瑰和钻戒:"遇到你之前,我活得就像一句脏话。可是遇到你之后,我有谱儿了!"

陈果的女朋友眼里噙满泪水,在陈果热切而又焦急的注视下,嘴唇颤动着,两行晶莹的泪珠滚落脸颊,梨花带雨地握着他的手说:"一直想和你开口,却不知道怎么开口。陈果,我们不合适。我……我们分手吧。我要去日本了。"

就这样,陈果出师未捷身先死。

我和陈果都认为,他求婚失败,氙灯爆炸要负很大责任。但是佳人去意已决,我只能劝他节哀顺变。

被氙灯爆炸连累的不止陈果,还有我。本来我当班到早上六点就能下班,在还有几分钟就站完这班岗的时候,它却晚节不保地炸了。事发时离1号厅最近的张姐第一时间就提着撮箕、拿着扫把冲进了放映室,她一边扫着地上的玻璃碎片,一边和我絮叨:

"小李啊,你没事儿吧?"

我拍了拍脸、胳膊、大腿,应该没有被碎片扎到。

"你若安好，便是晴天。"张姐走到我身边，看看我，又看看损坏的放映机，"你若安不好，我这就去报告给杜经理。"

我一路麻溜地来到保管室，找王工领新的氙灯。他看看坏掉的灯头说："1号厅放映机上的灯用不少时间了吧？你记着，氙灯用个三四百小时，最好翻一面儿，这样可以延长使用寿命。不然负极下垂，变秃瓢了就容易炸。"

我回到放映室，拿出标签条，在上面写下：

2018年8月8日

贴在氙灯下方的塑料机身上，盖住了原来那张"2018年7月2日"的旧标签。

爱因斯坦曾说过，时间只是人体记忆中的错觉，时间根本就不存在。但是如果时间根本就不存在，是什么给氙灯、树木、星辰和人——是什么给万物暗中标注好了"使用寿命"？

四

第一天

这感觉真他妈诡异。

放映室里有一面石英钟，它的时针、分针和秒针都在尖儿上有一滴夜光。秒针一格一格走动，就好像一只萤火虫沿着时间的轨迹一圈一圈爬过。

时针和分针指向五点三十七分。

我站起来。透过放映室的观察孔，我能看到10排座椅靠背上冒出来的两个脑袋。

后脖子传来一阵凉意。

摸出手机,显示时间是2018年8月8日。

我匆匆走出放映室,在走道里碰上张姐,问她今天是几号。

"8号啊。"张姐说,"小李啊,你没事儿吧?"

我摆摆手,转身跑进1号厅。随着电影画面明暗交替的变化,渐渐看清黑暗的观众席上坐着的正是陈果和他女朋友。

回到放映室,我检查了一下数字放映机的机身,不禁汗毛倒竖——在本来该贴着"2018年8月8日"那张新标签的地方,却是以前那张"2018年7月2日"的旧标签。

这感觉真他妈诡异。

如果是这样的话,那么再过几分钟,数字放映机上的氙灯就要爆炸了。

我低头看看石英钟。

石英钟上的秒针滴答、滴答、滴答……

噗的一声,氙灯炸了。

五

第二天

如果你发现自己陷入无限循环的一天了,会怎么办?

我睁开眼,等到适应了周遭黑暗的光线,发现自己是在放映室里。看看时间,凌晨五点三十七分。

我站起来。透过放映室的观察孔,我能看到10排座椅靠背上冒出来的两个脑袋。

摸出手机，显示时间是 2018 年 8 月 8 日。

检查了一下数字放映机的机身，不出所料，在本来该贴着"2018 年 8 月 8 日"那张新标签的地方，却是以前那张"2018 年 7 月 2 日"的旧标签。

我跑出放映室，撞上张姐，她说："小李啊，你没事儿吧？"

我一路小跑着去找保管室的王工领新的氙灯。他从抽屉里摸出来一个记录本，拿骨节粗大的手指点了点："小李，咱们有规定，领新灯要上交旧灯头。"

我说："旧的还在放映机上用着呢。"

王工问："那你来干啥？"

我答："这不马上就炸了！"

他拿手背朝我扇了扇："那等到坏了你再来嘛。"

我说："王工，1 号厅放映机上的灯用不少时间了吧？一直没翻面儿，负极下垂，变秃瓢了就容易炸。这新的我一定好好爱惜，一个月翻一次面儿。"

他怔了怔，抬起头，压低鼻梁上的眼镜，两只眼珠子朝上翻着看看我，然后默默地转身从靠墙的柜子里取出一只新的氙灯递过来。

我回到放映室，四下漆黑一片。旧的那只氙灯刚刚已经炸了，我赶紧把手上这只新的换上去。

好在这个小小的插曲没有影响到陈果。早上六点，放映结束，灯光亮起，他双膝跪地，向女朋友含情脉脉地说："媳妇儿，跟你商量个事儿成吗？"

趁女朋友还没来得及回答，陈果以迅雷不及掩耳之势从座位底下摸出早已准备好的玫瑰和钻戒："遇到你之前，我活得就像一句脏话。可是遇到你之后，我有谱儿了！"

陈果的女朋友眼里噙满泪水，在陈果热切而又焦急的注视下，嘴唇颤动着，两行晶莹的泪珠滚落脸颊，梨花带雨地握着他的手

星云志·NO.12
时空订制

说:"一直想和你开口,却不知道怎么开口。陈果,我们不合适。我……我们分手吧。我要去日本了。"

陈果的求婚"又"失败了。

人和人之间的缘分,还真不是情侣衫就能绑定的。看来导致陈果被甩的锅,氙灯不能背。就算"钱是王八蛋",可是这年头凭一朵花和一句誓言就能打动的女孩子,比三条腿的蛤蟆、关了静音的手机、每天都换内裤的直男还难找了。

二十分钟后,陈果在街边的卤煮火烧摊子上哭得像个一百二十四公斤的孩子——我没有失过恋,很难体会他这样号啕大哭的心理成因。说实话,我连朋友都没几个。除了陈果之外,只有布拉德·皮特和阿尔·帕西诺是我的朋友。它们是被楼里住户丢掉的一只仓鼠和一只乌龟。

把他送回"奶奶的熊"之后,陈果央求我留下来陪他打会儿游戏。

我们玩的是 FIFA,他每次都输,牌臭瘾大。

正玩着,我问他:"如果你发现自己陷入无限循环的一天了,会怎么办?"

陈果疯狂地按着游戏手柄,目不转睛地看着屏幕说:"嘛叫无限循环?"

我说:"就比如今天吧,你过完今天,醒过来发现又是今天。"

其实,准确地说,并不是"无限循环的一天"。通过"昨天"的经历,我发现自己是从 8 月 8 日的晚上七点三十七分,突然蹦回凌晨五点三十七分的。

陈果说:"那我不得再被甩一次?"

接着他又开动脑筋想了想,说:"那是不是可以每天都这样打游戏?"

我说:"对啊。"

他扭头看了我一眼:"要是明天可以全部重新来过,那是不是今天做什么都不用负责?"

我说:"差不多就这意思吧。除了你自己的大脑,别的就像游戏副本可以重读进度,你生活里的人不会记得时间循环时发生的事。但是你自己的记忆是累积的,'昨天'发生的事情你都记得。"

陈果笑了:"那不等于有超能力了。"

好吧,他终于搞清楚我的问题了。

陈果盯着屏幕,舔了舔嘴:"你说如果我这样了……是先去逛澡堂,还是先去抢银行?"

有人曾说,每一个阳光灿烂的少年都会变成油腻中年,当他变了,你不要惊慌,不要悲伤。还有人曾说,出身不由己,而朋友可以自己选择。倘若选了个陈果这样的,跪着也要把这段友情走完。

是这道理吧?

六

第三 / 四 / 五 / 六 / 七……天

七点三十七分,世界倾斜了。

我的一天基本是这样度过的:

凌晨五点三十七分睁眼,发现自己置身放映室。透过观察孔,我能看到 10 排座椅靠背上冒出来的两个脑袋——陈果和他女朋友。替换氙灯。早上六点,结束放映,亮灯,目睹陈果求婚失败全过程。陪他喝酒,看他宿醉,扭送他步行至"奶奶的熊",陪失恋的他打两把 FIFA。

时空订制

接下来，我回家，想在煎饼果子摊上买两个饼当早餐，结果遇上一场鸡飞狗跳的意外，未遂。走回公寓楼下打算搭电梯，结果碰上一群大爷大妈外加一对双胞胎姐妹把电梯挤得水泄不通，我不习惯和陌生人挤在一起，让他们先上吧，电梯居然半路故障不下来了。爬楼梯到十二楼，开门进屋准备蒙头就睡，隔壁突然传来如泣如诉的狗叫。敲门让邻居管管，邻居正抡着皮带揍狗。

回到家，洗个澡，我在120救护车的呼啸声和狗叫的伴奏中昏睡过去。中间被手机铃声吵醒一次，我妈打来的，从昨晚到今天一共十四个未接来电。昨天我上晚班，所以手机设置了十二小时静音。电影院的晚班都是从晚上六点上到早上六点。接到老妈的第十五个来电，我彻底醒了。窗外已经天擦黑了，我挂了电话，拿手机点了外卖。

七点三十五分，下楼拿外卖。走出大厦，仿佛进入另一个世界，北京城淹没在幕天席地的大雨之中。我站在马路牙子上等外卖的时候，一辆面包车悄然拐进了辅道。

七点三十七分，世界倾斜了。视线中的街道、行人、广告牌从竖直顺时针转了九十度，统统倒地不起。对于一个死宅来说，这一刻的景象竟然有一种奇异的美感：视野里的一切变得格外清晰——但又因为这场大雨而格外模糊。

世界与我之间隔着眼皮这层幕布。幕布徐徐拉上。

我去，什么东西碾我身上了。

2018年8月8日，这句话成了我的最后一个念头。

你看，我讨厌交通工具是有原因的。

我被面包车撞倒，死了。

然后我就在一片黑暗中醒来。

幕布缓缓拉开。

我感觉自己就像漂浮在虚无之海中的一个魂灵。这是哪里？天堂？地狱？森罗殿？奈何桥？我拿手狠狠掐了一把自己的脸——指尖传来的感觉软硬适中，脸上传来的感觉火辣辣的还挺疼——我……没有变成鬼？

等眼睛渐渐适应这片黑暗，我发现自己一个人坐在放映室里。

放映室里有一面石英钟，它的时针、分针和秒针都在尖儿上有一滴夜光。秒针一格一格走动，就好像一只萤火虫沿着时间的轨迹一圈一圈爬过。

现在是凌晨五点三十七分。

我站起来。透过放映室的观察孔，我能看到 10 排座椅靠背上冒出来的两个脑袋。

我又回到了十四个小时前，2018 年 8 月 8 日的早上。

替换氙灯。早上六点，结束放映，亮灯，目睹陈果求婚失败全过程。陪他喝酒，看他宿醉，扭送他步行至"奶奶的熊"，陪失恋的他打两把 FIFA。接下来，我回家，想在煎饼果子摊上买两个饼当早餐，结果遇上一场鸡飞狗跳，未遂；走回公寓楼下打算搭电梯，结果碰上一群大爷大妈外加一对双胞胎姐妹把电梯挤得水泄不通，我不习惯和陌生人挤在一起，让他们先上吧，电梯居然半路故障不下来了；爬楼梯到十二楼，开门进屋准备蒙头就睡，隔壁突然传来如泣如诉的狗叫，敲门让邻居管管，邻居正轮着皮带揍狗。回到家，洗个澡，在 120 救护车的呼啸声和狗叫的伴奏中昏睡过去。中间被手机铃声吵醒一次，我妈打来的，从昨晚到今天一共十四个未接来电。昨天我上晚班，所以手机设置了十二小时静音。电影院的晚班都是从晚上六点上到早上六点。接到老妈的第十五个来电，我彻底醒了。窗外已经天擦黑了，我挂了电话，拿手机点了外卖。七点三十五分，下楼拿外卖。走出大厦，仿佛进入另一个世界，北京城淹没在幕天席地的大雨之中。我站在马路牙子上等外卖的时候，一辆面包车悄然拐进了辅道。

  七点三十七分……

  嗯,相信你已经知道接下来会发生什么了。

七

  第八／九……二十九／三十天

  我成了时间尽头的囚徒。

  我的生活轨迹不仅从空间上变成了一个几乎静止不动的点,从时间上来说也是如此。

  简单、重复,无需思考。

  一个完美的闭合圆弧。

  这简直是全世界死宅都梦寐以求的生活。

  打个比方:这就像活在一段反复播放的时长十四个小时的影片当中,你对人生中的过去、现在、未来,你对人生中的每分每秒都了然于胸。

  在这无限循环的时间里,我醉生梦死,甘之如饴。

  甚至有些害怕这样的日子会在某一天毫无预兆地结束。

  但渐渐的,事情开始朝着我始料未及的方向发展。

  我开始担心这样的日子会永不结束。

  傻子都能看出来,我的世界出了问题。也许宇宙是有自我意识的,而且它极有可能想与这个世界上的一切死宅为敌。比如为了惩罚我,它让我过上了之前梦寐以求的生活——足不出户,每天混吃等死,不用关心粮食、蔬菜、季节、刮风还是下雨,不用关心任何人。可是慢慢的,我就厌倦了这样的生活,混吃等死的快乐变成了生不如死的煎熬。

我居然萌生出了以前从来没有过的想法——我想要试着跳出这样的轨迹，推开命运馈赠的奇妙礼物，做些改变。

我试过不点外卖，而是在家煮泡面。可是我依旧活不过七点三十七分，多一秒都不行。

我试过在我住的这栋大楼里做点别的事。比如趁着倒班休假，坐到观众席里看电影——没有什么比看至尊宝以手指天喊着"般若波罗蜜"，然后在一束白光中穿越回从前更应景的了。

但在晚上七点三十七分到来的那一刻，坐在观众席上的我会突然丧失意识。等到再次睁眼时，就会是十四个小时前，在电影放映室里醒来的凌晨五点三十七分。

众目睽睽之下，我是怎么消失的呢？我不知道。

我只知道在日复一日的重新读档中，我罹患了一种叫作"孤独"的绝症。如果世界是一条火腿，而我们所拥有的每一天都是由一只神奇的手用刀切出的薄薄一片的话——我已经把这一片咀嚼到快吐了。

当然，它连完整的一片都不算，它只有十四个小时。

这样胡思乱想的直接后果就是，我把陈果当成了救命的稻草。也许结束这种日子的突破口在他这里？

我试过给陈果放别的电影，可他的求婚依旧以惨败告终。

我试过带他去逛手办店。"这个，这个，那个，还有那个……"我在手办店里指点江山的时候，陈果的脸颊像少女一样绯红，"都不要。剩下的全部打包，刷我的卡。"这下他的脸已经红得像山魈了。然而一到晚上七点三十七分，这些手办就会像灰姑娘的马车和玻璃鞋一样统统消失，世界会重启，一切会归零。他拥有过，却不再记得。

我还试过带他去见证各种奇迹的时刻。比如带他去和睦家的产房外面，精准地提前三十秒报出每一个产妇的姓名、年龄、生男还是生女。我轻轻松松展示出的"神迹"会让陈果忘记失恋的伤痛——因为他的脑容量没法同时容纳下"这太牛了"的震惊和"我失恋了"的悲伤这两种情感。我们一次次重复着这样的游戏，每一次陈果都惊讶得合不拢嘴，而我却渐渐百无聊赖、心如死灰。

命运馈赠的蜜糖，怎么就变成了砒霜？

在这样循环往复了一天又一天之后，2018年的8月8日变成了一座孤岛。一个无形的牢笼。我像一只蚂蚁，困在这一片火腿之中，沿着它的横切面一圈又一圈爬行，起点即是终点，终点即是起点。

我成了时间尽头的囚徒。

八

王毛毛把摩托车停在梧桐树投下的树荫里，跨坐在熄火的车上，看了看眼前的店招。

奶奶的熊。

没错，就是这里了。她嚼了嚼嘴里的口香糖，吐出一个泡泡，下了车，跳上路沿，推开玻璃门，走了进去。

这是一间网咖，她拿手指压了压鼻梁上的镜架——那是一副风格复古的墨镜，圆形镜片和脖子上的choker（贴颈项链）、机车外套、短裤、马丁靴相得益彰——王毛毛四下打量，网咖里的上座率大概有两成，基本上都是年龄介于十五到二十五岁、有着不同程度黑眼圈的男性。

柜台后面坐着老板，一个穿汗衫的胖子。老板脚下是一地的空酒瓶,他垂着头,打着瞌睡,散发出一股酒味,像个搁在椅子上的、装满了发酵物的麻袋。柜台上贴着一张 A4 纸,白纸黑字地写着"老板娘跑了,包月八折特惠"。

王毛毛正要往里走,一个男人慌忙从座位上站了起来,快速走到她身边。

"V?"王毛毛问。

男人点点头,掏出手机,屏幕上是《V 字仇杀队》里那张著名的面具脸。

验明正身后,男人示意王毛毛到网咖外面去说话。两人来到店外,王毛毛问:"狗呢?"

男人说:"我带你去看。"

"先看看照片。"

男人挠了挠后脑勺,举起手机,给她看了几张照片。

"是你的狗吧?"

王毛毛点点头。

男人说:"加个微信,酬金先付一半。"

王毛毛从屁股兜里掏出几张百元钞票,递给男人。男人接过来,一张张点了点,揣好钱,说:"走吧。你开车了吗?"

王毛毛走向树荫下的摩托车。等她把车推上大路,踩下油门,男人一下坐到了后座上:"我来指路。"王毛毛翻了个白眼,发动了摩托车。

男人带她进了一栋公寓楼。密密麻麻的格子间宛若蜂巢,通廊式的走道昏暗无光。男人掏出钥匙,打开一扇门,示意王毛毛进去。

"狗呢?"王毛毛朝里瞟了一眼,没有动。

"你先进去等着。"男人说着,把她往里搡。

王毛毛抬起手肘抵在男人胸口。

男人突然顺势搂住她的背,喘息着说:"你让哥爽一下,就当是另一半酬金。"

王毛毛二话不说,一脚猛踢在男人裆部。

医院急诊科,一男一女两名民警翻着病历,对视了一眼,又看了看坐在板凳上的王毛毛。

"阴囊红肿,左侧睾丸破裂……"男民警念了两句诊断结果,又看了看王毛毛,"姑娘,你下脚也太狠了点吧?"

王毛毛没吭声。

男民警递过来几张百元纸钞:"这是他退还给你的钱。一码归一码,等会儿去收费处把急诊费结一下。里头那哥们儿可挨了八针。"

王毛毛接过钱,塞进外套口袋。

"本来是他报的警,但刚刚又说同意私了。"女民警说,"你的狗也不在他那儿。他是看到了你的寻狗启事,然后从一个网友那里看到几张相似的狗的照片,所以想骗……"

女民警把"骗财骗色"几个字省略了。

"那照片就是我的狗。"王毛毛头也不抬地说。

"他主动交代了,发布照片的人住在东四十条那边的一个电梯公寓,和平电影院楼上。"男民警说,"好了,你注意安全。"

两名民警离开了。

王毛毛打开手机地图,在搜索栏输入了"和平电影院"五个字。

九

第六十一天

"时间不重要,生命才重要。"

吕克·贝松。《第五元素》。

我一个人坐在观众席上，看着长得跟两条腿儿直立行走的穿山甲似的蒙多沃旺人出现在1914年的埃及神庙，朝人类神父递出一把金色钥匙。这外星哥们儿在被石门碾成碎片之前，说出了那句载入影史、富有哲理的对白："时间不重要，生命才重要。"

我终于决定不再坐以待毙。

我试着掌控命运，做一些疯狂的小事。

在煎饼果子摊前，我伸脚绊倒了那个身后追着无数大喊"抓小偷"的热心群众的坏蛋——此人拼命反抗，争执中我还不小心扯坏了他外套拉链，他胸口的三颗红痣若隐若现——结果事情的发展急转直下：原来他是个外卖小哥，刚刚把电瓶车停在银行楼下，有人上来就把车给骑跑了。出于歉意，我和小哥互换了外套。

回到公寓楼下，在电梯门即将关闭上的那一刻，我伸手阻止了坐上将要出事的电梯的大爷大妈和那对双胞胎姐妹，告诉他们电梯升上去之后会坏在半空打不开。结果不仅没人相信我的话，还被大爷大妈臭骂一顿，说我是想加塞儿的外卖小哥。

一口气爬楼梯到十二楼，我鼓起勇气敲开隔壁邻居的门，告诉他欺负小动物是不对的，吵到邻居和小朋友也是不好的。结果这邻居是个暴脾气的练家子，他马上毫不犹豫地用《搏击俱乐部》里拳拳到肉的打法把我揍得头破血流。

这都是时间循环惹出来的。

如果不被困在不停重复的十四个小时里，我和他们不会有任何交集。

十

第八十九天

时间循环不是一般的诅咒,而是能赋予人超能力的囚笼——就好比金字塔是死气沉沉的坟墓还是令人惊叹的奇迹,全取决于你怎么看待它。

吕克·贝松。《超体》。

洪荒中以光速穿梭的露西从此消失,只留下那句"我们十亿年前被赋予生命,现在你知道要如何对待此生"。

影片结束,灯光亮起。字幕裹挟着一个个人名,如流水从幕布上逆流而上。张姐已经操着家伙进来了,她瞅见我便问:"小李,你咋在这儿?你那朋友不是隔壁1号厅求婚来着吗?"

我问:"求成了吗?"

张姐扭头就走:"嗨,成什么啊,没成。他俩各走各的了。你这儿也挺干净的,我去别的地儿看看去。"

陈果求婚这事算是扶不起来了。按照朋友之间的吸引力法则,我应该祝贺陈果喜提空巢青年身份,光荣地成为了一条单身狗。

但别的事儿,琢磨琢磨,还是能有改进的。

俗话说,一回生,二回熟。

我一边走路一边打电话给电梯维修公司,挂上电话,刚好走到银行楼下的煎饼果子摊前。我先发制人,拦下孟贼,还用《黑客帝国》里"子弹时间"的身姿躲过了他扔过来的花生米和生鸡蛋,为外卖小哥找回了电瓶车,在他问我"兄台怎么称呼"时微微一笑:"就叫我——煎、饼、侠吧。"然后我离去,留下一个深藏功与名的背影。

　　一路飞奔回公寓楼下，克服了心中对《闪灵》"电梯血潮"这可怕的一幕的恐惧，我在电梯门即将关上的那一刻，伸手阻止了坐上将要出事的电梯的大爷大妈和那对双胞胎姐妹。这时电梯公司维修员恰好赶到，一番检查，果然发现了问题。然后我离去，留下一个深藏功与名的背影；

　　一口气爬楼梯到十二楼，径直敲开隔壁邻居的门，夺下他手里用来打狗的皮带，对他说出张学友在《旺角卡门》里的那句："食屎啦你！"当然他会马上试图用《搏击俱乐部》里拳拳到肉的打法把我揍得头破血流，但他的一招一式我已经了然于胸，应对自如，甚至还占了上风。他突然举起手喊："它叫什么？"我不明所以。他指指那条狗。狗脖子上挂着一块闪闪发光的名牌。我念出名牌上的字：Leon。这是《这个杀手不太冷》里那个法国杀手的名字。邻居说："回答正确。这狗归你了。"然后我带着 Leon 离去，留下一个深藏功与名的背影。

　　还真给陈果说对了。时间循环不是一般的诅咒，而是能赋予人超能力的囚笼——就好比金字塔是死气沉沉的坟墓还是令人惊叹的奇迹，全取决于你怎么看待它。我死水一片的生活似乎有了不一样的颜色。

　　可是这片亮色很快也消失于无尽的时间循环本身。

　　当这一天过去，等到我再次睁眼时，还是在电影放映室里醒来的凌晨五点三十七分。

　　我做过的一切不复存在。

　　这座城市重新醒来，一地鸡毛，尿性不改。

星云志·NO.12
时空订制

十一

第一百天

有人怀念着十年前在这里点燃的圣火,有人操心着苟且在眼前的生活。

2018年8月8日这一天的北京,天气闷热,还下着雨。8月7日立秋了,北京被一场暴雨从里到外浇了个透。8月8日,夏天终于结束了。

从99天前开始,我的时间停留在夏天结束的这一天。

闲得蛋疼的时候,我也会从网页上搜寻这一天的新闻来打发时间。如果你去回顾2018年的8月8日,就会发现这一天在整个地球上也没有发生什么大事。

一台名叫"帕克"的太阳探测器停靠在卡纳维拉尔角空军基地里,准备着在三天后飞跃太阳的日冕层。一头二十岁的母鲸在加拿大不列颠哥伦比亚海湾掉队了,因为不愿意放弃它那已经死去多日的孩子。一群消防员从起火的大楼里救出了一条小狗和十五个男男女女。一个井盖掉了,因为下雨,水淹了路面,所以环卫工人没看清,三轮车前轮卡在了上头,骑车的大爷摔成了髌骨骨折。

而北京城呢,除了那个在大雨里消失的井盖之外,似乎一片太平。有人怀念着十年前在这里点燃的圣火,有人操心着苟且在眼前的生活。

对我来说,这一天只是个再寻常不过的日子,说不上太好,也不算太坏——要是我没有被面包车撞的话。但如果可以选择,我大概不会选择被关在这一天。2011年2月10日。如果可以的话,我想在这一天一直循环下去,直到世界尽头。

那天其实也说不上多特别。

白天下了一点小雪。傍晚的时候,阳光照在屋檐的积雪上,雪发出棉被一样绒绒的光泽。我和陈果一人骑一辆单车,进了东四五条胡同。他的单车后座上绑着一捆白菜,我的单车后座上坐着林娅。

过了"好街坊美发店",平时"老杨修车补胎"那地儿,修车的老杨头没有出现。一个敦厚微胖的中年人守在描着红漆的挑子旁,他时不时出现在这一带,是个倒糖人儿的。从他身边经过时,林娅猛地一下子跳下车,一边揉着脚一边喊:"嗨,嗨,李正泰!我要吃糖人!你给我转一龙!"

我只好那脚刹住车,扭头看着她。

陈果的两脚蹬得飞快,说了句"那我先回了啊!"就消失在了胡同拐角。

我把单车停在墙根儿。林娅已经反身跑了几步,弯着腰站在挑子跟前,研究起转盘上的桃子、小鸡、蝴蝶、蜻蜓。

她满脸堆笑地问摊主:"我先转一个试试成吗?"

中年男人点点头。

林娅从大衣衣兜里掏出手,哈口气,掌心相对搓了搓。接着,她迫不及待地伸出右手食指,猛地拨了一下竹篾做的转针。

转针呼呼地转了起来。

林娅皱着眉头俯视着转盘,眼神充满虔诚,嘴上却说:"老板,这个不合算啊。"

转针逐渐失去力气,越来越慢,最后晃晃悠悠地停在了一只蝴蝶上。

"这个不算。"林娅说着,指了指我,"李正泰,你来。你给我转

星云志·NO.12
时空订制

一龙！"

我脱掉手套，走到她旁边，弯腰拨动了转针。

转针最后又停在了蝴蝶上。

中年男人麻溜地从铜锅里舀出一小勺糖稀，三两下就在泛黄的大理石板上画出了一只歪瓜裂枣的蝴蝶。他拿竹签粘上，递给林娅。

林娅不甘心地接过来。中年男人又对我竖起两根手指说："两块。"

我伸手去掏裤兜的时候，林娅已经拿着蝴蝶，低头朝单车走去了。

我问："老板，龙多少钱？""十块。"

我给了他十二块，从草垛子上取了一条现成的龙。这龙做得倒算得上精致，厚鳞厚甲，眼睛是额外用白色糖珠点的。

我追上林娅，把龙递给她。她笑了，接过来："他肯定在蝴蝶底下粘磁铁了。"

我戴上手套，跨上单车，她用手扶着我的腰，坐了上去。

林娅一路都在唧唧喳喳地说话，我已经记不清她到底说了些什么。

我甚至已经记不清她的样子。

奇怪的是，我却清楚地记得她的手环抱在我腰上的重量，记得从我嘴里呼出的白气沿着脸颊飘走的形状，记得斜斜地照进胡同里的黄昏的光。那光把一切都镀成了透亮的金色，好像那一刻的人、事、物，全部都裹了一层薄而脆的糖稀。

没错。这一天其实也说不上多特别。

2011年2月10日，辛卯年正月初八，小雪转晴。这是地球上普普通通、再寻常不过的一天。

但如果可以的话，我愿意付出一切代价，在这一天一直循环下去，直到世界尽头。

十二

第一百〇一天

我的世界只有十四个小时。

讽刺的是，我不仅和这个世界上的每一个人一样，有的时间点永远回不去，比如 2011 年 2 月 10 日——更惨的是，有的时间点我永远到不了，比如 2018 年 8 月 9 日。

有句话怎么说来着？你若无其事迎来的今天，是有些人赴汤蹈火也到不了的明天。

我的世界只有十四个小时。无限循环的十四个小时。

手机铃声响了。它固执地响了一声又一声，直到戛然而止。来自老妈，第十四个未接来电。

我掀开被子坐起来。空调外机滴水的声音格外刺耳——嗒！

嗒！

嗒！

布拉德·皮特在仓鼠笼子里奋力蹬着转轮。

阿尔·帕西诺在厨房地板上探头吃着青菜。

莱昂纳多——这是 Leon 现在的名字——仰起头哼唧了一声，又懒懒地趴回被子了。

寂静的房间里，手机铃声再次响起。

我接起电话。

"嗯。刚在睡……"

"哦，昨晚上夜班，手机关了……"

"啊？我看看！……"

"我记着呢，日历上画了圈儿了，昨天不是上夜班吗，忘了……"

"好，好，你劝劝爸，让他别生气了……他要气坏了，卖保健品那强子倒乐了。"

"行，这周五回来……"

"都行。包饺子吧。"

8月7日，立秋，我爸生日。因为上夜班，把这事忘了，也没接到电话。改约了周五8月10日。

讲个悲伤的事，你可不许笑啊。8月7日和8月10日，都是我永远到不了的时间点。

生活总能出其不意。有时候，陪父母吃一顿饭，不知不觉就从一种习惯变成一句永远无法实现的诺言。

十三

第一百〇二/一百〇三/一百〇四/一百〇五……天
我是时间之王。

好在对于2018年8月8日的那十四个小时来说，我是时间之王。

我不知道上哪能买到井盖，所以在从"奶奶的熊"回家的路上买了四个路障，还顺带解救了快递小哥、电梯姐妹、邻居那只狗。然后我下楼，转了两趟公交，找到了新闻里说的那个没有盖的窨井。

虽然我从内心憎恶出门、买东西、坐公交这档子事，但只有我知道那个没有人会注意到的窨井的秘密——假如我不做点什么，就好像成了它的帮凶。

放好路障后我在旁边看了一会儿,路人纷纷绕开了窨井,直到环卫大爷也骑着三轮车绕开了它安全地离开,我才悄然离去,留下一个深藏功与名的背影。

这几乎是完美的一天了。偷电瓶车的贼被当场抓获,坐电梯的双胞胎姐妹没有被困住,邻居家的狗没有哀嚎,环卫大爷没有摔骨折——而我也第一次走出了几年来离家最远的距离。

可是第二天,当太阳照常升起,小偷会偷车,电梯会出现故障,莱昂会挨揍,大爷会掉井里。

不管我做过什么,世界都没有变得更好。

这座城市,一共住着两千一百七十万人。

但是我却和他们不再有任何关系。

2018年8月8日,当世界重启,一切归零,没有人会记得这一天的我。

没有什么是我做不到的,因为我有的是时间。但我似乎又什么也做不了,因为我只拥有这一天。

十四

王毛毛在铁皮垃圾桶的烟灰缸里按灭了一根烟。

烟灰缸里已经横七竖八地集了满满一缸烟屁股了。

在马路对面,是和平电影院。电影院大门两侧的橱窗里贴着几张海报——《低俗小说》《月光宝盒》《阿飞正传》……

经过一段时间的蹲守,王毛毛已经基本锁定了目标。她曾跟着他走进那栋电梯楼,听到他的公寓里传出熟悉的狗叫声。

这时目标出现了，他从电影院里走出来，走过那排泛黄的海报，丝毫没有察觉到自己被盯梢了。

王毛毛默不作声地跟了上去。

目标进入一家商店，王毛毛也跟了进去。在一排排高耸的货架之间，她心怀叵测、屏息凝神地注意着对方的一举一动。

目标买了几个红黄相间的路障。王毛毛站在不远处的五金货架前，装作挑选摩托车反光镜，从镜子里偷偷盯着目标结账。

目标走出商店，来到公交站台。

王毛毛藏在树荫下。

公交车来了，目标拎着路障上了车。王毛毛在关门前的那一刻也跟着跳了上去。

她一路偷偷跟着他，看到他把路障放在一个没盖的窨井周围。然后又坐上公交车，原路返回。

他总是一个人，偷偷做一些不为人知的事。

这座城市里，没有人留意过他，除了王毛毛。

她跟着他去过很多地方。坐过公交，挤过地铁，去过几条胡同。

不知不觉，王毛毛过上了一种"螳螂捕蝉，黄雀在后"的生活。

她成了他的影子。

而他毫不知情。

十五

第一百一十六／一百一十七／一百一十八／一百一十九天

就像预知了猎物所有动向的捕猎者那样，我既忐忑不安,又胸有成竹。

2018年8月8日这一天还发生了一件小事,有人在东直门地铁站跳了下去,被进站列车卷到带电的铁轨上而丧生。东直门离我住的东四十条胡同只隔了一站地,看了一下时间,这人跳下去的时候是早上七点二十分,正是2号线早高峰。

平时在这个时候,我正在"奶奶的熊"陪陈果打游戏。东直门跳轨事件一直都被我忽略了,因为它和电瓶车小偷、电梯故障、邻居的狗、没盖窨井处于互不相交的不同时间线。

地铁站的监控视频里,她站在站台上,像一个普通的上班族那样望着地铁进站的方向。当列车的车头灯照亮隧道深处,列车呼啸着进站的那一刻,她突然就纵身一跃。

她为什么会那样做,没有人知道。记者第一时间采访了死者远在外地的父母和朋友,他们说她北漂几年,事业顺心,没有异常,乐观开朗。

北京地铁2号线从1969年开始动工,是北京最后一条没有屏蔽门的地铁线路。近来年,宣武门、鼓楼大街和东直门这三站最受跳轨者的青睐。从去年开始,为了消除安全隐患,各个站点陆陆续续开始安装屏蔽门,以后不会再有人能突然从岛式站台啪唧一声跳到铁轨上去了。

很快有人把她的朋友圈截图上传到网上,她在这一天的凌晨发了一条消息:

如果再也不能见面,祝你们早安、午安、晚安。

配图是《楚门的世界》里的一张剧照:站在世界尽头那座阶梯上的楚门,正伸手触摸看起来是蓝天白云的围墙。

几个小时后,她死了。

连续三天,我都忍不住点开那段视频。

在那无声的一分钟里,她歪着头,等待着地铁进站。然后一瞬间跳了下去,轻盈得有些决绝。

第四天,我去了东直门地铁站。

这样,我就错过了另一条任务线。一边是快递小哥、姐妹花、狗和老人这样亟需关爱的群体,一边是一个在新闻里被打了马赛克的姑娘——在这样人性的拷问和选择面前,我的内心有过挣扎吗?

没有。在林娅之后,我对所有妞儿都脸盲了。胖瘦美丑,不都是世间众生本相?

早上七点的地铁站里人头攒动,我被浓稠如一锅粥的人群推搡着向前,走下楼梯,行过陈旧低矮的甬道,进入有着20世纪80年代风格的巨大圆柱的岛台。这种感觉很神奇,网上视频里记录下的一切,此刻都以一种无比真实的方式呈现在眼前——无数双鞋带进站台的泥水、滴雨的伞沿、令人躁动的热气。人群似乎是无声的,又似乎震耳欲聋。

我在往雍和宫方向的候车岛台找到了她的身影。

时间是七点零六分。

有一列地铁进站,人们一拥而入。

她站在原地没有动。

我看着她的背影,突然很想上去和她说话。

她为什么想要从站台上跳下去?

有那么一瞬间,我意识到了自从走入地铁站就扑面而来的这种感觉真正的神奇之处——时间循环赋予我与别人不同的地方,是我可以回到被别人称之为"昨天"的那个时刻。

我现在就在她的"昨天"。

如果昨天可以重来,她还会选择从站台上跳下去吗?

时针指向七点十分。

不停有列车进站,不停有人走进那钢铁巨兽的肚子,然后任由它呼啸着把自己带向这座城市的四面八方。

七点十七分。

七点十八分。

七点十九分。

她开始歪过头,朝着列车进站的方向张望。我的手心微微有些出汗。我走向她,站在她的身后。

就像预知了猎物所有动向的捕猎者那样,我既忐忑不安,又胸有成竹。

对,就是此时、此地、此刻。

就在她跳下去之前的那一刹那,我从身后环抱住了她的腰。

刺目的光亮从隧道中由远及近地照射出来,呼啸的钢铁巨兽减慢了速度,停靠在了站台边。拥挤的人群中,有位热心大妈用中气十足的声音喊道:

"臭流氓!抓臭流氓了!"

等我反应过来发生了什么的时候,已经被人群团团围住。

"小伙子,你这也太过分了吧?"

"甭跟他废话,报警!"

"活久见,地铁站抱姑娘了嘿!"

"真是林子大了什么鸟都有……"

在围观群众的坚持下,我被送进了派出所。

众口铄金,派出所民警根本不听我的解释,苦口婆心地对我进行了一番教育。

我简直百口莫辩:"不是,您听我说,今天真有一姑娘要跳铁轨,幸亏我给拦住了。不信……不信您搜一下新闻?记者还采访了她亲戚朋友什么的。"

这时手机响了。瞄了一眼屏幕,来自老妈。民警抬头看了我一眼,我赶紧挂断,改成振动。

"压根儿就没这新闻。况且,你都抱了人家了,人家也跳不了铁轨了。"

"咦,警察同志,你说的好像很有道理!"

最后,因为只有目击群众,没有找到受害人,我被民警教育到下午六点。民警下班了,我也从派出所出来了。

走出派出所大门,手机又在兜里振动起来。一看,来自老妈,已经错过十四个电话。

"正泰,你……没事吧?"

"嗯。刚在睡……"

"怎么老打不通你电话?"

"哦,昨晚上夜班,手机关了。"

"昨天不是说好了在家吃饭的吗?你爸过生日。"

"啊?我看看!"

"你这孩子不长记性,怎么把你爸生日都忘了?"

"我记着呢,日历上画了圈儿了,昨天不是上夜班吗,忘了。"

"一直打不通你电话,汤都等凉了,回锅热了好几回。最后你爸气得饭也不吃了。"

"好,好,你劝劝爸,让他别生气了……他要气坏了,卖保健品那强子倒乐了。"

"那你这周五不上夜班了吧?能回来吃饭?"

"行,这周五回来。"

"想吃什么?我给你做。"

"都行。包饺子吧。"

好几次,"我今儿就回来吃饭吧"已经滑到了嘴边,可是,我不想因为自己会在七点三十七分噗一声消失而吓坏二老。

挂上电话,我抬起头,看着天桥上行色匆匆的人影,他们在巨大而清晰的桥身上,一个个却显得模糊不清。

我突然有些筋疲力尽。

在日复一日的时间循环里,我已经习惯了这种拥有无限时间的错觉。现在却不得不面对一个无可辩驳的事实:过去说过的话,做过的事,再也无法更改。想要弥补,却已经没有了时间。

十六

第一百三十一天

我看了一百三十一场同样的大雨。

从今天起,我决定放弃抵抗,回到原来的生活轨迹。

我足不出户,手机静音,每天混吃等死,不关心粮食、蔬菜、季节、刮风还是下雨,不关心任何人。

我在这座时间的监狱里神挡杀神、佛挡杀佛、修身养性、万念俱灰,而我周遭的一切却每一天都是新的。

在这座城市,我看了一百三十一场同样的大雨。而对其他任何一个人来说,这只是夏天结束之后的第一场雨。

我已经厌倦了看雨。在这循环往复的十四个小时的永生之狱里,我唯一想看的,是那个雪天的雪。傍晚的时候,阳光照在屋檐的积雪上,雪发出棉被一样绒绒的光泽。

要说还有什么是值得庆幸的,那就是每一天的开始,我都从电影放映室里醒来。

哦，对了，说到这个，我好像记错了。灯塔管理员那句话是那个说"时间只是人体记忆中的错觉，时间根本就不存在"的爱因斯坦说的。

十七

第一百三十二天

对于一成不变的2018年8月8日来说，她是一个闯入者。

这可能是一件好事，也可能是一件坏事。

也许是时间循环带来的错觉，我总觉得自己身后有一个影子。在从超市的货架上拿薯片的时候，在人潮汹涌的地铁通道走路的时候，在独自一人坐着发呆的时候，在滴雨的公交站台等车的时候……

可是当我回头四顾，身后却空无一人。生活就这样继续着。

今天有些不一样。

我刚从放映室里睁开眼，1号厅观众席的门就被砰一声推开了，一个人影蹿了进来，三步并作两步地蹿到了第九排，指着10排1座歇斯底里地尖叫："陈果！你这个王八蛋！"

等我从放映室跑进1号厅观众席的时候，正好撞见那个人影抬手给了陈果一记耳光。

走近了才看清，这人身上穿一个"谱"字儿，是陈果的女朋友本尊没错了。

那坐在陈果旁边看电影的是谁？

"你谁啊？"陈果的女朋友怒气冲冲地问。

去他的时间尽头

"哎,对,你谁啊?"陈果捂着脸,表情和身上的"靠"字儿交相辉映。

"你谁啊?"陈果身边坐着的人一开口,声音居然是个清秀的姑娘,只是短发藏在卫衣的兜帽里,胸部也没怎么发育,所以一眼望去没多少女性特征。

他们仨你看看我,我看看你。

"你给我走!"陈果的女朋友吼。陈果在一旁无辜又忧愁地赔着笑脸。

"凭什么让我走呀?"那姑娘慢悠悠从屁股兜里掏出一张电影票,"1号厅10排2座,没错呀。"

这时候他们三个齐刷刷看向我。姑娘伸手把票递过来,我接过票,打开随身携带的手电筒照了照,说:"这张票确实是1号厅10排2座。"

陈果和他女朋友瞪大眼睛盯着我。

"可是,"我把票还给那姑娘,"这是昨天的票。"

"这样啊?"她好像并不吃惊,把票又揣回了屁股兜,"那对不住了啊!你们继续。"

她在众目睽睽之下一级一级地蹬蹬蹬跳下了楼梯,朝影厅大门走去。

陈果的女朋友还想发作,这时陈果一把拉住了她,单膝跪地说:"媳妇儿,跟你商量个事儿成吗?"

我知道陈果接下来要说什么。可是,他原本应该在电影结束、凌晨六点的时候说这句话和接下来的话。

今天刚开始五分钟,一切却都已经乱套了。
也许问题出在刚才那姑娘身上?
我脑子里突然灵光一闪,追了出去。

转过影厅楼梯拐角,她的背影正急速消失在猩红的甬道里。

"喂!"我加快脚步跟了上去。

她也加快了脚步。

我跑了起来。

她也跑了起来。

我跑出放映室,撞上张姐,被她问:"小李啊,你没事儿吧?"

我环顾四周,已经不见她的踪迹。我问张姐:"刚才出来一个姑娘,您看见她上哪儿去了吗?"

张姐指指安全通道:"我看见她进了楼梯间。"

通往安全通道楼梯间的那道厚重的大门像翕张着的嘴唇,微微来回摆动着。我快步追去,几乎是用身体的重量和奔跑的惯性撞开了大门。

"喂!"我一路跟着她的身影沿楼梯往下跑去。

很快,我追上了她。

我们两个气喘吁吁地站在昏暗的应急楼道里,她不再跑了,我也不再追了。

"电影院你家开的啊?"她弯着腰,喘着气,背抵在墙上说,"查个票都使上吃奶的劲儿了。"

我朝她走过去。

楼道顶上的灯光从我背后射出,在我身前投下一道又黑又长的影子。这道影子慢慢漫过地面,沿着墙壁升起,然后漫过了她的脚踝、小腿、大腿、平坦如我的胸部,停留在脖颈。在那之上,她的脸白得发光。

对于一成不变的 2018 年 8 月 8 日来说,她是一个闯入者。这可能是一件好事,也可能是一件坏事。

要搞清楚她的出现对时间循环有什么影响,对我来说到底是好事还是坏事，我必须亲自向她提出古往今来哲学家们一直都在问的那三个经典问题：

你是谁？

你从哪里来？

要到哪里去？

可还没来得及开口，我突然感到一阵疼痛，是从下体传来的一阵剧痛。

她居然……顶了我一膝盖，然后推开安全通道的门，头也不回地跑掉了？！

昏暗的楼道里，只剩下我一个人，以一种奇怪的姿势站立着。我的影子弓着腰，待在墙上。

有时候，时间重启并不是什么坏事。不管这一天发生了什么，你都可以从头来过。

看了一下表，才刚早上七点二十分。

何以解忧？唯有晚上七点三十七分。

十八

第一百三十三天

她朝我走了过来，并且说出了一句让我差点当场晕厥的话。

"李正泰！李正泰！李正泰顾客请注意！您的朋友在商场二楼出口处等您！"

芬兰哥们儿从爱克托沙发上坐了起来。他面无表情，望着自己前后左右的顾客熙熙攘攘，有如过江之鲫，打他身边游过。

如果你一点儿都不知道他的故事,那么他此刻的表情在你看来就会显得毫无意义。

而我知道隐藏在他眼中的那一丝心满意足,就好像猴面包树下的泥洞里睡醒的一只狐獴——它钻出洞穴四下张望,发现自己不再惧怕草原上成群结队的羚牛和斑马了。

"你好,请问可以帮我一个忙吗?"不出所料,芬兰哥们儿从茫茫人海里选中了我,径直走了过来。

他拿出一个笔记本,翻开其中一页说:"我在完成一个愿望清单,其中一项是在北京和五十个中国人说话。"

我瞟了一眼他的清单,原本写的是"100",然后被叉掉了,变成"50"。哥们儿仍需鼓励啊。

"你是第二十三个。我们可以聊聊吗?"

通常,我不是很愿意搭理陌生人。但是这有什么关系呢?我已经听他讲述自己的故事很多遍了。

我点点头。

芬兰哥们儿开始自我介绍:"我叫 Jarno,中文名字是张佳诺,我曾在赫尔辛基大学学习了四年汉语……"

我在心里默念出他嘴里说的每一个字。如同陈果的求婚誓言,这哥们儿的革命家史我也一样能倒背如流。

我看着他的眼睛。

不,他还不认识我。

即使我听过他亲口讲述自己的故事无数次,可是当时间重启,他还是像第一次见到我一样。

突然,我看到了那只蝴蝶。

是的,那只不知道从哪里冒出来的、也说不清是什么颜色的蝴蝶。它缓慢地振动翅膀,擦着芬兰哥们儿的头顶朝不远的地方飞去。循着它的飞行轨迹,我看到了难以置信的一幕——在一台黑色的汉尼斯书柜和一架勒纳普落地阅读灯之间，站着昨天出现在电影院的那姑娘！一定是她！

在不断重启的 8 月 8 日这一天里，她看起来真是来去自如得有些过分。

我拍拍芬兰哥们儿的肩，绕过他喋喋不休的脸，朝那姑娘走去。

这一次我走得尽量沉着稳重。光天化日、众目睽睽，应该不会再让她误会我了吧？

我走到离她两米远的地方，疼痛的肌肉记忆让我情不自禁地停住了脚步。

她放下手里的提斯沙漏，回过头来，我们正好四目相对。蝴蝶停在了沙漏上。

在这样的时刻，空气中回荡着的背影音乐竟然是——

"王毛毛！王毛毛！王毛毛顾客请注意！您的朋友在宜家餐厅入口处等您！"

我赶紧扭头看向了一边，可是她却朝我走了过来，并且说出了一句让我差点当场晕厥的话："昨天那事儿，对，对不起啊！"

十九

第一百三十四天

现在可能已经产生了一百三十四个不同的 2018 年 8 月 9 日。

我就这样认识了王毛毛。

我们同病相怜，她也是一个被困在时间循环里的人。我们的症状和病程发展也很相似，一开始是震惊，接着是不相信，然后就各种挥金如土、展示神迹、尊老爱幼、劫富济贫……但最后，她也和我一样，从神挡杀神到万念俱灰。

王毛毛说她一直在寻找同类，至今只找到我一个。她说也许这个世界上的每一天都是一座时间的监狱，每一座监狱里都关押着时间的囚徒。

那我们不是病友，是狱友了。

随即王毛毛向我提出了一个大胆的建议：越狱。

这种想法基于她的几点观察：

第一，虽然我们可以在2018年8月8日这一天做任何事——甚至是受伤或者死亡——但都不会影响到这一天及之前已经发生的事。远的，比如1519年9月20日，葡萄牙人麦哲伦带领船队出发环游世界；近的，比如2018年1月17日天线宝宝"丁丁"的扮演者西蒙去世。发生过的事情已经永远发生了，我们无法改变。

第二，我们在这一天做的事会影响到2018年8月9日以及未来吗？有可能。我们做出不同的行动，会产生不同的结果，这些结果就像吹泡泡一样，每一个泡泡就是一个时间线上的新世界。也就是说，现在可能已经产生了134个不同的2018年8月9日。但这样的多重宇宙对我们来说暂时还没有意义，因为我们自己还到不了"明天"。而一旦越狱成功，一个明确的"未来"就有了意义。

第三，越狱有可行性吗？当然。对于别人来说，时间只售卖单程票。而对于我们来说，时间是地铁2号线，环状闭合。我们必须得找到一个换乘站点，重新回到单向行使的地铁1号线上去，才能回归到正常的生活。

我问王毛毛这些乱七八糟的结论都是哪儿来的，她一本正经地说是经过"高人"指点。

"明天你谁也别见，手机也别开，带上一把最大的伞，到动物园来找我。"王毛毛神秘地说。

她一边说话,一边深深地吸了一口烟,吐出一个烟圈。

我拿手扇了扇,问:"你成年了吗?还抽烟!"

她对此不置可否。

她的身体看起来很单薄,瘦削的肩膀上支着一张棱角分明的脸。王毛毛问:"去不去?"

我说:"不。"

王毛毛又吐了一口烟圈,掐掉了烟屁股,斩钉截铁地说:"下午五点,长颈鹿馆,不见不散。"

二十

第一百三十五天

这一瞬间,我好像突然又具备了掌控时间的能力。

凌晨五点三十七分,我毫无悬念地在电影放映室里醒了过来。

站起来,透过放映室的观察孔,我能看到10排座椅靠背上冒出来的两个脑袋。

二十三分钟后,陈果将迎来他人生中的致命一击。

我坐在放映机前,看着映照在石英钟面上的自己的影子。一直以来,我就像不停地把巨石推上高山、然后看着巨石又滚落到山脚的绪福弗斯一样。

我所做的一切,对这个世界毫无意义。

这时,我脑海里跳出两个跟王毛毛长得一模一样的小人儿,一个有着天使光环,一个长着恶魔尾巴。

长恶魔尾巴的王毛毛小人儿露出寒光闪闪的虎牙说:"你看,循环往复的荒谬人生是多么痛苦呀!难道你就不想做出一点改变?"

时空订制

　　有天使光环的王毛毛小人儿扑棱着翅膀在一旁帮腔道:"下午五点,长颈鹿馆,不见不散。"

　　我看着石英钟,夜光的指针嘀嗒走动。

　　指针走了一圈,又一圈。

　　我摸出手机,滑动了关机键,然后站起身,为10排1座的哥们儿默哀了三秒,走出了放映室。

　　走在猩红的甬道里,总觉得身后跟着什么人。可是当我回头,地毯上只有我被灯光拉得长长的影子,走道里空无一人。

　　凌晨的北京街头,行人寥寥,偶尔有汽车从路上驶过。我一路走着,不知不觉走到了东四五条胡同。

　　胡同里家家户户熄着灯,没有半点声响。

　　依次走过林娅家、陈果家,最后来到了我父母家门口。

　　我站在院墙外倾听着里面的动静,却只听到马路上驶过的车辆声。

　　也不知道这样站了多久,晨曦中,胡同渐渐活络过来。院子里的人拉开灯,起了床,开始准备早饭。我听着他们咳嗽,交谈。好几次,我差点就走进去和他们一起喝豆汁,吃油条,迎来新的一天。

　　然而我最后还是悄无声息地走掉了。

　　我一路走回家,倒头就睡。

　　醒来已经是下午四点了。

　　今天,我决定要做一件以前从来没有做过的事:去动物园见王毛毛。

　　从东四十条地铁站坐到西直门,接着转4号线大兴线,只消再坐一站就能抵达动物园。像往常一样,一路上总觉得有双眼睛一直在盯着我。可是当我四下张望,却只看到一张张陌生而疲惫的脸。

　　途中,在东直门站停靠时,我突然意识到这就是那个姑娘跳下去的站台。是我曾经来过，试图改变这件事的那个站台。

鬼使神差的，我在这一站下了车。站台上人流汹涌，钢铁巨兽吐出一串串"蝼蚁"，又吸入一串串"蝼蚁"。灯光雪亮，我却莫名感到如芒在背。那种被人盯着的感觉如此强烈，我茫然四顾，却不知道自己想要在人群中寻找什么。

8月8日循环往复，就在今天早上的七点二十，她应该已经又跳下去一次了。城市像一座庞大而精密的机器，齿轮咬合了血肉。据新闻里的说法，跳轨事件只让2号线暂停了十五分钟，就马上继续"正常运行"了。

如果再也不能见面，祝你们早安、午安、晚安。

这姑娘大概率是一个温柔又喜欢电影的人吧？但她为什么会选择离开这个世界，再也没有人能知道了。又一列地铁抵达，我跟着人群，走进它冷气十足的躯壳。站在晃动的地铁车厢里，我努力想把在东直门地铁站体会到的那股说不清道不明的感觉从脑海中甩掉。

按照王毛毛的吩咐，我带上了一把长柄雨伞。但是走出动物园站之后我发现这边的雨很小，根本犯不着打伞。

记得上一次来这儿时，我还穿着开裆裤。时间真是奇妙的东西，它从来没有改变过速度，但在人们嘴里，它却不是太快，就是太慢。

我从入园处拿了一张地图，进了动物园大门朝左走，过了熊猫馆右拐，经过鸣禽馆、犀牛馆，空气里渐渐飘来一股股食草动物的粪臭味儿。数着羚羊、麋鹿、斑马、野驴、骆驼、牦牛……我来到了长颈鹿馆。

时空订制

我一眼就看到了王毛毛。她今天穿了条翠绿色的裙子，裙子上有细碎的樱桃图案。她还戴了耳环，也是红红的樱桃。她没有打伞。

我走到她身边，和她并肩站着。

她像个接头的女特务似的，双眼盯着长颈鹿，看也不看我地说："你迟到了两分钟。"

我扭头看着她："你别说，耳朵上挂两个车厘子，还蛮好看的。"

她噗嗤一声笑了出来。

王毛毛又抬手看了看表，这才终于转过来，面朝我说："还有一小时就闭园了。"

我正在琢磨她的葫芦里到底卖的什么药，她突然又说："时间还来得及。我们去坐摩天轮吧！"

动物园里有一个规模不大的游乐园，几乎就是我记忆中的样子。人们都说记忆往往会褪色，这个游乐园的设施就像记忆一样纷纷都褪色了。王毛毛一看到那个比路灯高不了多少的"摩天轮"就兴奋地大叫起来，为了不扫她的兴，我只好买了两张摩天轮的票。

我已经很久没有和人一起挤在这么狭小的空间里过了。挂在摩天轮上的小箱子逼仄得让人难受，王毛毛却兴致很高。

当小箱子在细雨中轻轻晃悠着升到最高处，透过郁郁葱葱的树冠，王毛毛发现了一柄大油伞下，藏着个倒糖人儿的小摊子。她把那个小摊子指给我看："嗨，嗨，李正泰！我要吃糖人！你给我转一龙！"

我怔住了。

这一瞬间，我好像突然又具备了掌控时间的能力。我重新回到了过去的某个时刻，在北京动物园淅淅沥沥、晃晃悠悠的五米高空，我却感觉自己两脚着地，架着单车，在一个下雪的冬日里扭头望着那个跟我说话的人——林娅。

摩天轮吱吱呀呀地转了两圈就停下来了,时间才过了三分钟。从摩天轮上下来时,恍若隔世。

王毛毛拉着我去找她在空中发现的转糖人的摊子。找到之后,大概是看我一直发呆,她亲自拨了转针。好像是使了很大的力气,转针一直转啊转啊……

最后停在了"蝴蝶"上。

做糖人的妇女颧骨上有着两团红,背后还拴着一个褓褓。

她麻溜地从铜锅里舀出一小勺糖稀,三两下就在白色大理石板上画出了一只歪瓜裂枣的蝴蝶,然后拿竹签粘上,递给王毛毛。

王毛毛不甘心地接过来,悄悄对我说:"她肯定在蝴蝶底下粘磁铁了。"

妇女对我竖起两根手指:"二十。"

我给了钱,王毛毛已经拿着糖做的蝴蝶走远了。

我心里对她涌起一阵莫名的感激。我差一点就不来了,那我就会毫不知情地错过这一切。而现在,仿佛是意识宇宙或者哪位命运之神许以的褒奖,那个把一切人、事、物裹上一层薄而脆的糖稀的黄昏又回来了。

接着王毛毛又要求玩碰碰车、旋转木马和矿山车。

等她把这些都玩了个遍之后,动物园里的游客越来越少了,提醒游客出园的广播响起,闭园的时间快到了。

心满意足的王毛毛说:"跟我来。"

就这样,我被她领到了爬行动物馆。爬行动物馆里已经没有游客,她看了看贴在门后的值日表,自信满满地说:"他们已经检查过这儿啦。现在动物园在清理游客,一会儿所有的门都会上锁。"

"那我们难道不该尽快出去?"

她没有解释,而是带着我在各个展馆之间东躲西藏。终于,夜

时 空 订 制

幕降临，动物园呈现出了另一番模样：这里已经没有了游人的踪迹，只剩下动物的吼叫声在沉沉的暮色里遥相呼应。

我们走到鹿苑背后的一处山丘，坐在了一片柔软而湿润的空地上。

细雨已经停了。

暑气消退后，鹿粪的味道混合着雨水和青草气味，弥漫在空气中。

如果不被打断，我们可能要这样一直坐到时间的尽头。

晚上七点三十五分。

我们就坐在时间的尽头。

"现在呢？"我问。

王毛毛低头看了看表，然后侧过脸冲我眯起狐狸一样的眼睛一笑："等。"

晚上七点三十六分。

王毛毛从地上腾地站了起来，向天空伸出双手，仿佛在接住某种我看不见的东西。

"等什么？"

她仰起头，高高举起手臂，闭着眼睛说："等这个。"晚上七点三十七分。

她话音一落，天空突然下起瓢泼大雨。

雨水落在王毛毛仰起的脸和手上，原来刚才她伸出双手是要接住噼里啪啦砸下来的雨滴。我撑开伞——如她所说的"最大的伞"——这样我们两个就都不至于淋雨了。

不知道从哪儿冒出来的三三两两的游客，开始朝着各个方向快步走开。

动物园里又响起提醒游客出园的广播。

"一会儿就要闭园了。"她说。

我不明所以地看着她。

她皱着眉头,用一种看白痴的眼神看着我,然后耸耸肩,露出一个狡黠的微笑。

二十一

第一百三十六天 / 王毛毛时间

青草上的夜露,透过云层洒下的月光,空气里的味道,还有眼前的姑娘——在月光下,在草地上,在食草动物的粪便气味中跳舞的,长着雀斑又平胸的姑娘——都是那么的不真实。

在被时间囚禁的第一百三十六天,我第一次不是在电影放映室醒来。

晚上七点三十七分已经过去了,我还在这里,在一片线条圆润的山丘上,在暑气和大雨里,脚下踩着细密的青草。

这就是王毛毛想要告诉我的秘密。

现在是2018年8月7日晚上五点二十分,是"王毛毛时间"。她总是在这个时间开始进入重置,而她进入时间循环的地点,就是北京动物园。

同样作为时间的囚徒,我的坐标随着她一起重启了。对于王毛毛和我来说,只要我们在空间上"在一起",那么我们就能获得对方的"时间"。

难怪之前我总觉得被人盯梢了。原来一直尾随着我的那个人是她。她偷偷跟着我,所以获得了我的时间。而我因为和她在一起,所以也不再是从8月8日的凌晨五点三十七分、电影放映室这个坐

时空订制

标重置了，而是从她的 8 月 7 日晚上五点二十分、北京动物园这个坐标开始重置。

从现在开始，只要我们不分开，那我的每一天都不再只有十四小时，而是二十六小时又十七分钟。

一开始，我以为这是她精心设计的恶作剧——像王毛毛这种不按常理出牌的人，真要是做出这种恶作剧也不足为奇——但很快，随着动物园再次闭园，四周又变得空无一人，只剩下暴雨、雷鸣和鸟类的嚎叫。这一切让我不得不相信她的话。

幸好王毛毛让我带了伞——不过据她解释，她自己在 8 月 7 日那天没有带伞。所以每一次重置，她一睁眼就是下着雷阵雨的动物园。

我们打着伞在大风大雨中一路踯躅，到了喂养鹳鸟和火烈鸟的池塘边，躲进了一座水泥造的小亭子里。

雨滴像一只只迷你的鱼鹰一样，奋不顾身、前仆后继地扎进池塘，激起一圈圈涟漪。时间是否也是这样的一种东西？它是雨滴，是池塘，又是涟漪本身。无数人在这个世界上出生、相遇、死亡。每个人的轨迹以一个点为圆心，扩散着，交错着，然后随着时间消失在有限的一生之中。

浅岸上，深红色和粉红色的火烈鸟一会儿呼啦啦走到东，一会儿呼啦啦走到西。不时还有雷从那些老树硕大浓密的树冠上滚过。

王毛毛一直在低头玩手机。我瞟了一眼，看到她在和一个备注为"关老师"的联系人聊天。

"我想在这待会儿。"我把伞递给王毛毛，示意她可以先走。

自从时间循环以来，我还没有经历过黑夜。我想待在这里，看看夜晚是不是真的会降临。

王毛毛没有接过伞，而是收起手机，掏出两个耳机，一边一个，塞进自己的耳朵。她的头发和裙子被暴雨淋透了，根本分不清从她发梢和裙角滴落的雨滴哪些来自她所经历的第一个8月7日，而哪些来自第一百三十六个8月7日。

"你听过三只蝴蝶的故事吗？"王毛毛提高嗓门大声喊——不知道是因为戴着耳机，还是因为下着暴雨。

"有一只黄蝴蝶、一只蓝蝴蝶、一只红蝴蝶，它们仨是好朋友。有一天，它们正在花园里玩儿，突然飘来一朵乌云，下起了暴雨。花园里正好有三朵花，一朵黄花、一朵蓝花、一朵红花。三只蝴蝶想到花里躲雨……"

这故事有些年头了吧？我第一次听到它，差不多是在20世纪，穿着开裆裤的年纪。

"黄色的花，黄色的花，可以让我们进去躲雨吗？——不可以，我只能让黄蝴蝶进来躲雨。

"蓝色的花，蓝色的花，可以让我们进去躲雨吗？——不可以，我只能让蓝蝴蝶进来躲雨。

"红色的花，红色的花，可以让我们进去躲雨吗？——不可以，我只能让红蝴蝶进来躲雨。

"三只蝴蝶谁也不愿意单独躲雨。暴雨打湿了它们的翅膀。"

王毛毛说着，侧过头看着我："你说，它们仨是不是傻？"

我点点头。

她深深吐出一口气，笑了笑。

滴雨的屋檐下，我们就这样并肩站着。

一个困在夜晚、一个困在白天的两个时间囚徒。

雷声渐渐熄灭在树梢。

雨小了。

乌云都落进了眼前的池塘，月亮现身在夜空。

时空订制

我走出亭子，站在湖边的青草地上。这是一百三十六天以来，我第一次看到月亮——之前身陷时间的囹圄时，我竟然从来没有留意过月亮这种东西已经从我的生活里彻底消失了。

"你会跳扭扭舞吗？"王毛毛在我身后问。

我知道扭扭舞，《低俗小说》里乌玛·瑟曼和约翰·特拉沃尔塔跳过这种舞。

"不会。"我说。

"我可以教你。"她说着，走到我面前，扯下她右耳的耳机，塞到我的左耳。

"不跳。"我说。

音乐响起，节拍像电流一样穿过我的耳朵，震得右脸发麻。她自顾自地跳了起来。

天不知不觉黑尽了。

月光照着她的脸，她闭着眼。王毛毛的皮肤太白了，她的鼻翼两边布满了雀斑，像脸颊上趴着一只灰色的蛾子。

我从来没有想过有生之年会经历这样一幕：我站在北京动物园的湖畔，看一个才认识了不知道该说几小时还是几天的姑娘在震耳欲聋的鼓点中，伴着远远近近的狼嚎跳扭扭舞。

青草上的夜露，透过云层洒下的月光，空气里的味道，还有眼前的姑娘——在月光下，在草地上，在食草动物的粪便气味中跳舞的、长着雀斑又平胸的姑娘——都是那么的不真实。

空寂的发红的苍穹下，动物的吼叫声此起彼伏。那些夜行困兽靠嗥叫来让自己与月亮相连——它们身体振动发出的声音的波浪，由这个动物园一圈一圈向宇宙深处荡漾开去。

王毛毛睁开双眼。她的眼睛像某种小小的野兽，在猩红的夜空下闪闪发光。

她用这闪闪发光的眼睛看着我。

我也跟着王毛毛的步伐扭了起来。

王毛毛举起一只手臂,伸出食指,指向夜空,闭着眼睛尖叫:"嗷呜——"

"嗷呜——"我也对着夜空嗥叫。

我突然想起了那个在宜家商场里逮着中国人聊天的芬兰哥们儿。在北极圈漫长黑暗的冬夜,几十天见不到一丝阳光;而在五月底到七月中旬的极昼里,太阳永不坠落。在极昼和极夜的日子,即使矜持如芬兰人,也常常禁不住狼嚎两嗓子。

就像此时此刻的王毛毛和我。

我们的声音会像那些原始而清澈的嗥叫一样,在这个湿润、闷热、奇异的夜晚,荡漾到宇宙深处去吗?

我低头看着王毛毛。

这感觉真是奇怪,因为被困在时间囚笼的一百三十多天以来,我一直觉得自己是这个世界上最不自由的人。

而现在,在月光下,在草地上,我们是方圆百里最自由的两具血肉之躯。

王毛毛突然停下脚步,把两枚耳机收进了口袋。

鼓点和节拍消失了,夜风包围了我们。

她踮起脚尖,把脸轻轻地凑到我脸前。

我坐怀不乱地看着她,心里却搞不清楚她这算不算在暗示什么。事实证明我想多了。

"走,"她说,"我带你去见一个人。"

王毛毛说的这个人,就是她之前提到过的那位"幕后高人"。我跟着她从动物园出来,趁着夜色打车到了雍和宫旁的官书院胡同。

进了胡同,黑灯瞎火地走了一段路之后,前面出现一盏昏黄的路灯。路灯下蚊虫飞舞,三三两两地坐着些摇扇子的闲人。走近

了,才看清靠墙竖着的一块纸板上龙飞凤舞地写着:

> 名老中医独家研制
> 孩子不打针不吃药
> 依托量子纠缠理论
> 直系亲属针灸即可

我正看得瞠目结舌,这时又发现到旁边的路灯杆上贴着一张告示:

> 看相算命
> 皆是骗人
> 切勿上当
> 街道办宣

一个穿汗衫的大爷坐在这块"切勿上当"的牌子底下,招呼道:"美女,看不看相?算不算命?"

王毛毛正笑眯眯地欲答,我赶紧说:"大爷,咱识字儿。"

这时有个小伙子站起来,收了屁股下的马扎,朝我们挥挥手。王毛毛回头给我使了个眼色,迎了上去。

"这位是关老师,"王毛毛礼貌地介绍道,接着又用肩膀指了指我,"关老师,这是我在微信上给您说过的那个谁,李正泰。"

我拉起她的胳膊就往回走。

"哎哎哎,你干吗呢?"王毛毛不依不饶。

"这种骗子扎堆的地方你也信有高人?"我压低声音说,"就刚才那个看相算命的大爷,还有这大半夜坐胡同里不进屋的资深空巢男青年……"

王毛毛拽住我的手腕，挤出十二分的真诚说："最危险的地方就是最安全的地方，最可疑的地方才最可信。他值不值得信，聊聊你就知道了。"

看着她执迷不悟的样子，我气不打一处来。

我指指路灯杆上的告示："你以为那是谁贴的？八成就是那大爷。为的就是初筛一遍目标客户——比如你……"

"兄台！请留步！"那位"关老师"三步并作两步地追了上来，"兄台怎么称呼？"

我回过头，在路灯光下，这才看清——他居然是我在 8 月 8 日早上会遇到的外卖小哥！

"关老师是吧？"我问，"研究什么来着？"

"小弟不才，专业方向是场论与宇宙学。超弦理论和 M 理论是鄙人深感兴趣的领域。"

"那你还学人算命？要不我给你算算？"

王毛毛用胳膊肘撞了一下我："别闹。"

"关老师，"我说，"你的命，黄袍加身，每天鸡鸭鱼肉相伴。我说得对不对？"

他先是一怔，接着沉默了。

王毛毛看得目瞪口呆。

"宇宙的终极秘密就藏在你胸口的三颗痣里。我说得对不对？"

他点点头，接着脸上的表情瞬息万变——震惊、痴迷、疯狂、热切、怀疑——旋即双手护胸："兄台怎会知道我胸口有三颗痣？"

王毛毛说："深藏不露啊！李正泰，没看出来原来你才是高人。"

"别听他瞎扯了，他的主业就是送外卖，走吧。"我拽紧王毛毛的胳膊，拉着她朝胡同口走去。

"此言差矣。"身后，外卖小哥一字一顿地说，"鄙人的主业是理论物理研究,送外卖只是科研之余的一项消遣。"

我拽着王毛毛头也不回地继续朝前走。

身后传来外卖小哥那尖细的男声:"在下听王姑娘说,二位在找'换乘点'?"

我站住了,王毛毛在一旁歪着脑袋,屏息凝神、察言观色。

我转过身,走回他面前:"这事有解?"

外卖小哥点点头:"可以一试。"

"你真相信有时间循环这回事?"我问。

外卖小哥一脸虔诚:"时间循环的存在,在数学上已经被证实了。虽然在物理上还没有被证明,但这只是时间问题——这么说有点绕。"他说,"在下的意思是,这个时间问题迟早……"

"有办法找到换乘点吗?"我看着他,权衡着要不要相信一回"民科",死马当活马医。

他拿右手中指推了推鼻梁上的眼镜架:"理论上来讲,鄙人能计算出你们所要经历的时间重启的次数。"

"这么说我们能知道什么时候可以越狱成功了?"王毛毛高兴得跳了起来,伸出两只纤细的胳膊,像只猴子似的整个人挂在我脖子上。

我正费力地把她从我身上摘下来,外卖小哥神不知鬼不觉地飘到我俩耳边,轻声道:"冒昧问一下,要是鄙人猜得没错的话,二位都是已经死过一次的人了吧?"

二十二

第一百三十六天 / 李正泰时间

去他的时间尽头

"我活了二十多年,你突然告诉我,
昨天、今天、明天的我不是同一个人?"

我确实是已经死过一次的人了。但王毛毛是不是,我不知道。她没有向我提起过之前的事。比如,她为什么会有8月7日的电影票,还有她为什么会去下着大雨的动物园,又是怎么从茫茫人海中发现我的真实身份的。

在我们跟着外卖小哥走去他住地的路上,一个又一个的疑问塞满了我的大脑,而王毛毛却对此缄口不语。

外卖小哥和一伙人租住在一个大杂院里。院儿里断水断电,院子的主人正在谈拆迁补偿,所以便宜租给他们。他不无得意地提到自己有个单独的房间,不用和别人挤在大通铺上。

到了地方,他拿钥匙开了门,熟练地从门框旁摸到了手电筒,啪一声拧亮,招呼我们进去。

跨过这扇门之后,不得不承认,我也要改口叫他"关老师"了——手电筒的灯光之下,这个散发着汗臭味的单间呈现出一种神秘的气息。茶几上、板凳上、窗台上,还有地上、床上,到处都堆满了书。房间中央甚至还有一块黑板,上面用粉笔写着复杂的演算。

"你说时间循环到某次之后就会停止,可信吗?"我问。

"这只是鄙人的推测。科学界还没有找到时间循环的任何证据。"王毛毛嗔怪道:"证据这不就活生生站在你面前呢吗?"

外卖小哥——现在应该叫"关老师"——不好意思地搓了搓手。

我继续问:"时间循环结束的时候,有什么副作用吗?它就自然而然地结束了?"

"兄台是想问你会不会再死一次吧?这个说来话长了……"

"长话短说,关老师。"

星云志·NO.12
时空订制

"好吧，这么说吧，在初始坐标的宇宙里，你的的确确死了。否则你也不可能进入时间循环。但是现在的你和初始坐标的那个你，并不是同一个你。所以时间循环结束之后的你，是存在于一个新的宇宙里的。在不同的宇宙里，你一般不会再死一次，就像人不会踏进同一条河流两次。"

"你的意思是，死亡把'我'变成了一个bug？"

"可以这么说。"

"为什么会这样？"

"很简单，因为世界本来就不是连续的。今天的你和昨天的你，这一秒的你和下一秒的你，并不是同一个人。"

"太扯了吧？"

"无数的你，存在于无数的平行宇宙。每当你起心动念，甚至哪怕只是改变了呼吸的轻重缓急，就会诞生出一个新宇宙里的你。"

我有些泄气："我活了二十多年，你突然告诉我，昨天、今天、明天的我不是同一个人？"

关老师问："你们都有过看电影的经历吧？"

王毛毛举手："我是影迷。"

关老师解释道："电影是通过视觉暂留原理产生的。把不连续的画面按照每秒24帧播放，肉眼就看不出来图片是不连续的。"

"彼得·杰克逊用48帧拍了《霍比特人》系列，李安的《比利·林恩的中场战事》是120帧。"我忍不住说。和搞物理的民间科学爱好者聊天真插不上什么话，聊电影我可是还行。

"你们看电影的时候从来不怀疑它的连续性，对吧？其实你可以把'世界'也看成是一场'电影'，无数不连续的片段按照前后顺序串联在一起，作为观察者的我们被'眼睛'欺骗，以为它是连续的。"

"行，就算世界不是连续的，时间也是连续的吧？"

去他的时间尽头

"时间是什么呢？不过是人对世界的不连续变化的一种感知。你看到斗转星移、春华秋实，这些都是空间中的幻象，它们不是连续发生的。你能感觉到时间流逝，其实只是空间幻象一帧一帧被你感知到了。从物理学的角度来看，时间就像数学一样，你可以理解它，但它并不真的存在。好比当你们坐在电影院里，让你们开怀大笑或者伤心落泪的，只是银幕上的一个个昙花一现的像素。"

我听得一脸懵逼，记得中学时的物理课本上可没这么胡扯过呀！

王毛毛似懂非懂地点点头："就跟做梦一样。"

这回换关老师一脸懵逼了。

王毛毛说："人只有在快速眼动的时候才会做梦；也只有借助视觉暂留才能欣赏电影。那人应该也是在一呼一吸、眨眼之间才能感知到时间。人一旦死了，对时间的感知就会出问题。"

"王姑娘很有研究物理学的慧根嘛！"关老师赞许地说。

王毛毛不客气地点点头，又转身偷偷对我说："其实这都是他之前自己跟我说的。"接着她继续道："这就是为什么人死亡之后会陷入时间循环。因为对世界的不连续性感知出现了问题。"

我猜这句也是之前关老师对她说过的。

看着他俩一唱一和，我更加一头雾水了。

"算了，为什么人死了会进入时间循环我也不追究了。"我说，"甭管什么科学道理，你就告诉我换乘点在哪儿吧！"

关老师敲了敲黑板："这是鄙人用到的公式。估计不出半年，就能有结果。"

王毛毛双手托腮看着黑板，喃喃道："半年？关老师，我们有的是时间，但您没时间。等我们时间一重启，你就什么都不记得，我们还得来找您一次，您还得重头开始算。这样永远也算不出个结果啊！"

关老师伸出两根手指:"最快两个月。"

"说吧,你要多少钱?"我问。

关老师立刻摆着手说:"不不不,不是为了钱。鄙人不才,自幼爱好格物致知之学,却一直都是纸上谈兵。多少寒窗学子、名流大家更是一辈子研究超弦问题,直到两鬓斑白都只能管中窥豹。放眼整个理论物理界,还没有哪位科研工作者找到过看得见摸得着的'证据'——何况还是两个大活人。此时此刻,二位光临寒舍,令鄙人感到无比荣幸,蓬荜生辉。"

我扭头看着王毛毛:"翻译一下?"

王毛毛试探道:"关老师这意思是,免费?"

我拍拍关老师的肩膀:"钱不重要,时间才重要。再过十多个小时,我们又要蹦跶回8月7日下午了。"

"鄙人七点还要上班送外卖……如果能在实验室里计算,那会快很多。二位能找到有很多电脑的地方吗?"

听到他这么问,我突然有了一个主意。

月朗星稀,"奶奶的熊"四个大字如霓虹般闪烁。

陈果站在一排电脑前,一半是气没消,一半是蒙圈。

我从电脑桌下钻出来,举起手里的线:"得了,你也甭老念自己衣服上的字儿了,跟结巴似的。过来帮我搭把手。"

陈果走过来,拿眼神指了指王毛毛:"你什么时候有的妞?"

我摇摇头。

他摆出一副苦大仇深的样子发起了牢骚:"哥们儿今天求婚,不是说好了你当班吗?放我鸽子不说,还突然来个电话让我把网咖清场!婚没求成,生意也泡汤了。你要给不了我一个合理的解释……"

我停下手上的活,认真地看着他:"听我一句劝,这婚,咱别求了。"

"你什么意思？"

在长桌另一头的电脑前噼里啪啦输入公式的关老师朝我俩看了过来，站在他身后的王毛毛也鬼鬼祟祟地朝这边探出脑袋。

我拉过陈果的胳膊，压低声音对着他耳朵说："这么多年，兄弟一场，你信我。"

陈果丈二和尚摸不着头脑，继续吹胡子瞪眼地看着我。

"忘了她吧。"我说着，揽过陈果的肩，拍了拍，"别在一棵树上吊死，懂吧？"

一分钟后，他的神色缓和了下来，抿了抿嘴，字斟句酌地开口道："李正泰，你不会……你……别想了，咱俩好是好，但那什么，没可能的。"

我哭笑不得，朝他竖起一根中指。

"你要是不喜欢男人，那为什么这么多年你都没……"

这时王毛毛突然叫了一声："开始了！开始了！"

我和陈果赶紧把手上的一堆线给接好，快步过去围拢到关老师身后。

关老师面前的电脑上，正唰唰地跑着一列列数据。"奶奶的熊"所有的电脑都已经联机完毕，正在按照他给出的算法进行运算。

陈果还在叨叨："李正泰，今儿这事……咦？这是在算什么？彩票号码？"

关老师不无得意地说："非也。这是鄙人编写的时间循环计算公式。"

"他说的每个字我都知道，可连起来怎么就听不明白？"陈果问，"什么公式？"

"时间循环计算公式。"我说，"《土拨鼠之日》《明日边缘》《忌日快乐》，记得吧？我进入时间循环了。"

时 空 订 制

"扯吧！"陈果乐了，"你们仨别逗了，还说什么时间循环呢！"

他指指关老师："他又不是哆啦A梦。"

又指指王毛毛："她又不是静香。"

最后指指我："你又不是大雄。"

我朝陈果摊开手："手机拿出来。"

他不解地问："干吗？"

我说："打电话给你女朋友，问她护照的事……哎，甭废话，你问。"

陈果打通了电话，因为还是凌晨，所以被臭骂了一顿。他鼓起勇气问了护照的事，得到了令他心碎的答案。

"你，你怎么知道？"陈果吃惊不已，"你不会真的进入时间循环了吧？那你不就可以……"

"不可以。"我说，"我没有逛过澡堂，也没有抢过银行。"

陈果咂咂嘴："哎呀妈呀！你现在简直是我肚里的一条蛔虫。"接着他恍然大悟道："我们之前是不是已经有过这段对话？"我点点头。

陈果激动地说："那你可以……可以回到……那一天？2011年2月11日……"

我愣住了。

关老师抬起头来："理论上来说，时间循环和回到过去是两个概念。"

王毛毛问："2011年2月11日怎么了？"

我和陈果对视一眼，他抿了抿嘴，不再说话。

我们四个人盯着绿光闪烁的屏幕，等待着运算结果。

天渐渐亮了，关老师看了看时间："哟，鄙人得去上班了。"

我送他走到"奶奶的熊"门口，他告诉我等会儿电脑算出结果之后就给他打电话。

去他的时间尽头

"生活是一次机会,仅仅一次,谁校对时间,谁就会突然老去。"临走时,关老师不无哲理地说。其实这是引用自北岛的诗歌,但从一位会写时间循环计算公式的民间科学爱好者嘴里说出来,还是挺耐人寻味的。

目送着他瘦弱的身躯骑上一辆眼熟的电瓶车,我不禁对着他的背影脱口而出:

"对了,一会儿在银行大厦外面的煎饼果子摊旁边停电瓶车的时候,让资本家自己下楼来拿早点,别送上去。"

回到网咖内,王毛毛坐在电脑桌上,手里夹着一根烟,正跟陈果聊着天,两人笑得前仰后合。

我朝王毛毛招招手,她俯身在陈果肩头说了句什么,两人又是一阵哈哈大笑,接着她走了过来。

我们走出网咖大门,站在街沿上,像昨天在动物园相遇时一样,互不相看,并肩而立。

清晨的街头,热气、人群和车流一起慢慢苏醒。

"有一只乌龟,跟一只蜗牛结了婚。"我说,"可是没过几天,乌龟死了。"

王毛毛嬉皮笑脸地问:"为什么呀?"

"乌龟嫌蜗牛太慢,气死了。"

她"哦"了一声,短促地啄了一口烟。

"又有一只乌龟,跟一只蜗牛结了婚。"我说,"可是没过几天,蜗牛死了。"

王毛毛捧场地问:"这又是为什么呀?"

"蜗牛觉得乌龟太快了,吓出了心脏病。"

王毛毛轻轻地笑了一声,耸了耸肩。

我侧过脸,看着她:"在乌龟和蜗牛的世界里,死可以是个玩笑。但在眼前的这个世界,活着,比死了强。你说对吧?能说早安、午安、晚安,比再也不能见面强。"

王毛毛脸上的笑容渐渐消失了,她拿烟的右手停在了半空中。

"东直门地铁站那姑娘,是你吧?"我说,"你的时间重启发生在8月7日下午五点二十分,跟8月8日早上七点二十分刚好差了十四个小时。"

"所以呢?"王毛毛把烟喂到嘴边,猛吸了一口,"这说明不了什么。"

"第一次见面时,你说过,我们的每一次行为和选择,都会产生一个新的世界,一条新的河流。这些河流最终都流向了浩瀚的宇宙,而时间的囚徒,可以在不同的河流里穿梭。"我说,"你说一直在找其他被关在时间循环里的人,却只找到了我,但你只说出了一半的真相。

"你没有说出的另一半真相是:你找到我,是因为你在那天被我阻止了。因为在你的初始坐标里,我从来没有出现过,所以你断定,时间循环之后遇到的我,和你一样,也是一个时间囚徒。"

王毛毛朝旁边走了几步,在垃圾桶的金属盒里按灭了烟蒂。她把两只手揣在衣兜里,慢慢走回到我身边。

"这就像玩天黑请闭眼的游戏,所有人都在黑暗里闭着眼,只有杀手能够互相睁眼看到对方。"她说。

"我看到你了,你也看到我了。"我说,"可我搞不明白,那天,你为什么要去死?"

"你难道不该关心我为什么不去死了?"王毛毛歪着头说,"我在初始坐标死了一次,然后又在时间循环里死了一百来次,可是我现在不想死了。"

"能说下跳轨的原因吗?"

"不能。"王毛毛说,"你要是真想知道,就陪我去王府井大街七十四号。"

我看看时间,早上七点三十分。

在王毛毛的初始坐标里,她已经死去十分钟,地铁站的工作人员应该正忙着把她那血肉横飞的尸体挪到别的什么地方,再过五分钟,2号线就要恢复运行了。如果她总是重复着初始坐标里的时间线,那么她是无从得知在这个时间点,世界上任何坐标位置上发生的任何事情的。

2018年8月8日上午的王府井大街七十四号,发生了什么?

无论发生了什么,这个已经"过去"的事件就像是游戏地图上尚未展现的领域,虽然早已写就,但对王毛毛来说却是完全未知的。她可能有些害怕,但又无法释怀。

"你真的想去?"我问。

"你不是想知道我为什么要跳轨吗?去了你就知道了。"

因为获得了我的时间,王毛毛现在可以去2018年8月8日早上七点二十分以后的世界。没来由的,我觉得在这个世界里,我应该对她负责。

"那走吧。"我说,"对了,你还没说为什么不死了?"

"因为莫名其妙地被个傻子救了啊。"

她已经远远地走到我前面去了。

在去王府井大街七十四号的路上,我给陈果发了个信息,让他留意着电脑,一旦有了计算结果就告诉我。

已经好几年没来过王府井了,对王府井的印象就是全聚德、五芳斋、全素斋、浦五房、东来顺,没想到七十四号原来不是什么百货商店、小吃店,而是"东堂"——北京挺有名、挺气派的一座天主教堂。

今天有对儿新人要在这里办事,王毛毛和我推门而入的时候,婚庆公司的人正在里面布置。在一片繁忙景象中，我们找了个僻静的座位坐下。

落座之后，我不禁笑了。

王毛毛问："你笑什么？"

我指着婚庆展板上新郎的名字说："你不会就是因为这位什么……岳军先生，所以想不开的吧？"

王毛毛不乐意地说："你还真猜着了。"

好吧，只要稍微脑补一下，就能想到一出狗血剧情。王毛毛在初始坐标8月7日这天的动物园和电影院的形单影只，都有了一个合理的解释。

"姑娘，你都循环一百多次了，还翻不了篇？"我说，"什么仇什么怨，在生死之后，都可以一笑泯之嘛。这轨咱不能白跳不是？"

"不行，我翻不了篇。"

"那你想怎么着？你用惩罚自己的方式来惩罚渣男还嫌不够？今儿还想用惩罚渣男的方式再把自个儿惩罚一遍？"

"你不懂，跟你解释了也白解释。"王毛毛朝我翻了一个白眼。

"你……跟他这得……多大仇啊！"我不禁感叹。

"还记得三只蝴蝶吗？"王毛毛说，"他曾经跟我说，我们别像那仨一样傻了吧唧，聪明人就该先各自顾好自己，等事儿过了，他就娶我。可是我这儿扛着事儿呢，他和前妻复婚了！呸呸呸！二婚还办个什么狗屁婚礼！"

我看看展板上浓情蜜意、郎才女貌的两人，点点头："是有点欺负人了。"

"他还扔了我的狗！"

"人渣啊！那你一会儿打算怎么整啊？需要我配合吗？"

王毛毛咬咬牙，说："一会儿他俩宣誓的时候，你去抢亲！"

我摇摇头："这不合适吧？"

王毛毛愤愤地道:"那你就一边儿去!"然后她突然想起了什么似的,快步走出了教堂,留我一人坐在那儿。

坐了不一会儿,宾客陆陆续续到了。早上九点,婚礼开始。新郎新娘在婚礼进行曲中走到了神父面前。我既觉得这一切跟我没半毛钱关系,又感觉似乎不能一走了之、置身事外,只好苦等着王毛毛回来。

主礼神父手拿麦克风说:"今天,在圣堂内为你们举行神圣隆重的婚礼。婚姻是蒙福的,是神圣的,是极宝贵的,所以不可轻忽草率,理当恭敬、虔诚、感恩地在上帝面前宣誓。岳军先生,你愿真心诚意地与这位女士结为夫妇,无论安乐困苦、富贵贫穷、或顺或逆、或健康或病弱,你都尊重她,帮助她,关怀她,一心爱她,终身忠诚地与她共建家庭,你愿意吗?"

新郎说:"我愿意。"

我替此刻不知身在何处的王毛毛感到庆幸,她没有当场目睹这一幕。

神父又把同样的话问了一遍新娘。

新娘说:"我愿意。"

话音刚落,教堂的门被砰的一声推开了。一个声音大喊道:"我反对!"

像八点档肥皂剧里重复过无数次的情节:所有人扭头,看到大门外射进来的刺目的光亮中,一个孤零零的人影像钉子一样杵在那里。

没错,这根孤单瘦弱、倔强唐突的搅屎棍就是王毛毛。

她就像刚被人从水里捞起来一样,浑身上下都是湿的。不知道去哪儿搞来了一身婚纱,披挂上阵的王毛毛咚咚咚走过地毯,走上宣誓台,在全场所有人还没反应过来是怎么回事的时候,抡圆了手臂给了新郎一个响亮的耳光。

这时包括新郎在内的所有人总算明白了点什么。

可是接下来，王毛毛又干了一件出人意料的事——也只有她才干得出来——她一把拉过新娘，掰过她那张妆容精致的脸，狠狠地亲了下去。

神父的表情已经不能用"惊恐"来形容了，在场的宾客们也一个个都目瞪口呆。不少人拿出了手机拍起了小视频。

终于，新郎新娘的父母开始从震惊、尴尬、愤怒中反应过来，指挥亲信和婚庆公司的人手上去架开王毛毛。王毛毛被人七手八脚地拉开，嘴上的口红也花了一脸。

再不出手，估计她要被生吞活剥了。我冲进人群，一把抓起王毛毛的手腕，拽着她杀开一条血路。我们跑出教堂的大门，朝南跑去。愤怒的宾客紧追不舍，一直追到了长安街。

我边跑边教育她："你这样做不对。"

王毛毛喘着气答："我知道啊。"

我说："但也挺牛的。"

她点点头："可不是嘛！"

这一天上午十点左右的长安街，出现了一幅奇异的景象。一个穿夹克和纽巴伦跑鞋的男青年，拽着一个穿婚纱的姑娘在前边跑，后面跟着一群打扮得体、衣冠楚楚、愤怒之情溢于言表的男女老少。

贯穿了长安街的风，此时也贯穿了我们的身体。我从未如此清晰地感知过这个不连续的世界——上一秒，这一秒，下一秒，像被风吹动的书页，它们在长安街上如白鸽般哗哗地振翅一飞，飞进万千滴前仆后继的雨滴之中，飞进北京城上空八月的雾霾里。

雨消失了。

冬日干燥晴朗的暖阳照着我的脸。

惯性下的急速奔跑让我的视线有些模糊，但是我却清楚地知道，在视线前方，那个站在路口的身影，是林娅。

人影朝我挥了挥手。

真的是林娅!

我拼尽全力朝她跑去。

一辆黑色比亚迪眨眼之间冲了过来,撞倒了她。

我不知道是时间停止了,还是我的呼吸停止了。

总之在这一刻,我感觉不到时间的流逝。

我甚至分不清这是我的记忆,还是我又重新经历了一次那一天发生的事。

2011年2月11日。

等我再次吸入空气,又从肺部急促地吐出,雨滴重新坠落在我的肩头。

映入眼帘的,是淋成了落汤鸡的王毛毛那张五迷三道的脸。

不知道什么时候,我们身后已经没有了追兵。

她靠过来,伸出手,掰过我的脖子。

我们的目光在潮湿的灰色空气里短兵相接。

王毛毛踮着脚,仰起脸,亲了我,然后一言不发。

就在这时,手机响了。

我接起来,是陈果。

"你们在哪儿?"他说,"结果出来了,那关老师忒不靠谱啊!"

"怎么?"

"结果是'啊'。"陈果说。

"'啊'?"

"对啊。"他说,"'啊波次嘚'的'啊'。"

"结果是汉语拼音?"

"对。你最好问问他这是怎么回事。"

我挂断电话,打给关老师。

"'啊'?"他的反应也是一样。

时空订制

电话里传来很嘈杂的声音,我猜他正穿梭在雨里,忙着给某个坐在办公室里懒得下楼的白领送午饭。

我们约了一小时后在"奶奶的熊"见。

"没文化真可怕。"在网咖里,我拍拍陈果的肩说。他不好意思地搔搔后脑勺。

电脑运算的结果,不是"a",而是"α"。希腊字母的第一个,也就是"阿尔法"。

"我以为计算出来会是个阿拉伯数字,结果是它弟弟,阿尔法?"

王毛毛看着电脑屏幕上闪烁的绿色字母说。

"嗨,我知道了!"陈果突然一拍脑门,"阿尔法不就是下围棋那只狗吗?"

"α是希腊字母的第一个,也就是'起点'的意思。"关老师说,"在牛顿经典物理的时间观里,时间的确是有'起点'的。"

"时间的起点?"

关老师点点头:"热力学第二定律规定了时间的方向,而物理学上认为的时间的起点,就是一百三十七亿年前的那场大爆炸。"

"一百三十七亿年?"王毛毛吓了一跳,"得循环这么久?"

我打量了一眼王毛毛。虽然有雀斑,但皮肤还行。虽然是平胸,但好歹是个女的。思来想去,总比和一抠脚大汉当狱友要好。但一百三十七亿年……还是太长了点儿吧?

"不可能不可能,不可能是一百三十七亿年。"关老师自言自语着,拿出随身的一个小本写了些我们看不懂的演算公式,其间还接了几个催单电话,他一边冥思苦想着草稿上的算法,一边对着手机屏幕唉声叹气:"又有人评一星。我今天亏大了。"

"没事,"我安慰他,"等到晚上七点三十七分,时间就会重启。

你的一星都会归零。"

他如释重负地点点头,继续投入到演算之中。

时间一分一秒过去。陈果去隔壁烟酒行买烟。王毛毛走到网咖后墙的一台投币饮料机前买了一瓶苏打水。

我走到王毛毛身边,问她:"要真是一百三十七亿年,咱们怎么办?活腻了想死都没地儿死。"

她耸耸肩:"是挺够呛。"

"几个小时后就要时间重启了。他俩会忘得一干二净。但我不会。你也不会。"

王毛毛拧开瓶盖,咕嘟嘟灌了一口,问:"所以?"

"所以今天是什么意思?"

王毛毛耸耸肩看着我,转身要走。

我抬手挡住她的去路,严肃地说:"如果时间循环会发生一百次,那就可能继续发生一千次、一万次……可能比我们一辈子还要长。没有任何人能够证明我们的存在。因为这个世界不会记得我们……"

"除了我们自己。"聪明如王毛毛,说出了我想说的话,"只有你能证明我的存在,也只有我能证明你的存在。"

"在关老师得出结果之前,我们可能要做好共度一生,甚至好几生的准备。所以你不要乱来。"

"哦,你是说我今天那个你的事?"王毛毛指指自己,又指指我。

"你今天做的事,不会随着时间重启而消失。"我说,"所以,如果你以后要做什么跟我有关的事,请不要那么随意。因为我不像他们俩。"

王毛毛不置可否地推开我的胳膊,头也不回地走掉了。

"因为我会记得。"我对她的背影说。

因为我会记得。

星云志·NO.12
时空订制

　　过去，我以为记忆只是单纯的记忆。在记忆中体会到的快乐和痛苦，都是虚无的幻觉。即使在经历了一百多次时间重启之后，我仍然是这样以为的。

　　但是现在，我相信了关老师的解释。某种程度上来说，我们的肉身并不重要。在浩瀚的宇宙之海里，有成千上万朵浪花；每朵浪花里，包含着成千上万个泡沫；而每个泡沫里，就有一个时间线上的宇宙。

　　我们的肉身存在于所有的泡沫、所有的浪花之中。我们的肉身充满了宇宙之海——时间线上的无数个世界，浩浩森森，没有尽头。

　　是什么使我成为我？

　　不是某一个世界里的肉身，而是在这个世界里的记忆。是我的经历塑造了昨日之我、今日之我、明日之我。

　　时间不存在，肉身不存在，只有记忆才是真真切切的。

　　这和我过去的常识完全相反。

　　但只有你身在其中——当你死亡过、体会过，才会承认这一点：每一个参与到你生命里的人，每一个你曾做出、正在做出和将要做出的选择，每一段你无法忘记的记忆，使你成为了现在的你。

　　下午五点多，陈果买了烟回来，又从"奶奶的熊"前台的货柜里拿出火腿肠和方便面，我们四人一字排开，人手一碗。

　　时钟嘀嗒作响，除此之外，世界一片寂静。

　　"原来如此！"

　　关老师突然大声招呼所有人过去。

　　"鄙人知道 α 的意思了。"关老师面色潮红地说，"不是一百三十七亿年，而是——"

　　他举起手里的草稿，我们凑近一看，那上面写着：

去他的时间尽头

一百三十七

"真行啊,关老师。"陈果吸溜着泡面说,"这不还是换汤不换药吗?"

"不不不。"关老师说,"且听我娓娓道来。你们知道那个跟物理学家打赌'上帝不是左撇子'的泡利吗?"

王毛毛和陈果一头雾水地看着他。

"一部讲量子力学的电影里提到过泡利。"我说。可是我一时半会儿记不起来那部电影的名字了。

关老师点点头,两眼放光:"曾经有人问泡利,如果死了之后上天堂,可以问上帝一个问题,会问什么。泡利说,会问上帝'为什么是一百三十七?'"

"为什么是一百三十七?"我们仨异口同声地重复了一遍。

"泡利生命的最后十年都在追寻这个问题的答案。就连他死的时候,病房号刚好也是一百三十七。"

"等他真的死了就会发现根本见不到上帝他老人家。"王毛毛说,"只会在死前的十四个小时里不停循环。"

"泡利的问题,其实就是你们要找的答案。"关老师说,"真相只有一个:不管是谁,在死亡之后都会经历一百三十七次时间循环。因为泡利关心的一百三十七,来源于物理学上的一个公式,而它可以简写作一个希腊字母——"

王毛毛恍然大悟道:"阿尔法。"

"我早就该想到答案是一百三十七,而且只能是一百三十七。"关老师拿笔戳了戳桌上的草稿说,"太完美了!所有的数字——从质量、长度到电荷、速度、普朗克常数——所有物理学用来描述世界的数字都带有量纲,比如光的速度是 30 万千米每秒,你的体重是

时空订制

130公斤……"

"我只有124公斤。"陈果急忙站起来撇清。

关老师点点头,示意他坐下,然后当着我们的面写下了一个让人看着就费劲的公式:

$$\alpha = e^2/(4\pi\varepsilon 0ch)$$

"看明白了吗?"

我们仨一齐真诚地摇摇头。

关老师的热情并没有被我们浇灭,他的两瓣嘴唇反而像失禁的括约肌一样滔滔不绝、一发不可收拾地说了起来:

"牛顿经典物理的时间观构建于伽利略的蓝图之上。时间一直被认为是基本标量的一种,就像我们为了描述世界而人为设定的另一些标量——长度、质量等。直到爱因斯坦的相对论横空出世,把时间作为构建宇宙的一个部分,他说过关于时间最著名的一个论断是——"

"时间不存在"。我说。

"对!"关老师激动地点点头,竖起一个大拇指,"这位同学都会抢答了!爱因斯坦说时间是一个幻象,是不存在的。所以不能作为定量。这就意味着……"

他看着我们,露出循循善诱的笑容。

"意味着?"我们异口同声地问。

"意味着时间是无量纲的。"

说实话,我打心眼儿里不在乎"时间是什么"。作为一个电影放映员,我的理解力到"时间不存在"这里就已经算是仁至义尽了。

然而在关老师睿智而又慈祥的目光注视下,我们盛情难却,只好蒙混过关地点点头。

他继续说道："如果真的有上帝的话，这是上帝为不存在的时间所设计的唯一答案。"

这时时钟敲响了。

晚上七点整。

还有三十七分钟，时间就又要重启了。

王毛毛扭过头，突然问："李正泰，我们经历了多少次时间循环了？"

"一百三十六次。"

爱因斯坦说，上帝不掷骰子，可他老人家掷了；泡利说，上帝不是左撇子，可他老人家还真就是左撇子；关老师说，上帝为不存在的时间设计的唯一答案是一百三十七。

如果真给他蒙对了，那三十七分钟后，我们即将走到时间循环的尽头。

我和王毛毛面面相觑，好像两个原本被宣判了一百三十七亿年有期徒刑的囚徒，突然又得知明天就可以刑满释放一样。命运的变化无常让我们心潮起伏、无言以对。

在那之后，会是万劫不复的刀山火海，还是一切照旧的庸常之海？

——抑或是，一个美丽新世界？

二十三

第一百三十七天

以王毛毛的狡黠，她已经猜到了问题的答案。

时空订制

一滴雨从云层中坠落，像它成千上万的同伴一样，受地心引力所蛊惑，宿命般地划出属于它的一条银色轨迹。

在抵达泛着涟漪的水洼或泥泞的地面之前，它落到了一片树叶上。一条棕白色的、柔软的舌头把树叶连同这一滴雨卷进了嘴里。长颈鹿咀嚼着这片树叶，慢慢地踱到另一棵树下。

我和王毛毛隔着栅栏看着它。

"出狱之前，还有什么想做的事儿吗？"王毛毛问。我点点头。

敲开门的时候，我妈脸上露出惊愕的表情。等她看到我身后的王毛毛，就更吃惊了。

傍晚的大雨，黄色的灯光，饭菜香味和白色蒸汽弥漫的屋脊。曾经以为再也无法弥补的一顿晚饭，此时此刻，活色生香，恍如隔世。

吃完晚饭，我陪老爷子看新闻联播，王毛毛和我妈在里屋不知道嘀咕了些什么。

从东四五条胡同出来，夜幕已经降临。立秋的大雨洗涤着整座城市。

我撑着伞，和王毛毛站在路口，路灯的光笼罩着我们，仿佛随时会有一辆龙猫公交车呼啸着骤停在我们面前。

"你妈妈给我看了林娅的照片。"王毛毛说。

我一时不知道怎么接话。

"我要是她就好了。"她笑了。

"别闹。"我说。

"时间循环结束了，你还会记得她。"王毛毛说，"可是等到明天这个时候，我们就是陌生人了。"

"记忆没你想的那么重要。"我说。

不仅仅是记忆，还有选择。记忆是过去的选择，而当下和未来，

去他的时间尽头

我们还可以做出无数的选择。

"反正我也没什么好遗憾的了。"王毛毛伸了一个懒腰,"谢谢你借给我 8 月 8 日七点二十分之后的时间。"

我点点头:"也谢谢你借给我 8 月 8 日五点三十七分之前的时间。"

其实我想说"谢谢你陪我回家吃饭",但一想到这已经是第一百三十七次时间循环,在这次之后,时间循环就会停止,我的脑子就有点乱。

"你呢?"我问她,"出狱之前,还有什么想做的事儿吗?"

她仰头看着滴雨的伞檐,掰着指头算:"不想一个人逛动物园,达成;大闹婚礼现场,达成……剩下的就是,不想一个人看电影。"

说完,她从包里摸出两张票。

2018 年 8 月 7 日晚,1 号厅 10 排 1 座,10 排 2 座。

原来在初始坐标中,我们曾经在我上班的那家电影院遇到过对方。她在观众席上看电影,我在放映室里发呆。光束从我面前的放映机射向荧幕,仿若一条发光的纽带把我们相连——而我们却从来没有留意过彼此。

如果不是在死亡后的时间循环里有交集,我们就会像这座城市里的其他两千一百七十万人那样,对每时每刻的相遇和错过一无所知。有多少人曾经近在咫尺,却终其一生都素不相识?

换好氙灯,调暗灯光,电影开场。

四米高的幕布上,阿飞对南华体育会售票员苏丽珍说:"1960 年 4 月 16 日下午三点之前的一分钟你和我在一起,因为你我会记住这一分钟。从现在开始我们就是一分钟的朋友,这是事实,你改变不了,因为已经过去了。"

黑暗中,王毛毛的瞳孔里有星光一样的东西闪闪发亮。

2003 年,饰演阿飞的张国荣从香港中环的文华东方酒店纵身一

时 空 订 制

跃之后，去了另一条时间线，留下我们这个世界的人，每年的4月1日都在缅怀他的风华绝代。

我们看了一场又一场电影。

换片中途张姐进来过，她知道我偶尔在没有观众的午夜场跑进观众席坐着放自己选的片。当她看到王毛毛时，先是略微愕然，接着又朝我露出了一个饱含深意的微笑，再也没有来打扫过1号厅。

凌晨五点，陈果打来电话。

我走到影厅外面，接起电话，他问我玫瑰花和钻戒粘在座位下了没有。

"听我一句劝，这婚，咱就别求了。这么多年，兄弟一场，你信我。忘了她吧！别在一棵树上吊死，懂吧？你要实在不信，问她护照的事。还有，你放心，我对你没意思，也不喜欢男人。"

嗯，信息量很大，够陈果好好消化一晚上了。

等我摸黑走回观众席，发现偌大的影厅里面空无一人。

王毛毛不见了。

我跑出放映室，撞上张姐，她问："小李啊，你没事儿吧？"

我环顾四周，已经不见她的踪迹。我问张姐："刚才出来一姑娘，您看见她上哪儿去了吗？"

张姐指指安全通道："我看见她进了楼梯间。"

通往安全通道楼梯间的那道厚重的大门像翕张着的嘴唇，微微来回摆动着。我快步追去，几乎是用身体的重量和奔跑的惯性撞开了大门。

楼道顶上的灯光从我背后射出，在我身前投下一道又黑又长的影子。我听到自己急促的脚步声和喘息声，想起第一次和王毛毛说话，就在这楼道里。

脑海里扑面而来无数的片段，和一个又一个地点有关。时间循环以来我所走过的轨迹在记忆中纵横交错——从电影院到动物园，

去他的时间尽头

从宜家商场到东直门地铁站,从关老师住的大杂院到陈果的网咖,从王府井大街七十四号到东四五条胡同……

我发现自己所到之处,都有王毛毛的影子。

她已经成了我记忆的一部分。

在某一个楼梯拐角,我以为我会看到王毛毛。就像第一次留意到她的闯入一样,看到她弯着腰,喘着气,背抵在墙上,伶牙俐齿地说出那句开场白,然后就这样轻而易举、毫不客气地走进我的世界。

然而没有。

雪亮的灯光照着楼道。

但那个等在楼梯拐角的人却不见了。

推开厚重的消防门,我冲到了大街上。

她不见了。消失了。

这作风很王毛毛。

站在凌晨的北京街头,我不知道往哪里去。

就这样彷徨和惊慌了一会儿。终于,冥冥中,我想到了一个地方。

东直门地铁站里人头攒动,我被浓稠如一锅粥的人群推搡着向前,走下楼梯,行过陈旧低矮的甬道,进入有着 20 世纪 80 年代风格的巨大圆柱的岛台。

无数双鞋带进站台的泥水,滴雨的伞沿,令人躁动的热气。人群似乎是无声的,又似乎震耳欲聋。

我在往雍和宫方向的候车岛台上看到了她的身影。

时间是七点零六分。

有一列地铁进站,人们一拥而入。

她站着没有动。

时 空 订 制

我走上前去，抓住她的胳膊。

她回头，却不是王毛毛。
时针指向七点十分。
不停有列车进站，不停有人走进那钢铁巨兽的肚子，然后任由它呼啸着把自己带向这座城市的四面八方。
七点十七分。
七点十八分。
七点十九分。
我的手心微微有些出汗。我抬头看着站台上那面挂钟的指针，一点一点朝前挪动。
我茫然四顾。此时、此地、此刻，我只想从一张张陌生的面孔中，看到王毛毛的脸。
列车的车头灯照亮隧道深处，又有一趟列车呼啸着进站。突然，刺耳的刹车声传来。人群中传来惊呼声，循着骚动的方向，我才反应过来，是另一侧轨道的列车出事了。
有人跳轨了？！
我的脑海像被列车灯洞穿了似的，一片空白。

"奶奶的熊"门口，我和关老师站在街边的垃圾桶旁。清晨的街道吐出雾霾、人群和汽车尾气。
"时间循环结束之后，我还会记得这些事吗？"
"理论上，你只会记得初始坐标里发生的事。"关老师说，"毕竟死亡是个 bug。时间线修正之后，时间循环期间的事你自然不会记得。"
"所以没有谁会真正死亡。"我叹了口气，"死亡的只是记忆。"
关老师怔了怔，若有所思地伸出右手中指，推了推鼻梁上的镜架。

去他的时间尽头

我想我明白了为什么 2011 年 2 月 10 日的那个冬日傍晚是如此重要。因为那是林娅在车祸之后,曾经无数次回来过的时间线。她曾在这个傍晚不停地循环,一百三十七次,直到时间尽头。

就是这样的吧?

我曾经在悔恨中无数次设想——如果我不在胡同拐角逗留,如果我早一点到达那个十字路口,如果我们约在别的时间,如果我在做出任何一个选择时,发生任何一点微小的改变……林娅就不会被车撞倒。

但是现在,我明白了。她只是去了另一个时间线。在那个世界里,她会遇到别的什么人,经历别的什么事。在那个世界里,她今年二十四岁,有一个闪闪发光的人生。而不是像在我的世界这里,永远停留在十七岁。

她会有从 2011 年 2 月 11 日到 2018 年 8 月 8 日的所有记忆,只是在这条时间线上的我再也无法参与其中了。甚至,在那个世界里,林娅和李正泰在一起了。只是,那些记忆,不属于我。那条时间线上的林娅,永远也看不到这个世界里如废柴般度日的我。因为在宇宙之海上,我们已经不属于同一个泡沫。

"最后一个问题。"我说,"如果我不想失去时间循环期间的记忆,是不是只有一个办法——"

雨滴落在街边的水洼里,涟漪和涟漪相互碰撞,交错、影响、消失。

我一字一顿地说:"再死一次。"

关老师没有说是,也没有说不是,而是给出了意味深长的回答:"生活是一次机会,仅仅一次,谁校对时间,谁就会突然老去。"

然后他戴上头盔,骑上电瓶车,将外卖夹克的拉链一直拉到下巴底下,一脚油门,绝尘而去,深藏功与名。

我猜王毛毛也问了关老师同样的问题。

或者以王毛毛的狡黠，她已经猜到了问题的答案。

如果不想失去时间循环期间的记忆，就不能从一百三十七这个换乘点下车。而不下车的唯一办法，就是"再死一次"。

不同时间线上的世界，就像不同颜色的花朵。我们每一个个体，就是一只蝴蝶。死亡就像雨滴，当大雨落下，如果你不想被雨滴击中，就只能选择进入不同的花朵避雨。而如果你们不想失去彼此，那就只能被大雨击落在地。

在走到时间尽头之前，我做出了在循环世界里的最后一个选择。

我选择了在大雨中被死亡击落，打算在今天晚上七点三十七分再死一次。这样，我就能在一个对王毛毛有记忆的时间线上醒来。

看来她也做出了同样的选择。

我感觉自己的腿好像焊在了站台上，根本迈不动。

数米之外的另一侧站台上，黑压压的人群骚动着。

我想象着就在那条铁轨之上，人们正对着王毛毛血肉模糊的身体指指点点。

直到这一刻，我才意识到，死亡是最愚蠢的选择。

我们可以不停地通过死亡来记得对方，但这样的记得又有什么意义？世界不再与我们有关，这对她不公平。

我以为这一百三十七天的记忆，值得自己承受永生之狱，却从来没有想过，它对王毛毛来说是不是足够值得。一直以为，是林娅的意外，让我把记忆看作比生命还宝贵的东西。可是现在，我心里只有一个念头，希望王毛毛全须全尾地活着。不是像林娅那样活在另一个我永远无法抵达的泡沫里，而是活在这里。活在有我的这个世界。

哪怕她再也不记得我。

"哎！李正泰！"

王毛毛!

我回过头,她就站在那里。

王毛毛两手揣在外套衣兜里,嘴角微微上扬,目不转睛地望着我。货真价实,如假包换。

电光火石的一瞬间,我的脑子里涌现出很多想法。我想上去暴揍她一顿,又想把她揽在胸口;我想对她大吼大叫,又千言万语如鲠在喉。

在人潮汹涌的东直门地铁站,我们隔着一米的距离站着,像两个心照不宣的傻子。

终于,她耸了耸肩,指着围在地铁车头前的人群说:"不知道谁的包掉铁轨上了。"

"你给我听好了,"我说,"有我在,你就甭想破坏2号线正常运营。况且,你要是给碾成烂泥了,我还得再死一次,回来救你。你不嫌麻烦我还嫌麻烦呢!"

"要是我从这儿往下跳一百次呢?"

"那我就回来救你一百次。"

"一千次呢?"

"回来救你一千次。"

"一百三十七亿次呢?"

"回来救你一百三十七亿次。"

她眯起狐狸一样的眼睛,咧嘴一笑。

王毛毛朝我走过来,看着我:"你说,那仨蝴蝶是不是傻?"我点点头。

"我们才没那么傻呢,对吧?"她说着,声音委屈得快要哭出来。"我不要再死一次了。"她又说,"你也不要。"

我又点了点头。

王毛毛吸了口气,不让鼻涕眼泪落下。她露出一个笑容,我发现这姑娘笑起来真挺好看的。

我也笑了。我看着她,不想再浪费一分一秒,我只想把她的眼角眉梢统统都记下来。

"再过十多个小时,时间循环就结束了。我不会记得你,你也不会记得我。趁那之前——"她踮起脚尖,把脸轻轻地凑到我脸前。

我伸出左手,捧住她仰起的后脑勺。王毛毛后颈窝的皮肤细腻而冰凉。

我低下头,亲在了她同样细腻而冰凉的嘴唇上。

如果再也不能见面,祝你早安、午安、晚安。

后记·时间尽头之后

这座城市,一共住着两千一百七十万人。

伟大的、平凡的、焦虑的、欢愉的、有钱的、贫穷的、善良的、刻薄的、浪漫的、现实的、精明的、疲惫的、诚实的、虚伪的……

如果硬要对号入座的话,我猜我属于"孤独的"。

孤独是一种病。

这家电影院,是我上班的地方。刚才和我打招呼那位,我们都管她叫张姐。她在这儿上保洁晚班。走道里那一字排开的镜框海报,都被她擦得铮亮。《月光宝盒》《第五元素》《超体》《黑客帝国》《煎饼侠》《闪灵》《旺角卡门》《搏击俱乐部》《楚门的世界》《低俗小说》《霍比特人》《比利·林恩的中场战事》《土拨鼠之日》《明日边缘》《忌日快乐》《万物理论》《阿飞正传》……

我喜欢在放映室里发呆。黑暗中,尘埃乘着光线飞驰,光影投射在幕布上,像灯塔的光束照进汪洋。

去他的时间尽头

我就住在影城楼上的一间公寓。日常生活中大概百分之五十的交流,都是和一只名叫布拉德·皮特的仓鼠和一只名叫阿尔·帕西诺的乌龟进行的。

每天的步行轨迹,则是从这栋大楼走到街角的广告牌。那根用来支撑广告牌的水泥柱子充当着如来佛祖的中指的作用——我每天遛着狗到这儿来让它撒泡尿,早晚各一次。我原来挺讨厌出门的,自从养了这条傻狗,每天都得出门。周末上我父母家吃饭,因为不喜欢一切交通工具,一般都遛着狗去。反正离得也不远。

这家叫"奶奶的熊"的奶茶店,是我发小陈果和一个朋友开的,他俩是点外卖认识的——早前"奶奶的熊"是家网咖,陈果之前谈了一女朋友,跑了。网咖没多久也关门大吉,换成了奶茶店。陈果那朋友在我看来有些神神叨叨,爱好是研究宇宙,他说的话都太玄了,我担心过他会不会是个骗子,陈果却尊称他为"关老师"。

这天早上,我照例带狗来水泥柱子这儿"到此一游",一姑娘上来就自来熟地搔起了狗脖子。傻狗上蹿下跳,哈喇子流了姑娘一手。

常年遛狗的人都知道,这么干的人可以分为几类,除了真爱狗的,就主要是打听路的。今天这姑娘,看起来应该是没话找话那一类。

"这狗叫什么名儿呀?"

"莱昂纳多。"我说。有时候遇上这种人,我也搭理几句。这狗之前的名字叫"莱昂",是它上一任主人取的。

"哟,还姓迪卡普里奥吧?"

我乐了,这才留心看她。她的短发藏在卫衣的兜帽里,胸部也没怎么发育,笑的时候露出一颗虎牙。

"不不不,姓李。"我说,"随我。我叫李正泰。"

那姑娘站了起来,从背包里掏出一张《寻狗启事》递到我眼前,然后眯起狐狸一样的眼睛,说:"这是我的狗。你好,我叫王毛毛。"

没有颜色的绿 / 陆秋槎

我们在接触科技制品的时候,不会去追问背后的原理,只是使用它。

时空订制

一

完成了前十四章的润色工作之后,我摘下投影眼镜和耳机,准备回家。眼镜、耳机和键盘都必须接在公司的中枢电脑上才能使用,桌上的所有东西里,只有那瓶眼药水需要带回去。

今天的工作还算顺利,明天就可以换下一本书了。如果下一本还是德语犯罪小说,那我就有望在一周内完成六本书的润色,这将打破我的最快纪录。不过,我的同事里也有人每周能完成二十本的工作量。如果只是处理 Gavagai 系统标记出来的疑难句,我或许也能变得更有效率一些。但我总想改掉所有过于生硬或不符合语境的表达,甚至时常怀疑自己的语感,因而让语音合成器把润色后的句子念给我听。起初,我选了一种和自己比较接近的声线,没用多久就因为太过羞耻,又换回了系统默认的中年男人的声音。

尽管小说经过人工润色后每本能多卖一英镑,也有些老派的读者不能接受未经润色的书,但就在不久之前,杜伦大学的一次调查表明,三十岁以下的读者中,只有不到百分之二十的人能明确判断一篇机器翻译的文章是否经过了人工润色。还有一些中学生表示,未经润色的文章因为少了很多修饰和委婉的表达,所以"更容易看懂"。

没有颜色的绿

我的父母都是很老派的英国人,以致曾有邻居误以为他们是"纯洁英语战线"的成员。当然,他们并不是恐怖分子,而是最遵纪守法的神职人员。他们直到二十一世纪四十年代还在订阅纸质的《泰晤士报》,从不读电子书,甚至拒绝使用投影眼镜(妈妈总说"那玩意儿让人头晕")。更重要的是,他们像大多数神职人员一样,把子女送进了古典文法学校。如果他们知道了杜伦大学的调查结果,说不定真要投身到"纯洁英语战线"的事业中去了。

我离开办公室的时候,有些同事已经走了。还在工作的几个同事,每天都会在吃过午饭后才来公司,九、十点钟再下班享受夜生活。

今天还算走运,公司大楼门口就停着一辆单人车厢的自动驾驶出租车。这两天我都只找到了双人车厢的,价钱要贵出不少。自从我那辆只开了不到十年的Vicky报废后,我就再没买新车,一直乘出租车上下班。

坐进车里,我放下座椅靠背,准备小睡片刻,但刚刚润色的那本书里的种种血腥桥段却一直骚扰着我。我不愿却又不由自主地将许多文字想象成了画面——这是我的老毛病了。又是一本德语犯罪小说,这类书在其他地方几乎都已绝迹,只有德语圈的人还在不厌其烦地创作这类故事。

当我还在读文法学校的时候,犯罪小说的热度还没退去,仍支配着全世界的书店和出版社。老实说,我一点也不喜欢那种"白人男性虐杀女性"的套路,读起来只会觉得不愉快,但在班上同学的推荐下倒也读过不少——虽说我并不觉得它们之间有什么区别。在这类小说的全盛期,每个有志于文学的青年都会在利益至上的出版社的逼迫下,写几本犯罪小说养家糊口。每年都会有那么几本热卖并改编成电影,然后迅速被遗忘。作家们为了想出虐杀的手段,或是去查阅十六世纪拷问女巫的记录,或是去医学类期刊上寻找有没有适合注射给被害者的新型病毒。也有资深法医投其所好,在网络上开办付费课程。作家们甚至写信向心理学家求教,只为知道怎样的童年阴影可能把人变成连环杀手。

但那个时代终究是结束了。如今在英国,只有我父母那辈人还在读这一类书。我的上司认为,是视觉生成技术的进步,给犯罪小说的热潮打上了休止符。如今最畅销的小说,是《第七个环》《修道士编年史》这一类主打视觉奇观的幻想类题材。

不过,必须承认的是,虽然我不喜欢读德语犯罪小说,书里的情节也偶尔会让我感到不适,但润色它们却是一项相对轻松的工作。文学翻译软件在处理那些法医学术语时从不会出错,而书里的很多描写,也很明显是使用场景生成软件来完成的。让人头疼的是用法文或意大利文写成的恋爱小说。我总要花费大量时间来润色那些连篇累牍的情话,努力让它们在冷淡的英国人看来并没有那么令人作呕。

因为睡不着,我戴上了车载耳机,听了一会儿二十一世纪二十年代的流行乐。过了三十岁之后,越发觉得还是这种自己出生前的音乐更合口味一些。

回到家里,小心地绕开那些没来得及整理的藏书,我先去洗了个澡。每天,不管是离开家去上班,还是回到空荡荡的家里,都需要一定的勇气。有同事建议我养条仿生狗,说很多独居女性都会这么做,她也不例外。但我听说仿生狗会咬碎纸制品,所以还是算了吧。洗完澡刚过八点,我决定在打开冰箱觅食前,先看看拍卖网站上有没有什么新货。

不知从什么时候开始,搜集二十世纪的印刷品已经成为我生活中仅有的乐趣了。我喜欢搜集那些出于种种原因没有被电子化的书。最近几年,因为世界各地的图书馆接连关闭,有不少罕见的书籍流到了市面上。尽管我对内容并没有太大的兴趣,但只要一想到那些书仍没有——而且可能永远也不会——被电子化，我还是会忍不住参与竞拍。

我从书架上取下卷轴电脑，放在桌上摊开。这台用了四年的CPE958很多性能都老化了，就算完全摊在桌上，也不会像新机器那样自动平面化，必须用手把中间微微翘起的部分压下去，那张可卷屏才会变硬。

电脑启动后，先跳出了一条语音邮件通知，是艾玛发来的。

她一定是又要回伦敦出席什么学术会议，顺便约我见个面。我点开了那封邮件，结果却是一句完全出乎我预料的话：

"朱迪，你听说了吗？莫妮卡自杀了。"

她说得很平静。我用了几秒钟去理解这句话的意思。我从未想过"莫妮卡"和"自杀"这两个词会连在一起出现。对我来说，这几乎是一个语法上成立但语义上说不通的句子。

但艾玛不会开这种玩笑。我必须尽快接受这个事实。

我觉得有必要和她实时通话，又怕她不方便接听。犹豫之际，艾玛发来了通话请求。或许是她打开了既读提醒的功能，我一听完那条信息，系统就会通知她。

"莫妮卡自杀了。"开始通话后，她又重复了一遍。在她停顿的时候，我能隐约听到有广播在催促某航班的乘客登机，"她母亲联系了我。"

"她是什么时候……"

"前天。"艾玛以陈述事实应有的语调陈述着事实，"昨天有学生去家里找她，发现了尸体。"

"但是，为什么？"

"听她母亲说没有发现遗书。警方还在调查。"

"莫妮卡上一次和你联络是什么时候？"

"两年前吧。"艾玛说，"在Pasithea系统6.0版发布的时候，她发了一封邮件祝贺我,还问了一个数学方面的问题。我不是那方面的专家,就给了她一个同事的邮箱地址。"

"她已经有五六年没联系过我了。"

艾玛听我这么说,沉默了一会儿,然后道:"我准备回英国一趟,参加完葬礼再回洛杉矶。她母亲也想邀请你参加莫妮卡的葬礼,只是找不到你的联系方式,所以让我来通知你。葬礼后天举行,你方便吗?"

"嗯,我可以请假。"

"我还联系了伯明翰大学计算语言学研究所的主任,也就是莫妮卡的上司。他说莫妮卡前不久完成了一篇七百多页的论文,还没有发表,她生前也没有给同事看过。他问我有没有兴趣读一下。我准备明天先去那边一趟,买了明天早上到伯明翰的机票。我和他约在明天下午见面……"

"那我明天晚上去伯明翰找你吧!"

"朱迪,我知道这样说有些奇怪,但你知道,我不太擅长应对这些事情……我总担心自己会搞砸。你知道的,我搞砸了很多事情。"艾玛说得很无助,"能不能帮帮我,陪我去伯明翰大学一趟呢?就像那个时候一样……"

十四年前,艾玛去帝国理工学院面试时也提过类似的请求。后来是我和莫妮卡一起陪她去的。

而现在只剩下我了。

"我可以陪你去,但是以什么身份呢?"

"我就说你是我的助手,他们不会怀疑的。"她说,"老实说,我现在正在做的研究说不定真的需要你的帮助。不过这件事就先放一放吧。我们明天下午两点钟在伯明翰大学附近碰头,可以吗?"

"不需要我去接机?"

"还是算了吧,明天上午还有几封邮件要写。我临时叫一个同事替我去布拉格参加会议，有些事要向他交代，准备先在机场找个咖啡馆把事情处理完。"

"那就下午在大学那边见吧。随时联系。"

"明天见。"

结束通话之后，我在椅子上瘫坐了一会儿，心里仍然没能接受莫妮卡的死。但有关她的一切，早已成了久远的记忆。忽然听到噩耗，最先涌起的情绪似乎不是悲伤，而是怀念。怀念自己曾和她一起度过的时光，而那样的时光永远不会再有了。深呼吸几次后，我给上司写了封请假的邮件。幸好现在手上没有什么需要紧急出版的书。敲打触摸屏的时候，忽然有眼泪滴在手腕上。我调整呼吸，写完了那封邮件，然后放任自己痛哭了起来。

二

被学校派去参加青少年学术基金会的项目时，我刚过完十六岁生日。之前几年，古典文法学校都没有受到邀请，之后似乎也没有，唯独我参加的那年，基金会认为项目需要一点"不一样的声音"，才给了我母校三个名额。我当时只希望，他们所谓的"不一样的声音"不是针对我们的嘲笑声。

早在分组的时候，我就已经意识到自己和这个项目格格不入了。大多数的小组，只看名字就知道超出了我的知识范围——数理逻辑组、统计学组、机器学习组、基因工程组，甚至还有研究游戏、开发引擎的团队。这些小组显然不会欢迎一个只学过初等数学和古典编程的人。起初我联系了历史学研究组，他们也认为我的语言能力对研究会有所帮助，然而当我听说他们的目标是用复杂的系统理论来模拟历史乃至预测未来走向时，又有些迟疑了。任何一个读过

时空订制

《基地》系列的人都可能会萌生这样的野心,但这怎么看都不像是一个能在两年内完成的课题。

我的两个同学向主办方申请创立一个神学研究组,得到了批准。古典文法学校的学生大多和我一样出身于神职人员家庭,而日后大多也会以成为神职人员为目标。就在我点开报名页面、准备加入他们时,忽然发现新增的除了神学之外,还有一个语言学小组。申请人是一个名叫莫妮卡·布里顿的女孩。就这样,我草率地决定了自己的研究方向——我喜欢学习语言,也有兴趣去了解语言所承载的东西,或许这里最适合我。

项目要求学生们在课业之余完成研究。但是,每个参加者都很清楚,在申请大学时,这个项目的成果远比学校的成绩更重要。我们可以在周末使用基金会大楼的会议室,如有需要,也可以申请借用伦敦市内几所大学的实验设备,同时还能得到一笔研究经费。基金会还会介绍各个行业的专家来解答学生们在研究中遇到的问题。

基金会的大楼是二十一世纪三十年代最流行的纯色风格,是模进主义建筑师渡边纱也子"白色时期"的代表作。据说,他们每年用来维护表面涂层的钱,就远远超过了赞助这个项目所需的经费。第一次去参加讨论会那天,我在七层的莫比乌斯回廊迷了路。找到贴着"语言学小组"的小会议室的木门时,已经比规定的时间晚了五分钟。

我深吸了一口气,敲了敲门,见里面没有反应,就伸手按下了门把,却发现门锁着。就在这时,我听到一阵急促的脚步声从走廊的另一端传来。

"抱歉我来晚了。"

我转过头,只见是一个和我年纪相仿的女生正气喘吁吁地向我跑来,在离我半米远的地方停下了脚步。那个女孩有一头栗色的头发和一双绿色的眼睛。她身穿一件鸡心领针织衫,里面是一件白色衬衫,下身则是格子裙、黑色的过膝袜和圆头皮鞋。到二十一世纪四十年代末还强迫学生穿统一制服的学校已经寥寥无几了。从针织衫胸口处的雏菊纹样不难判断,她是伊迪丝中学的学生。

"我也刚到。"我说,"这层楼就像迷宫一样。"

"我也被这个建筑给骗了。"她用磁卡打开了门,"坐电梯到七层,如果沿着斜坡往上走,就会到八楼的办公区域,还要再下一段楼梯才能到这边来。其实,直接坐电梯到八楼然后走下坡路过来反倒更方便些。"

我们走进那间小会议室,里面有张不大的圆桌,旁边放着五把椅子。听说人多的小组都分到了六楼的大会议室。

"他们为什么要把大楼设计成这样呢?"

"可能是想测试一下参加项目的学生够不够聪明?"她在离门最远的一把椅子上坐了下来,"看样子我要让他们失望了。"

"我也迟到了。"

门在我身后自动关上了,我坐在了她对面。

"希望我们的研究能顺利进行下去。"她苦笑着说,"我叫莫妮卡·布里顿,是这个小组的发起者。"

"朱迪斯·利斯。"

向文法学校高年级的学生介绍自己后,他们总会问我的名字怎么拼写,继而问我的祖先是不是威尔士人。不过莫妮卡没有。

"我可以叫你朱迪吗?"

我点了点头。

"朱迪,很感谢你来参加这个新成立的小组。有什么想做的课题吗?"

"我只是学过几门欧洲语言,完全不懂语言学。"我解释说,"我在古典文法学校念书。"

"学过几门语言已经很厉害了,我只学过一点法语。"

"为什么会对语言学感兴趣呢?"我随口问了一句,问完才发现这个问题非常失礼,仿佛是在说'只会一点法语的你有什么资格对语言学感兴趣?'不过,莫妮卡还是面带微笑地回答了我的问题。这或许是伊迪丝中学的大小姐们特有的从容。

"上个学期修了一门计算语言学的选修课,感觉还挺有趣的,以后想在大学里学这个方向。"

看样子,这个小组的全称应该是"计算语言学小组"才对。早知如此,我应该乖乖地去和我的两位同学一起研究托马斯·阿奎纳[①]。

"抱歉,我只学过初等数学,而且学得不太好。可能帮不上什么忙。"

"但你懂很多种语言不是吗?一定能找到适合我们两个人一起做的研究方向。"

"只有我们两个人?"

"暂时只有我们两个。"她说,"说不定还会有人从别的组退出,来我们这边。"

"所以,一个完全不懂怎么使用数学工具的文法学校的学生……"

"和一个几乎不会什么外语的组长。真是前途多舛!"她努着嘴摇了摇头,"怎么样,准备换一个小组吗?"

"也没有什么更适合我的小组了。"我对神学没什么兴趣。而且,如果我退出的话,就只剩下莫妮卡一个人了,这个小组说不定会被取消,"我之前问过历史学小组的人,他们想像拉普拉斯的恶魔那样,把人类历史全都模拟出来。"

[①] 中世纪著名神学家和经院哲学家。

"真是个疯狂的想法!我们要不要也试试,用电脑来模拟一下人类语言的演化史,顺便做做预测?"

"这只会更难。因为语言的演化受到更多外部因素的影响,政治、经济、战争、人口迁徙……"

"所以,我们得等历史学小组的人做出他们的'拉普拉斯的恶魔'之后才能开始研究,是吗?"

"是啊。但很明显,他们做不出来。至少两年内不可能做出来。"

"要不要试试机器翻译呢?"莫妮卡说,"这方面的研究说不定能发挥我们两个的长处。我们可以找几种市面上常见的翻译软件,测试一些比较容易出错的句子,你来判断翻译的结果是否准确,我来从算法的角度分析为什么会有这样的结果。"

"听起来倒是很可行。"

老实说,我并不喜欢机器翻译,甚至可以用深恶痛绝来形容这件事。这方面的技术越是进步,就越让我觉得自己花那么多时间学习各种语言,都只是在做无用功。不过我愿意接受她的提议,毕竟我要做的只是给机器翻译的结果挑错而已。

挑错,我还是很乐意做的。

然而就在这个时候,莫妮卡补上了一句我最不愿听到的话:

"我们的研究说不定能推动机器翻译的进步,好让它尽快彻底取代人工翻译。"

三

"你是说,莫妮卡这些年都在做没有固定工资的临时讲师?"艾玛问道。她的肩膀颤抖不已,还时不时刻意避开对方的视线,我看得出她正竭力抑制自己的愤怒。

"布里顿小姐给本科生开了几门课,听课费足够支撑她的生活。而且你应该也知道,她出身于一个很有名望的家族。我们并不认为她会为经济状况而苦恼。"

"但是,这太委屈她了。莫妮卡是我们这个时代最优秀的计算语言学家……"

"我们以前也这么认为。我们聘用她,是因为她的博士论文为抽象释义设计了一套全新的数学工具。"

"那你们为什么不肯给她一份正式的教职呢?"

"因为她没有继续那项研究。直到现在,她的那套数学工具在应用上取得的进展几乎为零。我们也劝过她,但她似乎没打算推进这方面的研究。"主任隔着一张办公桌耸了耸肩,"事实上,布里顿小姐来到伯明翰之后就没有提交过新的论文,哪怕一篇也没有。她也从不出席任何学术会议,为本科生上课也只是照本宣科,经常有学生投诉她。没有课的时候,她从来不到学校来。最不可思议的是,她从未申请使用任何实验设备,包括高速计算机。所以我们有理由相信,她并没有在从事相关研究。"

"不。"艾玛捂着额头,像得了重感冒的病人一样大口吞吐着空气,我坐在她旁边都能清晰地听到她越发急促的喘息声。"你们肯定猜错了。她一定是在做更加基础性的研究——这才是她的专长。很多数学研究只要有一支笔和足够多的纸就可以做了。"

"索弗罗尼茨基教授,那是古典主义时代的数学。现在很少有数学家不借助机器证明来完成自己的工作,更何况在我们研究所……"

听到这里艾玛终于忍无可忍了。

她站了起来,认真地说道:"我不知道你具体做的是哪方面的研究,也没兴趣知道。但有一点我可以肯定,那就是你肯定理解不了莫妮卡的研究。她的博士论文是建立在范畴论的基础上的。范畴论被发明出来的时候,计算机还有几十吨重呢!"

"但是这并不意味着数学研究要一直停留在那个时代的水平,而且我们这里也不是数学系。"

"我不是来和你讨论学术问题的,柯曾先生。"艾玛以尽可能礼貌的方式把双手按在了办公桌上,"我只想知道,莫妮卡·布里顿在这里过得怎么样?"

"你现在已经知道了。"

"是啊,我已经知道了。这里没有人能理解她的研究。"

"她也没有寻求我们的理解。我们甚至不知道她在研究什么。"主任一脸无辜地看着怒视自己的艾玛,"也许读了她的那篇论文就能知道答案,但是我们还没来得及看。你知道的,当职员出了那种事之后,总有很多事情要处理。虽说只是个临时讲师……"

他彻底激怒了艾玛。

她摇了摇头,转身朝门口走去。我也追了过去。有叹息声从我们身后传来。艾玛握着门把手,却没有立刻按下去。她转过头说:

"对了,柯曾先生,请把那篇论文发到我的邮箱。邮箱地址可以在加州理工学院的网站上查到。"

"关于那篇被皇家特许语言学会退稿的论文……"

"退稿?"艾玛松开手,把身子完全转向主任那边,"这是怎么回事?"

"我们上午接到了学会的通知,他们说前几天刚刚驳回了她的论文。"

"所以,这就是她自杀的理由?"

"也许吧!但是,"主任停顿了片刻,"一个合格的学者不会因为这点刺激就想不开的。"

"莫妮卡可不是你这样的'合格学者',柯曾先生。"艾玛说,"她是个天才。"

说完这句话,艾玛就推开门走了出去。

我一路追着她走出那栋二十面体建筑，穿过一片草坪，她在一棵悬铃木下的长椅上瘫坐下来，我也坐在了她旁边。

草坪上一个人也没有，只有一台自动剪草机在缓缓爬行。

"我是不是又搞砸了？"她把头枕在长椅的靠背上，仰望着挂满枯叶的树枝，问道。

"这样才比较像你。"我说。

身为当代最知名的计算语言学家，艾玛似乎并不太擅长用自然语言与人打交道。不过从莫妮卡的上司刚刚的种种表现来看，这在学术界似乎是种很普遍的现象。难怪早在十几年前，我就听她们抱怨说，情感计算一直是这个学科发展最缓慢的领域。

"我要给学会写封邮件，问问这是怎么回事。"

说着，艾玛从旅行提包里取出被压缩到软木塞大小的最新款卷轴电脑。只要把手指按在顶端，通过指纹识别之后，电脑就会自动伸展并硬化。或许我也应该把那台 CPE958 淘汰掉了。她开始录制语音邮件后不久，那台自动剪草机爬到了她脚边，伴随着巨大的噪声，艾玛一脚将剪草机踢翻在地。这或许是个无意识的行为。剪草机像一只被掀翻了的乌龟，只能躺在原地，噪音却丝毫没有减少。无奈之下，我只好起身把剪草机搬到稍远一点的地方。

当我回到艾玛身边时，她已经录完了邮件。

后来艾玛叫了一辆双人车厢的出租车，上车之后，我问起她的近况。她说，Pasithea 系统近期还会有一次重要更新，即便是那些语焉不详的描写，也能通过语境测算、借助庞大的时代资料库来实现视觉生成。二十一世纪初开始在日本和中文圈流行的角色小说一直是 Pasithea 系统最不擅长处理的文本——与之相对的是那些充斥着冗长描写的十九世纪英国小说，3.0 版之前的系统几乎只对这类书奏效——而预计在明年四月发布的新版本里，这类缺少场景描写的文本将不再是什么难题，系统能毫无障碍地将其生成为视频或虚拟空间。

后来出租车驶上了城际高速轨道，艾玛收到了一封邮件，她取出电脑看了起来，我们便没再聊下去。等车下了轨道，堵在西敏市狭窄的街道上时，她才再次开口：

"我还在继续研究 Hesiod 系统。不是 BHL 集团的项目，是我自己的兴趣。"

"集团不赞同你继续升级那个系统吗？"

"他们觉得试用版已经够用了。"她说，"我没法说服他们，好在研究这些也不需要太多经费，就当是业余消遣吧。Pasithea 系统需要一个与之相配套的描述系统，能自动生成各种图片、视频以及虚拟空间的文字描述。现在的这个系统还远远不够。"

"我们公司卖的游戏改编小说都是拿试用版做出来的，有些我还润色过。"

"但现在的 Pasithea 系统能够对各种文章风格进行计算，从而生成截然不同的视觉效果。这个过程现在还是不可逆的。如果把 Pasithea 系统生成出来的虚拟空间拿给 Hesiod 系统去生成文字描述，再用这些文字描述重新生成虚拟空间，会得到截然不同的结果——你明白我的意思吧？"

"我明白，就像是用五十年前的翻译软件，把英文翻成法文再翻译回来，只能得到不知所云的句子。是这种感觉吗？"

"就是这种感觉。重新生成的虚拟空间会简陋很多。"艾玛随手摆弄着车上的投影眼镜。配备在车上的投影眼镜是便宜货，里面只存储了不到一百个虚拟空间，分辨率也很低。"我希望这个过程是可逆的。这对我们继续升级 Pasithea 系统会很有帮助。但集团高层并不这么认为，他们觉得升级 Hesiod 系统没什么商业价值。"

"也许我的上司会有点兴趣。不试着向出版公司寻求赞助吗？"

"算了吧。"她把投影眼镜挂了回去，又摇了摇头，"出版公司都太穷了。"

　　车停在艾玛下榻的酒店门口，不过她并没有急着办理入住手续。我们在附近找了一家意大利餐厅。回想起来，当初在基金会的食堂，莫妮卡每次都会点同一款意大利面——蒜茸、辣椒和橄榄油，这几样东西组合在一起似乎很能激发莫妮卡的灵感。有不少解决方案都是她在餐桌上忽然想到的。

　　凑巧的是，这三样食材艾玛都不喜欢。

　　对于莫妮卡的死，我还是没有什么切实的感觉。也许等明天参加了她的葬礼、看到她的遗容之后才能接受这个事实。仅仅是吃她喜欢的意大利面，反而会让我有一种她还活在世上某个地方的错觉，甚至期待着某一天能与她共进午餐——就像以前那样。

　　我本打算送艾玛回酒店之后就回去，却被她挽留了下来。

　　身为一个坐拥数十项专利的学者，艾玛自然有住进顶级套房的条件。而且我敢肯定，房间一定是她的助手为她订的，她从未看过照片。乘电梯到顶楼时，艾玛还在担心只有一张床怎么能睡下两个人，走进房间却发现那张床至少能供四个人安睡。

　　我很少有出差的机会，偶尔去法国分公司出差时，会特地选不带自动化设备的传统旅店。自动化设备虽然方便，却免不了留下各种记录，这让我感觉自己正被服务系统监视着。也曾有过这方面的报道，说一些主打自动化设备的旅店会记录住客的身体信息，甚至偷拍他们的一举一动让系统进行分析。

　　这个套间也安装了自动化设备，不过是可以关掉的。我按下了关闭键。

　　"从浴缸里站起来的时候，有根机械臂伸出来把毛巾递给你，不觉得很恶心吗？"我向艾玛解释说，"就好像系统知道你刚刚洗完澡一样。"

　　"这个原理倒是挺简单的。不过你说得没错，系统需要捕捉到你的动作才能做出这些反应。我也不太喜欢自动化设备,它们有时候太敏感了。给人发语音邮件时,说到某些单词都能触发一系列指令。所以我叮嘱过克里斯蒂娜,一定要订能关掉自动化设备的房间。"

她换上拖鞋,挂好大衣,在沙发上坐下,又从旅行提包里取出经过压缩的卷轴电脑,但并没有让它伸展开,只是放在了面前的茶几上。我正准备坐到她左边,却见她向左一倒,上身全都侧躺在了沙发上。

"你没有参与过相关的研究吗?"

"也参与过。以前帮某个连锁酒店设计了一套能与客人对话的人工智能系统。那个系统试用了一段时间后就开始爆粗口,还会把上一个住客的事情说给下一个住客听,甚至会模仿做爱的声音。没过多久,酒店的经营者就关掉了说话的功能,只留下语音识别的部分。"

"一个人住在酒店里,自动化系统忽然开始跟你说话,听起来也挺吓人的。"

"是挺吓人的。在那个项目里,我一开始用了一个比较厉害的语音合成器,能模仿出很逼真的声音,结果试用的时候所有人都觉得很可怕,就好像房间里有个陌生人一样。我只好换了一个二十年前的合成器,做出来的声音一点语调也没有,反而能让人觉得比较安全。"

"所以结论就是,不说话最好,如果一定要说话也不能太逼真?"

"对,就是这么回事。最新的语音合成技术很少投入应用,因为会让人害怕。同理,就算有人开发了特别逼真的机器人,也一定不会有销路。"说到这里,艾玛坐了起来,"我先去洗个澡。"

说着,她起身朝浴室走去,又在门口停了下来,扭过头来交代了一句:"如果我的卷轴电脑响了,不用管它,只是邮件通知而已。"说完这句话,她就走进去关上了门。大约一分钟之后,浴室里响起了水声。

我从包里取出袖珍阅读器,读起了一位瑞士的德语作家的新作。几年前润色过这位作家的处女作,印象很深。结果那本书在英国的销售成绩不太理想,从此以后再没有哪家出版社打算引进他的小说。上周刚刚发售的这本《纳沙泰尔湖畔的牧羊人》,写的是裴斯泰洛齐[①]的教育事业。我刚刚读到他兴建孤儿院的部分,可以想见,这本书被引进到英国的可能性几乎为零。

水声仍断断续续地从浴室那边传来,然后我听到了一段属七和弦的琶音——是艾玛的卷轴电脑响了。我没有理会,继续读那本书,又读了大约三百行,身着白色浴袍的艾玛从浴室里走了出来。

见她的头发还在不断滴水,我便很自觉地找到吹风机递给了她。

艾玛放下吹风机时,我忽然想起刚刚听到的属七和弦,跟她提了一句:"刚才你的电脑好像响了一下。"

"应该是伯明翰大学的人把莫妮卡的论文发过来了。"说着,她把手伸向卷轴电脑。

"那我也去洗澡了。"

我来到浴室门口,只见里面有个大得出奇的浴缸——不,或许应该说是浴池才对。莫妮卡脱下的衣服全都放在了进门处的筐里,镜子旁边挂着一件浴袍,还有没用过的毛巾。

"开什么玩笑!"

听到艾玛充满怒火的自言自语,我转过身去,却见她抱起已经硬化的卷轴电脑,把它狠狠地丢向地面。受到冲击之后,电脑立刻

[①] 斐斯泰洛齐(1746—1827),十九世纪瑞士著名民主主义教育家。

柔软地收缩了起来。

我过去捡起收缩成软木塞大小的电脑,来到艾玛身边,准备等她情绪平复下来再把电脑递给她。她抬起头,看了我一眼,眼中仍满是怒意,嘴角不停地抽搐着。

"伯明翰大学的人说了什么?"

"不是大学的人,"她摇了摇头,"是语言学会的人发来的邮件。他们解释了为什么会驳回莫妮卡的论文。这太荒谬了!他们仅仅是用墓碑系统检验了莫妮卡的论文,就认定她的证明不能成立……"

"墓碑系统?"

"是三一学院的人开发的人工智能,能用来检验数学证明是否成立。现在很多学术期刊都在用这套系统。"艾玛沮丧地说,"其实我早就猜到了。七百多页的论文,这么快就被驳回了,肯定不是人工检验的。"

"为什么要靠电脑来检验呢?他们也太不负责任了!"

"不能全怪他们。莫妮卡的论文太长了,还用了很多全新的数学工具。她的博士论文就已经很艰涩难懂了。我不知道这次她具体用了什么方法,但我能想象,要掌握她使用的数学工具肯定得花费不少时间,是我的话至少也要一两年。语言学会应该没几个人精通离散范畴理论,可能需要更长的时间来学习这些知识,然后才能开始检验,而检验的过程也绝对不轻松。我还听说有一些解析数论方面的论文,人工检验需要十年以上的时间,所以三一学院的人才开发了这个系统。"

"莫妮卡的论文到底哪里出了问题?"

"这就是我最不能接受的地方。"她揉搓着太阳穴,说道,"学会的人没有说明理由。实际上,墓碑系统也没有给出理由,它只是判定论文不能成立。"

"没有给出理由?不能查看判定的过程吗?"

"很遗憾，不能。墓碑系统没有可解释性。如果强行解读，可能会花费很多时间——比人工检验莫妮卡的论文所需时间更长。"

说到这里，艾玛垂下头叹了一口气。

我坐下，把卷轴式电脑放在了她的掌心。

"墓碑系统是一个'黑箱'。他们只是把莫妮卡的论文输入到里面，而墓碑系统给出了一个结论，然后他们相信了这个结论，驳回了那篇论文。没人知道论文到底错在哪里。不，说不定论文是对的，只是它太复杂了，无法在多项式时间内检验，这种情况下墓碑系统也有可能会判定论文不能成立……"

艾玛松开手，电脑滑落到沙发上，向着靠背与坐垫之间的缝隙滚去。她转过脸来，直视着我的眼睛补了一句：

"……也许就是那个'黑箱'害死了莫妮卡。"

四

因为"黑箱"难题，我和莫妮卡关于机器翻译的研究一个学期不到就碰了壁。

起初一切还很顺利。我们分析了二十世纪的几种商业翻译软件，这些软件的原理大多很简单，连我也能理解。无非是先将一个句子拆解成一个个词组，再根据辞典把这些词组翻成目标语言，然后根据目标语言的句法规则将词组重新组合，就得到了翻译的结果。这种方法对于简单的句子尚且可行，但用它翻译一些习语时，总是免不了要闹笑话。因为目标语言中可能并没有类似的表述。

对此，一些翻译软件开发者想了一些对策，比如说为专有名词、习语和固定的表达方式建立语料库，软件进行翻译时会先检索语料库中是否有匹配的内容。这样的做法的确让翻译的准确度和流畅性都有所提高，但是，词义消歧仍是一个难题。特别是当一个词在源语言和目标语言中并不等价的时候，就会引出很多麻烦来。

一个最常被举到的例子是英语的"sheep"和法语的"mouton"。在英语里，"sheep"指的是绵羊，而法语的"mouton"不仅可以指"绵羊"，也可以指"羊肉"（英语中的 mutton），两个词并不等价。为了检验一个翻译软件是否能有效地消除歧义，我会设计一个包含类似"mouton"这样的单词的法语句子，让软件生成英语的译文。那些采用最传统原理的软件几乎只会把"mouton"翻成"sheep"，而并不会考虑语义是否恰当。所以，有开发者设计了一套统计学方法来消除歧义。比较常见的方法是：先制作两种语言的平行语料库，然后进行统计，从而发现"mouton"和草地、牧羊犬或羊毛等词一起出现时，一般要翻译成"sheep"；而与表示吃或烹饪的动词出现在一起时，则要翻译成"mutton"。

之后莫妮卡又分析了一些二十一世纪初的机器翻译软件。有些软件使用了大量的统计学方法，通过隐变量和对数线性模型来实现翻译（这些术语都是莫妮卡告诉我的，我也不确定自己的表述是否准确）。这部分的工作我几乎没有参与。她试图教会我线性代数的基本知识，我也努力了一番，不过最后还是放弃了。有一天，她把伦敦大学的一位讲师请到了会议室，向她请教了一些高维空间中的线性不可分问题。而我能做的，只是站在一边泡红茶罢了。

我们在一个学期之内测试了 2013 年以前所有重要的翻译软件。因为莫妮卡也懂一点法语，所以着重测试的是英法互译的部分。她总能很清晰地解释为什么这些软件在面对一些句子时，能或不能派上用场。然而，真正棘手的是在那以后被开发的软件，它们几乎都采用了深度学习的技术。和以往一样，我们做了一些英法互译的测试，记录并分析翻译的结果。然而，莫妮卡却发现我们唯一能做的就是分析结果，所有的过程都是在隐藏层完成的。解释具体的翻译机制，显然已经超出了她的知识范围。

"我现在能确定，某类神经网络结构比另外一些更有效，能提高翻译的精准度。引入了注意力机制之后，能降低梯度消失的风险。但是，我无法解释翻译工作是怎样在隐藏层里完成的。这些翻译软件对于我们来说，只是一个个'黑箱'。"

"抱歉，我不太明白。"

"没关系，我也不明白。"坐在我对面的莫妮卡摇了摇头，"而且这还只是二三十年前流行的深度学习。后来苏黎世联邦理工学院的一个团队，设计了一套马里亚纳大学习的算法，能让人工智能根据需要实时修改自己的神经网络，以往能实现可视化的神经网络模型，现在也都变成了隐藏层，而很多具体的运算更是在隐藏层中的隐藏层里完成的。最新的机器翻译软件都采用了这套机制。据说能极大地提高精准度，还能彻底解决梯度消失的难题，而代价也不过是完全牺牲了可解释性。我没有办法分析它，任何人都没有办法。"

"这也就意味着……"

"我们可能要换个课题了。"她说，"对不起，朱迪，都怪我低估了这个课题的难度，害得你和我一起浪费了这么多时间。"

"我也学到了很多东西。比如说简单的句法理论和语义学的初级知识，当然，还知道了这个世界上有种名叫线性代数的学科，而Matrix[①]一词在子宫之外还有别的意思。这些知识就算换一个课题应该也能派上用场。"

之后，我们用了一个小时左右的时间讨论未来该研究些什么。结论大概是，她的强项在计算机技术，而我的强项在历史语言学，我们应该在这两者之间找个连接点。于是我提议说，或许我们可

---

① 矩阵。

没有颜色的绿

以运用计算机科学来构拟古代语言。对于这个提议,莫妮卡不置可否,说出口之后我也感到有些欠妥。这的确是个很有挑战性的课题,也能发挥我们各自的长处,但它似乎没有什么应用价值。但是,或许会有哪个电影或游戏需要让角色讲几句卢维语或瑟罗尼亚语,谁知道呢⋯⋯

就在这个时候,小会议室的门被粗暴地推开了,走进来了一个看起来和我们同龄的女生。

她有一头略显暗淡的金色短发和一张轮廓鲜明的脸。她穿着一件灰色的帽衫和一条紧身牛仔裤,帽衫正中间有个红色的字母"A",看来她和设计这件衣服的人都没有读过霍桑。那个女生又向前走了几步,我才看清楚她眼睛的颜色——灰色之中有一点点蓝,就像英格兰随处可见的天空一样。

"这里是语言学小组吗?"她问,又回过头去,像是想要确认一下贴在门上的那张纸,然而门已经自动关上了。"我应该没找错地方吧?"

"你没找错。"莫妮卡站了起来,"找我们有什么事情吗?"

"能不能让我加入你们?我受不了机器学习小组的那群人了。"

"他们做了什么?"

莫妮卡示意她坐下,她却仍站在原处。

"问题不在于他们做了什么,而在于想做什么。我真不敢相信,他们竟然想开发一个能自动证明所有图论问题的人工智能。这简直太可笑了,就像到了十九世纪末还有人想造个永动机一样。"她的语速很快,"我敢赌五千英镑,他们肯定没听说过希尔伯特计划[①]。"

"我可不准备跟你赌,因为我也这么认为。"莫妮卡微笑着说,

[①] 由德国数学家大卫·希尔伯特提出的一项数学计划,但被美籍奥地利数学家库尔特·哥德尔所推翻。

时空订制

"我们该怎么称呼你?"

"艾玛·索弗罗尼茨基。"她说,"叫我艾玛就可以了。"

"你有一个很显眼的姓氏。"

就在那一年,三一学院数学系的索弗罗尼茨基教授因为解决了某个数论难题而被册封为勋爵。当时媒体进行了铺天盖地的报道,所以即便是我这种古典文法学校的学生也听说过他。

"机器学习小组的人也问我,尼古拉·索弗罗尼茨基是不是我父亲。"她走向莫妮卡旁边的椅子,两个人一起坐了下来。"可惜不是,我父亲只是个普通的医生。"

"但这的确是个在英国很罕见的姓氏。"

"这倒也是。除了我家和尼古拉伯父一家,我还没遇到过别的姓索弗罗尼茨基的人呢。"

"索弗罗尼茨基爵士是你伯父?"

"是啊,"她轻描淡写地说,"但你们千万不要误会,我虽然是他侄女,但很多想法都跟他不一样。我可不是布尔巴基学派[①]的信徒,也没打算做纯数学研究。所以,我能加入你们吗?"

"我倒是没什么意见。"莫妮卡看向我这边,"朱迪,你觉得呢?"

"我也没什么意见。"我说,"不过,索弗罗尼茨基小姐,我们现在遇到了一些麻烦,可能要换个课题重新做起。"

"那不是正好吗?"几分钟前才刚刚闯入这间会议室的艾玛理直气壮地说,"我来帮大家想个新课题好了。"

听她这么说,莫妮卡在一旁苦笑着摇了摇头。

[①] 由一些法国数学家所组成的数学结构主义团体。

五

莫妮卡的葬礼在市郊的一片墓地举行。这片墓地是几年前为缓和伦敦的墓地短缺而开辟出来的，开发者还很负责任地在不远处建了一间小教堂。在那间教堂供职的神职人员，每天的工作大抵就是在葬礼上朗读那套重复的祈祷词。

如果我如父母所期望的那样去读了神学院，说不定也正做着类似的工作。

在神父念完祈祷词后，艾玛作为同行和友人代表，做了一段简短的演讲：

"莫妮卡和我一样，都是在最纯真的好奇心的驱使之下，走上科学之路的。只不过，她所选择的道路更泥泞、孤独且令人绝望。在她生前，或许没有任何一个人能彻底理解她的研究。但我相信，在她留给我们的为数不多的几篇论文里，一定埋藏着种种穷极人类智慧的思考。而这也是一个为科学献身的人应有的姿态：即便不被人理解，乃至遭到不公正的对待，也要孤身一人追求真理，哪怕那真理也像自己一样遭到了世人的误解与轻视。没人有资格谴责她怎么没走完自己选择的道路，恰恰相反，我们应该赞叹，在如此艰难的处境之中，她竟然能走到这一步……"

艾玛在哽咽中结束了这段话。

和莫妮卡相比，艾玛要幸运太多了。她在加州理工学院攻读博士时就得到了 BHL 集团的赞助，开始着手研发 Pasithea 系统。Pasithea 系统并不是第一款可以同时从文本生成视频与虚拟空间的软件。当时，一家日本企业研发的 Shinkiro 系统占据垄断地位（时至今日，该系统在生成漫画和动画方面仍有其优势），而 Pasithea

系统的最初几个版本也谈不上成功。不过从 3.0 版开始，Pasithea 系统就逐渐占领了全球市场。关于 Pasithea 系统成功的原因，有不少媒体做过分析。这些分析文章至少在一点上达成了一致，那就是艾玛功不可没。她为 Pasithea 系统设计的纤维丛神经网络，已成为马里亚纳大学学习的经典范本。

或许在面对莫妮卡时，艾玛心里多少有些负罪感。尽管莫妮卡的怀才不遇并不是她的责任。伯明翰大学没有派人来参加葬礼，皇家特许语言学会也没有。在这个场合能代表学术界的，就只有艾玛一个人。

到场的还有几位是莫妮卡在伊迪丝中学的同学，她们大多在政府部门供职，也有一位和艾玛的父亲是同行。有个负责调查莫妮卡之死的中年警员也来到了墓地，站在离我们稍远的一块墓碑旁抽着烟。

他在葬礼结束之后，过来叫住了我和艾玛。

"你们是她中学时代的朋友吗？"他问。见我们点头，他从口袋里取出几张照片，拿给我们看，"对这个东西有印象吗？"

第一张照片聚焦于一个旧式的月牙形接口。直到十年前，移动存储设备如果要接到电脑上，一般都是通过这样的接口。第二张照片是个铃铛形的透明容器，容器的边缘处有两个小孔。在照片一角出现了上一张照片里的月牙形接口，透明容器和接口的尺寸相近。

"我见过这个东西，是 SYNE。"艾玛不假思索地回答说。她又把头转向我，道："朱迪，你还记得吗？就是我们跟莫妮卡一起去 Mag Mell（欢乐岛）买的那个液体硬盘。"

"那个绿色的液体硬盘？"我努力回想着，"好像确实是这个形状。"

那是一家韩国企业开发的液体硬盘，相比以往那些笨重的液体硬盘更小巧精致，也能存储更多内容。艾玛说的 SYNE 是整个系

没有颜色的绿

列的统称。这家公司发售的所有液体硬盘,都是用宝石的名字命名的。如果我没记错的话,我们和莫妮卡一起去买的那款绿色的,应该是"玉髓"系列的 Chrysoprase。当时我们的课题刚刚有了些进展,需要存储大量资料,所以莫妮卡提议一起去买个移动存储设备。她之前看中了"玉髓"系列的另一款,红色的 Carnelian(红玉髓)。但那款因为太受欢迎,在网络商店上已经卖断了货,所以她决定去 Mag Mell(欢乐岛)碰碰运气。然而那边的店里也没货了,无奈之下,她只好买了绿色的 Chrysoprase。

听艾玛说,液态存储设备并不是什么新技术,早在二十一世纪初就有个美国的团队研究出了其中的原理,但真正大规模投入应用是在二十一世纪三十年代末。当时,那家韩国企业的团队发现了一种记忆性粒子,能在种种流体运动中保持几何结构的不变性,而这种结构又可以通过脉冲来进行编辑。基于这种原理,他们开发了第一代 SYNE——有一听可乐那么大的液体硬盘。

在整个二十一世纪四十年代,SYNE 不断进化,慢慢开始流行,做工水平也在"玉髓"系列达到了顶峰。那个时候,我还时常在学校里遇到把 SYNE 挂在脖子上当装饰的女生。

也差不多是在那个时候,有人发现 SYNE 所使用的记忆性粒子在自然中也微量存在。于是,莱顿大学的一个本科生突发奇想,设计了一个能在任何液体中识别记忆性粒子的装置,还把它拿到网上贩卖。很显然,从 SYNE 的溶液之外的液体里,只能提取出随机的、毫无意义的信息。这个本来没有什么应用价值的发明,被一些生态主义艺术家看中了,他们用这个装置提取各种液体中的记忆性粒子,将那些信息编辑成图像、音频乃至文本。我曾经看过一个展览,有人从世界各地被污染的河流里采集水样,再从里面提取信息,把信息编辑成图片。因为一些重金属会干扰记忆性粒子的分布,所以不同类型的污染会呈现出截然不同的图像。我只记得由亚马孙流域

星云志·NO.12
时空订制

被汞污染过的水生成的图片是无规则的橙色条纹，而被镍污染过的水则会生成深蓝色的背景和粉红色的噪点。更有趣的实验来自那些音乐家。一位意大利的偶然主义作曲家把二十毫升的可口可乐放进了那个装置里，从而诞生了一段不那么刺耳的噪声（有点像金蛉子的叫声）。后来，可口可乐集团买下了那段音频，还把它用进了电视广告。某个摇滚明星的尝试要更大胆一些，他把自己的动脉血混在酒精里，从里面提取了音频，并在千禧球场开演唱会时，用数百个音箱播放给观众听。

"玉髓"系列大获成功之后，那家公司又推出了"生辰石"系列。他们计划用一年的时间推出十二款SYNE，样式分别参考十二个月份的生辰石。然而，就在八月的"橄榄石"刚刚发售之际，中国的一家企业开发了超限存储技术。不久之后，采用这种新技术的第一代"阿莱夫"上市了，而"生辰石"也成为了SYNE的最后一套系列产品。

如今，恐怕已经没有哪台电脑能插入月牙形接口、读取SYNE里存储的信息了。

"当时她在这个硬盘里存了些什么，你们有印象吗？"警员问道。

"研究的资料……"艾玛回答说，"我们当时在参加青少年学术基金会的项目，一起做着有关人工语言的研究。莫妮卡应该把所有的实验数据都存在里面了。"

那个时候，在艾玛的提议下，我们开始开发能随机生成人工语言的软件。

这个工作并不难完成，只要设计好音系、构词法和句法就基本完成了。后面只是一遍遍测试，做一些小修小补的工作而已。实际上，当时只要付五英镑就能在网上下载一个这方面的软件，大多还自带语音生成功能，很多游戏开发者都会使用这类软件给角色配音。

我们先开发的是能生成黏着语的软件，因为这类语言的句法规则比较容易构建。这项工作只用了不到两周的时间。紧接着是屈折语，这次也只用了一个月。而设计生成孤立语的软件时稍微遇到了一点麻烦，导致我们最后暂时放弃了孤立语和多式综合语。

不过，开发人工语言生成软件只是艾玛计划的第一步。她真正的目标是用随机生成人工语言的功能来建立一套生态系统模型。于是，我们设计了"萨丕尔大陆"和"博厄斯群岛"两个相对独立的系统，为这些语言建立位置关系，然后让它们遵循某种规则相互影响。同时，还让一些语言在某个阶段遵循格里姆定律、维尔纳定律或格拉斯曼定律等规则进行演变，再让一些语言分裂出若干种方言。到了合适的时候，大陆和群岛之间也会建立起联系。

从第四次实验开始，莫妮卡设计了一系列模拟政治、经济因素的参数，让语言之间的相互影响变得更复杂。有些语言会因为强势的政治、经济因素而辐射影响周边所有语言，也有些语言会逐渐消亡，最终只在其他语言里保留一两个单词或词根。

在我们进行的四十次实验中，超过半数的情况下会产生出带有孤立语或多式综合语性质的新语言。

莫妮卡和艾玛在这项研究中学到了什么我不太清楚，我倒是通过观察这些人工语言的演变，写了两篇有关克里奥尔语产生过程的论文。最后，我们各自向基金会提交了研究成果，还把最终产生的人工语言里最复杂的几种卖给了一家游戏公司，用那笔钱一起去了趟苏格兰。

项目结束之后，莫妮卡把所有的实验数据都保存在了 SYNE 里面，我不知道艾玛有没有备份。

"为什么问这个？莫妮卡卷进了什么你们正在调查的案件吗？"

"不，就是随便问问。我负责调查她的自杀，也差不多该结案了。"警员将照片收回口袋里，补了一句，"莫妮卡·布里顿是喝下

SYNE 的溶液自杀的。"

六

"听说 SYNE 的溶液有毒，小心点儿，别把它弄碎了。"

见艾玛把玩着自己新买的液体硬盘不肯放手，莫妮卡嘟囔了一句。就在这个时候，计时器响了。我和莫妮卡一起去油炸机那里取来了三人份的炸鱼、薯条。我们回来之后，艾玛把那个绿色的小玩意儿还给了莫妮卡。

"放心好了，SYNE 的外壳用的是透明非晶态金属，没那么容易弄碎。"艾玛说，"上面的螺丝也要用特殊工具才能打开。"

"之前只看过网上的图片，想着一定要买到红色的那款，拿到实物之后，觉得绿色也不错。"说着，莫妮卡抬起头，把它举到眼前，让灯光透过绿色溶液投入自己眼中。坐在她身边的我，也从侧面看到容器里那群星般的光点，换个角度又像是泛着波光的湖面。她微微转动 SYNE，里面的液体也缓缓地流动。"你们不买一个吗？"

"我暂时还用不到。有什么需要备份的，一般都上传到网络空间。"

"以前我也这么干。"莫妮卡说，"直到有一天，提供服务的公司忽然倒闭了，我差点没能提交期末作业。"

"看样子我也有必要找个移动硬盘备份一下。我可以用你的 SYNE 吗？"艾玛的一番话又让莫妮卡露出了她那标志性的苦笑。

"朱迪呢，你不买一个吗？"

"我应该用不到吧？电脑的硬盘已经足够用了。"我说，"我的作业都是纯文本，需要用到的资料也是，用电子邮箱就可以备份。教拉丁文的老师甚至要求我们交手写稿。"

没有颜色的绿

"古典文法学校平时都会留些什么作业呢?"莫妮卡问,"主要是做些外文的翻译?"

"有时候会有翻译的作业,更多的是读书报告。各种语言的书的读书报告,有些还需要用外文写。我这周就在跟一本德语小说苦战,准备先用英语写好读后感,再慢慢翻译成德文。有点后悔选了这门课。"

"那本书很难吗?"

"很难。明明是小说却几乎没什么故事性,通篇都是长句子和晦涩的比喻,也许作者是把它当哲学著作写的。我准备分析里面的一个比喻,'从木质的铁中形成的方形的圆'。"

"作者想用这个比喻说明什么呢?"

"他想描述一个充满矛盾的时代。"我深吸一口气,"在那个时代,有很多无法相容的目标和倾向性,这些相互矛盾的东西撕扯着那个时代的每一个人。如果有人想仔细剖析那个时代,只会看到这种矛盾性,从而得出一些类似'从木质的铁中形成的方形的圆'一样无意义的结论。但所有这些矛盾的东西一起构成的那个时代,却是有意义的,甚至可以用熠熠生辉来形容。"

"原来如此。"莫妮卡点了点头,"乍一听只觉得是一句自相矛盾的话,原来作者就是想用它来表现一种时代的矛盾性。"

"我最近也读到了一句类似的话。"艾玛插了一句,"就在你们借给我的那本生成语言学教材里。"

"那本麻省理工学院编的教材吗?我大概知道是哪一句了。"莫妮卡想了几秒,"是不是那一句'没有颜色的绿色想法猛烈地睡眠'(Colorless green ideas sleep furiously)?"

"对,就是那句。"

"这是乔姆斯基说的吧?"我也对这句话有点印象,"我记得他好像是想说明,有一些在语法层面上成立的句子,在语义层面上却不能成立。"

"是这样吗?"艾玛脸上满是困惑,看样子她并没有仔细阅读那本书。"我只是忽然想起来了。"

"他确实是这个意思。"莫妮卡向艾玛解释说,"这句话也有快一百年的历史了,最早是乔姆斯基在1957年出版的《句法结构》里举的一个例子。这本书也是生成语言学的奠基之作,基本能代表乔姆斯基第一阶段的思想。他举这个例子是为了区别语法和语义:'没有颜色的绿色想法猛烈地睡眠'这句话在语义学层面是不能成立的。'没有颜色'一般绝不会跟'绿色'搭配在一起,'想法'无法'睡眠',更不可能'猛烈地睡眠'。但它并没有违反英语的语法。相反,如果我们把这句话改成'睡眠猛烈地想法绿色没有颜色的'(Furiously sleep ideas green colorless),虽然同样没意义,却是不符合语法的……"

"那句'没有颜色的绿色想法猛烈地睡眠',真的没有任何意义吗?"

"一直有语言学家想证明这句话并非完全没有意义,他们给它设计了各种语境,用来说明在某种情况下'没有颜色的绿色想法'会'猛烈地睡眠'。这甚至成了语言学家们很喜欢玩的一个游戏。"

"听起来倒是还挺有趣的。"艾玛说,"我们要不要试试?"

"来为这句话想个语境吗?我第一次在书上看到这句话的时候,倒是试着挑战了一下。但是没有想出来。"

"我也试过。"我说,"也失败了。"

听到这里,艾玛低下头,陷入了沉思,似乎是在为这句话寻找一个合适的语境。我和莫妮卡不想打扰她,就默默地咀嚼着薯条。大约一分钟之后,她终于开口了:

"我来试试看好了。有个摄影师某天忽然有了灵感,想在电影里插入一组用黑白镜头拍摄的翠绿的山丘,后来他又想到可以用同样的方法拍摄一片翠绿的湖，希望通过把绿色拍成无色的，来传达某种生态主义的理念。他把这些想法告诉了导演，但导演觉得这些场景与整个电影的风格不符，不赞同他这么拍摄。于是，摄影师只好搁置了这些'没有颜色的绿色'。然而，在拍摄影片的后半部分时，这些想法虽然已经沉眠在他的脑海里，他却仍猛烈地渴望着能拍摄那些镜头……怎么样，这个语境可以吗？"

"有些地方有点牵强。"莫妮卡如实说道，"不过已经很贴切了。"

"这个游戏还挺有趣的，下周午休的时候我要叫上班里的同学一起来玩。"艾玛啜了一口可乐，"是不是所有符合语法的句子，都能在某个语境下被赋予意义呢？"

"说不定我们可以用什么形式化方法来证明这个结论……等我们读大学之后。"

后来，莫妮卡查阅了一些相关资料，发现雅盖隆大学的一位学者在二十一世纪三十年代末已经证明了这一结论，语言学界称之为"Mikolov 良序定理"。某个周六的午后，莫妮卡还和艾玛一起试着研读相关文献，然而里面有太多超出了她们知识范围的内容，最终只好放弃了。

可能正是从那个时候开始，莫妮卡对形式语义学产生了兴趣，艾玛则迷恋上了生成语言学。她们都因为快餐店里一段漫不经心的对话而找到了未来的研究方向。

七

街道有时比人更容易老去，Mag Mell（欢乐岛）就是最好的证明。十四年之后再次来到这里，一切都变了。那些简约的模进主义建筑荒废之后，墙上满是低俗的涂鸦。仅有的几块还算完整的橱窗玻璃上，也爬满了丑陋不堪的裂纹。至于那些外墙模仿金属质感的根斯巴克主义建筑，因为长年未做抛光处理，表面遍布铁锈般的污垢，仿佛那墙体真是用铁铸成的一样。曾经，在这些现已人去楼空的小型建筑里，即便是普通的日子也有数以千计的商品被售出，周末更是被顾客挤得水泄不通。

和莫妮卡一起来买SYNE的时候，正是Mag Mell（欢乐岛）的全盛期。经过五年的经营，它把英格兰所有新兴商业区都远远地甩在了后面。把车开上高速轨道，只需十五分钟就能从伦敦市区到达Mag Mell（欢乐岛）。平日的下午三点半开始，每隔十分钟就有一辆巴士，载着那些放学后无所事事的女高中生前往这边。很显然，她们的电子钱包里那少得可怜的零用钱，到了Mag Mell（欢乐岛）怕是只能买得起冰激凌、炸鱼和薯条。但这里仍是她们放学后打发时间的最佳选择，就像是某部老电影的女主角喜欢去蒂凡尼的橱窗前吃早餐一样，她们也只是满足于站在时尚品牌的橱窗前，一边舔着五颜六色的Gelato（意大利冰淇淋），一边幻想着有朝一日能买下正在展示的新款时装——也许她们现在已经赚到了足够的钱，只可惜这里的橱窗大多都失去了玻璃。

我还依稀记得一脚踏进那家开发了SYNE的韩国企业的专卖店时的情景。一层是新产品的展示厅，从天花板上垂下来的细线将各种用途不明的电子产品吊在半空中，这些产品都能在二层买到。黑色的墙壁上是各种投影而成的图像，有些是新锐导演拍摄的短片，也有跳着刀群舞的女孩子们。只要戴上店里的耳机走到画面前，就能听到与画面配套的声音……

如今，和艾玛一起乘出租车重返Mag Mell（欢乐岛）时，自动驾驶系统已无法定位那家专卖店，而是把我们带到了曾经的中心广场。连接伦敦市区和Mag Mell（欢乐岛）的高速轨道在几年前就被拆除了，乘车过来花了足足一个半小时的时间。我们走在一座座废墟之间,寻找着当初一起去过的那幢红色建筑。

一路上,我们不得不小心翼翼地避开地上的脏水、瓶瓶罐罐和包装纸。这里就像是一场大型露天演唱会散场之后的样子,只剩下些没来得及拆去的设备,以及满地的垃圾。几乎每家店铺门口都坐着几个摊贩,他们穿得并不暖和,每个人都在瑟瑟发抖。每个摊贩面前都有一两个瓦楞纸箱,里面装满了可疑的商品。恐怕一到夜里他们就会躲进废弃的房屋里睡个好觉。我想,他们肯定没有信心把顾客招呼到黑洞洞的店铺里去,所以才在街上摆起了摊。

我还发现,有个曾经是化妆品商店的新分离主义建筑前没有摊贩,而是立了一块醒目的牌子:艾斯勒诊所。从这斑驳的米黄色墙壁来看,不难判断,它曾经是一幢白色的建筑。我猜那位沦落至此的医师,也一定是因为这个原因才在众多空屋中选择了它。

一路上我和艾玛都没有说话,一方面是不想吸引摊贩们的注意,另一方面是实在没什么好聊的。如果同行的人不是艾玛而是一位来自异国的友人,我或许会向对方解释一下这里衰落的原因。可是,跟艾玛实在没有聊这个话题的必要。这里为什么会迅速衰落,每个英格兰人都心知肚明。2052 年 4 月开始的那场大流感改变了很多事情。在那以前,就算网络购物已经能满足人们日常所需,出于社交的需要,年轻人一旦得闲,还是会选择去商业区闲逛。或许这也是为什么明明已经有了更好的家用观影设备,电影院的生意却直到二十一世纪五十年代初都还很红火。然而,那场大流感迫使所有人尽量不外出,更不要说去商业区凑热闹了!结果,人们反而很快适应了那样的生活。在疫情肆虐的半年间,最保守的人也发现了公共虚拟空间的安全与便利。足不出户,也可以满足所有社交需求。于是,从第二年开始,全英格兰最主要的商业区陆续倒闭。Mag Mell(欢乐岛)算是撑得比较久的一个,运营方直到 2055 年才宣布破产,而绝大多数店铺在那之前就已经关闭了。

星云志·NO.12
时空订制

我们先路过了那家曾一起吃炸鱼、薯条的自助快餐店。那家店在当时很可能是全英国最吵闹的餐厅，附近的店员坐在里面抱怨工作太忙或薪水不够多，来 Mag Mell（欢乐岛）只是参观、什么也买不起的女高中生们也喜欢聚在这里高声讨论各种无聊的话题。我不知道是否曾有其他人像我们一样坐在里面讨论乔姆斯基，但我却从一篇报道中得知，去年的布克奖得主以前很喜欢在这里坐一整天，偷听别人的谈话，然后写进小说里去。如今，店门当然紧闭着，门口倒是有个简陋的热狗摊。

似乎，Mag Mell（欢乐岛）已经成了专为偷渡者和难民服务的黑市。他们得不到身份认证，无法在必须使用电子货币的网店购物，也没有足够的钱去购买新品。这些能使用纸币购物的二手货摊可以满足他们的全部需求。乘车过来，快驶入 Mag Mell（欢乐岛）的区域时，我发现路边有不少简易房和帐篷。走在路上时，偶尔会遇到几个衣冠不整的年轻人结伴而行，操着我没学过的语言闲聊。

我们又朝西走了一百米左右，终于看到那幢红房子。

莫妮卡的葬礼结束时，距离艾玛回洛杉矶的飞机起飞还有五个小时。从警方那里听说了莫妮卡的自杀方式后，艾玛忽然说想去 Mag Mell（欢乐岛）看看，我没有拒绝这个提议。但我也很清楚，即便来了，这片废墟中怕是也没有什么能勾起当日的回忆。

专卖店的旧址门口也坐着一个摊贩，是个看起来只有十三四岁的女孩。她坐在一把破旧的沙滩阳伞下，把身子蜷缩在一块毛毯里。从她微卷的黑发、黑色的眼睛和褐色的皮肤来看，我无法判断她来自哪里。见我们走近了，她招呼我们过去看看她的商品。根据口音，我推测她的母语很可能是僧伽罗语或泰米尔语。

她面前放着一个纸箱，身后还有一个巨大的旧行李箱。

"你这里卖些什么？"艾玛走到她面前问道。

"电子垃圾。"她抬起头，用生硬的英语回答说，"他们说这家店以前卖电子产品,所以让我到这里摆摊。"

我也凑了过去,只见箱子里堆满了各种十年前乃至二十年前的电子产品,笨重的老式笔记本电脑、效率低下的太阳能充电器、二十一世纪三十年代风靡一时的 VR 面具,还有一些我叫不上名字的东西。它们看起来如此破旧,很难想象它们还能继续使用。

"你会修这些东西吗?"我问。

"我不会,不过我哥哥会。"女孩说,"但他很忙,一周只过来两天。"

艾玛指着她身后的红房子,问了一句:"这家店以前卖的东西你这里有吗?"

女孩思考了片刻,然后点了点头。她把手臂从毛毯中抽出来,伸进纸箱里翻捡着,动作非常粗暴,不断传来塑料壳碰撞的声音,但她似乎并不在乎商品的死活。不到一分钟的工夫,她从纸箱里翻出了一支录音笔、一个 GPS 定位装置和一个装着透明液体的小挂件。

艾玛拿起那个挂件,仔细端详着。

"这是不是个 SYNE?"艾玛问我,"我没听说过有哪一款 SYNE 是透明的……"

结果,那个摆摊的女孩抢先回答了这个问题。

"这是玉髓系列的一款。"她说,"如果没有褪色的话,能卖个大价钱。"

"褪色?"

"你不知道吗? SYNE 如果长时间放在阳光下直晒就会褪色。听我哥哥说,如果这个 SYNE 没有褪色的话,就能卖个好价钱了。如果是红色的款式,能卖两百英镑。绿色的当时不太受欢迎,生产得更少,能卖上千英镑。褪色了的就只能卖五十便士了。"

"这个 SYNE 原来是什么颜色的?"

"我也不知道。产品名都会刻在接口的侧面,那个单词我不认识。"

艾玛把 SYNE 举到眼前，读出了接口侧面的单词："Chrysoprase——本来应该是绿色的，很可惜已经褪色了。不过，你可以用五十便士的价钱卖给我。"

听到艾玛的话，那个女孩叹了口气，仿佛刚刚损失了一千英镑。

"没有颜色的绿……"

看着艾玛手中那个透明的 SYNE，我用尽可能小的声音自言自语说。希望没有被她听到。

八

项目结束之后不久，莫妮卡就离开伦敦去了谢菲尔德大学。她在入学时得到了承诺，只要修完本科课程，就能立刻进入自然语言处理实验室攻读博士。她只用一年就拿到了本科学位，之后花了整整四年的时间完成了自己的博士论文。研究所的人用了一整年进行审读后，才决定授予她博士学位。在拿到学位之前，莫妮卡已经受聘于伯明翰大学。

剑桥大学的纽纳姆学院录取了我。像大多数古典文法学校的毕业生一样，我用一年时间修完了本科课程（半数只是去参加考试或提交论文），第二年围绕爱德华·托马斯[①]那首著名的诗 The Cherry Trees[②] 写了一篇论文。我查阅了十九世纪末到"一战"爆发期间几乎所有介绍日本文化的英语文献，从而得出了一个结论：这首诗里的"Cherry"指的不是樱桃，而是樱花——它在日本文化中经常象征着死亡，而这种观念在爱德华·托马斯的时代已经传

[①] 爱德华·托马斯（1878—1917），死于第一次世界大战的英国著名诗人。

[②] 这首小诗是爱德华·托马斯的代表作之一。英国文学研究专家王佐良先生将标题译为《樱桃树》。

播到了英国,他很可能接触过。参与答辩的教授全都不赞同我的观点,但那篇论文并没有违反什么学术标准,所以还是通过了。

本科毕业之后我去了欧洲大陆,先是用了半年时间周游法国,之后去了海德堡大学读博士。在那里,我搜集了十八、十九世纪欧洲小说里关于第二语言习得的描写,想通过这批材料分析当时的语言学观念。其间,艾玛利用假期来找过我一次,在海德堡住了一个月,她教了我许多有关第二语言习得的知识。如果没有她的帮助,我怕是很难完成自己的博士论文。

我们之中读本科读得最久的要数艾玛,足足用了六年时间。起初,她在报考三一学院数学系时,和面试官说想在本科毕业之后从事计算语言学研究,偏偏那位教授不太看得起纯数学之外的学科,艾玛就跟他争执了起来。之后,我和莫妮卡一起陪她去帝国理工学院参加了面试。她用两年时间修完了数学系的本科课程,又用一年时间拿到了计算机科学的学位。也正是在那个时候,艾玛萌生了开发 Pasithea 系统的想法。当时日本企业研发的 Shinkiro 系统还只能处理固定格式的脚本,无法胜任小说的视觉生成。为了能让计算机有效地处理文学作品,艾玛又去我的母校纽纳姆学院修了三年的英国语言文学,但她最后没有提交学位论文。

当艾玛决定去大西洋彼岸攻读博士时,我和莫妮卡都已经拿到了博士学位。

在她动身去美国之前,我们三个聚在圣詹姆斯的一家生意惨淡的酒吧里,为她饯行。那个时候莫妮卡拿到了伯明翰大学的聘书,尚未赴任。我从德国回来之后,进了一家出版公司,成了一名润色员。因为只有我有收入,所以很自然地是我买了单。

艾玛虽然有俄罗斯血统,却显然已经被英国人的基因稀释过了,不怎么擅长喝酒。她只喝了两杯兑水的苏格兰威士忌和一杯 Forgiven(威凤凰的"原谅")(她说去美国就只能喝到波本了,特地点了一杯）就被眩晕感击垮了。店主很体贴地给她拿了个靠枕，她迷迷糊糊地接过之后，就枕在上面昏睡了过去。

之后，我和莫妮卡又各要了一杯干琴酒。

"工作还算顺利吧？"莫妮卡问我。

"还好吧。只是对机器翻译的结果做些润色工作，没有什么技术含量。"

"文学翻译的译后编辑不会很麻烦吗？句子相对更复杂，还要考虑语境和文化背景，有时候必须把一些外文的表达改成英国读者能接受的方式，想想就觉得不是个轻省的工作。以前我们实验室也会招人来做译后编辑员，不过都是针对习惯用语或常用句，把修改的结果存在翻译记忆库里以便下次使用。那种工作倒是轻松很多，哪怕不是特别懂外文也能胜任。"

"之前也有家专门开发翻译软件的公司想聘我去做译后编辑员，给的工资是现在的三倍。不过我还是想做些和文学相关的工作，虽然传统意义上的翻译家怕是做不成了。"

"现在没有出版公司雇人来翻译外文书吗？"

"很少。只有一些诗歌翻译的工作，几乎都是免费服务。"我喝下了半杯干琴酒，"我不太想去软件公司，也是因为还有别的考虑。我有点担心翻译记忆库做好了之后，我会被公司开掉。我本科时的一个学姐毕业之后就去了一家软件公司，参与了几种语言的平行语料库的制作，结果项目做完之后就失业了。如果是做文学翻译的润色，也许不会那么快被淘汰掉。不过谁知道呢！现在这家公司主要做外国流行小说的出版，文章都比较通俗，老实说翻译的难度并没有那么大。也许以后翻译软件再升级几次，我就要失业了。"

"不要太悲观。文学翻译是利润比较少的一个领域，现在的人助机译模式也基本满足了需求，将来也不会有很多公司花大力气提升这方面的功能。"

"我能一直干到退休吗？"

"说不定可以。就算技术再进步，有些事情或许只有人类才能做到。"莫妮卡说，"你还记得吗？我们一起做项目的时候，一开始做的就是机器翻译的研究。那个时候我们经常会用一些有歧义的词来测试翻译软件。直到现在，词义消歧也是检验翻译软件的一个很重要的标准。我做的抽象释义跟这方面还有一点关系，所以也接触过一些这方面的论文。有一种观点认为，即便是采用了神经网络技术的人工智能，也不能像人一样根据直觉和语感来消除歧义。因此，可能会有一些人类看一眼就能理解的句子，机器却永远也理解不了，翻译时也会发生错误。"

"这个说法被证实了吗？"

"还没有，这是爱丁堡大学的形式语义学小组在二十一世纪四十年代提出的一个假说，所以也叫'爱丁堡猜想'。具体的表述还要更复杂一些，学界对此也有不同的看法。我的导师就不赞同这个观点，他认为这只是马里亚纳大学学习方法的缺陷，将来有了新的算法一定能克服这个问题。"

"你怎么认为呢？"

"我没有仔细研究过，还不能下结论。有学者认为只要运用了形式化方法，就不能彻底避免这个问题，就像包含皮亚诺公理体系的形式系统不可能兼具一致性和完备性一样。这是方法本身的缺陷，而人工智能又只能借助这种方法去理解世界。但这也只是猜测而已。"

"要证明这个结论应该很难吧？"

"很难，需要用到好几个学科最前沿的知识。更糟糕的是，真的对这个问题感兴趣的学者并不多。这是个基础性的问题，没什么应用价值。这就像是费尽气力去证明某个微分方程组不存在精确解一样，大家需要的只是一个可供使用的近似解，精确解是否存在，其实没有几个人在乎。"

"看来你们那个圈子也有很多无奈的事情。"

"做理论研究，想被人理解实在太难了。"莫妮卡喝完了杯子里的酒，"如果有立竿见影的实验结果倒还好，很多依赖演绎方法的科学真的很难被人理解。没有人想花几个月的时间去读一篇论文，更没有人想花几年时间来掌握所有需要用到的知识。"

"如果我能看懂你的论文就好了。"

她苦笑着说了一句"是啊"，然后问店主要了一杯加苏打水的Forgiven（威凤凰的"原谅"），我也跟着要了一杯。酒送来之前，我们只是盯着店主用吧匙熟练地旋转着方形冰块。我喝了一小口，却不小心呛到了。在我不停咳嗽的时候，莫妮卡一直抚摸着我的背脊。幸好店里只有我们三个客人，没有被别人看到我的丑态。即便闹出了这么大的动静，也没能惊醒艾玛的美梦。

向递来餐巾纸的店主道了声谢之后，我们又聊了起来。

"说实话，我一点也不喜欢现在的工作。"我又抿了一口酒，这次格外小心，"莫妮卡，你知道我最无法忍受的事情是什么吗？"

"是不是软件翻译出来的句子太过支离破碎，或是完全保留了外文的表达习惯，给你增加了不少工作量？"

"不，"我摇了摇头，"恰恰相反，我最不能接受的是那些软件居然翻译得那么好。就像是由外文阅读能力很好、但母语写作水平很一般的人翻译出来的一样。这样的人我在文法学校遇到过不少。同一本书，如果要他们翻译到那个水平，至少需要一个月的时间，而软件只需要不到两分钟的工夫就能做到。更何况，要掌握最常用的几门外语，需要花费一个人五到十年的时间……"

"可是，语言所承载的文化只有人才能懂啊！使用了马里亚纳大学学习技术的翻译软件，并不是真的理解了源语言，只是依靠平行语料库和翻译数据库，再运用一些方法计算出了译文而已。说到底只是**鹦鹉学舌**,而不是像人一样阅读、思考、写作。"

"但它们比我更有用。这一点你必须承认。"

"朱迪,对不起。"莫妮卡放下手中的杯子,"我和艾玛一直在做这方面的研究……"

"我确实很讨厌你们的研究,不过并不会因此讨厌你们。说到底,都是我自己的问题,是我跟不上时代了。有时候会觉得,自己的人生就像乔姆斯基的那句话一样。"

"你是说那句'Colorless green ideas sleep furiously'?"

"是啊。"我点了点头,喝下了半杯酒,"就是那句话。符合语法却没什么意义,和我又有什么区别呢?——我是基于某种自然界的规律而出生的,我的生活也从未跳出自然与人类社会的规则,然而,我在自己的人生里却看不到任何能称之为'意义'的东西。我的人生就像这句'Colorless green ideas sleep furiously'一样。"

"但艾玛不是已经证明过了吗?这句话在特定的语境下是有意义的。"

"现实中存在那样的语境吗?"

"也许就是此时此刻。"莫妮卡说,"也许那一刻只是还没到来。"

九

就在我们一起寻找来时乘坐的那辆出租车的时候,艾玛收到了伯明翰大学的人发来的邮件。一路上,她都在用卷轴电脑浏览那篇七百页的论文。我从旁边瞥了一眼,只看到了整页的公式。到了机场,艾玛又在候机厅读了一会儿,总算赶在登机的一小时前翻到了最后一页。

她收起电脑,却没有抬起头来。

时空订制

"我大概知道莫妮卡为什么会自杀了。"艾玛说,"可能她觉得太讽刺了。"

我屏住呼吸,等待她说下去,艾玛却一时陷入了沉默。

"讽刺?"

"她写这篇论文是想证明人工智能并不是万能的,它们至少在理论上存在能力的极限,甚至可以说是缺陷。为了证明这一点,她构建了一套全新的离散范畴理论,远比之前形式语义学界使用的数学工具更抽象,我可能需要一两年的时间才能完全掌握这套理论。但语言学会的人却只是让墓碑系统去检测了这篇论文之后,就彻底否定了它。这真的太讽刺了。自己的多年心血不仅被否定了,否定自己的竟然还不是同行,而是很可能并不完美的人工智能,明明这篇文章就是想论证人工智能的缺陷……"

听到这里,我忽然有某种不祥的预感。

"莫妮卡的论文到底写了什么?"

"她想证明,在有限维 Katchen-Sgouros 完备空间中,存在一个语义向量集具有 Mikolov 良序性,却不是 Kobrin 可测的。"艾玛解释道,"Mikolov 良序性,通俗点来说,就意味着一句话是有意义的,并且强调的是在当前语境下有且仅有一种语义,不存在歧义。Kobrin 测度是词义消歧的一种数学表达,除此之外还有好几种等价的表达方式,不过 Kobrin 测度只适用于 Katchen-Sgouros 完备空间……"

说到这里,她忽然停顿了片刻,像是想到了更简单易懂的说明方式。

"如果莫妮卡的论文能成立,这将成为'爱丁堡猜想'的一个弱证明。虽然 Katchen-Sgouros 完备空间只是比较特殊的一类语义向量空间,但是,一旦在这类空间里证明了这个结论,就有希望找到办法推广到所有的语义向量空间中去。换句话说,莫妮卡踏出了解决'爱丁堡猜想'的第一步。当然，前提是这个证明能成立……"

"我听她提起过'爱丁堡猜想'。八年前，在圣詹姆斯的那家小酒吧，当时你在旁边睡着了。"

"她从那个时候就开始研究这个问题了吗？我从没听她提起过。"

"不，她那个时候应该还没有开始研究。莫妮卡当时只是想安慰我，所以才提起了这个猜想。当时我问她，是不是技术再进步一些，我就会失去工作。她安慰我说有些句子机器会翻错，但人能通过直觉明白是什么意思，至少有这么一个假说……"

我想忍住溢出眼眶的泪水，却失败了。

莫妮卡也许是为了我才开始研究"爱丁堡猜想"的，而这个猜想耗尽了她的精力，最终把她逼上了绝路。

"她会关注这个问题可能是出于某种焦虑。"艾玛说，"就像二十世纪，流水线上的工人被自动化设备取代，如今翻译的工作渐渐被软件取代，也许有一天，我和莫妮卡的工作也会被机器取代，人工智能会代替人类来进行科学研究。所以她才会那么迫切地想要证明'爱丁堡猜想'，仿佛只要'爱丁堡猜想'能成立，人类就永远不会被机器取代一样。结果，她没有想到，自己的焦虑那么快就成真了，语言学会的人用墓碑系统审读了她的论文，那本该是由她的同行来完成的工作。莫妮卡是我见过的最纯粹的研究者。她也有最纯粹的求知欲，希望能尽可能地理解、阐释这个世界。可是，技术的发展方向和她理想中的科学是背道而驰的。包括我在内的很多学者所做的研究，也许只是在加剧世界的'黑箱'化。"

"'黑箱'化？"

"科技越进步，技术背后的原理就会变得越难理解。前工业时代的技术，能通过简单的说明让任何人理解。而随着时代的推移，让研发者之外的人理解技术背后的原理，只会越来越难。我们在接触科技制品的时候,不会去追问背后的原理,只是使用它。如今的科技制品,就算去追问原理,也不是那么容易就能说清楚的。"

说到这里,她又从包里取出了压缩之后的卷轴式电脑。

"就像这个卷轴式电脑一样,你不明白里面的原理,它对你来说是个'黑箱',但这并不妨碍你使用它。不过,至少有人明白里面的原理,对于全人类来说它仍具有可解释性。但是,那些使用了马里亚纳大学的学习技术而产生的'黑箱'却不是这样的。比如说出租车的自动驾驶功能、墓碑系统,还包括我开发的 Pasithea 系统和 Hesiod 系统。数据是如何在隐藏层里完成计算的,没有人知道,也无法解释,对于所有人来说它们都是'黑箱'。"

"这样的'黑箱'每天都在增加。"

"是啊。"艾玛肯定道,同时又摇了摇头,"但这还不算什么。毕竟退一步讲,最初的神经网络模型也好,训练数据也好,都是经过人为设计的。我们至少明白马里亚纳大学为什么学习这门技术。可是以后会怎么样呢?如果到了某一天,人工智能代替人类来完成技术研发工作,而我们只需要从人工智能研发的技术里筛选出那些可以为人所用的,到了那个时候,所有的新技术我们只知道结论,而不会知道具体的原理以及深埋在隐藏层里的研发过程——换言之,那些技术对于任何人来说都将是一个个'黑箱'。"

"那一天离我们还有多远呢?"

"我不知道。也许十年,也许二十年。我只知道那一天迟早会来的。而且除了极少数的研究人员之外,不会有人察觉到有什么异样,因为我们早就习惯了日常生活里的'黑箱'。毕竟,相比可解释性,更重要的是'有用'。就像微积分,在弄清楚它的理论基础之前,数学家已经用了两百多年。因为它真的能派上用场。到了那个时候,也会有人想尽办法去解释那些'黑箱'一般的技术,虽然解释可能永远也追不上'黑箱'产生的速度。"

"莫妮卡也预见到了同样的未来吗？"

"她对这些事情只会比我更敏感。"艾玛说，"而且，莫妮卡肯定不愿接受那样的未来。"

艾玛把电脑放回包里，又从里面取出了那个已经褪色的SYNE，准备递给我，却又迟疑了一下，把手缩了回去。

或许她是想把SYNE交给我保管，却又担心我在某天会选择和莫妮卡一样的死法，所以改变了主意。

"你觉得莫妮卡为什么会以那种方式结束自己的生命呢？"她问我。恐怕，艾玛会根据这个问题的答案来决定是否把那个SYNE交给我。

如果当时艾玛在酒吧里听到了我和莫妮卡的对话，或许就能明白这个问题的答案了吧？可惜她并没有听到。她不知道那句"Colorless green ideas sleep furiously"不仅是个生成语言学课本上的例子，也可以成为人生的隐喻——符合规律，遵守法则，却终究毫无意义的人生的隐喻。

也许莫妮卡的那个SYNE也因为保存不当而褪去了颜色。当她看到原本是绿色、却褪色成透明的SYNE时，也想起了那个句子，然后想起我在酒后吐露的丧气话，最终想到了自己。但是这个答案太悲伤了，我不想让艾玛也感染上如此消极的情绪，所以必须为这个问题另想一个答案，一个错误但是能起到安慰作用的答案。

于是我回答说：

"她只是喝下了自己的回忆——那些对于她来说最美好的回忆。"